ケルトタイムス

発行者：ブリタニア共同庁舎
編集人：ブリタニア共同庁舎
ケルトタイムス編集部
「毎日ケルケル！　ケルトのあんなことやこんなことを皆さんにお届けします」

夜にドカンと倫敦塔

夕食時間の超狼藉か

関係者一同「パーシバル、あの野郎……」

倫敦塔の役所再開は未定

「何かよく解らん内に終わった！ 帰れ！」とワンサードのコメント

ある安息日のサムディ、深夜というにはチョイ早い時刻に倫敦市街が騒然となった。サード派、セカンド派が、何かよく解らん湖の精霊を名乗る一派の扇動でファースト派への攻勢を掛けたからである。突然のことだが、いつも通りに敵襲敵襲叫ぶランスロウが、今回も「またかよ」と言われたが今回は本当、よかったね。よくない。そしてファースト派と湖の精霊派は倫敦市外での激突を経て、倫敦塔での戦闘を開始した。記者が駆けつけたときは既に戦闘が終わっており、ファースト派の皆が他派と号泣したりしていて、正直「バクった？」と思ったもんで

スッポンパワー！
ケルト煮込みの
レイズアップ！

伝言

ムスコヨ　イイフク　キロ

パーシバル　チチ　ヨリ

書籍

大妖アーサー王奇伝

アーサー王は異世界からやってきた地底人類の転生した神のゲームアバターの子孫で吸血鬼だった……？ 後先考えず勢いで書かれた内容に貴方も私もノックダウン（精神的物理）。

湖の精霊・書記

バイキング繁栄の秘密！
貴方に教えます。
白金牛乳
196ml
白金牛

――ハアイ！　八百年後から御登場――!!

境界線上のホライゾン

Horizon on the Middle of Nowhere

GENESISシリーズ

境界線上のホライゾン NEXT BOX
HDDD英国編〈下〉

川上 稔

イラスト／さとやす(TENKY)

デザイン：渡邊宏一(2725 Inc.)

―NEXT BOX《英国編中巻》ダイジェスト―

「――さて、下巻に入りますが、いろいろあった中巻のおさらいをしておきましょう。憶えてる方は無視しても大丈夫なので、気持ち復習的な感じでお願いします」

STORY

各国との折衝や諸処状況対応のため、情報体となった武蔵と武蔵勢は、末世解決の記録の暴走を鎮圧し(序章編)、他国との貿易、交渉に向かった。

その行き先の一つ、英国にて、武蔵は本来の英国ではないような、違和感のある英国に到着する。有り得ない筈の飛竜の襲撃を経て、地元勢力の代表であるスリーサーズという女性に“保護”された武蔵勢は、諸処の調査によって、ここが八世紀末の英国であることを理解する(上巻)。

何故、自分達がこの時代の英国に入り込んだのか。その脱出方法を探るべく動き出した武蔵勢は、アーサー王の襲名が三派によって争われている中に干渉していく。そこで解ったのは、英国の記録が末世事変か何かによって損壊しており、“補正”を必要としているということだった。この記録の中から、損壊したものを見つけ出し、補正する。それが全て成ったとき、英国の情報密度は確かなものとなり、自分達はこの記録から脱出出来るであろう、と。

ゆえに自分達の知識をもって、まずサード派の周辺から“失われたもの”を補正していく武蔵勢は、アーサー王襲名者達の事情や、既に存在していた王賜剣に触れ、英国と欧州を巡る竜属の駆け引きについても知っていく。そしてサード派の補正を認められた武蔵勢は、遂にファースト派との相対の手筈を得て、その第一戦を実質勝利したのであった。

digest

digest

―― 結局何がどうなった? ――

「メイデイにおけるサード派との勝負には、ファースト派の介入もありましたの。でもそれを退けた私達に、サード派代表スリーサーズが色々便宜を図ってくれるようになりましたの」

「王賜剣が既にあるというのも驚きでしたけど、スリーサーズとワンサードがこれを抜いていましたのね」

「しかし、記録を損壊させないために武蔵が出せんのやけど、食料供給どうにかせんとあかんでな。いろいろ食材とか現地調達で工夫や」

「一方で土木工事を基本とした"補正"によって、スリーサーズの憶えもよく、ファースト派との相対に道をつけて貰えました!」

―― これまでに味方になった主な人物・勢力 ――

アーサー・スリーサーズ：アーサー王の襲名候補、三者の一人。三つある勢力の内、サード派を率いる。武蔵勢の理解者として、いろいろな手配をしてくれている。

パーシバル：セカンド派でファッションセンスが死んでいる。スリーサーズの判断から武蔵勢の味方につき、王賜剣の在処を案内してくれた。

―― この巻の主な敵 ――

ランスロウ：円卓の騎士で真面目な竜骨自動人形。左近と引き分けた。

ロット王：ファースト派の会計役だが、中道寄り。シロジロ達との相対で敗れた。

ベディヴィア：ファースト派の代表の一人で、円卓の騎士の一人。ワンサードの右腕。剣士でクール系。

ケイ：ファースト派の代表の一人で、円卓の騎士の一人。ワンサードの左腕。重力使いで朗らか系。

ペリノア王：竜属から派遣された天竜で円卓の騎士の一人。王賜剣を折る歴史再現を持つ。

―― 気を付けておくこと? ――

「私達は英国の記録の外に出るため、記録の"補正"をしないといけないが、どうもファースト派が私達を拒否している。何とか交渉の場を持たねば」

「欧州の竜属から、天竜であるペリノア王が英国に派遣されているであります。竜属側の真意がどういうものか、英国と裏でどのような繫がりがあるのか、気がかりでありますね」

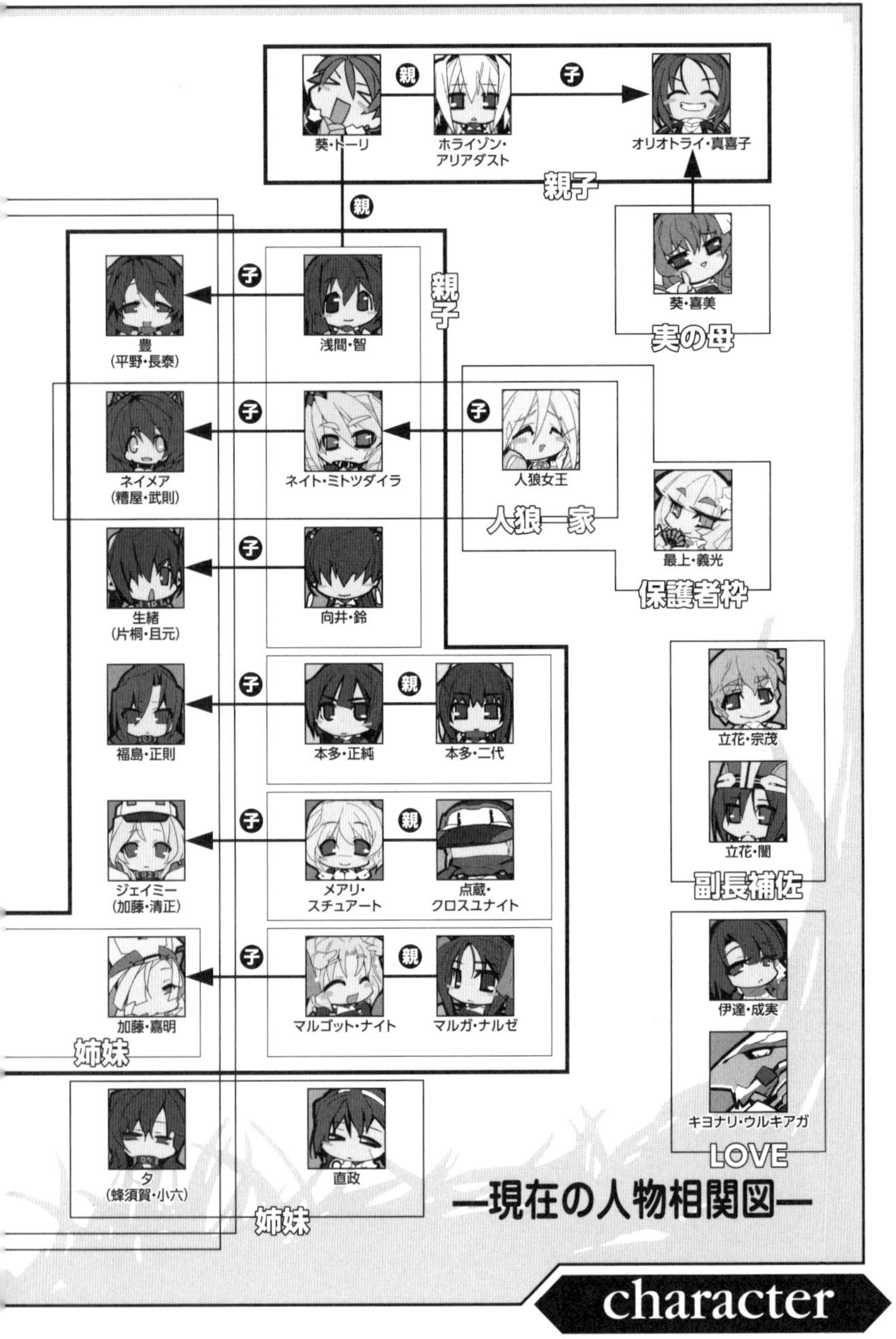
葵・トーリ
親
ホライゾン・アリアダスト
子
オリオトライ・真喜子
親子
葵・喜美
実の母
親
親子
子
豊
（平野・長泰）
浅間・智
子
ネイメア
（糟屋・武則）
ネイト・ミトツダイラ
子
人狼女王
人狼一家
最上・義光
保護者枠
子
生緒
（片桐・且元）
向井・鈴
子
福島・正則
本多・正純
親
本多・二代
子
ジェイミー
（加藤・清正）
メアリ・スチュアート
親
点蔵・クロスユナイト
子
加藤・嘉明
マルゴット・ナイト
親
マルガ・ナルゼ
姉妹
夕
（蜂須賀・小六）
直政
姉妹
立花・宗茂
立花・誾
副長補佐
伊達・成実
キヨナリ・ウルキアガ
LOVE
—現在の人物相関図—
character

character

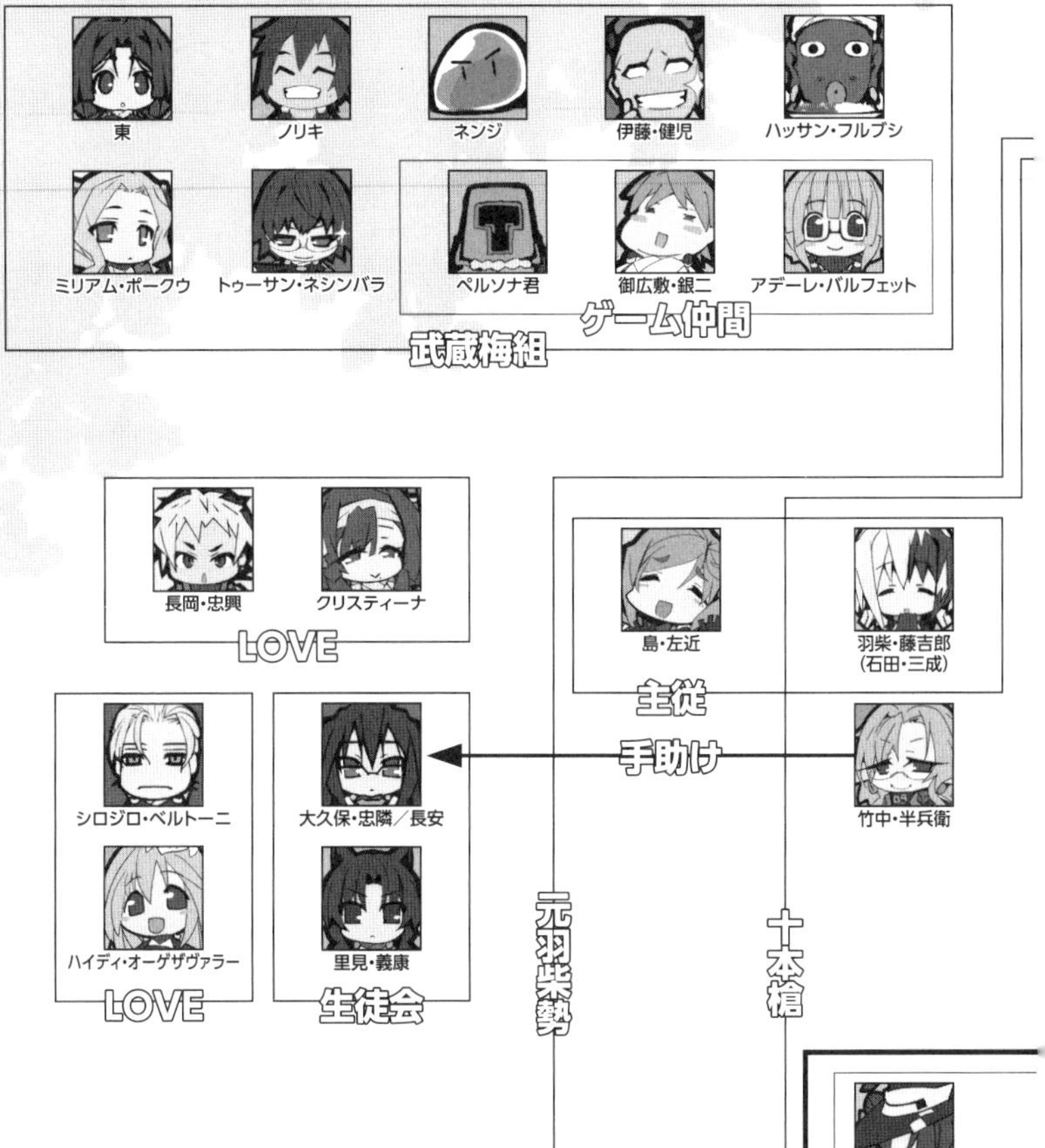

「一般？　に“武蔵勢”と呼ばれる面々を中心にすると、こんな感じですね。
親子関係で三年生と二年生が対のグループになっているのが特徴です」

「ここでそれ言って頭に入りますの？」

「フフ、そんなの気にせず流れで読んでいけばいいのよ。アイコントークの強みって、それだから」

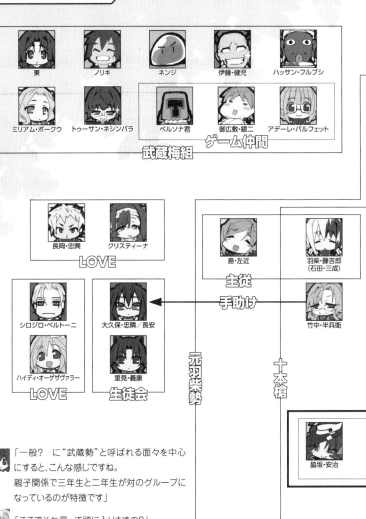

「何となく、ミトツダイラの娘の服が、ハレンチモードで弾けた絵を思い浮かんだのよね……」

「じゃあ次はそういうネタで行こうよ！」

「わあい！」

「わあい、じゃありませんの——!!」

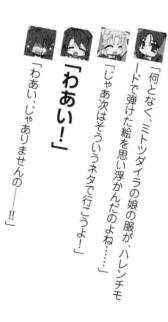

第四十三章
『右と左の指揮者』

大きく動くには
大きく動かして
大きく動かす
配点（そのまま）

「――ネイメア！」

何が起きたか見えなかったと、素直に思う。
ある程度距離を取っている自分に見えなかったのだから、至近のネイメアには尚更《なおさら》不可知であったろう。だが、

「変わった剣術ですわねえ」

しれっと言う母に頼っていいものか、と思う辺りが下らないプライドと思う。そして、

「――次の勝負は貴女《あなた》ですの？」

平然と言った娘に、自分は即座の安堵《あんど》を得た。
まあ、と浅間《あさま》は思った。
横のミトツダイラが、心配モードから落ち着いた状態に戻っている。

ネイメアだ。
ネイメアは、ミトツダイラの指示と、自分の判断でロット王を守りに入った。それは、勘違いの部分もあったろうが、万が一を考えると正しいことだと思う。

「いい判断でした。ここでもし、ロット王に害があれば、疑われるのはファースト派と連絡の手段を持っていない私達《わたしたち》です。サード派とは違い、申し開きも出来ませんからね」

その通りだ。そして今、ネイメアが物怖《ものお》じなく、ベナンタラと向き合っている。
制服は各所が千切れ、攻撃を受けたばかりだ。警告、と言った処《ところ》だろう。ある意味、こちらに対して、ファースト派からの〝見せしめ〟という部分も有る。だが、

「これは……」

ネイメアの五体からは、血も何も流れていない。ベナンタラが手加減した訳ではなかろう。

「人狼《ルウガルウ》の回復力ですね」
言うと、横のミトツダイラが苦笑した。

「――Ｊｕｄ．《ジャッジ》、警告くらいで狼《おおかみ》は停《と》まりませんのよ？」
その言葉に応じるように、ネイメアが言った。彼女は、ベナンタラを見据え、

「二回戦目は、これからですの？」

「貴女……」
うわあ、キツイ雰囲気、と思うが、やはり戦闘系は全然構わないらしい。ネイメアが、ゆっくりとこう言った。

「結構な速度ですのね。私、多分、かなり苦戦すると思うんですの。でも――」
でも、

「一発当てたら、貴女の五体、保たないと思いますの」
告げた。思わずシロジロやハイディがそれとなく下がり、ロット王がテーブル沿いに這《は》うようにして逃げる一言だった。
一触即発。そんな雰囲気だが、しかし、それを止めるものがあった。

「失敬。聞いている話と違いますね」
誾《ぎん》だ。彼女が、これもまた何も気にせぬ風情で前に出て、手を挙げた。

「副会長から聞いている限り、二回戦目は集団戦。――こちら、サード派戦士団と、そちら、ファースト派戦士団で、模擬戦を行うということでした」
さあ、と彼女はベナンタラに視線を向けて告げた。

「こちら、指揮官は私です。そちら、指揮官は、ベディヴィア様ですか？」

そういうことね、とベディヴィアは眼前の少女から一歩を下がった。

ロット王には、後で忠告をしておかねばならないだろう。だが、今は、まず目の前の生意気な少女に向けて、

「……攻撃を、当てられると思ってるの？」

「初対面の相手に対する自惚《うぬぼ》れは、貴女も私も同じだと思いますの」

　言われ、自然と笑いが漏れた。

「──失敬した、人外の娘。夢を見るのは誰でも自由よね、だが──」

　視線を変える。今、自分が見るべきは、派手な義腕の女だ。

　赤い装備。イベリア半島に展開している対竜戦線の内、バスク騎士達《たち》の装備があのようなものだったか。ペネトレイター。吶喊者《とっかん》。死を恐れぬ突撃を連続する騎士が、集団戦の指揮官というのも酔狂な話だが、

「まあいいわ。──先の勝負は引き分けだったのでしょう？　だとすれば、ここで私が流れを整えるべきね」

　手を挙げると、背後で軽い地響きが起きた。馬の嘶《いなな》きも付けて近づいてくるのは、

「ファースト派戦士団。──そちらの戦士団との差を見せてあげるわ。

　指揮官ベディヴィア、──二戦目の代表として出るわ。いいわね？　スリーサーズ」

●

　ふう、と一息を吐いた者がいる。今、名前を呼ばれたスリーサーズ本人だ。

……困ったものですね。

　思う吐息を隠さない。そのまま自分はファースト派と〝湖の精霊〟の間に入るようにして、両者を隔てるために両の手を挙げた。

　言いたいことがある。だが、全てはファースト派に対して、だ。

　己はベディヴィアを見据え、言葉を作った。相手の、青の目を見て、

「――何を求めて来ました。妹の御友人達」

「うちの妹は、そのように挨拶もろくにせず、無礼な侵入や雰囲気を許す子ではありませんが」

「え……、それ、別人……?」

そんな反応されましても。

●

「えーと? ……さっきからいきなり、どういうことです? これ、祭の余興の続きですよね? 何か向こうの人、やたら攻撃的なんですが」

「私達の〝介入とサード派への協力〟が、ファースト派にとっては目障りと、そういうことのようですわ」

「一方で、サード派はこちらの味方だな、これはもう。さっきの貿易の話がまとまったこともあり、利害関係が一致した」

はあ、とアデーレは頷《うなず》いた。三派とも、英国を護《まも》ると言うことでは利害が一致している筈《はず》なのに、どういうことなんですかね、と思いはする。

だが、こちらの疑問とは別に、ベディヴィアがスリーサーズに目を向けた。彼女は、一度だけこちらにも視線を送り、

「目障りというか、興味というか、いろいろあるわ……。ブリタニアに力を貸してくれるなら大歓迎……! でも、勢力争いに変に加わらせるのはやめなさい。

だって私達三派は素敵なバランスで成り立っているのだもの。スリーサーズ? 貴女を未来に恨む私の言い分、解《わか》るわよね?」

問いかけに、しかしスリーサーズが応じない。

「妹は元気ですか」

「んー。元気元気! 超元気! 今日も私の話いっぱい聞いてくれて、その後に筋トレしてた!」

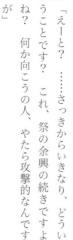

「人の事をつい優先するのは良くも悪くも相変わらずですね……。
ともあれ、言います」

「今、俺達《おれたち》、蚊帳《かや》の外？」

「というか私、意外とどうしたらいいか解らない位置にいますの！」

「ここでネイメアがベナンタラにいきなり正拳ぶちかましたら、英国内で内戦が始まりますよね！」

「というか清正《きよまさ》がカレトヴルッフぶち込んだら諸問題が解決しないかしら」

「正純《まさずみ》様、ルーキー達が見事な解決策を」

「解決策じゃなくて終了策な!?　な!?」

「ともあれスリーサーズさんの話の途中なんで、聞きましょう！　聞きましょう！」

相変わらず〝湖の精霊〟が賑《にぎ》やかだが、スリーサーズは、構わず言うことにした。
ベディヴィアに視線を向けたまま、〝湖の精霊〟達を手で示し、

「いいですか？　この方達は〝湖の精霊〟。不思議パワーで竜をも弾《はじ》いて、拠点周辺の修復を三日で為《な》すような、そんな力の持ち主です」

「不思議パワー？」

「Tes《テスタメント》.、そうです。この方達は、私達に足りないものを埋めてくれると、そう思っています」

「……そう。だったらやはり、試したいわね」

流れはここで元に戻る。

「うちの戦士団と、〝湖の精霊〟の指揮官。この組み合わせの意味が、解りますか？」

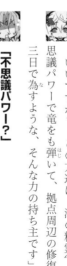

「言って頂戴」

「〝湖の精霊〟の不思議パワーが、貴女達を倒しますよ」

「不思議パワー」

「気に入ったか？」

　ベディヴィアは真面目なので、本気で信じてるかもしれない。何か悪いことしましたね……、と、そんなことを思っていると、彼女が頷いた。

「解ったわ。単純な模擬戦ではないのね？　彼らが、私達に足りないものを埋めると、そういうならば、いい試験だわ。――そちら、サード派戦士団の訓練不足をどう埋めて、私達のファースト派戦士団に抵抗するのか。
　現在、両者の実力差は、大人と子供くらいの差があるわ。足りないものを埋められるなら、それを埋めてみなさい〝湖の精霊〟」

「やってみるのー」

　闇は頷いた。自分達《じぶんたち》の勝負が始まるのだ。

「闇さん。立花《たちばな》の用兵、見せるときがくるとは思いませんでしたね」

「Ｊｕｄ．、それもまさかの英国側について、です。――ほんの一年前までは、この地を攻め落とすために研鑽《けんさん》していたというのに」

　何が起きるか解らない。その言葉を、今、人生そのものとしている気がする。

「宗茂《むねしげ》様、補佐を御願《おねが》いいたします」

　サード派戦士団に対しては、実のところ、この三日ほど訓練を行っている。副会長から三連戦の予定を聞き、二戦目に自分が指揮役として立候補したためだ。
　武蔵《むさし》勢の中、集団戦を指揮出来る者は数少ない。書記はどちらかというと戦闘全体のマネジメント役で、局地戦の指揮となると、やはり専門の訓練を受けた者が要る。伊達《だて》家副長か、第一特務か、第五特務。

　自分を含めたこの中で、敗北しても武蔵側や、所属元に責任が掛からないのは己だろう。そんな判断で自薦したものだが、

「簡易な訓練を施しただけの部隊を率いるとしても、高揚するものです」

　それを己は隠さない。ゆえに胸を張って、サード派戦士団に促しの手を上げ、

「模擬戦、出ます。——総員、位置に着いて下さい！」

●

　訓練場でもある広場が動き出すのを、ミトツダイラは見ていた。

　これまで、会計達とロット王の相対が中央で行われていたため、皆が中央寄りになっていた。

　ここから先は模擬戦となると、かつて左近《さこん》とランスロウが戦ったように外周寄りになる。

　それぞれが、何となくのグループや出身地域などで集まり、位置していく。そんな動きの中で、こちらとしては確認したいことが一つあった。

「スリーサーズ？　ちょっといいですの？」

　何か？　と振り向く彼女の他、護衛のサード派戦士団達が同じように振り向く。随分と自分達も警戒されないようになったものだ。普通に相談が出来る。そして、

「あら、何でしょう？」

「ええ、以前に、そちらがジャムか何か作っている、そんな話を伺いましたわよね？」

　ああ、とスリーサーズが頷いた。

「ええ、この時期はうちの地元だといい柑橘《かんきつ》が出来るので。保存食にもなりますし……」

　だから、

「ロット王の砂糖を、ちょっと頂いて作っているのですよ」

それは解っている。答え合わせとしては解りやすいものだろう。だが、

「ネイト、他に何か気になるところあるのか？」

「Ｊｕｄ．、濃縮した匂いが結構よく香りますわ。でも、それとは別で、──いろいろと陰で支援して頂いて、感謝してますの」

「陰で支援？　何のことでしょう？」

「先日、パーシバルが訪ねてきたとき、こちらで作っているジャムの香りがついてましたの」

「──貴女が、パーシバルにいろいろな情報をこちらに寄越すよう、諭してくれたんですのね」

「まあ」

「これからパーシバル様と会議するとき、一緒に食事をしては駄目ですね」

「件《くだん》の彼はロット王とこの先の事を会議しているようですし、……誰も彼も、このブリタニアの事を第一としているようです。有り難い話ですね」

Ｊｕｄ．、と王や両腕と頷いていると、広場の方から声がした。

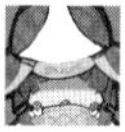

「模擬戦準備が完了しました！　スリーサーズ様！　号令を！」

おお、という声が広場を囲む皆から起きる。

そして振り返った広場側。そこに、二つの集団が出来ていた。

東に、金と黄色をベースとしたファースト派の戦士団。

西に、青と白をベースとしたサード派の戦士団。

前者にはベディヴィアが指揮者として控え、後者には闇と宗茂がついている。

「始まりますね……」

浅間の声に重なるように、皆が静まっていった。誰もが気付いているのだ。この一戦は、大事なものとなる、と。その思いに応じるように、

「――では、メイデイの続きとしてファースト派と〝湖の精霊〟達の第二戦、模擬戦を開始して下さい」

●

「Ｔｅｓ．！　ではファースト派戦士団、模擬戦スタート……！」

　震えなく通る声に、ファースト派の戦士団達が動き出す。そして、

「――さて、こちらも始めます。サード派戦士団総員、ただ指示通り、御願い致します」

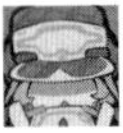
「Ｔｅｓ．、……果たします！」

　両軍ともいえる集団が、それぞれの作戦に従い、動き出した。

●

　清正は、皆と北側の中央近くに位置しながら、少し期待していた。
　この時代の戦術はどういうものなのか。先日に相対した己だが、集団対集団となると、話が別だ。それに、

「練度の高いファースト派に対し、サード派の戦士団でどのように相対するのか」

　これは、用兵という意味で興味がある。
　今、闇には補佐として宗茂がついている。しかしそれも、戦場に声を通すための役で、彼が戦場に出る訳ではない。
　この三日ほど、二人はサード派拠点に赴き、戦士団に訓練をしていたようだが、

「三日で、どれだけの強化が出来るというのでしょうか……」

「大丈夫ですよ清正さん。闇さんは、スパルタでムネオさんをあそこまで鍛えた人ですから」

　凄《すご》く不安になってきた。だが、周囲の静けさが、ふと緩んだ。代わりに聞こえるのは、地響きの連続だ。広場を見れば、

「おお、動き出したな？　左が敵で右が味方か？　布陣の仕方は――」

　Ｊｕｄ．、と御広敷《おひろしき》の屋台の展開を手伝って

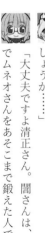

いる左近が言った。彼女は額に手を翳《かざ》し、
「敵は前衛にファースト派の戦士団というか、戦士系？　その戦車隊？　中衛にやはりファースト派の徒歩部隊ですよう。あと、――後衛にはアーチャー隊と、回復役の術者隊と、そういった布陣ですよう、あれは」
　微妙に解りにくい気もするが、仕方ない。現代の戦場には無いようなものが出ているのだ。

「馬引きの戦車など、戦闘で実際に使っているのを見るのは初に御座る」
「戦車というから、もっとゴツいの想像してしまいますけど、実際はオープン式の立ち乗り馬車ですよね」

●

「どういう形なんです？」
『あ、こういう形です』

「えっ？　えっ？」

「正しいのですが、これでいいのか疑問だと判断します……。――以上」


「この時代だと、戦車からは投げ槍《やり》を何本も投じて敵の隊列を止めたり、攪乱《かくらん》するのが主ですね。運用場所が限られるのと、防御陣の発展によって廃れていきましたが……」

「ここは八世紀末の英国。広場となれば、戦車の出番はあるもので御座りますな」

「ともあれどんな状態か。面倒だから描くわ」

「ええと、ファースト派のこの布陣は、先にアーチャー隊が放物線軌道で前衛の頭の上を通して撃ち込み、敵を固めた上で、戦車隊が突っ込む、という形ですね。

　敵陣が混乱状態になったら本隊が突撃して蹂《じゅう》躙《りん》、そういうことです」

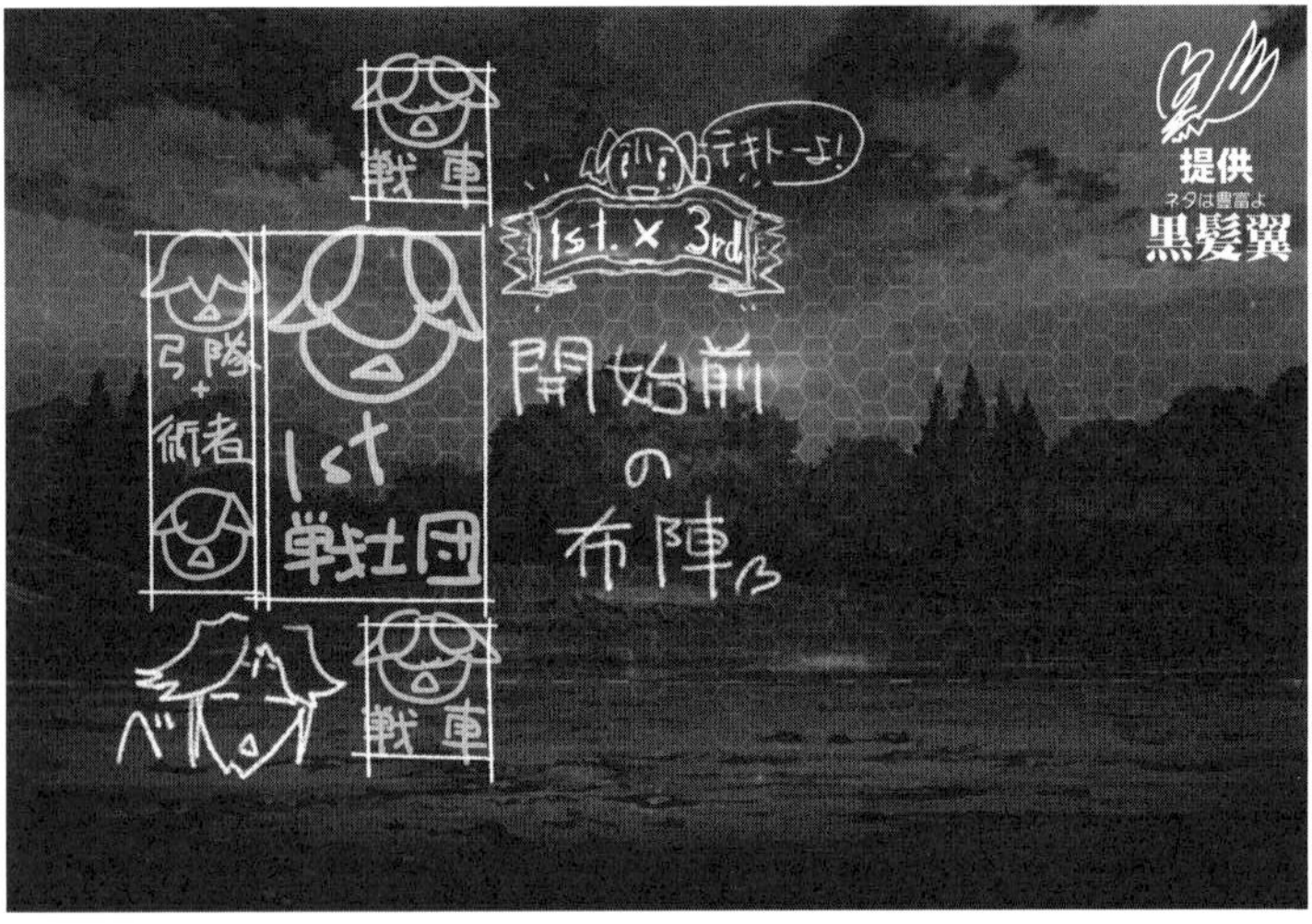

「ケルトの戦士達は防御を考えず突撃し、戦車では外からの投げ槍や突進による突破を、近接では大剣を振るうのが常道です。――死を恐れず戦う。かつてローマはこの力押しにやられ、カエサル達はイングランドを攻め切れなかった……、と言いますね」

「成程、では、対するこちらは――」

ベディヴィアは、相手の布陣を確認して眉をひそめた。
戦場は既に動き出しているというのに、

「何あれ……!?　戦車隊どころか、騎馬隊も用意が無いの……!?」

闇は、ファースト派の戦士団が圧をもって動き出したのを見ていた。
雄々しい叫びが聞こえ、陽光に光る装備が振り回されるのが確認出来る。だが、

「相手は戦車隊有りの布陣で来ましたか。――騎馬隊がついていると厄介でしたが、流石《さすが》に模擬戦で多量の馬を動かすのは無しと、そうした訳ですね」
対するこちらの布陣は簡単だ。

「戦車隊も騎馬隊も不要です。前衛にケルティックナイトの迎撃隊。左右にアーチャー隊。後衛に術式隊。それだけがあれば充分です」

ふーむ、とナルゼは軽く翼を動かした。あまり目立たない程度、他の観衆からも違和感ない程度に上に位置して、魔術陣《マギノフィグーア》にペンを走らせる。

「――サード派はこんな感じね」

「ちょっと密集気味で、布陣の構成が解りにくいわね……」

「密集防御というヤツだね！　解るよ！」

「あ？　何かファースト派の先に撃った矢が届いてんだけど？　早くね？」

「ええと、もう既に相手の戦車隊が助走付けてスタートしたよ？」

「……私、こういう説明ヘタだわ……ちょっと待ってね」

「手を貸すべきか？」

「……御免、正純を傷つけずに断る言葉が思い付かないわ」

「それで充分効果を発してるぞ！」

「私のフードファイトの時に荒っぽい解説やった前科がありますものねえ」

あれはちょっと凄かった。

ともあれ描きあげるとこんな状況だ。

「――と、これでいいわね。こういうとき、ケルト由来の戦士団はフツーどうするの？」

「はい。矢が描く放物線の下を前進して潜るか、バックラーや小盾による防御をしつつ散開。適時突撃もしくは迎撃となります。

　基本、彼らの戦闘は乱戦。英雄を望んで個々が戦うもので、戦車隊はある程度統制をとれてますが、徒歩部隊などは死を恐れぬ突撃屋ですね」

「そのあたりは北欧のヴァイキングとか、戦士団も似てるでありますね。

　北欧、オーディン達の神話は最終的に神々が滅びる終末思想。彼らは死や滅びを当然として受け入れているであります。だから――」

「北欧神話の奏者は、死は勇敢の証《あかし》として、全力尽くしての戦死をしないと神の元に行けないのであります。そのため彼らは、戦場では全力で死を望むのでありますね」

「物騒だな……！」

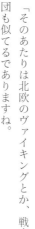

「まあ、それに付き合ってられないので、集団戦術や武装の進化で対応をした訳ですね」

「でも、その物騒な思想は、ケルト文化を始めとして、ゲルマンの多くに継がれた訳だけど、竜属がゲルマン襲名したのって、つまりそういう戦闘好きな指向だよね」

「勇者に全力で倒されるのを望む竜って面倒過ぎるわ……。でもこの時期、欧州はそんな状況になってるのよね」

「なお、ケルトには輪廻《りんね》思想がありました。生命は全て繋《つな》がっていて輪廻する。植物や森を尊ぶがゆえの思想ですけど、戦闘においては〝死んでも生命が消える訳じゃないから安心しろ〟と、そんな思想になるのですね、これは」

「ケルトがローマと戦ったとき、ローマの集団戦術に対して、同様の集団戦術や装備を作らず、ゲリラ戦や強襲にこだわったのはそういう思想があるからですね」

「――と、第四特務！　こちらの対応、入りますね！　フツーなら散開から乱戦ですが……」

どうなるかしら、とペンを構えた時だった。
闇が、自分達の集団に指示を出した。

●

「――矢が来ます。総員、用意を」
こちらの言葉に、宗茂が手を上げる。
手には向きがある。背の高い彼の手は、集団の中からも見える。そして、

「――！」
笛だ。音は一回。その意味は、

「――ケルト定番の散開指示は出しません。――術式隊。術式防御による防護障壁を」
この時代、勇敢が尊ばれる文化の中だが、防護障壁はあった。
現代のように砲撃や銃撃などが無い時代だ。使用頻度はさほど高くなく、主に自然災害や、それこそ竜害対策用のためのものだと説明された。

術式的に見ても、無駄の多いものだが、〝補正〟が大事だ。そのまま行く。

「……万全な術式ではありませんが、空に障壁を展開。敵の矢を受けます」

　突撃して前に出るのが、彼らの回避方法だろう。

　だがそれでは駄目だ。戦術を動かすには、損失があってはならない。

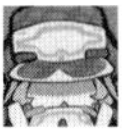

「矢が到達するぞ……！」

　着弾の音は高い。形は単純な板のようだが、旧派《カトリック》同様に反射式だ。何枚か割れたようだが、隙間を詰めて防御する。

「慌てず構えて下さい！　屋根が落ちるような雨より、楽なものですよ！」

　その言葉に、笑い声が幾つか出るあたり、全体は落ち着いている。

　行ける。

……やはり、敵の弓も弱いですね。

後年の英国ならばロングボウによる強力な射撃だが、この時代はその戦術と装備が無い。不慣れな防護障壁でも受け切れる。ならば、

「ここで損耗ゼロ。——状況が、次の段階に推移出来ますね」

　静かに一手を詰めた。そういうことだ。ゆえに己は言う。

「宗茂様、そのまま行けます。——勝ちに行きましょう」

●

　ファースト派の戦士団達は、敵の判断を警戒した。

　今、正面にいるサード派戦士団が、矢を防御で受けたのだ。

　これはケルト式として伝わる戦術ではない。臆病者と言うことは可能だが、これは模擬戦だ。遭遇戦でもない、準備のある戦闘だとすれば、相手は〝臆病を選択した〟のだ。

　何か意味がある。特に敵の主部隊が中央にて

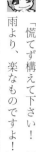

密集陣形を取っているのが危険だ。しかも彼らは、突撃用のバックラー装備ではない。

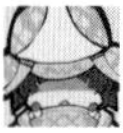

「ベディヴィア様！　タワーシールドを用いた防御陣形です！」

　これは何を意味するか。防御にて、受けて凌《しの》ぐ戦術と言えば、

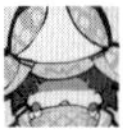

「――ローマ式ファランクス〝テストゥド〟！」

第四十四章
『左右への指揮者』

大きく割って
前に出たかい
配点（戦術）

●

「テ、テストゥド？」

「ローマ式ファランクス……、となると流石に解りませんね」

　Ｊｕｄ．、と応じる声があった。手を軽く上げているのはアデーレだ。

「ファランクス。……つまり盾を前に出して、密集陣形で前進していくファランクスは、これ、ローマの戦術の代名詞のように言われますけど、実は紀元前二千五百年くらいには記録に残ってる古い戦術です」

「古くからいろいろあって、国ごと、時代ごとに改良されていったものなんですのよね」

「Ｊｕｄ．、最終的にローマにて出来たのが、テストゥド。〝亀〟という意味で、その呼び方の通り、四方を盾で囲んだ上に、更に頭上も盾を水平に掲げ、盾で〝箱〟を作ってしまうのがその特徴です。これはとにかく飛び道具に強く、防御陣としても優れていたので、ローマ軍はこのテストゥドを主軸にしたんですね」

　あー、と浅間は先ほどの防護術式の意味を思う。今、サード派の戦士団は頭上に盾を掲げていないのだが、

「さっきの防護術式が、上をカバーする盾の意味を持ってたんですね」

「Ｊｕｄ．、――防御陣は、騎士の時代になって移動力を求められるようになってからはその発展が止まりますの。でも、銃砲が開発されていくと、また防御陣が復権して行きますの」

　その代表格は、かつて自分達も見たものだ。

「西班牙方陣《テルシオ》……！」

　今、それが目の前にある。

　そうだ。テストゥドは放物線軌道で降ってくる矢に対抗するため、上に盾を掲げたが、現代では銃砲が用いられるために水平方向への防御が重要。上はさほど関係ない。ならば、

「――西班牙方陣の強いところは、防御性もですが、盾を前に構えるだけで済むので、訓練も容易であること。立花家の用兵はローマに通じると、そう評していいならば、――敵はここで、サード派戦士団に対する見方を変えねばいけませんわね」

●

スリーサーズは、周囲の視線に気付いた。

……私達の戦士団が、ローマの戦術を使用しているという事実に、各地代表や有力者が戸惑っているのでしょうね。

それもそうだろう。

ケルトの文化は、戦闘に対して勇猛である事を第一とする。しかし、サード派という、このブリタニアを代表する一派の主力戦士団が今用いているのは、事もあろうか過去において自分達の先祖を支配したローマの戦術だ。勇猛も何も、あり得ない話だろう。

だが、自分としては、そこに驚きは無い。

〝湖の精霊〟のすることだ。

……驚くのは、皆が従ったことですね。

サード派戦士団の面々は、各地からの寄せ集めに近いが、だからこそ士気を持つ。それは主にケルトの文化に由来するもので、つまり皆、地方を出て来た英雄志願者だ。

それが、防御主体の陣を第一に行う、という弱者にも見える発想に従った。

〝湖の精霊〟達を、皆が信頼したのだ。

メイデイの中、こちらの戦士団を二人で切り崩し、ランスロウと相対し、そして以後、この拠点周辺を整備した。その積み重ね、特に後者は、実直な者からの支持を得ており、斜面上の砦《とりで》の建設に参加したいと、そういう声も多くなっている。

無論、反抗する者達は当然のようにいて、だから自分は、三日間の訓練初日で〝湖の精霊〟の代表者に告げた。

「第一に盾を用いる。……とのことですが、私達の様式とそぐわぬものだと思います。盾の有用性を見せて頂けますか？」

　その問いに、合わせるように、不満のある者達が出た。そんな彼らに対し、〝湖の精霊〟の代表者は屈託無く言った。

「では、皆さんが、私が今いる位置よりも向こうに行くことが出来たら、盾を使う戦術をやめましょう。それでいいですね？　あ、私、盾しか使いませんので」

　それで散々にやられた。

　シールドバッシュだ。どういう仕掛けか知らないが、喰《く》らった者がよく飛んだ。あまりにも見事なので、皆の血が騒いだのか、仕舞いにはほぼ全員が相手をして吹っ飛んだ。

　今、最前列にいる皆のほとんどは、盾の使用に当初逆らった者達だ。

　士気は高い。

　ファースト派に対して後れを取っている自覚はあり、何らかの力を見せたいと、そう考えていたところに、明らかな格上が来たのだ。

　ただ、各地代表者達は、それを知らない。これから何が起きるかも解っていない。ゆえに自分は、戦場を見るように手で促し、こう言った。

「これは祭の続きですよ？　来賓や参加者を楽しませるためのもの、そういう意味では、面白い趣向でしょう」

　ああ、と皆が辿々《たどたど》しく頷いた。それならば解る、と。

　そんな彼らの、顔を見合わせて納得し合う動きに、自分は重ねてこう言った。

「――でもまあ、勝ちに行くそうですけどね、我らの〝湖の精霊〟は。さあ、ファースト派はどのような判断をするものでしょう？」

●

　ファースト派戦士団が突撃中に察した疑念は、指揮者であるベディヴィアにも届いた。

……ローマの防御陣！

このまま戦車隊が突撃するのは危険だ。密集隊形の防御陣。盾を重ねて組まれた場合、戦車が内部を貫通出来ない。激突して前列を砕いたとしても、押し寄せる盾と圧迫によって中盤域で止められてしまうからだ。

乱戦になったとしても戦車隊を失えば士気に関わる。

ならばどうするか。己は各部隊の動きとタイミングを思案。即座の判断としては、

「歩兵部隊は突撃速度を標準に！　戦車隊は左右に回りなさい！」
戦車隊には為すべき仕事がある。
敵の頭上から矢や投げ槍などを降らせても無意味なのは、防護障壁のせいだ。そして、テストゥドの屋根となる障壁を作っているのは、

……サード派戦士団の後衛となっている術式隊！

テストゥドの背面側。そこに、やや距離を空けている術式隊がいる。全体の防護範囲を確認するためか、テストゥドの中に含まれてはいない。

ならば彼らを潰せば、テストゥドの屋根が消える。

戦車隊の機動力ならば、間に合うと判断した。術式隊を殲滅《せんめつ》する必要は無い。

左右から戦車隊の突撃によって攪乱すれば、術式は不備になる。戦車隊はそのまま、敵のテストゥドの周囲を回り、投げ槍を上から当たるように投擲《とうてき》。それによって敵の防御陣を乱したあたりで、歩兵部隊の突撃を入れる。

細かい速度調整は各部隊が行えるだろう。

そのくらいの練度はあるのだ。

方針は変更された。後は、

「急ぎなさい！　間に合えば勝ちよ！」

●

闇は、ベディヴィアの戦術変更を理解した。

戦車の機動力を活《い》かし、勝負の要となる術式隊を潰しに来たのだ。

「動くことが容易な戦車隊の方針を変える、というのはいい判断ですね。やり直しが利きやすいものこそを動かす。それも、安全な方を選びました」

　頭の固い指揮者であれば、突撃を敢行させただろう。

　だがこの相手、ベディヴィアは違った。戦車隊を無闇に使うことも、自分の戦術に拘《こだわ》る事もせず、勝利に向かって何が必要か、何を大事とすべきかを判断してきた。

　いい指揮者だ。損失の許容を第一としないあたり、部下達からの支持も厚かろう。

　だがこちらも、考えが無い訳ではない。

　敵の戦車隊が行く先には、準備があるのだ。

　それは、

「――手を進めます。アーチャー隊。射撃をしなさい」

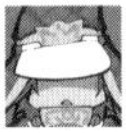
「……Ｔｅ、Ｔｅｓ．！　狙いは――」
　声が聞こえた。

「狙いは水平。敵戦車隊を射《う》ちます！」

●

　は？　とベディヴィアは一瞬戸惑った。

「水平射撃？」
　御粗末《おそまつ》、というのが心に上がってきた感想だ。

「下手の射撃が、戦車に対して意味があると思ってるの!?」

●

　ベディヴィアの言う通りだった。

　二派の戦闘を真横から見ていた武蔵勢にとっても、サード派の射撃は良《い》いものに見えなかった。

「おいおい届いてないぞ！　もっとこう……！　なあ!?」

「そうですよ！　母さんのようにズドンと一発！」

「キヨ殿のカレトヴルッフのように一発、というのもあるで御座りますなあ」

「いえ、それなら御母様の本家一発の方が……」

「でもうちのママ達の爆撃で大体カタがつかないかしら」

「あのっ、あのっ、うちの御母様の突撃でも蹴散らせますのよ？」

「ショーロクは朱雀《すざく》出さないの？」

「損耗する」

「親自慢かと思えば、最後にリアルな判断が来たで御座るなあ……」

「流石は夕様と言いたいところですが、サード派の射撃、確かに浅間様のようなものを望むのはアレとして、チョイと貧相過ぎませんか」

いやまあ、と浅間が応じた。

「水平撃ちは、実は結構高度な技なんですよ。斜め上に撃って矢を降らせる場合、上からの広い面として敵を狙えますが、水平だと横一列しか狙えませんし。

また、重力があるせいで、水平撃ちだと遠くに飛ばないんですが、この時代の弓だと弱くて、かなり駄目な筈ですよね」

「……あの……」

「何です？」

ええ、とメアリが頬に手を当て、困ったような口調で言った。

「……どうして弓の射撃の話で浅間様が？」

「最高――！」（吐血）

「こ、声がデカいですのよ豊《ゆたか》！」

「ま、まあそういう感じで、サード派アーチャー部隊の水平射撃はほとんど意味なしって結果ですね」

アデーレの目には、慌てて逃げ出すアーチャー隊の動きが見えている。そして第四特務が広場の動きを描写して、

「……で、こっちのアーチャー隊は後方に撤退。敵の戦車隊は左右に分かれて、逃走するアーチャー隊を追う構図ね」

それだけではない。

「敵の戦士団は突撃をチョイ緩めてんのな。この流れだと、フツー、どうなっていく訳？」

「Ｊｕｄ．、敵の戦車隊はアーチャー隊を追撃。それを潰した上で、主力の背後にいる術式隊を狙ってきます。術式隊を潰してしまえば、テストゥドが無いので、投げ槍を放物線軌道で好き放題に投げられます。そして攪乱されたこちらの戦士団に、満を持してファースト派戦士団が突撃と、そういう流れですね」

「あとは、まだこっちの主力が残っているなら、敵のアーチャー隊は上から矢を降らせてくるでしょう。そしてある程度削れたら外から戦士団が殲滅戦ですね」

「ある意味、ケルトの王道的戦術の一つというか、戦車の脅威を利用した戦術の一つですね」

「で、今、敵はその必勝パターンになってきてる訳だ」

「——で、現状はこんな感じね」

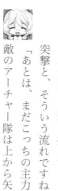

「実際はこう、……と。
——敵の戦士団がかなり速度落としたわね。戦車隊の結果待ちというか、信頼がある、ということかしら。
そして敵のアーチャー隊はやや後れ、と」

●

ベディヴィアは判断した。

……急がないと駄目ね。

これは速度の勝負なのだ。

こちらが戦車隊を左右に走らせることで、敵の戦術は絞られた。

今、相手が出来ることは一つだ。

……テストゥドが健在な間に前進させ、こちらの歩兵部隊と激突を望むこと！

サード派は、術式隊が潰されればテストゥドの屋根を失う。そうなったならば、上から投げ槍や矢を連続で叩《たた》き込《こ》まれるだけだと、解っているだろう。

つまり、テストゥドが無事な内に、サード派は突撃して来る。

ならば対するこちらが今為すべきは、

……戦車隊を急がせ、サード派の突撃より早く術式隊を潰す事ね。

テストゥドを消し、上からの攻撃を見舞うのだ。

自軍の戦士団の突撃の能力を信頼していない訳ではない。

だが、ローマの防御戦術は厄介なものだ。ケルト式の突撃戦術は初めの勢いが肝心。防御でそこを凌がれると、流れが一気に変わることもある。

勝率を上げ、損耗を避けるならば、急いで敵の術式隊を潰し、先攻する必要がある。

「——行きなさい戦士団！」

使うのは王道。そうでなければならない。

何故《なぜ》なら、

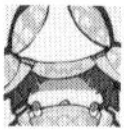
「回りなさい戦車隊！　我らが戦術の王道を我らがアーサー王に！」

「Ｔｅｓ．！　この戦闘の勝利を、――我らがアーサー王に！」

　行く。

そして、対する敵に動きが生じた。

最前列。

盾を構えた者達が、

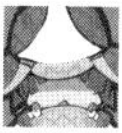
「おおおお……！」

予想通り、声を上げて前に出てきたのだ。

●

「慌ただしくなって来たわね。ともあれ両者の動きを示しておくわ」

●

敵が動いた。

それを確認したベディヴィアは、自分の読みが正しかったことを悟った。

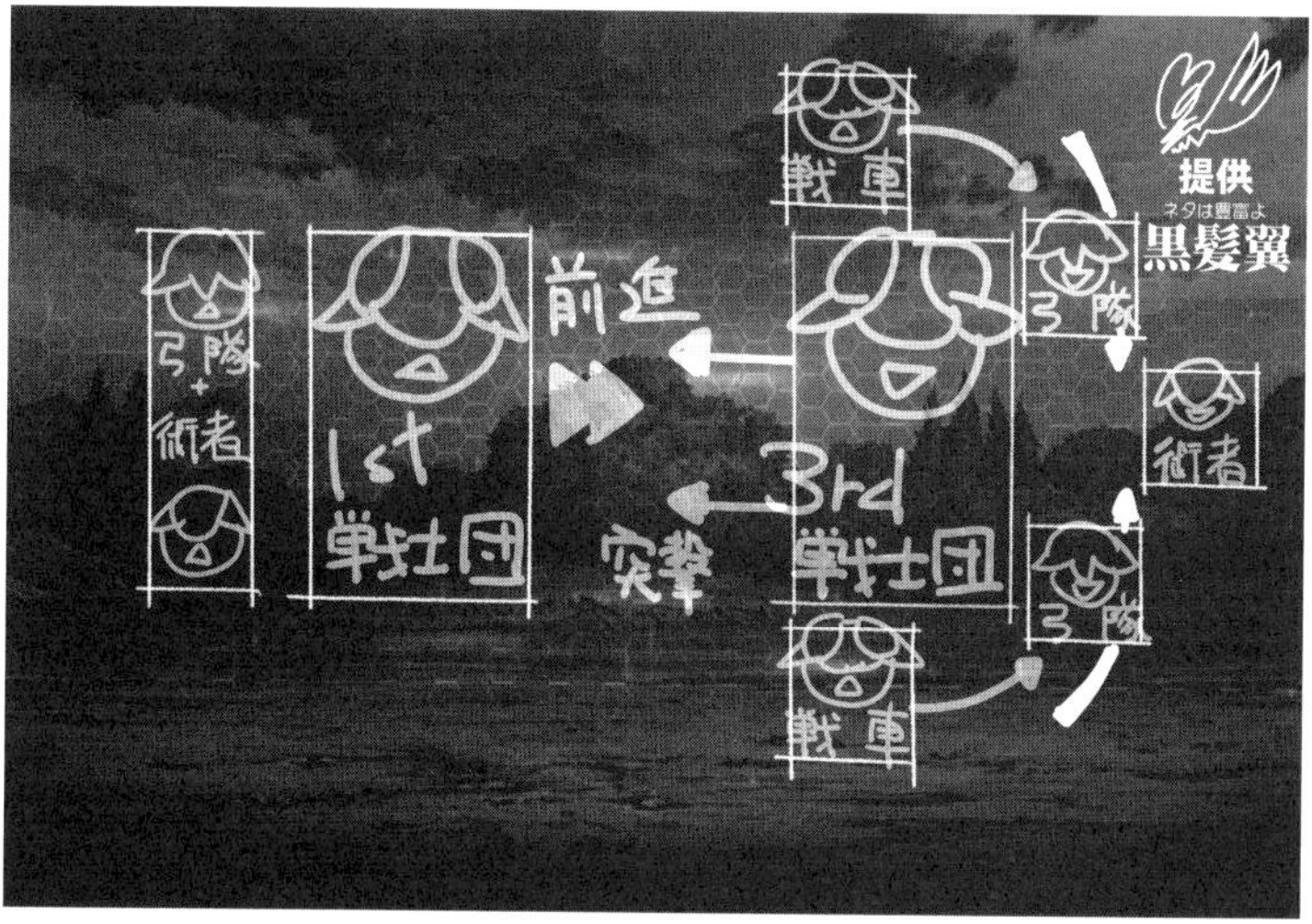

だからベディヴィアは思った。

……違う!!

おかしい、と、そう思った。

この流れは、自分の思った通りのものだ。だがそこに、敵の意思がない。

「敵にも、指揮者がいるのよ……!?」

そうだ。

敵の指揮者は、サード派にローマ式の防御戦術を与えるような考えを持っている。それが、テストゥドを見せただけで終わりというのが、今の展開だ。

おかしい。

現在、追い込まれているこの状況に対し、敵は、なし崩しの手しか打っていない。

サード派の戦士団をスリーサーズに預けられた指揮者が、その程度か?

違う。

ならば違う。

そうだ。この流れは、こちらが思った通りのもの。だが、

「――そこまでを、戦術として相手が組んでいたならば!?」

考えるより先に、これまでの経験が答えを出した。

「戦車隊！　外を回りなさい！」

外だ。

敵の術式隊を狙うのではない。

「――戦術的退避！　外へと迂回《うかい》するのよ！」

叫びが走った直後だ。自分は、新たな声を聞いた。

左右だった。

サード派のテストゥド。その側面から咆吼《ほうこう》があがったのだ。あれは、

……やはり！

先ほどこちらに前進していた前列の盾持ち達

は動きを止めている。代わりに吠えたのは、左右の盾持ち達だ。

　そして、敵の指揮者が告げた。

「戦士団左右主力、――突撃」

●

　分割であった。

　サード派の戦士団を後ろから見ていたスリーサーズにとっては、テストゥドが左右二つに分かれたのがハッキリと見えた。

　前に出た前列、二列分ほどを除き、テストゥドが割れた。その動きは単なる分離ではなく、

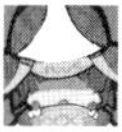
「おおおお……！」

　全員が、盾を捨てて走った。
　左右に。一直線に、だ。
　突っ走る。武器を両手に構え直し、地響きを立てて急ぐのは、

「後ろに回ろうとして、目の前を通過する戦車隊……！」

●

「――一直線に、恐れなく突撃しなさい。ただただ正面に疾走しなさい。戦を誉れとする戦士達」

●

　ベディヴィアは、自分の判断が正しかったことを悟った。

「こちらの戦車隊が左右に回ることを前提として、だからこその方陣!?」

　方陣は、左右の盾持ち達が正面ではなく、左右を向いている。
　その形で突撃を行えば、左右に分厚い突撃隊を走らせる事が可能だ。
　ゆえに敵はそうした。左右にとっての正面。
　その狙いは、

「戦車潰し……！」

　背面に回ろうとして急いでいた戦車隊は、テストゥドの屋根があるため、サード派戦士団に攻撃を振っていない。正面集中だ。

　そこに、横から分厚いサード派の突撃隊がいきなり突っ込んだ。

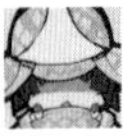

「……!?」

　サード派戦士団による、走りながらの投げ槍や石の投擲が、連続して直撃する。

●

　わあ、と驚きの声が観衆から上がるのをナルゼは聞いた。それはそうだ。相手の指揮者であるベナンタラが、戦車を外に逃がすよう指示していたからだ。

　急ぎの判断としては見事なものだ。隊の損耗を避けることを優先した。

　今、戦車隊は速度を落とし切れぬまま、観衆のいるぎりぎりの位置を通過する。

　無論、何台かはこちらの戦士団の突撃や投擲武器を食らって脱落した。

　観衆の中に飛び込まなかったのはよくやったものだが、しかし、

「大外に行きすぎたわ。広場の端まで行ったら、ターンする間に――」

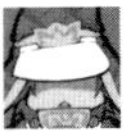

「アーチャー部隊、追撃入ります！」

　先ほど、下手な射撃を見せたアーチャー部隊が戦車隊の追撃に行く。

「アーチャー隊を追いつつ後ろに回ろうとした敵戦車隊は、それが勝利パターンゆえ、こっちの本隊を見逃してた訳だね」

「つまりこんな状況……、と」

「相手の勝利パターンを読んでいたこっちは、最初から、左右向きに二隊用意して、手前の一列だけ敵に向けていた、と。後はアーチャー隊が殺到する戦士団の陰に入って、突撃する皆が戦車隊に横から突っかければ——」

どうなるかは、目の前で結果が出ている。

敵戦車隊を戦場から脱落させたサード派戦士団が、動きを止めていないのだ。

左右に向かった皆は、走っている。それは、広場を左右に大きく使って助走とし、

「突撃です。左右戦士団」

何が起きるか、見れば解る。

先に前進した前列の盾持ち正面。そこに緩やかな前進をしていたファースト派戦士団に対し、斜め横からの左右挟撃が入るのだ。

●

サード派の戦士団。その左右を担っていた者達は、走った。

体力ならばファースト派にも劣らない自信がある。野に育ち、山で鍛えて来たのだ。

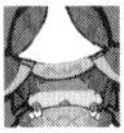

「私達は技術に足らず、力に劣る者達なり……！」

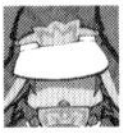

「しかし、突撃や、敵を討つ事も出来ない訳ではない……！」

　三日間で、皆が盾を使いこなせる筈もない。ゆえにそのことを理解していた指揮者は、戦士団の仕事を分けた。

　一つは、盾をある程度使える者達を選抜し、前列とすること。

　もう一つは自分達だ。盾を使いこなせないならば、テストゥドを組んだと見せかけるため、ダミーの盾を構え、

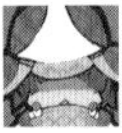

「戦車隊に突撃し、そのまま挟撃に向かう……！」

　アーチャー隊が、こちらに戦車を引きつけていたのが効いた。

　距離を近くしていた敵戦車隊は、こちらの戦士団の突撃に飲まれ、そうではない戦車も大外に回って離脱となる。あとは、

「——術式隊、負傷者を敵味方区別なく治療に回って下さい！」

　指揮者が、一言を告げた。

「——ここから仕上げに入ります」

●

　闇は手を上げた。

　今、左右から回り込むようにこちらの戦士団が疾走していく。

　一方で、敵の戦車隊は無力化した。ならば、

「アーチャー隊。敵戦士団に矢の雨を降らせなさい」

●

　うわあ、と御広敷は口を横に開く。ナルゼから送られてきた図解を見るならば、

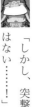

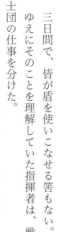

「左右から、空いた中央後ろに来たアーチャー隊が敵戦士団に集中砲火ですね」

「ロングボウじゃなくてショート系だと、移動しながらでも射てますし、この場合は上から降らせれば良いんで、楽ですね……」

　容赦ないですねえ、というのが自分の感想だ。

通神帯《ネット》の対戦ストラテジーを想起する手並だが、これは現実。練度の低い部隊でやっている、と考えると、それがどれだけ途方もない無茶なのか想像もつかない。

　だが、矢を浴びて動けなくなった敵の主力を見据え、闇が告げた。

「散開しようとする敵戦士団を左右手前から挟撃。
　――殲滅しなさい」

●

　ベディヴィアは、打つ手を失った。

「く……!」

今、こちらの主力は、左右からの挟撃を食らって削られて行く。

相手のテストゥドに用意なく当たらぬよう、突撃をやめていたのが悪かった。駆け足程度となって、勢いを失ったところに、訳も解らぬまま戦車隊を失い、矢を受けたのだ。

挟撃に対応出来るものではない。

現在、正面では、敵の陣形が包囲戦を組みつつある。

正面突破を考えたいが、

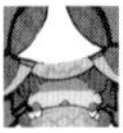

「……抜けられると思うな！」

盾だ。

盾持ちの前列が、硬くこちらの行き先を封じている。先ほど見せたあの前進は、こちらを塞ぐための定位置を確保するものだろう。ならば、

「――――」

己は決めた。全ては恥として、ここで降伏を選ぼう、と。

全滅して、勇猛に戦ったという言い訳は出来るだろう。だがそれをやれば、

……サード派に殲滅された、ということになるのよ……！

結果が出てはいけない。

己は手を上げた。これは模擬戦だ。相手の戦術が上であったのは認めよう。次にやれば勝つ。そのつもりで中止を宣言しようと、そう思い、

「……!!」

声を上げる。その直前だった。

いきなり、広場全体が激震した。それも縦に、だ。

●

闇は、宗茂が前に回っていることに気付いた。

そして視界の中、全ての動きが止まっていた。

広場の中、模擬戦を行っていた戦士団の皆は、満足に立てていない。

ある者は転び、ある者はバランスを崩し、ま

たある者はお互いを支え合っている。敵味方関係なく、

「今の地震は――」

違いますね、という内心の悟りに応じるように、一つの手が上がった。

ファースト派の控える観衆の中、そこから出てきた影がある。

「見てられないなあ――。いつも通りにやった方がいいと思うのね」

ケイだ。

●

「……重力制御ね」

経験者として、ナルゼは呟《つぶや》いた。

「あのケイってのが、やったのよ。今の重力制御による攻撃を」

「倒置法だね！　いいよ……！」

やかましい。しかしまあ、

「この広場を全域プレス出来る重力操作って、どんだけ……？　いや、重力制御事態が高度だけどさあ」

「ええ、重力制御は高度な技ですよね。

……おっと、ホライゾンも自動人形なので重力制御が使えるのでした。いや、しかしコレはホライゾンが高度だと言っている訳ではありませんよ？　何せホライゾンにとっては標準機能ですからね……」

「オメエ、たまに本舗とかで椅子から動かないで皿の片付けとか全部済まそうとするけど、あれ、大概が壁とかカウンターに引っかかってガシャアなんだからな？　な？」

「コーヒーカップとかが勝手に動いてるのって、あれちょっと怪異かと思ってビックリしますけど、慣れてきたら〝透明な猫がいる〟くらいの感覚ですわよね」

「ニャーン」

「…………」

「ええっ!?　ちょっと！　ちょっともう一回！」

「おやおや貴重な一回を御聞き逃すとは残念なことで。さあ、ミトツダイラ様、浅間様、喜美《きみ》様も、今夜は輸送艦の疑似本舗で猫集会です」

何言ってるか解らんが解釈して次の本にしようとは思った。だが、

「……模擬戦の雰囲気じゃなくなったね」

「Ｊｕｄ．」

闇は、静かに言った。戸惑いつつも動きを止めている戦士団の向こう。ファースト派の代表の一人であるケイに向けて、

「——調子が悪かったと、そういうことですか」

「ん——」

言葉を投げた先、ケイが一度上を見る。そこにある青の空を眺め、

「別に、続けてもいいよ？　ここから」

『——無茶な事を』

『そうね。ここから仕切り直しをしたら、士気の管理が上手《うま》いファースト派の方が優勢になるわ。こっちは気分的に冷めてきているでしょうし』

その通りだ。ならば、

「では、引き分けとしておきましょうか」

響いた一声に、自分は武蔵勢の方を見る。指示を仰ぐために総長——、は何か知らんが姫の足にまとわりついていた。くねくねしているから何かと思えば、

「え!? 俺もネコメシ食って良いの!? やった!!」

まさか食糧危機がそこまで深刻なこととなっていたとは。ともあれトップ中のトップが役に立たないので、他を頼ろうと思った。すると、

「闇殿!」

「……本多《ほんだ》・二代《ふたよ》。何か今、言うことは有りますか?」

あれでも副長だ。現場の指示が何らかの形で来るだろうと、そう思った。すると、本多・二代が首を傾《かし》げ、

「——闇殿? さっきから、何で皆、動きを止めてるので御座る?」

この女……!

●

あー、と手を上げざるを得ないのが副会長だな、と正純は思った。

とりあえず、見せるべきものは見せたのだ。後は体面と言った処だろう。だから、

「まあ、何だ? ノーコンテストと言ったところだろう」

実質上の引き分けだ。こちらが優勢だった分は、スリーサーズが有用するだろうし、こっちも貸しにしておく。だが、

「三戦目は個人戦だったな? 円卓の騎士が一人ケイ。相手は貴女か?」

周囲が一気に静まった。

スリーサーズも、こちらに視線を一度送っただけで、顎に手を当てて思案の様子だ。

襲名者の優劣がつくような現場は、かつてランスロウとの対戦で一度見せた。それがまた起きるのかどうか。ここにいる皆は、それを期待し、また、警戒しているのだろう。

……面倒なことだ。

これらの戦闘は〝補正〟にはならんよな、と思っていると、声がした。

「そうだねえ。ここは私が出るのが――」

「待ちなさい」

軽く、しかし振り向かせる口調で、新たな人影が戦場に出る。それは、

「――ブリタニア直属の騎士が安売りするのは、駄目でしょう。ここは私が出ましょう。――アングロサクソン代表。円卓の騎士が一人ペリノア王。そして――」

そして、

「天竜が一員〝層竜《そうりゅう》〟。――そちらの御相手《おあいて》は誰です?」

第四十五章

『試験場の竜と人』

私は貴女の敵です
貴女は私の敵です
では次に会ったときはどうだろう
そして次に会うための今はどうだろう
配点（一期一会）

●

天竜が出場する。その展開に、スリーサーズは迷わなかった。

〝湖の精霊〟だ。彼らの内、近くにいた者へと声を掛ける。

己は、給水の木管ボトルを束で運んでいる従士に手を上げ、

「――チャンスですよ」

「あ、Ｊｕｄ．！　そう伝えておきます！」

それでいい。

これは機会だ。何しろ今、彼らはベディヴィアを退けた。

ファースト派の英雄達ではなく、大多数を占める戦士団に対し、サード派の戦士団で勝利した。

ケイの介入もあり、決着はついていない。だが、

……ランスロウの件もありますからね。

個人の相対ではない。弱いと思われているサード派の戦士団を有用出来るならば、このブリタニアの戦力としても充分な考慮に値する。

もしも自分の妹や側近達が彼らを無視しようとしても、それこそが〝恐れ〟だ。怖《お》じ気《け》づいたのかと、そういうイメージはファースト派にとって最も避けたいものだろう。

そして今ここで、天竜が来た。

個人戦力としての最強はベディヴィアと言われているが、ペリノア王もまた、どれほどの実力があるのかは定かではない。何しろ気まぐれな竜だ。人の姿をしているが、本性を発揮されたのを見た者はいないのだ。

それをもし、ここで退けることが出来たならば、

「チャンスでしょう」

〝湖の精霊〟達を、ファースト派は無視出来な

くなる。

●

アデーレは、皆に給水の木管ボトルを配りながら、スリーサーズから言われた事をストレートに告げた。

「スリーサーズさんから言われました！　チャンスです、って！」

皆は、天竜相手に誰が出るかで相談していたようだ。副長がジャンケンの構えで絡めた指の間を覗《のぞ》き込《こ》んでいるのが些《いささ》か不安になるが、それはそれとして、

「……チャンスって何よ一体」

「Ｊｕｄ．、ではここでホライゾンが言います。〝チャンスって何よ一体〟と。そうしたら皆様――、おっと喜美様速かった」

「何？　つまりはアレ？　**解りやすく言ってアーマゲドン？**」

「ウヒョー！　お早い案件！」

「でも本気でチャンスって何？　正純が政治で蹂躙していいってこと？」

「天竜を倒して名を上げるチャンスと、そういうことかもしれませんの」

「うちの後輩というか御家族、……結構トンデモというか、無茶言うで御座るなあ」

「あら、やろうと思えばやれる筈ですわよ？」

『逆にここで撤退という、そういう話は？』

『まあ輸送艦は大体修復出来てるから、そういうのも有りだろうさ』

「い、いや、英国からの脱出はまだ出来ませんよね？」

では、とホライゾンが手を上げた。彼女は一つ頷き、

「――つまりこういうことですね。まず天竜を倒して名を上げた後、政治的蹂躙からのコンボ

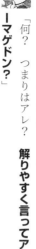

でアーマゲドンを英国に起こし、それからソッコでバックれる。……Ｊｕｄ．！　話はまとまりました正純様。そのような塩梅《あんばい》で！」

「どんな塩梅だ一体……！」

「というかアーマゲドン起こしたら逃げる必要ありませんわよね」

　そういう問題でもないと思う。

●

〝湖の精霊〟達が、いつもの議論に入ったのを、スリーサーズは確認した。
　ペリノア王に対し、軽く手を上げ、待つように指示。こちらとしても、広場の片付けや観衆達の整理があるし、それはファースト派も同じだろう。
　つまり時間がちょっと要る。その間に、皆が来た。控えの者達に広場の整備の指示を出した直後。先ほどまで広場に出場していた者達が、

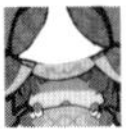
「スリーサーズ様！　……勝てました！　私、私達……！」

「結果は引き分けですよ」

　でも、

「……皆さん、よくやって下さいました」

　わあ、と、皆が声を上げる。
　一方で、広場の向こう。対面となる東側では、ファースト派戦士団達が額を合わせて、ベディヴィアを中心に何かを話し合っている。今回の模擬戦の流れと反省を、皆がホットな内に行っているのだろう。
　どちらも、これからまた強くなると、そう思っていると、

「この勝利、恐らくスリーサーズ殿の戦士団を一気に強くしたものと思えるものであるかと」

「……そうですね。指揮官と戦術があれば強力な敵にも勝てると、そんな自信が付きました」

　しかし、と自分は、今回の指揮を執ったペネ

トレイター装備の二人を見る。

　夫婦らしい彼女達《かのじょたち》は、見たところイベリアの出身だろうか。よくは解らないが〝湖の精霊〟はグローバルだと、そういうことなのだろう。

「――ともあれ、あのお二人、用兵の知識と判断が見事ですね。今回、戦士団とアーチャー隊、そして術式隊の三隊がいましたが、彼らの出来る事と出来ない事をちゃんと理解していたように思います」

「Ｔｅｓ．、……スリーサーズ殿の戦士団は、何分訓練不足。三日で教えられる事は限られている。だから集中訓練したのは――」

「盾の使用と、……それが出来ない者達には、正面への突撃と、方向転換しての突撃のみ。しかしこれを左右の二隊で行えば、左右への突撃と挟撃が叶《かな》う、と」

「一番活躍したのはアーチャー隊であろうかと。何しろ彼らは狩猟を行うため野山を走り、足腰が出来ているので。この部分については、ファースト派側と比肩出来るもの。
だから彼らを囮《おとり》にして、戦車隊を誘導。更に射撃も任せたのであるな」

「パーシバル様も、戦闘を見て高揚すると、語りたがりになるようですね」
　いやまあ、と苦笑を漏らす彼に、自分も小さく笑う。
　この模擬戦は、大きな収穫となった。メイデイの残滓《ざんし》に相応《ふさわ》しいと言えよう。
　今、相手は天竜を出して来たが、

「……さて、どのような方法で立ち向かうのでしょうね、彼らは」

●

　さて誰が出るか、という話だった。
　ミトツダイラとしては、自分も候補に入れた上で選出となる。

「有り難いことに、向こうはこちらをナメてますの。余程の事がない限り、天竜は人型のままでの勝負はしませんものね」

「加藤《かとう》・段蔵《だんぞう》殿のように、人型でこその力を発揮するタイプ……、ということは？」

「その可能性は低いのではないでしょうか。——何故なら、彼女は英国外部からの襲名者です。彼女を派遣した側として考えるならば、竜の姿での実力を示せない者を外部に送って、竜属の威が誇れるか、ということになります」

「確かに、プライドの高い存在ですものね……」

だとすると油断がある。ならば、

「二代は出ない方が良さそうですわね」

「Ｊｕｄ．、拙者、倫敦《ロンドン》でチョイとペナンタラ王に自己紹介した際、佐助《さすけ》殿達と走り回ってズガンやった話をしてしまったで御座るよ」

「——確か、匂いで察知されたのでしたね。では自分も、やめた方が良いでしょう。同様に第五特務と、東照宮《とうしょうぐう》代表も」

「いやいやいや、私は頭数入れなくていいですよ！」

皆が真顔になった。その上で手を上げるなら、

「左近はどうですの？」

『石田《いしだ》の見送りに出た後で寝ておる。だが、このところの疲労が残っている可能性がある。万全ではなかろう』

結論が早いが、保護者が言うならそうなのだろう。

大体、鬼武丸《おにたけまる》が左近を急《せ》かさない、という時点で、やはりそれなりの根拠があるのだ。

……これまでかなりハードに仕事しましたものねえ。

それが武蔵の方針とは言え、石田・三成《みつなり》の指示に従って三日三晩不夜城状態で動いたのだ。皆、それなりにダメージとして残っている。

そういう意味では、張り切った左近は別として、皆、ある程度はイーブン状態とも言えるが、

「私は除外しておいて」

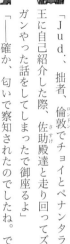

「〝不転百足《ふてんむかで》〟が未来過ぎるか」

「それもあるけど、義脚と義足、顎剣の召喚が心許《こころもと》ないわ。位相空間からの射出だけど、確実にこの情報世界としての影響を受けてるでしょうから」

「〝双嬢《ツヴァイフローレン》〟が呼び出せないのとは別で、確かに召喚系は一回そこらへんの調整をしておきたいところね……」

「特務クラス相手なら不転百足と義体の射出無しで対応出来るけど、あの天竜はどのくらいかしら」

「副長級と、普通はそう考えますわね。――小規模教導院ならば総長クラス、というのが真田《さなだ》で実際にあった訳ですし」

ようし、と応じる声があった。王だ。

「何かいいアイデアありますの？　我が王」

「おお、そうだな。――おい、点蔵《てんぞう》、行って来いよ」

「おおう？　自分に勝機ありと、そう見て貰《もら》えてるので御座るか？」

「いや？　オメエが派手に負けた後、セージュンが政治的に勝利する流れで。オメエ、やられるの上手えから、天竜相手にもノーダメ行けるだろ？」

「どういう流れで御座るか！」

「というか点蔵君は前に英国で地味に死にかけた前科がありますから、アレがジンクスとして働いて今回も同じになる可能性ありますよ？」

「私の気が回らなかったせいなので何とも言い返せませんね……」

「い、いいえ、記録を見る限り、御母様は気を回しすぎただけで悪くありませんよ！」

複雑過ぎてよく解らん。そしてまた手が上がり、

「向こうが規格外の存在を出して来たので、こちらもカーチャン様やヨシコ様で迎撃というのは有りなのでしょうか」

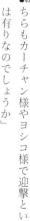

「コラっ、こういうところで保護者を〝利用〟するものではないぞえ？」

「――おっと失敬。では保護者としてアドバイスは如何《いかが》でしょうか」

そうですわねえ、と母が顎に指を当てて言った。

「尻尾掴《つか》んで左右にビタンビタン叩きつければ、十秒くらいで勝てますわよ？」

●

「――凄いの来ちゃったよミトっつぁん。子供としてどーすんの？」

「お、親は一番身近な他人ですのよ!?」

「確かにヴェストファーレンで一度見たが、あれはまた別であろう……」

●

参考というか、悪い見本ですわねえ、とミトツダイラは思った。だが、

「一つ、超えてしまってるだけですわね」

「一つ？」

「――勝つための算段が、一つ超えて、〝勝つ〟になってしまってますのよ、御母様の場合。だから――」

こういうことだ。

「能力不明の天竜に対し、勝てる率の高い者は誰か。そして、――勝つために必要なものは何か。そういうことですわね」

●

幾つかの期待が、無い訳ではない。

ペリノア王は、素直に自分の心の動きを楽しむことにした。

……タダでさえ、狭いロンディニウムに収まってる訳ですからねえ！

こういうアクティブな機会は、前に出て行くべきだ。それに、

……ランスロウ君の言っていた〝彼ら〟のことも気になります。

ロンディニウムで会ったのは、基本的に政治系や術式系だろう。一人、フィジカル派がいて、これが天竜皇の匂いがした上で、白竜達のことを話題にした。

いずれ彼らを倒すのだと。

面白い。

今、若手の中でエース級となっている彼らに目を付けているのもなかなか〝良い〟のだが、倒すことを当然としている意気が良い。

自分などは、どうなのであろうか。

そして彼らは、一体、どういう存在なのだろうか。

話し合いでは落ち着かない。

正直、煽《あお》り合ってるのも面白いとなれば、敵対するしかなくなるのが常だ。

ならばやはり、戦いの場において戦闘をするのが手っ取り早いと、そういうものだ。このあたり、ランスロウや他の面々に言うと、

「意味が解らん」

となるのだが、いや、理論立ってるじゃあないですか。

戦いたいだけですよ。ええ。だが、

「――用意が出来たようですね」

スリーサーズの声と共に、向かいの人波から声が上がった。

それは歓声とも、驚きとも違う。

……期待の声ですね。

そして人の群を割って、その姿が出てきた。

人影。

見知った者だ。何故なら、

「どうも。お久しぶりです」

……！」

「ロンディニウムで生意気な口を利いた術者

術者が来るとは、想定外。

スリーサーズは、その姿を見た。
白と赤の装備だ。
大型のバインダースカートに、弓を持つ。しかしその両腕に、

「手甲……？」

「パワーアームであろう。軽量かつ高速、という仕立てのように見えるのであるが、あれは――」

　パーシバルが、一回首を傾げてから、こう言った。

「ローマに由来する、グラディエーターの装備であろうか」

「――直政《なおまさ》君？　術者というか、巫女《みこ》が出て大丈夫なんですか？」

　整備室の中も、相当に混雑している。一応、各作業用機械の近くと、中央の試験用フロアは空けているが、他は使用しなかった部品や装備、工具のケースやストレッチャーで埋まっている。
　これは早めにカタつけたいさねえ、と、直政は内心で思いつつ、椅子に浅く座って言う。

「今の所、現場組の中で、天竜相手に最も勝率が高くて、状態もいいのは浅間の娘だけだろうさ。対英装備も良い感じで間に合ってる」

「……勝率と、言いますと？」

「まあ現場を見ろと、そう言いたいが、一つは彼女の状態さ。――浅間の娘はこの三日間、土地の鎮護と鎮守を受け持っていたが、御陰《おかげ》で肉体労働系はほぼ行っていない。蓄積疲労が最も少ないメンバーに入るだろ？」

　体調は何よりも大事だ。その上で、

「巫女装備を浅間が取り寄せていたのが効いた。梅椿《うめつばき》は流石に持ち込めてないが、こっちの対英装備との組み合わせは、面白い結果を呼ぶだろうさね」

ネイメアとしては、姉妹の装備に興味があった。自分の対英装備はどのようなものかまだ知らされてないということもあり、ちょっとした嫉妬もある。

『豊、その装備、巫女装備の亜種ですの？』

胴体部と下半身。バインダースカートは正に巫女装備だ。

だが、上半身が違う。両腕は、下腕部に細身の手甲が着いている。それは肘から上腕側に、まるでブレードのようなものを突き出していて、

『それは――』

『巫女の装備の一つですよ。梅椿は現在、浅間神社と東照宮が武蔵防護用として登録しているので、武蔵から離れた場所や他国の土地では許可無く使えないんですけど、代わりとして……、というか。まあ巫女も歴史長いんで、いろいろなものがあるんです』

そして、

『この手甲については、母さんから直政様――、ワア！　様つけて呼んじゃいました！』

『**やめろ**』

あ、これ、本気でやめて欲しがってますの。

ともあれ豊の方はテンションが一気にアガったらしく、

『母さんの方から、対英装備に改造を頼んで、まあ、して貰ったそうなんですね。で、それを今、借りている訳です。――グラディエーター装備ってことらしいですよ』

言っている間に、豊が広場の中央に立つ。

ペリノア王と向かい合うが、こっちに手を振ってくるのはやはりテンションだろう。

すると対する豊が弓を振り回すように掲げて、

「ややあ我こそは〝湖の精霊〟の下っ端代表が一人、浅間・豊！　ここにあるは我が母より借り受けた長弓〝張桜《はりざくら》〟。

——この〝張桜〟、何と新製品で今だと大特価！　し・か・も！　今より三十分以内に通販申し込みをして頂くと、浅間神社特製の超精密に術式符が印刷出来るプリンターがついてきてしまうんです！　更に！　更にですね！　御友達用や観賞用にもう一本注文された方には、な・ん・と！　何と更にもう一本をサービス！

——如何ですか！」

「何処《どこ》の通販ですか」

あっ、通販番組あるんですのね、と思った瞬間。スリーサーズが無言で右の手を上げた。

戦闘開始だ。

●

最初に前に出たのはペリノア王だった。

……さて。

先手必勝という訳ではない。

長く遊びたいという思いが無い訳ではないが、それとは別で、やはり勝利がすぐ欲しい。

このあたり、複雑なものだと自分でも思うが、まあそういうものだ。

前に出て、手を伸ばせばそれで片がつく。距離にして半歩、いや違う、今は竜の身ではないのだ。だからあと十メートルほどで、

「——」

空から降ってきた矢が、こちらの五体を貫いた。

●

いきなりだった。

広場の中央で、ペリノア王が動かない。

彼女を縫い止めているのは、七本の矢だ。それも速射用の短いものではなく、安定性と打撃力に優れた長矢。

それを見ていた清正は、吐息混じりに言った。

「流石ですね……」

何が起きたかは解るが、何をしたのかは推測しかない。だが、ある程度の見当をつけて、己は呟く。

「最初の商品説明の際、振り上げた動きで直上方向に射撃。今、それが落ちてきながら、掛けられていた術式で加速の後、――下にいた獲物を穿《うが》ったのです」

「……開始前に勝負仕掛けたのは反則じゃないか？」

「それは副会長が政治的に用いて下さいな？」

あー……、と声を漏らしたのは浅間だ。

そんな彼女に、ミトツダイラは問う。

「……どうしましたの？　今の、恐らくは智《とも》に由来する技ですわよね」

「いやまあ、その通りだと思うんですが……」

曲射や放った矢の制御は、彼女の得意とするところだ。

自分として何となく解るのは、

「梅椿が無い分、あの両腕のパワーアームで弓を高速に強く引き絞って発射。弦が跳ねるのを押さえて音を小さくして……、正に抜き手も見せぬ射撃ですわね」

「――ええ。それは解ります。でも、ええと、そうじゃなくてですね……」

浅間が額に手を当て、言葉を作る。

「やれば十二本は一気に行けたのでは、とか、着撃した矢がちょっと傾いていて勿体《もったい》ないとか、そんなことを思うんですけど、まあでも、豊の仕込みだと七本で丁度良いでしょうし、この状況であれだけ出来るのは流石はうちの子、とか思ってしまってですね……」

「よく解らん親馬鹿と馬鹿親ムーブになってますのよ？」

だが自分は広場の方を見る。そこでは、ペリノア王を前に、浅間の娘が視線を外していない。

じっと相手を見据え、弓を体の前に浅く立てている。

「いいわねえ。……弓持つと胸以外もカーチャンそっくりね」

「いやまあ、基本姿勢が大事ですから」

と、動きが生まれた。

ペリノア王だ。彼女が一息を吐き、顔を上げてこう言ったのだ。

「——手を抜きましたか」

●

豊は、首を傾げた。正面、自分の衣服と大地に刺さった矢を引き抜き、捨てるペリノア王をまっすぐ見たまま、

「手を抜く？　そんなこと、ありはしませんよ」

だって、

「——商品紹介の途中ですよ？　母さんとお爺《じい》ちゃんが組み上げた通神帯通販！　孫が手を抜いたら駄目ってもんですよ。——で？　何かありました？　御注文ですか？」

言葉を投げかける視線の先。ペリノア王が口の端を上げた。

ああ、竜もああやって笑うんですね、と思った瞬間だ。

「では、私も手抜き無く」

いきなり、〝半分〟を持って行かれた。

●

点蔵が気付くと、いつの間にか豊の位置が変わっていた。

……おや？

ペリノア王は動いていない。だが、豊の立っている場所が、先ほどから五メートルほど奥に、南方向にずれている。

いつの間に、と思ったときだ。

「――え？」

　メアリが、不意に顔を上げた。何かに気付いたように、

「豊様の位置が――」

「あ、大丈夫です。自分からです」

　浅間は既に理解していたようだ。だが、

「……え？」

「……あら？」

　遅れて、疑問の声が生まれる。そして、

「智、今、豊の位置がズレたのは――」

「ええ、よく解りませんけど、豊が回避したんです。でも――」

　浅間の手元に、表示枠《サインフレーム》が一枚出ている。それは〝警告〟を知らせるもので、

「ちょっと間に合ってませんでしたね」

　直後。先ほど豊のいた位置に、それが生じた。

　光の爆発だ。小規模なその連続と連鎖は、硝子《ガラス》を割るような音を響かせ、

「――」

　豊が軽くバランスを崩した瞬間。

「――手は抜きませんよ？」

　言葉と共に、何かが豊に直撃した。

　顔面。その高さで、不可視の力が彼女の頭部を吹き飛ばしたのだ。

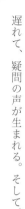

「豊──!」

「まあ大丈夫じゃないかしら」

「まあ平野殿で御座りますし?」

「……この温度差、何ですの一体」

第四十六章
『神域の生者』

手にした勝利の中から
手にした敗北の中から
疑問の羽が咲いている
配点（飛んでみる？）

●

バランスを崩して正解だった。

頭が弾けたような衝撃は、

……頭部知覚素子の破損……！

長い耳にも見える素子集合パーツが、打撃を受けて砕け散っていた。それが破壊される直前に取得した情報とノイズが、こっちに中途半端に伝わってきてつまり激痛。
だが回避した。そして、

「豊！　防御系を！」

解っている。というか充分に展開していたし、仕込んでいたのだ。
それがいきなり剝がされた。

『豊！　今のは――』

『解除じゃないです！』

対抗術式や、ハッキングなどを経た解除ではない。

『私の加護や術式が、力任せに剝がされました！』

●

そうだ。剝がされたと、そういう言い方が合っている。

あれは一体――。

何かが来た、という感覚はあった。ただそれが、風などの自然現象なのか、それとも術式か何かなのか、迷った瞬間にやられた。

ペリノア王だ。

天竜という存在と直《じか》に相対するのは初めてだが、ここまで規格外とは思っていなかった。

何をされたのか解らない。

しかし、解らないと言うことは、ペリノア王自体が何か独自の法則を振り回しているのだろう。

ゆえに己を〝層竜〟と誇った。

対する自分が最初の一撃を回避出来たのは、〝剝がし〟の流れに乗ったからだ。

加護や術式が剝がされていく一方で、防護系は当たり判定を自己に向けておけば、こちらを押してくれる。

だからそうした。

すると〝押し〟は、緩やかだった。軽く投げるような〝押し〟であり、しかし、

『ネイメア！　私の最初の回避、どう見えました!?』

『Ｊｕｄ．！　私には何かに押されたように見えてましたけど、何人かは豊が不思議ワープしたように見えてましたの！』

不思議ワープ。良い言葉です。今度使いましょう。

だがおかしい。

自分がやられた〝押し〟に対して、皆の反応がそれぞれ違う。

怪異か。


否。実際に皆、自分の剝がされた加護や術式が、対象を失って暴発し、散ったのは見ていた筈だ。そこに恐らくタイムラグは無い。あるのは〝押された〟後について、だ。

更には、

「――――」

己は、散って落ちた頭部知覚素子パーツの破片が、広場の地面に当たる音を聞いた。

ペリノア王による、何らかの打撃を受けた結果だ。

これは、何だろうか。

二撃目だった。

一度目はこちらの術式や加護を剝がし、二撃目で打撃に来た。

その攻撃。頭部への一発は、やはり不可視で、しかし高速だった。一撃目は〝押す〟ようなものだったのに、だ。

何だろう。いろいろなものに不可解があり、多分それらは〝正しい〟のだ。ペリノア王の持

つ力として、これは正しい。
こちらが解っていないだけだ。でも、

「――手を抜きませんよ」

おや、と点蔵は思った。間が空いた、と。
ペリノア王と、豊の間に、空白の時間とも言える間を感じたのだ。
戦闘系ならば、おかしいと感じるほどに長い間。それについて、不意に感想が後ろから来た。

「嘘《うそ》吐《つ》きですわねえ」

何事か、と思った直後。ペリノア王の声がした。

「――は！」

前に一歩を踏み、豊に向かって右の手を振る。
そして、

「!?」

豊の全身が、後ろへと吹っ飛んだ。
何かが直撃したのだ。

ペリノア王は、振った右手を眺めた。
人の手だ。本来の自分の手ではない。
ちょっと〝遊んだ〟が、まあいいだろう。今ので久し振りに勘を取り戻した。
前を見る。そこに相手がいる。吹っ飛びはしたが、

「……！」

生きている。防御姿勢で手には防護障壁を展開し、足元には加速系の術式だ。

「ほう、随分と速い術式の展開が出来ますね」

「まあそれが持ち味の一つなもんでして」

Tes.、と自分は頷いた。

「――そこを〝残しておいてあげた〟からですよ」

「それは――」

言葉と同時に、己は剝ぎ取った。

彼女の腕や脚があった位置から、光が散る。防護障壁や他の術式が砕け散り、流体光に戻っていくのだ。

既に相手の位置は移動しているが、それは自分が〝押し〟たせいだ。彼女は〝押された〟ことに即座に気付いているが、なかなか鋭い。

ともあれここは勝負を付けよう。

己は右手を振り、

「これで終わりですね」

点蔵は、メアリが僅かに身を引いたのを悟った。

「……え？」

恐れではない。何か確認をするような疑問。

そして、

「……お？」

メアリと自分の見る先。そこに豊がいない。

僅かな間だった。

だが確かに、豊の姿が消えている。

しかし己は知っている。これは〝間〟なのだと。息を吐くほどでもないような、ちょっとバランスを崩したような空白。これが何かは解らないが、これこそが、

「層竜、と呼ばれる所以《ゆえん》の力……!?」

疑問の直後。爆発が生じた。

ペリノア王の正面。そこで大気と広場の地面が数十メートルに渡って破砕したのだ。

岩が打ち出される音を、ネイメアは聞いた。

砕けるのでも、抉《えぐ》られるのでもない。岩が強力な力でその一部を突き抜かれて剝がれ、他の岩を押し打ちながら飛ぶ音だ。

硬い。だが重く腹に響くような音は、

「英国の地殻部まで達してますの!?」

巨大な爪が何もかもを張り飛ばした。そんなイメージに被《かぶ》さる強さで大気が吠えた。

一瞬という短さだが、ペリノア王の正面、数十メートルの空間が不動のままに音速を超え、その震動が大地を土砂として吹き飛ばす。

おお、という観衆の声には、驚きと畏怖がある。

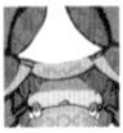

「……天竜！」

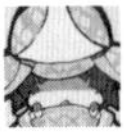

「円卓の騎士の襲名者なれば……！」

気付くと、うちの連中が皆してパーシバルを見ていた。

「……パー夫様、……円卓の騎士なれば、あのくらいは当然……」

「い、いや、人には個性というものがあるのであるよ!?」

「というか豊は無事ですの!?」

言われて自分は前を見た。

正面。ペリノア王がいる。彼女は、大気が霧を渦として巻き、土砂がまだ雪のように散っている空間を右手で撫《な》でるようにして、

「終わりましたよ？」

右の手が示す先。そこに、土砂とは別の色がある。

赤と白。黒は髪の色だ。倒れているのは、

「豊……！」

スリーサーズは、思案した。

ペリノア王が、己の力を叩きつけ、相手を伏したことについて、だ。

まだ勝負は終わっていない。

〝湖の精霊〟側の少女が、意識を失っているのか、自分で降伏出来ないからだ。

……ここで介入すべきでしょうか。

〝湖の精霊〟の代表として出た少女は、不規則言動が多かったが、ここで死なせる事に意味はないだろう。

今、倒れている彼女は、何かの加護が効いていたのか、五体は無事だ。装備が破損しつつも残っているあたり、それが役に立ったのだろうか。

対するペリノア王の力は、何となく理解出来ている。

層竜。

彼女が持つのはその言葉通りの力で、叩きつければ確かに今のようになろう。それも彼女にとっては特殊な能力ではなく。呼吸と同じ感覚で出来るのだ。

そんなものを相手に、無事でいられているなら、

……今、止めた方がいい、とは思います。

政治的に考える。

最初のロット王の勝負は、ロット王が相手を認める形での決着だった。

次の模擬戦は、ケイが介入したことによるノーコンテスト。

だとすればここは、如何するべきか。

先ほど、ケイが介入したのだから、今回は自分が介入と、そういう風に向けるか。もしくは、最初のロット王の相対こそを、ルールに厳密なものとしてファースト派の敗北とするか。

どちらにしろファースト派に対してはイーブン。〝湖の精霊〟に対しては貸し一つ、となる

と思う。
　ならば自分にとってプラスはある。倒れている少女のことも心配だ。というか、
……〝湖の精霊〟達は、助けを求めないのですか？

●

　武蔵勢は、それぞれがそれぞれの反応をしていた。

「オイオイオイオイオイ、大丈夫か？　何かちょっとヤバくね？　点蔵と違って死んでも大丈夫なルールじゃねえんだろ？」

「死んでも大丈夫じゃないで御座るよ……！」

「フフ、どうなの浅間？　アンタさっきから黙って見てるけど」

「え？　あ、いえ、私が介入すると、豊は嬉《うれ》しいかもしれませんけど、浅間神社代表としての立場は甘く見られるようになりますよね、とも思う訳で」

「難しいところですわねえ」

「ですわねえ。親が変に娘に介入とか、そういうの避けたいですものね」

「無茶苦茶介入してきた親が何か言ってますのよ!?」

「というか、私達の場合は子供世代も介入してきたパターンだよな……」

●

　まあそういうものですよね、と思いつつ、浅間は一息《ひといき》吐《つ》いた。ビミョーに狼狽《うろた》えてる彼を見て、

「大丈夫ですよトーリ君。豊はこの程度の相手では負けませんよ」

「――浅間様、ホライゾンもチョイと心配ですが、根拠は？」

　根拠はある。それはもう、自分自身としか言いようがないのだが、

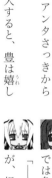

「浅間神社代表が天竜に敗北すると言うことは、天竜がやってきたら武蔵は危機に陥るということです。――〝運命に負けた方〟の私は、きっと、娘にいろいろ教えたと思うんですよね。その中にはきっと、天竜クラスの相手を想定した戦い方もあったはずです。
　だって豊は、次期浅間神社代表になる子だったんですから」

「――でも、智？　そういう理由とかは別として、豊の方、ダウン状態から起きないと駄目ですのよ？」

「そ、そこらへんは根性！　根性で！」
　寝起きの躾《しつけ》はしてたんでしょうかね、あっちの私。

　相手側からの降伏は無い。
　ここで相手を追い打って潰すのも有りだと思うが、それをすると敵対決定でもあろう。

「ですけど、ファースト派としては〝縁を持ちたくない〟訳ですね」
　だったら決裂すべきだ。
　ふと視線を広場にいるファースト派の方に向ける。そこにはベディヴィアがいて、

「――――」
　何も言わない。何も動かない。つまりそれは、こっちに任せているということだ。
　何をするにしても、天竜の判断であって、人には理解出来ないことだと、そのようにして収めるつもりか。それとも、

　……私を、試していますか？
　殺すか、殺さないか。
　自分が動いたとき、ベディヴィアならば介入出来るだろう。そのくらいの実力はある相手だ。
　ならばここは恐れず、

「どっちが試しているんでしょうねえ」

殺意を試されている自分か。

それとも、相手と縁を持ちたくないと言いつつ、その命を失わせる気があるのかどうかを試されているファースト派か。

さあどちらでしょうか、と思って、相手に振り向く。

「ダウンからのカウント制にしておけば良かったですかね」
呟き、右手を挙げた。そして、

「終わり、としましょうか」
右手を振った。

●

二つの瞬間があった。

ファースト派、ケイは術者系であり、速度に秀でている訳ではない。

故に自分はこの状況に対し、思うことしか出来ないが、しかし、

「ベディヴィア」
呟いた時に、己は気付いた。
相方が、両腰の剣を、鞘《さや》から弾き出しているのを、だ。
流石、と思う。だが次の瞬間。何よりも鋭い介入が大気を走った。それは、

「豊――!」
声だ。肺活量のある響きが、方向性をもって刺さっていく。その内容は、

「貴女が倒れて御父様がオロオロしてますのよ!」
彼女の言葉が、宙を貫いた直後だった。

●

「――駄目人間!!」

やや傾いた日の光が、雲の間から射す下。
Y字ポーズで跳ね起きた豊は、夢を見ていた。
それは浅間神社の縁側で、子供時代の自分（捏造《ねつぞう》有り）を俯瞰《ふかん》している光景だった。己は母から習字や料理を習い、両腕から洗濯物の畳み方を習い、友人達と風呂になってる泉で遊んで外に出ると、

「オイオイオイオイオイ、大丈夫か？　何かちょっとヤバくね？　点蔵と違って死んでも大丈夫なルールじゃねえんだろ？」

「大丈夫ですよトーリ君。豊はこの程度の相手では負けませんよ」
もう一回言う。

「駄目人間!!」

母さんのフォロー付きとか、そう！　そう！
こういうのが、見たかった！
生きてて良かった。

そして前を見ると、父と母じゃないのがいた。

「――――」

「誰です？　邪魔！」

「……コラッ!!」

いきなり右手を振られた。

大気や大地の爆発が数十メートルに渡って生じ、岩が空に跳ね上がった。
火花が散るような音が響き、土砂が雨と同じ連音を立てる。だが、

「――ええ、そんな感じですよね」
自分の目には見えている。豊が吹っ飛んで、
しかし、

「――――」

無事ではない。やはり物理的な影響は受けている。
負傷があり、痛みもあろう。だけど、

「凄いですね」

●

ペリノア王は、疑問した。

「……どういうことです？
自分の能力が効いていない。否、効いているのだが、通用していない、と言うべきか。
最初の、打ちのめしたアタックは通用した。
しかし、

……今の二発目は、凌がれましたね？
思うなり、三発目を叩き込んだ。そして、

「どうです!?」
相手の姿が消える。一発目の時と同じだ。

完全に入ったと、そう思った。

●

「点蔵様」
メアリは、僅かな間の中で、点蔵に問いかけた。
ここが仕込みですね、と、そんな思いを持って、口を開く。

「点蔵様の目には、今、豊様はどうなっています？」

「――消えて御座る」
即答は、やはり点蔵も今が〝仕込み〟だと、解っているからだろう。しかし、そんな彼の言葉に対し、自分は一つの逆を述べた。

「――私の目には、先ほどから、ずっと豊様が見えています」

「……先ほどから、ずっと？」

Ｊｕｄ．と、ここは答える他にない。
どういうことかと、自分もさっきから内心で不可解を感じていたのだ。

「見え続けている一方、時折、不意に豊様の位置がズレるときがありました。——何かと思っていましたが、あれはペリノア王の能力なのですね」
そして、解ることがある。この相対、誰が出るか、ということについてだが、

「——恐らく、豊様が適任であるのは確かだと思います」
言い終えるなり、爆砕の全てが新しく入った。三発目に続き、四発目が豊に加えられたのだ。

●

「————」
手は抜かない。当たり前だ。天竜として戦うことに不埒《ふらち》はない。
ゆえに己は自分の能力を叩きつける。
前に出て、相手を喰うようにして打つ。

「……！」
光が散る。相手が自分自身に掛けている加護が砕け、散っているのだ。
敵に防護は無い。そして高速の打撃で打ち飛ばし、大地や大気と共に破砕を促す。
五発目を打ち込み、六、七発目をほぼ同時に叩き込んだ。更に、

「……どうですかね！」
大きさを変え、散弾状にして放つ。一つ一つの力は小さくなったとは言え、天竜の能力だ。充分に人を穿つだけのサイズはある。
打った。
大気も大地も剥がし打って、破裂の音を響かせ、そして、

「どうですか……!?」

「――駄目人間!!」

正面に立ったので、当然、ペリノア王の視界にそのＹ字ポーズは入ってきた。
敵だ。
これまで連続してこちらの能力を叩きつけた相手。
それが、負傷や汚れ、装備の破損、ふらつきなどはあろうとも、

「ホ母様――！」

観衆の方に手を振っている。その視線を追ってみると、〝湖の精霊〟達の中、両腕が手を振り返していますけど何アレ。何です一体？　周囲の皆、疑問に思ってませんけど。
だが、自分には疑問がある。

……何故、私の能力が効かない？
あり得ない、と思った。そんなことがあるのか、と。否、可能性としては無い訳ではないが、有り得る確率が有り得ないと、そんな矛盾めいたことを考える。すると、

「あー、何か疑問に思ってますね？　でも、種明かしはすっごく簡単なんですよ」
それは何か。
相手が、自分の胸に手を当て、その手を観衆の方、彼女の親族らしき巨乳に向けて言う。

「私と母さんは、多分というか絶対、――貴女が、世界で初めて会う、究極の天敵ですね」

「……どういうことなんだ？」
という正純への答えは、一つ、変わったところから来た。

「層竜という、その名の通りのものですわね」

「貴様にも見えておったかえ」

「？？？　……見えてたとか、何なんだ一体？」

「ええと、層竜の持つ能力のことですね」
　メアリが破砕された広場に視線を移し、言葉を寄越してきた。

「層竜とは、その名前の通り、存在する各〝界層〟にアクセス出来る竜なのです」

●

　ん？　と首を傾げた正純に、メアリは苦笑する。
　これはホントに解りにくい能力だろう。自分も、さっき点蔵と答え合わせするまで確証が持てなかった内容だ。

「ええと、この世界は流体によって出来ていますが、その密度と、〝型〟の質によって認識出来る世界が違います。
　神界、精霊界、人間界、そういった界で、間にもまた幾つかローカルなものなどありますが、地脈に等しい傾向が強いのは神界であり、地脈に近しいのは人間界と、そういう区分です。
　そしてこれらは常に多重存在となっているのですが、流体密度で見ると、〝層〟になっているのですね」
　その上で、〝層竜〟は何が出来るのか。

「層竜は、この内、人間界は当然として、流体寄りとなった層と、精霊界に近い層に、別々の干渉を出来ます」
　そうよの、と頷いたのは最上《もがみ》総長だ。

「――最初、攻撃の始まりで浅間神社代表の加護や術式が砕けたであろう？　あれは、層竜が浅間神社代表の〝流体層〟から〝人界の層〟に干渉したのだえ。流体的打撃というか、流体層側から浅間神社代表の人界層にある体だけを押

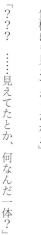

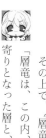

した。
　するとどうなる？」

「ええと、……人界の体は移動するが、その座標にあった流体系のものが置いて行かれることになる？」

「Ｊｕｄ．、別々の干渉が出来るので、そういうことになります」

「そうよの。層的に位置ズレが生じ、人界層の体は移動したが、流体層側にある加護や術式は置いていかれる。そして能力が終わった瞬間に位置ズレが確定。術式や加護は所有者不明となって破砕した、という訳よの」
　総長と姫が全力で首を傾げているが、どう説明したものか。ただ、

「私達のように、流体検知の視覚がある者には、その干渉中も、寧《むし》ろ流体から離される〝穴〟に似たものとして豊様は見えていました。一方でズレが確定したとき、それまであやふやだった座標がハッキリするのと、豊様が人界側だけのものとなるのが解って、戸惑ってしまうのですね」

「ペリノア王は、攻撃において、始まりは流体の層からの干渉で加護系などを引き剥がしますのね。そして次は、人界の層に対し、他の層からの干渉を一切拒否することで生じる高速の打撃。その上で足りない場合は――」
　皆には、豊が先ほどから消えて見えただろう。あれは、

「制御出来る全ての〝層〟に干渉し、豊様もそこに取り込んだ上で打撃。人界のみならず、全〝層〟からの攻撃なので、〝型〟や〝相〟ごと打つという強力なものです。地殻関係が破壊されるのは、〝相〟まで打撃されるからですね」
　これは強力な一撃だ。何故なら、

「加護も何も引き剥がした上で、それらが有り得る根本の部分から打撃する。……範囲も巨大ですから、対人では防御不能の範囲打撃技です。他、市街戦、攻城戦においても、あらゆる防護が無視されるとなると、この時代では最強の一角ではないでしょうか」

では、とミトツダイラは疑問した。横に、豊の選出を押した当人である浅間を置き、

「それが何故、……豊には効きませんの？」

「……**メンタル的に頑丈だと効かない**とか、そんな話ですかね？」

「じゃあ次から天竜相手の初手はネシンバラね？」

「待て！　僕は繊細な少年だぞ！　夜に通神帯で自作の批評を見て傷ついているこの感性が、どう頑丈だって言うんだい!?」

「——何年も余裕で耐えてきてないかな？」

まあそういうものだろう。だが、先ほどの疑問の答えを、友人が言葉にする。

「相性ですよ。私や豊のような神道奏者であり、また、極東の人間に対して、ペリノア王の能力は相性が悪いんです」

●

「——豊のテンションがアグレッシヴに高いということですの？」

「それはちょっと違いますけどね!?」

「ある程度のところは解ります。

浅間様達は、まず私達、精霊系のように、流体検知の視覚を持っていますよね？　それによってペリノア王の攻撃が、目に見えるのではなく、流体的に検知出来ると……？」

「ええ、神道の巫女の場合、神界と現世《うつしよ》を結ぶ他、冥界や、地霊とも関係を得ます。つまり冠婚葬祭及び天地も怪異も何でも対応ってアバウトな職業なので、ぶっちゃけ〝界〟関係だったら、何でも見えるような〝交信役〟としてのシャーマンが巫女なんですね」

「**アバウト**」

確かに神道。どんな教譜でも合流オッケーというアバウトさだ。Tsirhc《ツァーク》と魔女《テクノヘクセン》が一緒に生活出来る教譜というのもなかなかない。だとす

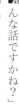

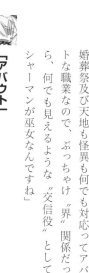

ると、

「……神道だと、検知系が全対応式ですのね？」

「ええ。今、私もそうしてますけど、検知系の視覚を全対応にすると、まあ、その、ペリノア王の攻撃が多重層になっているのが全部見えます。感覚的には、先に布団が来て、次に毛布からタオル、みたいな？　――豊も今、そうしてる筈だと思いますね」

そして、

「この視覚は、術式的に得る場合もありますが、基本的には巫女としての訓練。呼吸法や食事などから得られる体術的なものなので、術式や加護と違います。剣術などと同様で、〝剥がされないもの〟なんです」

「……チート？」

「いやまあ、祝詞《のりと》があるように、神などに能動的に声を掛ける職業ですからね……」

「Tsirhcなんかも冠婚葬祭やら何やら司《つかさど》りますが、神から与えられた受動的な術式が中心で、司祭なども儀式や術式の管理権限が高くなるというシステムですね。範囲はTsirhc系にとどまり、能力に自ら発される部分はありません。だから地霊などは相手に出来ませんし、ペリノア王相手だと剥がされまくりの筈です」

「教皇総長などは自らが能動化するレベルにあったようだが、振るえる力は別として、システム的にはあれと同じ域にあるのか……」

「…………」

「……交信役として特化したシャーマン。この時代、欧州にそんな職業、ありましたかしら？」

「……強いて言うとケルトのドルイドあたりでしょうか。でも、Tsirhc信仰が来ているので、英国ではかなりレアな存在になっていると思います」

だとするとペリノア王は、未知の相手と向き合っている状態だ。更に、

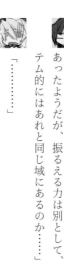

「……さっき言っていた〝極東〟との相性って、何ですの？」
　問うと、友人は眉根をやや寄せて言った。

「――〝剥がす〟ことに対抗するにはどうするか。その答えが、極東にはありふれている、ということですよ」
　浅間が、瑞典《スウェーデン》総長の方に視線を向けた。

「クリスティーナさん？　ペリノア王はこの時代の瑞典方面からの襲名者だと、そう倫敦で聞いたそうですが、間違いないですね？」

「ファッ！　あっ、ファイ！　間違いないであります！」
　だとしたら、と浅間が口を横に開いた。

「ペリノア王は、恐らく自分の弱点を理解していて、その克服のために瑞典方面にいたんだと思います。でも、――極東は、そんなもんじゃないってことですね」

●

　ペリノア王は見た。

　自分の攻撃に、吹き飛ばされ、打撃を受けつつ、しかし、

「……全対応している……！」
　見えている、というのは何となく解っていた。こちらの多重層による段階攻撃が、明らかに見切られている、と。だが、

「……何故、竜の打撃を凌げるのです!?」

　おかしい。こちらは現在人型だが、その力は人の範疇《はんちゅう》を超えているのだ。

　相手は術式系。それが何故、術式や加護を剥ぎ取っているのに、防御出来ているのか。

　恐らくは体術的なものだ。視覚の件についても、呼吸法などによって自らを変え、自分自身が加護や術式であると、そのような技を持っている。

　しかし、それであっても、防護が堅すぎる。

　呼吸や体術、身のこなしによって防御力を上げることは可能だが、その範疇を超えているだろ

う。

「まさか――」
攻撃して追う。
そして敵が下がり、回る速度は、だが遅い。
このような高速の立ち回りをするような戦種《スタイル》ではないのだ。
ただ敵が凌ぐ。
そして自分は気付いた。こちらが爆圧とも言える重層打撃を叩き込んだ際、

「あれは――」
装備だ。彼女のバインダースカートが、動いている。

●

己は視覚で確認した。
敵のバインダースカートが、動作している。
風に煽られているのではなく、自律し、防御に回っているのだ。
それだけではない。彼女の装備。インナースーツ部の各所が光を放ち、

……馬鹿な！
流体の層から、己は術式も加護も剥がしているのだ。即座に復帰をしたと思うには、早すぎる。大体、即座に復帰出来ないからこその干渉による〝押し〟であり、〝剥がし〟なのだ。
だが自分の視覚の中、それは発動し続けている。見れば確かに、

……私が剥がしても、剥がされていない……!?
どういうことだと、そう思った直後。

「教えてあげましょうか」
相手が、爆圧の動きを読み、風に打たれるだけとなって、口を開いた。

「単純な話ですよ。――私の装備は、その根本部分に、神が宿っているんです。
別の言い方をするなら、――神の別の形とし

て、加工されているんです」

浅間は頷いた。

「極東において、鍛冶は神事。鉄を打つ行為は、鉄に神を込める行為であり、出来上がった品はそれ自体が神です。そして神社の作りしものは、全て、その素材や製作に用いる燃料や道具に至るまで清められ、全てに神が宿っています」

言う。

「術式や加護が剝がされたとしても、神道の装備に宿った神は引き剝がせませんよ？　何故ならそれは、装備自体が神そのものだから。

――そのような製作工程を経るのは、世界においても極東くらいでしょう」

馬鹿な、とペリノア王は思った。

「……装備全てが、聖剣のようなアーティファクトだと!?」

力を叩きつける。多重で多層で高速の連撃だ。

だが、

「――――」

光の花が一斉に咲き散った。

相手の加護や術式を剝がしたのではない。

……私の層撃を破壊した！

光の向こうに、敵がいる。負傷し、破損し、だが尚《なお》、両の手にあるものを持っていた。

見たことがない曲刀だった。まるで細い骨のような、牙のような、力を入れれば折れてしまいそうであり、だが、何ものも拒絶するような刃の光は、

「私達の文化では、神を宿らせる装備の最たるもの。魂の象徴ともいえるものがコレです。後にこちらでもこう呼ばれますよ」

言われた。

「サムライソード」

そして、

「私が何の神の巫女であったか、教えてあげましょうか」

一歩、彼女がこちらに踏み出し、こう言った。

「劔《つるぎ》神社。——ソードの神の巫女が用いる剣術、相手してみますか！」

第四十七章

『試験場の出題者』

最後に現れて
ただ忘れるなと言うだけの全て
配点（方針）

光が散った。

砕かれ、千切れたような広場の中央で、暴圧が鋭く放たれ、それを光が迎撃する。

攻撃を主とするのは一人。もはや人界層に特化した高速打撃を振り回すペリノア王で、それを凌ぐのは二刀を連撃する豊だ。

風が巻き、鉄の匂いが散る。

ペリノア王の動きは叩きつけるような直線と、追い込むような弧を描くフック。対する豊は割るような三日月の弧を連続する。

豊の動きが速度を上げた。両腕のグラディエーター装備によるものだ。

装備の肘から伸びる曲線装甲はレールであり、その末端を空間固定した後、レール上を滑る手首のアーマー部を加速射出する。レール自体は支点となる位置をリアルタイムで変更固定するため、装着者は加速砲のように剣戟《けんげき》を連射出来る。

問題は刃を振る動作としての手首の返しをしづらいことと、腕を振られるようにしてしまうと脱臼などの負傷を得る可能性が高いことだった。

だがこれも、豊にとっては関係のないことだった。最初の数発で自分の得意な軌道を学習させ、そこからはバリエーションを増やすようにして連射する。

速度を上げる。それはやがて、

「……！」
一歩、確実に豊が前に出た。

闇は、目の前で起きている浅間神社代表の剣術について、迎撃の成果を認めつつ、否定したい自分に気づいた。

……思った以上に攻撃的ですね……？
一言で言えば、荒れている。

巫女の剣術と言うからには、もっと清廉な剣かと思っていた。

　だが今、浅間神社代表が使っているのは、違う。

　荒く、風を巻き、ありとあらゆる位置からの斬撃を狙う。そして届かなかったらまた別の位置を狙い、時には同じ位置を再び狙う。

　加速レールは幾度となく手首を発射し、そして、

「荒れていますが、当てることに対し、真摯ですね。恐らく、これは普段使いではない、特殊な技だと思います」

「Ｊｕｄ．、――手首の返しや、肘から先の動きでコンパクトな軌道の修正など、見事です。恐らく、何らかの理由で出した〝荒れ技〟でしょう」
　劔神社。剣を修める神社として、織田《おだ》家の主社となっている。浅間神社代表は元々がそこの代表だったのだが、

「巫女の剣術というより、剣の巫女の剣術。その〝荒れ技〟を、ここで披露となった訳ですか」
　言って、何となく解った事がある。
　浅間神社代表のことだ。彼女は、武蔵勢である東照宮代表と総長の間に生まれた子で、しかしそのことを隠し、母達を護ろうとした。
　衝突はあり、最終的に武蔵勢である自分達が勝利したのだが、

「彼女は、この剣術を私達に向ける機会が無かったのですね」
　だが、それはこういうことでもある。

「弓の修めは、恐らく母から受け継いだものでしょう。――しかしこの剣術は、それでは母に追いつかないとして、新しく修めたものでしょう」
　その技を今、彼女は使用している。

●

　豊は尽くした。

　自分の持てる技術を、相手を討つために連射

した。

レールは過熱し、火花を散らす。バインダースカートは破損し、しかし手にした双刀は流体光を帯び、己が絶好調だと教えてくれる。

「――」
かつて自分は、母達を倒すための技の一つとして、この技術を修めた。
今の自分からすると、忌むべき目的として得た技だ。だが、

……禊祓《みそぎ》です！

この戦いは、皆を救うためのものだ。天竜という圧倒的な存在に対し、勝利し、次へと繋げる意味を持つ。

そこに、忌むべき技を入れる。

とはいえ〝これ〟で相対が穢《けが》れることはない。

寧ろ、崇高な目的を叶えることによって、この忌み技は禊祓され、母達を救う技となるのだ。

禊祓だ。

このような技は、他にも幾つもある。だが、今は、

「私の過去に意味を与えますよ……！」
加速した。

●

速度が上がり、音が連なり止まらなくなる。

既にペリノア王も打撃を人界層のみに定めているため、豊の周囲には疲労軽減用の術式や冷却術式が何枚も展開している。

お互い力技だ。だが豊が前に出る一方で、

「ペリノア王も、随分と凌ぎますのね……？」

「それはもう、彼女が瑞典方面から来たと、そういうことでありましょう」
言われている意味が解らない。ゆえにネイメアは問うてみた。

「……どういうことですの？」

「北欧、スカンジナビア半島では、この時代、まだ北欧神話が残っているのでありますよ。そして――」

瑞典総長が、表示枠を展開する。それは極東式でも旧派式でもなく、

「――北欧神話式。特徴は、〝力を持つ〟とされるルーン文字を適用していることでありますね。――これ、意味が解るでありますか？」

言われ、己は考えた。ルーン文字。それ自体が力を持つと言うならば、

「ルーン文字を刻印された装備は、それ自体に力が宿るんですの？」

「Ｔｅｓ．、――神道や極東の装備のように、製法から神を宿していくのではありませんが、力持つ言葉を刻印することで、その装備自体が〝力〟の発生源となるのであります。――ペリノア王がスカンジナビア半島由来の天竜なのは、きっと、自分の弱点を理解していて、その対抗策を構築していたのでありましょうね」

結果が今、ここにある。

ペリノア王に対し、完全対応型ともいえる極東の巫女と武装が連撃を重ね、しかし凌いでいる。

方法は、現状で見えている通りだ。

対するペリノア王が行うのは、物理に絞った高速の迎撃と叩き込みだ。竜として単純な、力あるものの戦い方の行使。

多重層撃の技を基本とし、己の誇りとする天竜が、物理一本に絞ることを選択するとは、どれほどのことか。そしてまた、それを選び行える天竜というものの在《あ》り方が、

「自分よりも、戦いそのものこそが誉れと、そういうことなのでありましょうねえ」

竜を凌ぐ巫女か。

天敵を凌ぐ竜か。

ただどちらも高速で力をぶつけ合い、しかし、不意にこちらの方で、声が上がった。

「――来る！」

長岡《ながおか》がいきなり半歩前に出て叫んだのだ。

クリスティーナは、忠興《ただおき》の言う意味を理解した。

拍子だ。

タイミング。勘。頃合いとも言うべきか。

忠興は狙撃を得意とし、その〝拍子〟をかなりの精度で捉えることが出来る。撃つべき時に撃つ、という判断力に、自分も救われたことが少なからずある。そして今、

「忠興様！」
疑問ではない。確認だ。自分の夫となる者が正しく声を上げたなら、これからそれは起きる。

「――竜が仕掛ける！」
瞬間のことだった。
力が来たのを、豊は見た。

打撃ではない。

……これは――。

僅かな〝間〟を、ぎりぎりまで絞り込んで放たれた〝層〟だ。

流体の層を押し、加護や術式を剝がす層撃。

今までは、広げた布団にも似た包み込みの範囲攻撃だった。

だが今は違う。こちらの連撃の間に挟むため、指先一本ほどの幅しかないような狙撃に変化している。

それがしかも、

……順番を変えて来ましたね!?
手の内が見えているなら、創意工夫をする。
本来なら先に放つべき術式や加護の解除を、連続攻撃中とはいえ、コンビネーションの後ろに挟んできた。ターンが回れば打撃より先に放ったのと同じ事、といえるかもしれないが、対応するこちらとしてはタイミングが変わる。

更に、

「空けましょう」

ペリノア王の攻撃が、こちらの刃を外に弾いた。

これも今まで幾度もあったことだ。そのたびに身を振り、肩を入れ直して連斬を止めぬように叩き込んでいる。

今は違った。

ペリノア王が、拍子をズラしたのだ。

これまでコンビネーションで拍子を取り、お互いが高速の遣《や》り取《と》りをしていたのだが、

……右狙い！

こちらの右一刀に対する迎撃を、ペリノア王が視線一つ向ける速度で遅らせた。

右へのディレイ。

結果として、次に放っていたこちらの左一刀が、右とほぼ同時に迎撃される。

それも両外へ、だ。

外に弾かれれば、自分の両腕は体の中央を空けるように振られる。

その通りになった。正面がガラ空きだ。

グラディエーター装備のレールは即座に腕を戻す。が、

「――空きました」

一瞬だった。

己の体の前が、フリーになった。

だが、と己は思った。ペリノア王も同じ条件ですよね、と。彼女だって、迎撃した両腕が両外に振られている。

お互いに隙を作った均衡状態。その筈だった。

しかし、

「――言っておきますが、私の層撃、手を振る必要ないんですよ。竜である私自身の能力ですからね。人の姿で手を振るのは文字通りの〝人付き合い〟ですが――」

視線がこちらを見ている。竜眼が真《ま》っ直《す》ぐに届いてきて、

「――剝がせ一層」
視線が、そのまま層撃の竜砲となった。
直撃する。

……入りました！

●

命中を確信した。

層撃を鋭角化するのは、研ぎ澄ます準備が必要だ。幾つもの層撃をお互いに挟み込むようにして、目的の層を薄くする必要があるからだ。

今回は相手に察知されぬよう、研磨には人界の層のみを用いた。連撃の裏で、流体の層撃を打ち直し、刃として鋭くする。

そして何よりも、フェイクが効いた。

竜の能力としての層撃だ。竜体にて使用する際は、腕など振る必要がない。それを人の身でわざわざ手捌《てさば》きつけて行っていたのは、

……天竜は勝負に対して油断しないのですよ……！

仕込み、重ねて、堂々と発揮する。戦闘に対して真摯であるからこそ尽くす。

スカンジナビア半島にて、北欧神話に由来するルーンの文化に触れていて良かった。今は、あれよりも強力なエンチャントを相手にしているが、知らねば、先に討たれていたかもしれない。

だが通った。

「……！」

正面にいる相手の五体がズレた。

己の層撃が、命中したのだ。

●

小規模な光が散り、豊の全身がズレたのをネイメアは見た。

一刀のような、鋭い層撃を食らったのだ。

「――豊！」

　剥がされたのは身体《しんたい》強化系の加護だろう。当たった理由は、ペリノア王の拍子ズラしだと思うが、

「――やはり、腕を振る意味はありませんでしたのね？」

　そうだ。大御母様は戦闘の始まりで言っていた。

「嘘吐きですわねぇ」

　そういうことだ。だとすると、これはやはり豊が近接戦などに不慣れである、ということであろう。自分ならば、そもそも両腕を開かされる流れを拒否するだろうし、そうなったとしても、余程の事でなければ抵抗の技術が幾つか思い付くのだ。

　だが現実として、今、豊が危険だ。隙を作らされて、層撃を叩き込まれた。

　身体強化が失われれば、ここまで動作してきた豊は保たない。だが、

「豊！」

　負ける筈がない。何故なら、

「――御父様がホ母様と一緒にオロオロしてますのよ！」

●

「おろおろおろおろおろおろおろおろおろおろ」

「おおおおお落ち着きなさいトーリ様、豊様がピンーチなだけで**ガッ**」

「二人とも狼狽え表現に余念が無いですわね!?」

●

　ペリノア王は思った。ここでまさかのＹ字ポーズ復活か、と。だが、

「……！」

こちらの眼前で、敵が膝を崩していた。

成果だ。

敵の全身及び手甲の駆動系から、熱気のようなものが揺らぎ、放出されているのが確認出来る。

疲弊だ。

二本の曲刀を持つ手も下がっている。明らかに、突如の疲労に打撃されたという、そんな風情だ。

彼女の装備には神が宿っているかもしれないが、彼女自身は神ではない。

だがこちらは、自分自身が竜だ。

存在自体が違う。

人が竜に敵《かな》うための理由を、竜に人が敵わぬ理由で覆したような、そんな感覚を得る。そして、

「――――！」
御託抜きで勝利を求める。この相手を賞賛するのは戦闘の後だ。

戦闘とは戦うことにあり、それ以外は余計なもの。天竜としての誉れを成立させるために、己はもはや手を振ることなく、層撃を再度撃ち込んだ。

人界の層に乗せた高速の打撃。これも今は研ぎ澄まされた刃のようなものだ。

その一発を相手の胴体に放つ。

放った。

直後。自分は敵の一撃を正面から食らった。

正面にて膝をつき、うなだれた相手の頭上。つまり彼女の背後からの、

「何……!?」
カウンターの一発が直撃する。

●

スリーサーズが見たのは、膝を崩したシャーマンと、不意に仰《の》け反《ぞ》ったペリノア王だった。

能力があり、それを封じられても勝負巧者というのが、ペリノア王だった。

〝湖の精霊〟は、やはりここで一敗と、そう思っていたのだ。だが、

「……え？」

皆が、それを理解していなかった。

剣だった。

いつの間にか、何処からか突き込まれた持ち手無しの長剣。

白と赤の一振りが、ペリノア王の顔面に真っ正面から叩き込まれていたのだ。

貫通狙いの高速撃。

何処から誰が放ったのか。否、これは、

「アー！　サッパリ!!」

〝湖の精霊〟。シャーマンの彼女が、ふらつきながら身を起こし、全身に術式表示枠をアジャストする。

冷却系が動くために周囲の大気を白く霧に変えながら、彼女が言った。

「母さん！　こうですよね!?」

「ええ。そうですよね。——よく出来ました」

という友人とは別で、ミトツダイラは皆の視線を何故か自分に感じた。

特に誾、成実《なるみ》あたりが「今のは何？」という顔を躊躇《ためら》いなくこっちに向けている。というか、あの、自分で智に聞いたらいいんじゃありませんの？

とはいえ、何となく自分の役目なのだろうと思いつつ、問うてみる。

「——智、何ですの？　あの一発」

「あ、はい。——加速と追尾ですかね……？　その術式による剣状矢の置き撃ちみたいなものです。言い方を変えると超長距離曲射ですね」

言われて、自分は皆を見た。すると、

「……もう少し説明を……」

「何が何やらと……」

まあ確かにそうだろう。なので自分は、疑問として、

「……いつ、撃ちましたの？　勝負の前？」

「いえ？　商品紹介の時ですよ？」

「……？　あれは、矢を直上に撃ったのでは？」

「はい。だから、矢をブースターにして、剣状矢を空に打ち上げたんです」

成実が額に手を当てて脱落した。あっ、と気づいた浅間が言葉を繋げる。

「いえ、あの、ほら、梅椿も無いですし、豊も剣状矢の正式発射システムは劔神社に残しているから、剣状矢を長距離巡航させるのって、加速術式に頼るしかないんですよ。ただ、水平射撃では巡航速度を得る前に落下する可能性が高いんで、直上にブースターとして加速掛けた矢と一緒に射撃したんですね」

ああ、と己は気づいた。この友人は、地面に落下した矢の数を見て、こう言っていたのだ。

「……十二本は行ける筈を、確か、豊の仕込みだとこのくらいか、とか、そんなこと言ってましたわね？」

「はい。だからまあ、差分で剣状矢を放っていたと、そういうことですね。

それでまあ、高空で加速術式を連続して速度に乗った剣状矢は、誘導と追尾術式でこっちに低空で再突入。タイミングを読んだ豊は、ペリノア王を誘導して叩き込んだ訳です」

無茶苦茶な、と思うが、そこで闇が右手を挙げた。

「……最初に矢を落とし、地面に縫い止めるようなインパクトを与えたのは、空を見上げさせないため。そして双の刃を振るったのも、自分に集中させるため、更にペリノア王の層撃を食

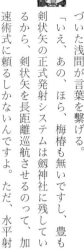

らったとき、膝を崩して武器も何も下にしたのは、背後から来る一撃に自分を当てぬようにしつつ、ペリノア王の視線を誘導するため、ですか。――だとするとあの〝当てること〟狙いの攻撃も意味が解ります。相手を集中させねばなりませんから」

「あー、そこらへん、私のセンスじゃないと思うので、豊に聞いて貰いたいところですね。私だとそういう器用なの無しで、不器用に撃つしかないんで」

「不器用？」

「知ってるわ〝思い切りやっていい〟ための言い訳よね……。〝ええ、トーリ君、私、不器用なんで〟って、何度使ったことか……」

「そ、そこ！　勝手に作らない！」

　とはいえ、仕込みは確かに着弾した。だが、

「御母様！　智母様も！」

　解っている。先ほどから軋《きし》むような音がしているのだ。それは鉄の歪《ゆが》みであり、

「ペリノア王……！」

　金属の折れ散る音が鳴った。

　ペリノア王の顔面を直撃していた剣状矢が、砕けたのだ。

●

　豊は、汗が額や首を落ちるに任せ、正面を見た。

　こちらの各所、幾つもの表示枠が出ている。どれもグラディエーター装備の過剰動作による警告や、身体強化や疲労軽減術式の展開と、賄い切れないものを示す注意文だ。

　構わない。何しろ今、目の前に敵がいる。

「全く……！」

　剣状矢を、ペリノア王が口で受けていた。

　歯だった。上下の咬合《こうごう》が今、文字通りに剣を

噛《か》み砕《くだ》いている。
　こちらの高速撃。加速術式と追尾に任せた一発を、敵はバイティングで迎撃したのだ。
　見事というしかない。そしてその一方で、

「母さんの一撃じゃなくて感謝するんですね。——母さんの射撃だったら、喉の向こうまで貫通してますよ」

「フ、今の相手は貴女ですよ」
　じゃあ、と自分は言った。身を起こし、

「——本気出しますか？　天竜の本性を出せば、こっちとしては的が大きくなって有り難いところです」

「よくもまあ、天竜に向かってそのような口を……」

「天竜なんて、世界に三桁以上はいるもんでしょうが。こっちは羽柴《はしば》十本槍。世界で十人しかいませんし、〝私達〟に絞れば八人しかいないんですよ」
　通じる話ではないだろう。それは充分に解っている。
　だが言っておく。

「希少価値じゃなくて、強いかどうかで語るんですよね」

「——これは失敬」
　ええ、と己は頷いた。そして、

「私より、母さんの方が五倍は強いですから」

「…………」

「……五倍？」

「十二倍だったかもしれません」
　相手が、軽く額に手を当てた。そして、ややあってから、

「スリーサーズ」
　ペリノア王が、観衆の方、広場を囲む輪の中

にいるサード派指導者に告げる。

「――私達には更なる強敵がいるようです。ならばこれは、私の見積もりが甘かった。ゆえに、ここまでとした方が良さそうですね」

●

引き分けだ。

そういう空気が周囲に湧いたのを、正純は感覚した。

今、ペリノア王が首の据わりを手で直しながらファースト派の方に歩いて行く。対するこちらは、浅間の娘がミトツダイラの娘に抱き抱えられての退出だ。

「ワーイ！　お姫様抱っこですよ！」

「そんなこと言ってると肩に担ぎますのよ？」

私なんかデフォルトで担がれてるけどな、と思うが、〝家〟の違いだろうか。ともあれ自分は、かなり砕かれた広場に踏み出し、皆に問う。

「……さて、力比べはこういう結果だ。とりあえず、予定の三戦は終わった」

どれも引き分け。政治的な駆け引きの材料には出来る内容だとは思う。ならば、

「ファースト派としては、私達をどのように処遇する？」

言った時だ。ファースト派の集団の中から、人影が一つ出た。

「まだまだなの……！　まだ私がいるんだから……！」

そうだな、と己は思う。ペリノア王が出た時点で〝保険〟は掛かっているのだ。

最後の一人。ケイがいる限り、ファースト派はまだ判定の余地を持つ。

負けてはいないし、引き分けにもなっていない。そういうことだ。だが、

「――いいのか？　結論を出すことになるぞ」

その言葉に応じるように、ベディヴィアの声が飛んだ。

「ケイ！　貴女が出ることは無いのよ!?　この三連戦の結果は、出場を決断した私の恥！　それを奪うつもり!?」

●

浅間は、正純と相手の遣り取りを聴きつつ、豊が皆の間に戻って来たのを迎えた。既に、回復や治療術式の設定は出来ている。なので順次そのあたりをハナミに起動させつつ、

「よく一人で頑張りました」

「一人じゃないですよ。――母さん達がいますから」

いい子に育って、と思う。問題発言が多いが。

だが今、豊の治療を進める間にも、広場で一つの流れが生まれている。それは、

「ベディヴィアの恥は私達のアーサー王の恥なの。

アーサー王が恥ずかしいのは、私、恥ずかしいの」

ケイが前に出て、腕を組んだ。

待っているのだ。それは、

「誰か出てこないの？　〝湖の精霊〟！　ベディヴィアと私は、私達のアーサー王の左右の手なの。何処までも伸びて何もかも掴む両の手なの。いつも一緒に、ね」

その言葉に、皆が顔を見合わせた。

「何処までも伸びて掴む両手……。ひょっとして次はホライゾンが相手をする時間帯ですかね？」

「ホライゾン！　ここでやらなくていいですのよ!?　アレは決め手！　決め手のとき！」

「――というか何アレ、描いて欲しいの？」

「印刷技術がまだ表向きはないですから、外に戻ってからにして下さいね？」

などとぎゃあぎゃあやってると、何も知らない声が来る。

「さあ、……相手になるのは誰なの!?」

二代は思案した。この相手は、先ほどチラ見で出した技からするに、重力使いで御座ろうか、と。

……鹿角《かづの》様あたりとの戦闘を想定していくなら、行けるで御座るかな？

と、そんなことを思っていると、不意に声がした。

皆の背後。広場の入口の方からだった。それは、

「ケイ、そこでやめておけ」

鋭い。しかし物怖じなく、広がりのある声だった。

「——いいか？　私はそこから先の貴様の戦いを誇りに思うが、貴様らが汚れてしまっては困るのだ。私に手を洗えという役がいなくなってな」

この声は誰だろう、と、己は広場の入口を見る。

「？　あれは——」

来ましたね、とスリーサーズは呟いた。

横、パーシバルが身構えるのを、手を上げて制し、広場の入口を見る。

「——何用ですか？　祭はそろそろ終わりですよ？　——ワンサード」

「ワンサード……」

という言葉通りの人物が、広場に出てきた。金色の鎧《よろい》を身につけた女だ。スリーサーズに似ているが、こちらの方が鋭い。そんな感想を抱かせる雰囲気がある。そして彼女が広場全体を見渡し、

「セカンド派の仮代表も、……サード派の代表もいるようだな。私の麾《き》下《か》の余興に付き合ってくれたのか」

言葉が告げられた。

「ファースト派代表、アーサー・ワンサード。今日は挨拶に来た。余興はもう終わりか？」

第四十八章

『潮目の怠惰者』

移り変わって
また戻っていくもの
そして残り続けるもの
配点（潮干狩りではない）

翌朝になった。

昨日はいろいろありましたねえ、とアデーレはキャンプの補給所で朝食を皿に受け取りながら思う。補給所の天幕には五十人ほどの行列が出来ていて、知った面々に会釈や手を挙げつつ、自分は湖畔の北を見られる位置に移動。

キャンプ周辺は段階的な警備範囲が設定されており、監視場所にはそれとなく椅子や小屋などが設けられている。

いつもぎゃあぎゃあやってるのとは別で、自然環境の中でじっと監視に目を配ったり、術式に任せて本を読んだりしているのは、意外といい。本土の郊外で生活しているとこういう時間帯が必ずあるんでしょうね、と思う。

ともあれパンを食う。パンにはラズベリーのジャム。卵焼きにベーコン。モヤシの味噌汁《みそしる》。和洋折衷。一息が吐けるし目が覚める。そして、

『アデーレ？　起きてる？』

『あ、Ｊｕｄ．、朝食中です。鈴《すず》さんの方は？』

『ん。今、〝鈴の湯〟の掃除中。——それで、アデーレ？　昨日のことだけど』

『あー、片桐《かたぎり》さんから聞いてます？』

『ん。聞いてるし、それなりに聞いてたけど、あの、その、——意味が』

ダイレクトに言われて、己は頷いた。

……確かに意味が解らないですよねー……。

昨日はいろいろあったのだ。

メイディの続きとしての相対戦。そして、

『アーサー・ワンサードさんが乗り込んできて、まあ、話が変に進んだ訳ですよ』

こういう流れだったと、アデーレは記憶する。

浅間の娘である豊と、ペリノア王の相対が半ば強制的に終了し、ワンサードが乗り込んできたのだ。

『……で、それからどうなったの？』

『いやあ、ワンサードさん？　それがベティナンタラさんとケイさんを従えるような感じになって、こっちとちょっと睨《にら》み合《あ》いですよ。ただ、膠着《こうちゃく》状態も何なんで、こっちから動く事にしたんですが――』

『あー、そこらへんの説明なら、私も加わる。事情が事情だからな』

『私共としても、いろいろ理解したい部分があります。なので現地の皆様、アデーレ様を始め、多角的に情報が頂けるなら宜《よろ》しく御願いいたします。――以上』

『おおう、何かちょっと今日の仕事前にミーティング？』

●

昨日の現場で、まず手を挙げたのは正純だった。

……とりあえず、ファースト派との繋ぎを作っておかねばな。

顔を合わせたという事実が必要だ。だから、

「失敬。アーサー・ワンサード、自分達はサード派の――」

「聞いている。何やらサード派とセカンド派を相手に面白い事をやっているそうではないか。主道を整えたり、砦を作ったりと、随分とこの地に関わっているようだな」

「ああ。そうやってこの地の補強を入れ、豊かにしていくのが私達の仕事だ。――〝湖の精霊〟としては、な」

「そうか」

と、ワンサードが頷きをもってこう言った。

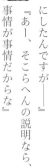

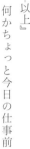

「――不要だ。立ち去れ」

「不要？　不要って、どういうことです？」

「アレよ。〝アーまあ今日は点蔵別にいいか〟みたいな不要論」

「いやいやいやいやいや、自分、いるで御座るよ！」

「点蔵様？　ナルゼ様も解った上で言ってますよ」

『……あの、すみません。こういうダベリは不要なのでは。――以上』

『いや、こういうの無いと落ち着かないからね！』

『御父様は皆様の平穏のために貢献されているのですね』

『キヨキヨ真顔だよ？』

浅間としては、ワンサードの物言いに何となく解るものがあった。だが、

「失敬。ワンサード殿、不要とは如何《いか》なる事であるか？　彼らはこのサード派拠点の周囲など、整備してくれているのであるぞ？」

そこだ。

「つまり、こういうことですよね？　私達が手を入れれば豊かになる。しかし、それがなくても、とりあえずこの地は〝回る〟のだ、と」

「手を入れれば〝豊〟になる……」

「豊！　豊！　形容詞になってはいけませんのよ!?」

「まあ確かに前段階として手というか指というか入れるわね……」

「森《もり》先輩だと手でも正解なのかしら……」

「巫女に触手は神代の時代からの定番ですが、父さんが触手になるのは有りなんですか？」

「アサマチ、そういう術式あるの？」

「ありません、って言いたいですけど神道だと姿形を変えたりヒルコ系とか普通にありますからね……」

「ホライゾン？　愚弟が触手になったらどうするかしら？」

「禊祓効果で逆にウザさが無くなるのでは？」

「ありまあああす！　触手になってもウザさありまああああす！」

「我が王？　何かズレてますのよ？」

　正純は、ワンサードが小さく笑うのを聞いた。

「そういうことだ。別にインフラなど整備せずとも、ロンディニウムにいる我々だけでこの地は充分〝回る〟。現に私達は生産の苦労はあろうとも食糧供給など安定した状況にある。そしてまた、戦術や云々《うんぬん》についても、そもそも私の歴史再現でこの地は平和となる。
　下手に武力を上げれば被害も大きくなるのだぞ？」

　つまり、と相手が言った。

「貴様らのしている事は単なる全ての拡大化。それを〝豊か〟というなら、制限する中道を私は望もう」

　どうだ？

「介入、気遣いは認めよう。しかし不要と出来るなら不要でいいではないか。違うか？」

「満ちたりを知る、ということか？」

「Ｔｅｓ．、そうだ。幸いを拡大化しても、幸いである事は変わらぬ一方で感謝が薄れる。そしてまた、欲は収まらぬ。幸いを拡大化すればするほど、人々は感謝を失い、もっともっとと幸いを欲していくだけになろう」

そうね、とナルゼが言った。

「同じ組み合わせで書いてると、どんどん刺激だけを求めるようになるのよね……」

「な、何でこっち見て言うんですか!?　神道は感謝の心を忘れないですよ!?」

「つまり女の股に心と書いて怒りと読むのは、感謝の心を忘れぬようにという戒めなのですね浅間様……！　つまりこれからは表意文字としての〝怒〟に二拝一礼一拝ですよトーリ様！　拝んだらエフェクトとか欲しいところです。神社の大鈴が鳴って発光三段拡散とか！」

「あの、神道は男女平等なのでトーリ君の方も光りますけど？」

「部屋暗くすると棒状の蛍ですかねソレ」

「オ、オメエはまた難度を上げてきたな!?　そうだな!?」

『あの、――以上』

すまん。雑音だった。

と、そこで別のところから動きが出た。サード派。その人波を割って出るのは、

「――ワンサード」

スリーサーズが静かに告げた。

「何が幸いかの判断を貴女が決めるというのは、中道ではないのではありませんか」

「ほう……」

●

正純は、馬鹿の声を聞いた。

「あれ今さ、ワン子の方、〝やっちまったあ――〟って思ってんじゃねえかな……」

「……お前、聞こえる声で言うのやめろよ」

「いや、別にこの程度の声なら聞こえねえって。大丈夫だって、大丈夫」

「…………」

「ほら、向こう、こっち見てるぞ」

「いや、見てねえよ。見てねえって」

「見てないぞ」

「ほら！　言った通りだろ!?　見てねえよ！　ほーらセージュン君間違いでええす！」

「いや見てるよ馬鹿！　どう見ても見てるだろ！」

「だから見てない」

どうしたら、と思った時だった。先程の問いに回答を得ていないスリーサーズが声をあげた。

「ワンサード！　キョロキョロしない！　ほら！　お姉ちゃんの方をちゃんと見て答えなさい……！」

●

「……どうしたのキヨナリ？」

「うむ。……今、いい姉のオーラが漂ってきてな……」

「……私、何もしてないわよ？」

●

時代は繰り返すんですかね、とアデーレは思った。つまりこれは自分達がメアリを救ったときと同じく、姉妹の争いなのだと。だけど、

「姉さん！　今はそういうときではない！」

「ええ、解っています。でも貴女は手紙の返事も寄越さず、マーリン通してばっかりで」

言う。

「ちゃんと肉ばかりじゃなくて野菜も食べてますか？　寝るときに寝間着を着ないで寝るクセは直しましたか？」

『個人情報ダダ漏れで御座りますね』

『僕達《ぼくたち》、二境紋《にきょうもん》避けで個人情報は堅かったですからねえ』

その反動が今は無茶苦茶出てる気がするが、とりあえず言わないことにした。だが現場は、

「待ちなさいスリーサーズ！　陛下に対するそれ以上の愚弄は個人的に興味深いけど公的に許されるものではないわ！　後で教えなさい！」

「とりあえず、お互い帰った方がいいと思うの───」

「……く！」

「……く！」

「ク！」

「く……！」

「よーしホライゾン、姉ちゃんもハイタッチ！」

「貴様ら……！」

「陛下！　あいつらの挑発は本気で腹立つから危険です!!」

「お帰りお帰りなの───」

「ええい解った！　〝湖の精霊〟！　とりあえず貴様らの話を聞けば文句ないのであろう！　そうだな姉さん！」

「違います！　私が言ったのは野菜を食べる事と、お腹《なか》出して寝るなということです……！」

「陛下あ───！」

「ええい、貴様ら！　今、陛下は忙しいのよ！　一週間後！　ロンディニウムの共同庁舎に来るがいい！　そこでいろいろ裁定をしてやるわ！」

　その言葉に、皆が顔を見合わせた。そして、

「……実は上手くまとまりましたの？」

　そんな気がしたので、全員がベディヴィアにまばらな拍手を送った。

「拍手するな！」

●

「……何でそんなに嫌がらせが上手いのであるかな？」

「い、いや、向こうの煽り耐性がかなり低いのもいけないんですよ！」

「……私もあのくらい言えたら、状況が変わっていたのでしょうか……」

「いや、あれ、状況が変わるというか、混乱していただけの気がするで御座るよ？」

●

『ともあれ今のが、昨日の流れと、そういうことなのですね？　――以上』

『ええと……、つまり？』

『ホライゾン達の煽りとスリーサーズ様の姉ムーブが合体して、相手のメンタルは混乱、そのままこちらの思い通りの展開となった訳です』

『こっちを倫敦に呼んで話を聞けと、スリーサーズはそこまで言ってないんだが、ベディヴィアが深読みしすぎて間違ったよな』

『サード派拠点周辺を整備したことや、砦を設けたインパクトがあったのでしょうね。ゆえに私達がサード派に親しく、英国の歴史再現に関与しようとしていると……、そう見られたのだと思いますわ』

『言い換えるなら、元より向こうは、こちらを排除するための方法として、倫敦での議論による相対を考慮していた、とも言えますね』

『確かにまあ、こっちの話を聞きたいから呼ぶ、というシチュエーションじゃなかったよなあ、アレは』

『ロンディニウムの議論がどうなるか解りませんが、友好的ではない、ということは前提として行った方が良さそうですね。あとは――』

『ええと、今日から一週間？　どうするの』

『Ｊｕｄ．、一週間で、またそれなりの成果を出してやろうと思っている』

『成果？』

『ああ。――ワンサードが警戒していた〝幸い〟を、拡大してやるんだ』

●

さて、とトーリは言った。
皆に朝食は出し終えた。自分達の分の皿を持って、天幕の前に出て、

「おーい、注目――」

皆がこちらを見た。そしてそのまま視線を外に逸《そ》らされる。

「**オイイイイイイイイイイイイ！**　何だその態度！」

「メガトン級の嫌われ方ですねえ」

「というか何だ馬鹿、言うだけ言ってみろ」

あのなあ、と己は言葉を作る。

「これから、チョイと派手に補完してやるんだろ？」

「Ｊｕｄ．、とりあえず、一週間でやれることはやってしまおう、と」

「そっか。じゃあまあ、一つ覚えとけよ？」

「？　何をですの？」

「ああ、俺達、これまで〝失わせないように〟ってので、やってきたろ？」
だけど、

「この英国は、歴史として考えたら、俺達の時代まである訳だよな？　ちょっと上手く言えねえけど、まあ、俺達の時代で、記録？　ソレがヤレて面倒な事になってるのは確かだけど、この時代だって、つまり〝失われないように〟ってので、偉い連中が頑張ったんだ」
だけどよ、と己はもう一度言う。

「そのための方法が、〝失わせること〟だった場合ってのも、あったかもしんねえ」

●

「ネシンバラ」
ネシンバラは、葵《あおい》の言葉を聞いた。

「そういう場合、どっちが正しいんだ？」

「——なかなか興味深い質問だよ。だって、〝失わせない。解釈を重用し、重要する〟と、そういうことを国として掲げたのは、恐らく僕達が初だ。何故なら歴史再現は聖譜所有国を主として、犠牲があっても歴史を存続し、天上に至ることを望んでいたからね」
だけど自分達はそうじゃない。

「この時代、竜属との激突が長く続き、それが完全な決着を望んだものとなっていく頃だ。大勢を生かすためならば歴史再現は大義名分となり、失わせるのが当然と、そんな判断も多くあるだろう。そして、——結果としては、それこそが正しい」

「難しい話よのう」
最上総長が扇子を口に当てて言った。

「今まで貴様らは、その信条を、未来のために言っておればよかったのだえ。しかし、——今回、否、他国の記録に関わるならば、それは違うのだえ。

失わせないと、そう言っても、過去ではそうであったやもしれん。これは──」
　これは、

「単に貴様らの自己満足にもなろう。何しろ、貴様らが八百年後の現在にて〝失わせない〟と言うことが出来たのは、〝失わせてきた〟歴史があり、それによって世界が存続してきたからだと、そういうことでもあるのだからのう」

「そうだ！　僕もそれが言いたかった！」
　皆が真顔を向けてきたが僕は挫《くじ》けない。
　だがまあ、自分としては、こう言っておこう。

「遺伝詞理論がもしも実在するならば、僕達がもしも歴史的な損失を存続させたとしても、それは変わらない。歴史は変わることなく、きっと僕達がその歴史──、記録の世界か、そこから出たら〝元通り〟になる筈だ。だから僕達がその中で何をしても、僕達の自己満足にしかならないのはホントだね」

「だとしたら、やりたいようにやってしまえば、いいんではありませんの？」

「Ｊｕｄ．、そうとも言える。その行動が〝補完〟を壊さないものであるならばやって構わない。どうせ世界は変わらないんだ。でも──」

「──何か納得いかないのですね。トーリ様」

「そうだ！　僕もそれが言いたかった！」
　皆が再度容赦ない真顔を向けてきたが、僕は挫けない。

●

　浅間は、ホライゾンの告げた言葉に頷いた。

「フフ」
　と喜美が小さく笑って、ミトツダイラも真剣な面持ちで頷くあたり、これは本舗組の皆が理解していることだろう。
　つまり彼は、ある事実に気づいていて、しか

し子供っぽく、納得出来てないのだ。それは、

「――トーリ君？　この記録の中で、私達は好きにしていいんですよ？　それが記録側に認められないとしても、もう結果は出ているし、だからこそ、好きにやっちゃっていいんです」

でも、

「――好きにしちゃっていい、って正面から言われると、さて自分がやることは正しいんだろうか、って考え込んじゃうんですよね？」

●

うわあ、とナイトは皆とちょっと仰け反った。

直後、総長に対して全員で言う。

「子供か!!」

●

「……そうねえ、〝好きにしていいですよ〟って浅間に言わせるなら、どんなことすりゃいいか丸解りな姿勢決めた状態で言わせるわよね。誘い攻めって言うか。相手に主導権与えるようでいて自分のして欲しい方に誘導ってか」

「ビミョーに反省する箇所がありますけど今はそういう話じゃないですからね!?」

「成程！　ナルゼ様の本がひどく説得力あったのはそういう事ですね！」

「通神帯版を開いて言わなくていいですのよ!?」

●

アー、と喜美が手を左右に振った。

「そうねえ。私達は〝正しくないけど間違っちゃいねえ〟なんだけど、既に歴史は結果を出してるの。だから好きにしていいよ、って言われたら、それはまた、ナメられてるのかよね」

「それをやっても何も変わらないけど、自己満足のためにやるのはいいと、……そういう話ですのね？」

「まあそういうことで、……つまりそんな状態で〝正しくないけど間違っていない〟って言っ

ても、単にそれは自分のプライドを保つだけの行いではないか、って話ですよね」

「トーリ様、馬鹿の上でプライド高いとか、最悪ですねえ」

　でもまあ、とホライゾンが言った。

「〝失わせない〟のは確かとして、しかし何だか〝やってもいいよ〟と歴史側に許可されているのは癪《しゃく》ですねえ」

「私としては楽でいいなあ、という処ではあるんだが、――おい、葵」

「ん？　何だよ？」

「そういうの、もっと早く言え。じゃあどうするか、とか、すぐ答えが出るもんでもないだろ」

「いやまあ、何だかんだで忙しいし、遺伝詞云々？　そういうのが解ったのって最近じゃね？　それでまあ、何か引っかかるなあって思ってたんだけど」

「トーリ、貴様、文章能力低いのだから……、いや、じゃあ無理だな……。うむ……」

「開始して即結論とか、何が言いたいのか解らないで御座るよ？」

「文章能力だったら母さんが凄いので母さんに相談して下さい、父さん！」

「Ｊｕｄ．、そうですトーリ様。ホライゾンも皆に言い訳したり言いくるめるときなど、浅間様にかなり頼りますからね」

　浅間がホライゾンを手招きして、ちょっと二人で離れた処に行く。しばらくしてから二人が戻ってきて、ホライゾンが手を挙げ、

「Ｊｕｄ．、そうですトーリ様。ホライゾンも皆に言い訳したり言いくるめるときなど、浅間様をかなり参考にしますからね」

「細かいチェックが入るねえ」

　まあいい、と正純が言った。

「齟齬《そご》だな」

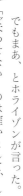

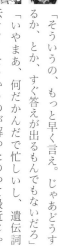

「英国は、私達に、記録の補完を求めている。その手段などは、ある意味、英国にとってはどうでもいいんだ。だけど私達は、補完しつつ、そこに自分達のやり方を示したい。
　――まあ、主義有る国家として当然のことだ。だけど――」

　だけど、

「英国はそこの部分、ホント、どうでもよくて、補完さえしてくれるなら〝私達でなくてもいい〟。――それが癪な訳だな」

「ではどうするので御座る？」

「Ｊｕｄ．、ホライゾンの言うように〝失わせない〟のは確かなことだ。だから、行動自体は基本的に変わらない。だが――」

　言って、自分は何となく気付いた。これは難しい問題だな、と。今更、馬鹿の言った事の意味を思う。要するに、馬鹿は馬鹿なりに、ある事に気付いたのだ。それは、

「私達が、私達だけで、国家足りうるか。
　――それを試されてるようなものだ」

「そうですわね。ぶつかりあって、相対して、それによって信条や主義を掲げることが出来るのは当然。ですけど、それは成熟する過渡期だからこそ。比較など無しで、自分達に意義があるのか。――世界が平和になったときに必ず問われること。その国は単体で、存在する価値があるのか。そういう話ですのよ、これは」

　これは誰の仕事か。正純は告げた。

「葵、お前とホライゾンの決めることだ」

　いいか。

「私達は、既に武蔵の国家的信条として決まったことについて、行動する。それをお前が止め

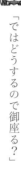

るなら止める。進むなら進む。そういうことだ。だけど、だからこそ、どういう風にしたいのかは、何処かでお前達《まえたち》が決めろ。私達はそこで動きを訂正するか、または推し進める」

「〝失わせない〟の先を見つけろと、そういうことですか」

「私が決めたらクーデターみたいなもんだからなあ。だからまあ、何か気づいたときにテキトーに言ってくれ。寧ろ、その方がいい」

「何か間違いがあっても、我が王達が正式に決めた事ではなく、私達が独断で動いたと、そういうことに出来るからですのね？」

Ｊｕｄ．、と自分は頷く。

「まあ、現状の処、私達の時の英国とは違い、スリーサーズが犠牲になると、そういう流れでもないようだ。失わせない、という意味での動きを取る必要はまだ無いだろうな」

「執行猶予って感じかー」

「お前が言い出したんだからな？　憶《おぼ》えとけよ？」

ただまあ、これは多分、いいことだ。馬鹿のプライド的な、子供っぽい部分の話であろうが、自分もまた、こう思うのだ。

……武蔵という国家が、これから外界などに出た場合、周囲に他国がいない状態になるときもあるだろう。

そのとき、武蔵が単独で国家として存在出来る意義があった方がいい。そうでなければ、方針のブレが生じるかもしれないからだ。

「普通の国家なら、変なプライドとかそういうの無しで、今回みたいな時は〝じゃあ好きにやれるならそれが楽でいい〟なんだろうけどな」

「不良は自分のプライドが大事。そういうことよのう」

私、不良のつもりはないんだが。

●

午前の晴れ間。窓から差す光の下で、スリー

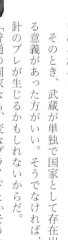

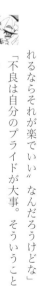

サーズは賑やかな声を聞いた。

　自分は各拠点や領主達の通達をまとめ、交易の許可や事業の報告などを確認していたのだが、

「……とうとう、うちの者達も駆り出されてしまいましたね」

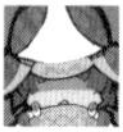
「スリーサーズ様、現場に出たいと、そのようなことを……」

「いえいえ、やはり今の私はこういう事務が本業ですよ。現場に出たいと、そんなことはありません」

　でも、と外から聞こえる斧《おの》の響きや声を聞いていると、いろいろ思うのだ。

「このブリタニアそのものと関わっていくというのは、政治でしょうかね。それとも、この土地そのものか」

　または何か、別の範疇があるのだろうか。ともあれこんなことを考えると言うことは、

「……私にとって、彼らは刺激になっているのでしょうね」

●

　軽い職業訓練のようなテストを経て、サード派拠点からの志願者達はそれぞれの担当に振り分けられた。人員個々に、やりたい事というのがあるが、仕事は種類もあり、振り分けは必要だ。なのでまずはミーティングとして、各持ち場での意義を話していく。

　ネイメアは、アデーレ班の進める間伐作業と併行して、植林を行う担当だった。

　サード派拠点を遠くに望める森の前。自分はちょっと開けた処に二十人ほどを集めて言う。

「はい。それではこれから、森林の育成としての植林を行いますの」

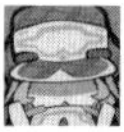
「森林の育成、ですか？　ここ、森の外ですよ？」

「Ｊｕｄ．、そのあたりは後で説明しますの。で、そちら、ケルトの教えでは森林は大事なものですのよね。恵みを下さる上で、精霊達が住む場所となってますの」

ええ、と相手が頷いた。

「そうです。――だから森林を荒らしに来る連中は皆でレイダーしに行きます」

「レイダー？」

ちょっと解らなかったので、担当にヘルプ。

『従士様？　ケルトのレイダーって何ですの？』

●

『あー、ケルトのレイダーは強いですよね！　とにかく足速いユニットで！』

『ユニット？』

『あ、す、すみません。勉強と称して、このところ皆でケルトクラン組んで荒らしまくってまして！』

何やら現実とゲームがごっちゃになってるらしいが、まあそういうものかと思うことにする。

●

「では気を取り直して、森の育成の話ですの」

「は、はあ……？　でも、どうするんですか、森の木々を」

「Ｊｕｄ．、森は大事ですのよね。ですから狩猟とかを行っても、ちゃんと森の精霊には礼を欠かさない訳で」

このあたり、母の母がそうであるから、間違いは無い。母の母は森の精霊達からも畏怖されるような存在だが、彼らの恵みには感謝し、狩猟の際は、応じるように獲物の方から身を差し出したりもするのだ。

でも、

「つまり、森は大事にしないといけませんの」

「――家建てるとき、建材要りますのよね」

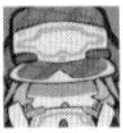
「げ、現実的な話が来ました……！」

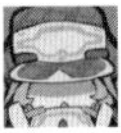
「え、ええと、その場合、ケルトの民としては森林に分けて貰ったとか、森林の縁にある木々は切って良いとか、そういう理由がある木を使いまして……」

「ではその場合〝森林の恵み〟とは、どういうことになりますの？」

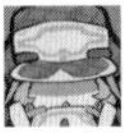
「ええと、森林の恵みとは、木々の実が多く、動物達が行き来し、私達の生活出来る場や資源があることです」

　それは一言で言うと、どういうことか。

「森が活性化している、ということですのね」

「はい。だから間伐などは行うのですが……、森の育成とは？」

　間伐が森の活性化の一端であると解っているなら有り難い。自分はとりあえず、背後の森の木々を手で示した。彼らは一体、何処までの知識を〝補完〟されずに持っているだろうと、そう思いながら、

「解っていることを敢《あ》えて言ってしまうかもしれませんの。ただ、――こうして森を見ると、木々の太さは一定ではありませんのよね」

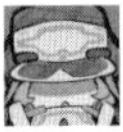
「Ｔｅｓ．、日当たりや、他の木々との密度で育成の悪い木や、良い木があります。ゆえに間伐し、森の淀《よど》みの原因となる悪い木を引き取って、スペースを空け、そこに新しい木を植えたり、また恵みとして得られる木を切り、活用するんです」

　Ｊｕｄ．、と己は頷いた。間伐と植林の知識は〝補完〟不要だ。ならば、

「間伐して、空いたところに植樹。それはどちらかというと狩猟的な考えですのよね。獲物を捕ったところに、また罠《わな》でも仕掛けておく、というような」

「では、どうするんです？　森を育成、とは」

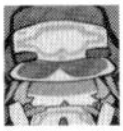
「……」

「ええ、――〝森の畑〟を作りますの」

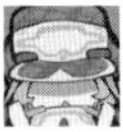
「それは……」

「Ｊｕｄ．！　――森の外に、規則をもって植林、管理していくことで、定期的に建材などを手に入れられるようにしますの」

●

つまりこういうことだ。

「――人工の森を作るんですの。植樹して木を育て、そして大きくなった木を伐採して木材としますの」

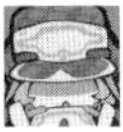
「……森の恵みではなく、人工的に建材用の森を？」

「Ｊｕｄ．、これより人口が増え、または戦乱があるならば、建材は常に必要となりますの。そのとき、〝森の恵み〟頼りでは足りませんの。それでいて手当たり次第に端から切っていくのは、農地や住宅地の獲得になりますけど、都市から森が離れて行ってしまいますのよね」

だからどうするか。

「森から得るものは間伐材に限定し、建材の主は森とは別で育成した〝人工の森〟から採るようにしますの。一応、それらを自然の森と密接しておけば、お互いの環境の恩恵は受けられますの。――目標は木材供給の森を幾つか設けてローテーション出来るようにして、運び出した木材で河川や河口に商業都市や船を作る事ですのね」

●

「随分思い切った施策というか、国土改造になるで御座るなあ」

「本来なら、森の中に伐採地を設けて、そこに植樹するのがいいのでしょうけど、ケルトは〝森の恵み〟を重要視するので、森を大規模に伐採するのは無しになるのですね」

「なので森の外に植林する……、となる訳ですね」

「敷地《しきち》は多く必要になりますが、自然の森を可能な限り保護しておくのは後のためとした場合、

それは正解だと思います」
それに、

「何だかんだで人口が増えたら間伐材だけでは足りません。そして植林無しで木々を切っていけば、地層の薄い英国では表土の流出が生じるでしょう」

「Ｊｕｄ．、聖譜によれば、森林資源が乱伐を受け続けるため、欧州では中世に各街単位で幾度も禁止令を出したんだよな……。時期的にやや早い内容だが、英国の補強用として考えよう」

「英国に生えているオークの木は、極東で言うナラの木です。硬いせいで乾きにくいのですが、時間さえ掛ければいい建材になるから、早期に植林態勢を組んでおくのは有用だと思いますね」

●

「これは随分と長期の計画となりますの」
ネイメアは、このところで学んでおいた知識を述べる。

「英国……、ブリタニアのオークは樹齢八十年前後で太さ五十センチになり、以後は毎年二センチ強、太くなっていきますの。結構、成長速度が遅いんですのよね」

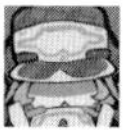

「……そんなに時間が掛かるんですか」
どうだろう、この疑問は〝補正〟に対するものだろうか、それとも素だろうか。
解らない。だが己が為すべきは〝これ〟なのだ。だから、

「Ｊｕｄ．、だから植樹したら、それはもう孫の代の家になる、と思って下さい。言い換えるなら、今後八十年、今ある自然の森から計画的に木々を採っていくのは皆様の役目となりますの。森林一つ、山一つ、大事に使っていくのがベストですのね」
そして、

「――八十年後。このブリタニアは、木々の建材を躊躇《ちゅうちょ》無く調達出来るようになりますの。そのために今から、植林の作業を始めますのよ？」

第四十九章

『過去と未来の繋ぎ役』

自分と相手と
お互いが必要なのに
擦れ違うのか
合わせていくのか
配点（馬鹿だと楽だよな）

植樹担当をしているネイメアの方が、作業を進めていく。

それを確認しながら、間伐担当のアデーレは自分の麾下となっている人員に声を掛けた。

「――ではこちら、切り出しが進んで来ましたね。可能な限り枝を落として、上部にロープを回して左右から支えます。そうしたら切り倒しますが、まず、倒す側に斧で〝受け口〟を作ります」
このあたりの知識、英国の住人には有る筈だとは思う。自分においては、従士としての訓練で、武蔵着港時に本土側で学んだ内容なのだ。それを三河《みかわ》以降のあれこれや、このところの事業などで確かなものとしているが、

……やはりどうも、皆さん、〝初めて聞く〟みたいな感ありますね。
知っている。だが、解っていない、という状態だ。
〝補正〟となる部分がある、ということなのだろう。なので自分は実演していく。身体強化系の術式などを自分に重ねた上で、

「斧ですが、木の繊維に正面から当てると弾かれますので、基本的には上下から斜め打ちです。三十度から四十度くらい。まずは倒す方向に、木の三分の一程度の切り込みを作ります。これが〝受け口〟ですね」
削る。
いやあ単純作業って気持ちがいいですねえ。

『アデーレハンマーぶつけて折れば一瞬じゃないの？』

『あら、うちの子、今日は干拓側に出ていますから出来ませんのよ？』

『そのフォロー、ハンマーの否定になってないですよね!?』

まあ、折ると言えば確かにそうですけどね、と、アデーレは内心で訂正を入れる。そして、

「受け口を作ったら、逆側に〝追い口〟を作ります。これは受け口よりも三～五センチくらい高めの位置で、残りを切り込んで行きます」

言うと、皆が頷く。だがそこで、自分は問うた。

「基本、〝追い口〟はどのように作りますか？」

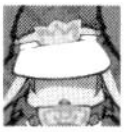

「？　逆方向から同じように作るのでは？　そして中央部をやや残し、最後は、受け口側の角度を利用して倒し、折るのです」

いい答えだ。それで間違っていない。だが、

「それだと、まだちょっと危険ですね。途中で木のバランスが崩れて倒れることがあります。こちらにとっては不意のことなので、周囲の人《ひと》達《たち》を巻き込む可能性もありますし、折れる際に木々の繊維が強力にたわみ、それに当たった斧が強く弾かれ、飛ぶ時もあるんですね。また、芯の部分を最後に残しているため、木を折る際、その芯から上に向かって裂け目が生じ、木が二つに割れることもあります」

だからどうするか。

「三つ紐伐《ひもぎ》りを行います」

「三つ紐伐りは極東の平安時代あたりから普及した伐採方法で、伐採時の木の割れを防ぎ、なおかつ安全に行う方法です。

普通の伐採が〝受け口〟一つ、〝追い口〟一つなのに対して、三つ紐伐りは、大きめの〝受け口〟一つに対し、左右斜めから〝追い口〟二つを作り、中央を抜いてしまうんですね」

「ええと、図示するわ……」

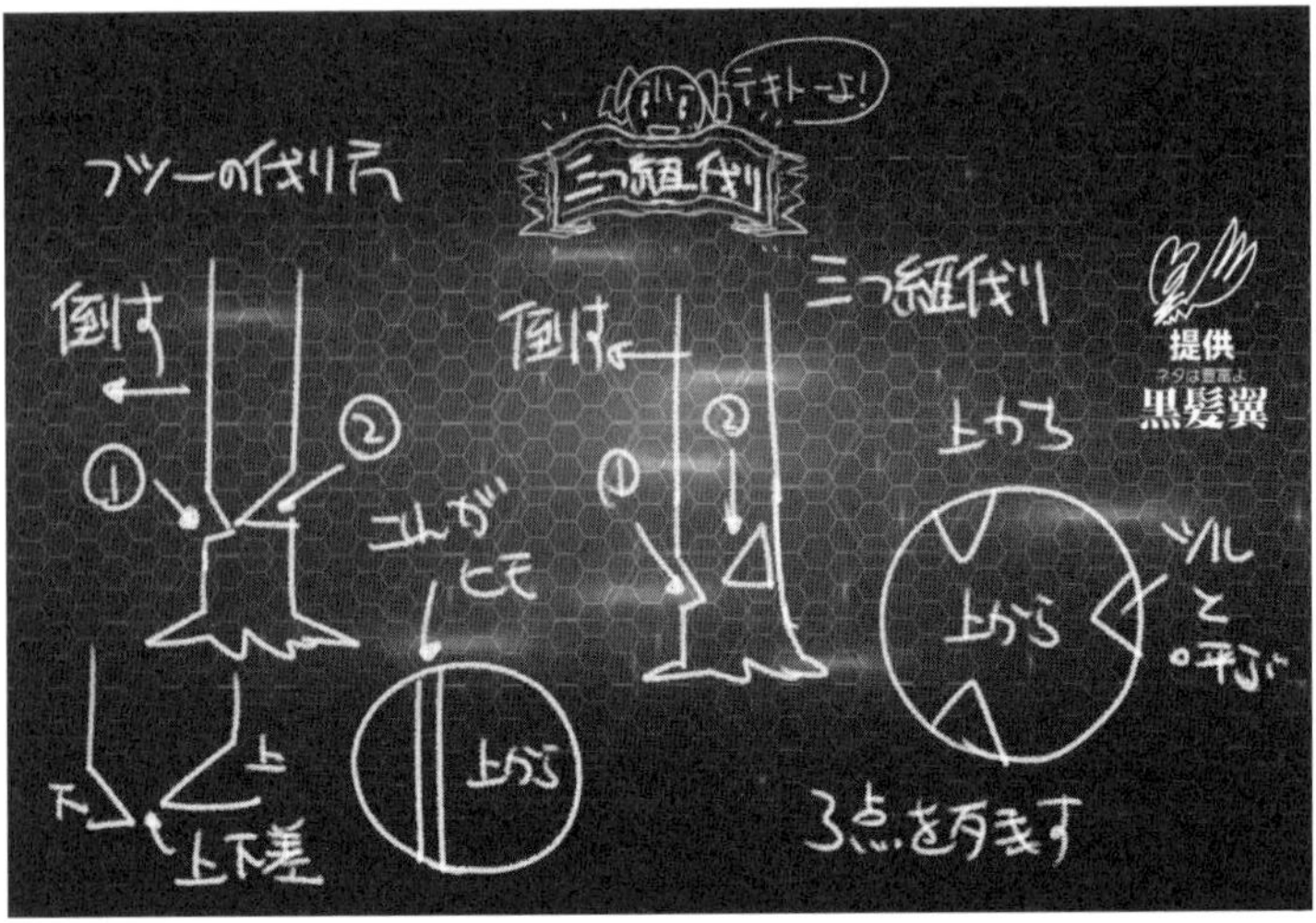

「中央を最後に抜くので、木が真ん中から裂けることもありませんし、上と下を繋ぐ〝紐〟が三箇所あるので、勝手に倒れることがありません。木々を無駄にしない方法ですね」

『これ、中央を抜くから、実はチェーンソーみたいな〝刺せる伐採道具〟が出来るまで、斧にしか不可能な方法だったんさ。古来、伐採には斧が選ばれる事が多かったが、こういう芸当が出来るから斧が重用されたと、そうも考えられるさねえ』

●

ここまでやると〝補正〟だろうか、やり過ぎだろうか。ただまあ、似たような方法は世界各地で発想があっておかしくないと、アデーレはそう思う。

「ちなみにこの方法を行きすぎてるのがビーバーで、あれは木を全方向から削って、最後、中央の細い芯だけにして倒しますから、木も割れず、最も効率いいかもしれませんね」

「ああ、あれはブリタニアにも結構いますが、確かにあの削り方は見事ですよね……」

ともあれ、こちらの割った木の断面を見せて講習し、実践に入る。幾つか不慣れもあったが、やがて何本かが切り倒され、並べられていく。

ならば、

「これらを運び出しやすく建材として使える長さに切って、搬出です」

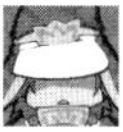

「え？　……この木材をどうやって運び出すんですか？　拠点までそれなりに距離がありますし、木も相当に重いですよ？　人力でどうやって運び出すんです？」

投げかけられた疑問に対し、成程、と己は思った。搬出の知識はあって当然のものだろうに。

……しかし、その知識が無い、という事は、

ここが〝補正〟の箇所なんですね。

ならば講義だ。そして実践。それらによって〝補正〟を行う。だから、

「搬出の為には、いい方法があります。それは――」

「オンバシラァ!!」

いきなり来た。

「皆大好きオンバシラ！
そうよあまり口には出来ない言葉と存在のメタファー！　よく考えると男どもが乗ってトっていくのはあいつら男同士でメタファイトしてんの!?」

「うるさいですよ！」

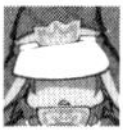

「……オンバシラ？」

「あっ、気にしなくていいです！　いいですからね!?」

ええと、と己は計算する。

「えーと、たとえばオーク材の場合、柱一本、10×10×400cmとして、乾燥重量が大体平均27・8kgです。さっきの樹齢八十年で太さ50

cmとした場合、まあ4mに採寸して切って運ぶとして……、一本あたり、乾燥重量で526kg前後、となりますね」

「乾燥してないとどのくらい重くなります？」

「環境にもよりますが、最大で100％ほど上乗せになることもあります。だから1t超える可能性もある、ということですね」

「あの、それを長距離に渡ってどうやって……」

「オンバシラ――！」

「……アレは無視しますけど、意外と嘘じゃないです。

重い木は、先端を槍状か橇《そり》状にしてロープで引いて下ろす方法があります。ソレを繰り返して行くと、自然と道が出来るので、それを搬出路とする方法ですね」

つまり、

「間伐でスペースを空け、そこに間伐材を引き下ろして行くことで、道を作るんです。初期は木自体が橇になり、道が出来たら運搬用の台車、橇などを空いたスペースに設け、森林内の行き来をよくします。――この山道は、森林内の治安や、また、これからのブリタニアにおける防衛出動などに役立つでしょう」

「確かに……、と言いたいですが、やはり森の中での搬出は長距離だと無理があります。そのあたりは、どのような解決を？」

「Ｊｕｄ．、経路については基本的に短距離です。下りばかり、というのを考えてます」

「下りばかり……？　それでは拠点などに到着出来ないのでは？」

それが、出来るのだ。

「それは今、うちの別班が行動してますね。そちらの成果をお待ち下さい」

点蔵は、一息をついた。森の中とも言うべき

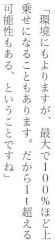

場所に、メアリも含め、連れてきたサード派の者達といるが、

「意外に水の相が多様で御座るなあ」

「Ｊｕｄ．、英国は石や岩の多い土地ですが、それゆえ水が地表に出やすく、森林地帯では特に水が芳醇《ほうじゅん》です。水の妖精達の話が多いのはそのせいですが、アーサー王における〝湖の精霊〟も、やはりそういう土地柄ゆえでしょうね」

　Ｊｕｄ．、と己は頷いた。ではどうするか。

「これから自分達がするのは、このブリタニアの運河や水路を整備、新築することに御座る」

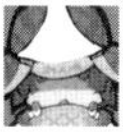
「運河、ですか？」

「そう。貴殿らが何となく使用しているブリタニアの河川や水路。その多くは、ローマの時代に灌漑《かんがい》用や運搬用に作られたもので御座る。とはいえローマが衰退し、また数百年が経過していく中、本土側からの嫌がらせなどもあって、また元の湖沼になっている場所も御座る」

　ゆえにまず、

「――水路の確認と整備、そして灌漑地の状況を確認。必要なら工事を行い、ブリタニアの水運を蘇《よみがえ》らせることが肝要」

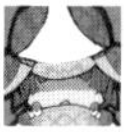
「でも、大規模な河川、……たとえばロンディニウムへのテムズ川流域などは、今でも充分に機能していると、そう思いますが……」

「Ｊｕｄ．、政治と商業を考えるなら、その中心地のインフラが整っていれば問題ない、そういうのは有りで御座る」

　これが〝英国のやり方〟だと、己は思う。中心地が活きていれば〝回る〟。これは、それ以外は〝有ってもなくてもどうにでもなる〟ということで、

「……英国が、自分で供給してしまっているところでしょうね」

　己もそう思う。だとすれば、サード派の皆は、ある事に〝気づいていない〟のだ。それは、

「チョイと、面白いものを見せるで御座るよ？　これは今、上流の方にいるうちの手勢からの通

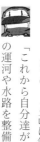

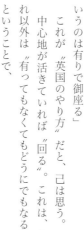

神なので御座るが――」
相手は福島《ふくしま》だ。上流側、アデーレと自分達の中間となる位置にいる彼女が、あるものを発見していた。

●

『見つけたで御座ります。中流域の川に、石積みの桟橋を発見。おそらく一定距離ごとに存在しているものと思われるで御座ります……！』
言われた通りのものがあるというのは、驚きだ。何故ならここは極東でもなく、かつての過去の時代なのだ。それなのに、

『桟橋があるという予見が、当たるとは……』
すると、声が来た。

『私達、以前にテムズを渡ったときに、何となく気づいていたのよ。だって、テムズみたいな主流に橋がない。それは橋を構築する技術や、領主の都合もあるだろうけど、別の水運が発達しているということでもあるのよね』

『時代的に、小規模な運搬でいいんだよね。今の極東が持つような大きな輸送艦もない時代。個人の船が行けるなら、川の上流から船で下ろし、運河や馬引きでまた船を上に戻すとか、そういうの有りなんだ』
配送業を始めている二人ならではの察知で御座りますなあ、と思う。しかし、

『英国は山間部からの急峻《きゅうしゅん》な流れがある一方、平地に向かっては緩やかな清流が長く続きます。船の遡上も可能で水運にはいい土地ですね』

『だからまあ、ヴァイキングに河口から侵入されて内地まで酷《ひど》い目に遭う訳ですが、このあたり、難しいですね』

●

さあ、とアデーレは一つ手を打った。

「切った木は、水路を経由して目的地近くまで輸送。そこから台車など陸運で最終目的地まで運ぶ、ということです。ブリタニアの土地は、北方に急峻な山が有り、南には湿地帯が広がり

ます。山からの川が延々と削って作った土地なので、土地を下れば必ず河川があるんですね」

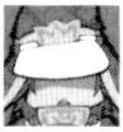
「だとすると、森で切った木材は常に下り方向に運んでいけば、そこに必ず川が有り……」

「ええ。水運が可能です。障害となる湿地帯は水路にするか、干拓して道を作ります。——そのようにすると、何が起きるか解りますか？」

●

　ミトツダイラは、湿地帯を前に皆に告げた。
まだ午後前、時間は充分ある。そのことを理解の上で、

「灌漑や干拓を行い、水路を作り、土地を開くことで、幾つかの利点がこのブリタニアには与えられますわ」

　一つ。

「一つ。——農地や宅地の獲得」

　重ねる。

「一つ。——水路による移動、輸送経路の獲得。
一つ。——これら複合で河川に近しい土地が生まれ、川漁や河川輸送などの新しい産業が発生すること。
　そしてまた、上流側からの資材の輸送なども可能となる事で下流側の大都市との交流が生じる事。
　更に一つ。——農地と宅地のために手近な森林を潰さなくてよくなるので、森林の破壊を防げますわね」

　これらは合わせると、どうなるか。

「森林の育成。農地と水路の確保。上流と下流の諸々格差是正。
　この三つは連動して、ブリタニアの未来を支えるものでしょう」

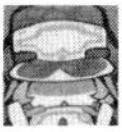
「それって……」

　どういうことなのか。己は告げた。

「このブリタニアの土地が貴方達のものとなる。
そして、そこで発展をしていける。そういうこ

とですの」
いいですの？

「私達が今、教えていることは本当なら、貴方《あなた》達《たち》がしていた事の筈」
〝補正〟なのだ。

「私達は、それをただ、思い出させているだけなんですの。――〝湖の精霊〟ですもの」
たいしたことではない。持っている知識を衒《ひけ》らかしているだけで、その知識も、発祥の段階ではこの英国の民達が関わっているのだ。
彼らが永くに渡って培ってきた〝世界〟を、自分達は今、不遜にも教師役として思い出させているに過ぎない。

「さあ、私達は、この土地を今からでも測り、検地していきますわよ？
度量衡《どりょうこう》の単位は？　測る器具は？　――解らないなら補正しますわよ？」

●

浅間は、サード派拠点での仕事をしつつ、皆の通神をまとめていた。その結果として解るのは、一つの事実だ。

「間違いなく、皆、自分のスキル全開で遊んでますよねー……」
知識として知っていたことや、技術として習っていたことが、三河以降で修練され、そしてこの現場において発揮出来る。

『ちょっとこっちでもモニタしてるけど、アレよねえ。コレって、一種の外界開拓とかの訓練というか、実践に近いわよね』

『はい。確かにまあ、これまでの自分達の技術が直接使えないところで、ではどうするか、という話でもありますから』

『Ｊｕｄ．、この英国を無事に出る事が出来たら、かなりの経験が積めてると思うわ。羽柴勢との連携もかなり密になってきてるみたいだし、一回模擬戦でも入れたくなるわね』
派手になるでしょうねえ、とは思う。すると、

「おっと浅間様、うちの真喜子《まきこ》とダベってますか！」

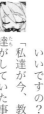

『あら、何よホライゾン、カーチャンムーブ？』

『Ｊｕｄ．！　じゃあチョイとカーチャンこれからいいところ見せるために、一丁未開の人類に料理を教えて来ますので！』

『大丈夫なの？　浅間』

『あ、はい。昨夜教えた通りにやれば大丈夫だと思うので……』

『苦労掛けるわねえ……』

『大丈夫です！　料理の基本、さしすせそは全部Ｓ！　それさえ押さえておけば分量など関係ありませんとも！』

だめかもしんない。

「おーい、浅間浅間！　何!?　うちの真喜子とダベってんの!?」

「何で同じ反応なんですか!?」

『何よトーリ、トーチャンムーブ？』

『いや、ぶっちゃけ俺、最近かなりパパンムーブ多くなってきてて芸風丸くなってねえか心配なんだけど……』

「まあ、豊様の血圧上昇とか、ネイメア様の尻尾振りとか、そういうのは見てて楽しいので有りでしょう。で、如何しましたトーリ様」

「おお！　ちょっとハシャイでたらネシンバラと沼に落ちたんだけど、着替えあるっけ!?」

『子供か……!?』

●

あー、と浅間は対処する。

「ええと、輸送艦からこっちに、畳んだの持ってきてますから、それに着替えて下さい」

「運搬仕事中の通りすがりでツッコむけど、何で用意してんの……？」

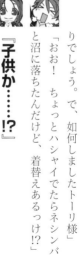

「いや、流石にこの歴史記録の中で不用意に全裸ネタはアレだと思いますし」

「よーし、有《あ》り難《がと》うな浅間！　これからホライゾンの料理に続いて、スイーツ系は俺だからな。後で何か持ってくるの、待ってろよ……！」

「変に気を遣わなくていいですから、皆の分も用意しておいて下さいね？　皆、いろいろやってますから」

　おうおう、と泥と水飛沫《みずしぶき》を上げて彼が走って行く。その先で悲鳴のようなものが聞こえるのは、彼が何かやらかしているのだろう。そして自分は、

「全く慌ただしいんですから……」

『いやあ、安心したわ』

『何がです？』

『いや、浅間はちょっと引く傾向あったから、本舗入っても他人行儀だったらすまないわね、とか思ってたけど、フツーね。ホライゾンの方なんかも』

『いやまあ、それは、ええ。アバンギャルドなことがいろいろありましたし』

　まあいいことよ、とオリオトライが通神内で手を振る。ちょっといきなり放置ですか、と思ったが、

「あのう」

　あ、と己は気づいた。オリオトライの方からはこの点蔵似の人が見えていたのだと。
　仕事に復帰。

「あ、はい、ええと、すみません。ではこちら、今回の諸々作業とブリタニアのため、ちょっとした便利グッズの紹介と実運になります」

「え？　あ、いや、何かノリが変であるが、……そちらに立てかけてある大きな十字？　の束であるな？」

　そうだ。武蔵の方で用意して貰ったのは、武蔵内でも使用している旧派用のインフォメー

ションポスト。神道で言う鳥居型インフォメーションと同じで、表示枠などを出し、接続ネットワーク内からの通神や、記録された情報を表示。またはそれらを経由して土地に加護などを与えたり出来る。

　通神関係の加護を持たない人々がいる時代だ。それに対し、領主の許可などは要るだろうが、通神手段を与えることも出来る。

　……スリーサーズさんの許可つけて、とりあえずこの拠点と周辺集落に設置と、そんな風に考えてますね。
　内部のＯＳは古いものを再現しつつ、しかし旧派のみではなく、神道主体でも動かせるようにしている。

『この時代、英国の浮上システムにはIZUMO関係の手が入っている筈さ。だから旧派だけではなく、神道もベースに含んだＯＳにしておかないと〝補正〟にならんだろうさね』
　そういうことだ。武蔵IZUMOの情報などから、可能な限り当時のものを再現した。
　あとはこれを各地に設置出来れば、各地の情報インフラだけではなく、欠損しているIZUMO側との繋がりも〝補正〟出来ると、そう思う。

「このポストを五十本持ってきました。地脈の上や基点に埋め込めば、ポスト管理の制御情報《プログラム》から　情報の送受神など出来ます。また、通神術式のブースターでもあるので、避難所や防衛の要所に配置して下さい」

「このような機材……、しかもTsirhc仕様とは、いつの間に」

「……実のところ、ええ、この土地には、もう、あった筈のものですね」

「あった筈？」

「はい。恐らくはこの土地が浮上したときには、同様のものがあり、更新されていたのだと思います」

「それがいつの間にか、忘れられ、失われたようなことになっていた、と？」

「そうなります。私達が今しているのは、それを思い出して貰うだけのことですね」

Ｔｅｓ．、と相手が応じた。見ればホントによく点蔵と似ているが、パーシバルが顎に手を当て、

「初めに言っていたオクスフォードからの依頼とはそういうことであるか。

それともまた別に――」

「不思議パワー」

「ロット王のそのネタ、食いつきいいですね……」

「うーん、島国なので、外から来たネタには弱い傾向にあるというか……」

「えーとまあ、とりあえず地脈……、こちらだとレイラインでしたっけか。

その位置、教えて頂くことは可能なんでしょうか」

「Ｔｅｓ．、スリーサーズ殿が認めた方達であるし、自分も異論はないもので。

自分、麾下の者達と設置してくるので、初めの数本、立ち会いお願いしたい」

と、パーシバルが拠点の庁舎の方を見た。

「スリーサーズ殿は、そちらの参謀殿と会議中であるか。……こちらや他と同様、何やらこのブリタニアをよくする話であろうな」

「あの、スリーサーズさんとはどういう関係なんですか？」

「……What!?」

「……な、何もないであるよーう？」

「配送途中の通りすがりで言うけど、コレはホントに何でもないね……」

なかなか厳しい。だがまあ、こちらとしては、

「いやまあ、個人間の話というか、どういう流れで今の状況になったのか……。ええ、ワンサードさん？　そちらのことも含みで、です」

「あ――……」

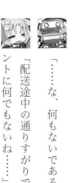

僅かに迷う時間をおいてから、パーシバルが口を開いた。

「まあ、正直言うと、姉妹揃《そろ》って真面目な二人であってなあ……。

　困ったことに、妹が決めると姉は逆らわず、姉が決めると妹は逆らわず、それでよし、とするのであるよ」

「そんなところで、よし、として貰えぬであるかな？」

「じゃあ、スリーサーズさんとの関係については、聞いて大丈夫です？」

　うーん、と、一度、相手が仰け反る。

　幾度か何か言いかけ、

「配送中の通りすがりで来たけど、コレは駄目だね……」

「そうね。配送中の通りすがりだけど、コレは何も無い流れね……」

　本気で厳しい。だが魔女が去って行くとパーシバルが一度半目になり、

「いや、まあ、……何というか。あの方は今、このブリタニアしか見えてないと、そう思うのであるよ。そして自分も、そういうスリーサーズ殿だからこそ支えねばなるまいと思うし、余計な事に気遣いさせてはならぬと、そう思いもするのであるよ」

「う、うーん……？」

●

『何か、相手の都合を上手く使って、自分が告白しない言い訳をしてるわよね……』

『相手を言い訳に使うあたりのヘタレっぷりが、テンゾーに近しい？』

『いや、自分で振ったネタですが、こうも厳しいとは……』

『いいじゃない。私憶えてるわ。何か言い訳して自分の思いを伝えなかったのいるわね、って』

『そう来ると思ったから予防線を張ったんですよ……！』

「あの、……何か不機嫌なネタが？」

「――あ、いえ、消化しましたから。で、ええと、そういう不器用な方には浅間神社からコレをあげましょう」

「……？　布の袋？」

「はい。うちの実家の神社……、こっちだと異教の扱いですけど、恋愛とか安産とかそっち担当なので。――つまり頑張って下さい」

「ハイ……」

●

　皆の報告が来る。それを表示枠で受けつつ、正純は一息を入れた。

　……まあ何と言うか、皆、動き出すと強いよな。

　トップの馬鹿がそうであるせいもあるが、停滞は駄目だ。今回、自分は出だしで慎重過ぎたな、とは思うが、

「――どうだろうか」

　問う場所はサード派の拠点。庁舎内だ。以前からたびたび来ている来賓用の会議室で、自分はスリーサーズと向き合っている。

　彼女の方も、表示枠を何枚も展開していた。

そこに見えるのは、

「Ｔｅｓ．、……既に今日、今だけでもいろいろと報告が来てますが、随分と新しいことを指南して頂けているようで……」

「新しいと言うよりも、欠けていた、という方が正解だな。このブリタニアを支えるため、これらは必要な事だったのだから」

「それが〝湖の精霊〟の判断ですか……」

「マーリンでの賢人会議も、こういうことは見越せてなかったか……？」

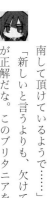

「Ｔｅｓ．、マーリンでの議論で推測出来ねば、他の誰も解らないでしょうね」

「だけど貴女は私達を重用した。——何か、思うところがあったのか？」

この問いは、賛辞の促しかもしれないな、と自分でも思う。だがスリーサーズは笑みで言った。

「ちょっとした気の迷いですよ。大事な歴史再現の中、変化を避けたいと思うのが普通。それがまさかこうなるとは」

だろうなあ、と苦笑する。その時だ。

『おい、正純、こっちはブリタニア地下の重力制御駆動系に到着したさ。何か偉い骨董《こっとう》品さねこりゃ』

来る画像は、暗すぎてよく解らない。投光術式が幾つも光を走らせているのはかろうじて解る。そして肩のツキノワが画像内の光を増幅して、そこに見えるものは、

「壺《つぼ》か……？」

『全長百十メートル。デカイけど、古いからあまり出力は期待出来ない型さね。ただ、IZUMO製なのは解った。武蔵に歴代図面が保管されてるから、輸送艦経由でこっち送るようにアサマチに言ってくれさね……！』

Ｊｕｄ．、と浅間に今の画像と、音声から文字置換された文章を送っておく。浅間は現在、インフォメーションポストの管理を行いつつ、武蔵を含めた現場勢の通神関係などをまとめる役だ。これは彼女の娘の方もキャンプ側で補佐しており、今、キャンプとこの拠点周辺の通神や加護の状態は、武蔵上とあまり変わらないレベルになっている。

『この土地は旧派と土着系の教譜インフラがありますけど、ベースはやはり神道のかなり古いものが敷かれてますね。重奏神州を作った際の記録や話の証明になるようで面白いですけど、一応、二重式に私達の時代の情報、術式、流体のインフラも敷けると解りました』

『干渉は大丈夫ですの？』

『実のところ、まだ改派《プロテスタント》も魔術《テクノマギ》も台頭してないので、経路にかなり〝空き〟があるんですよね……。だから私達の規模なら、問題ない感じです』

『万が一戦闘になっても、私達は武蔵上と同じように活動し、撤退出来るということかえ』

そんなこと気にしなくていいレベルにいる最上総長が言うのは、つまりこちらへの気遣いというものだろう。

そしてスリーサーズが、表示枠にブリタニアの構造図を出して首を傾げる。

「地下にそういう場があるのは知っていましたが、人の手でどうにかなるものなのですね……」

「人の手で作ったものだからな。でも安心してくれ。――これでこの浮上島は、自然に落ちるということが無くなったのだ」

「…………」

「いきなりすぎて、どう感謝をしたらいいものか」

「落ちないのが普通だ。感謝は要らない。落ちたら文句を言ってくれ」

「全く……。アイルランドの片田舎から出てきていろいろありすぎです……」

これは促しかな、と思うくらいの判断はある。なので自分は、問うてみた。

「妹を、追ってきたのか？」

●

これは単純な興味からだった。

スリーサーズという人物について、歴史はほぼ何の情報も残していない。ただ、襲名が分割状態にあったと、それだけだ。

……メアリやエリザベスとは、このあたりが大きく違うんだよな。

キャラが見えないので、何を考えているかが解りにくい。否、歴史を攻略情報のように扱うものではないというのは解っているが、アーサー王という題材の巨大さを鑑みると、彼女達の情報の少なさは危険だと思う。遣り取りには警戒を感じる。だから、

「貴女の古い話を聞ければ、と思う。——万が一の部分で間違えないために」

「あら、これはまた変わった御機嫌取りですか？」

軽い笑みで言われる。が、彼女は一息の後、天井を見上げて言った。

「私自身は、向こうで畑や羊がいればそれでいいと思っていたのですけどね。

だって、〝足りた生活〟をしていましたから。だから妹の話を聞いて、……本当は、実家に連れ帰るつもりだったのですよ」

「何故、貴女も妹も、王賜剣《エクスカリバー》を抜けたのだ？」

「母が、妖精王の家系だったと、一度だけ本人から聞いたことがあります。

でも母は、人に慣れすぎて、人となってしまったのだと」

何処まで本当でしょうね、と苦笑された。無論、自分にも判断がつかない。精霊が人になれるのかどうか。シェイクスピアの創作ならば〝有り〟だろうが、と思っていると、こちらの内心に気づいたのか、スリーサーズが口を開く。

「母の自称出生なんて、まあちょっとした田舎者のプライド稼ぎみたいなものだろうと、そう思っていたのです。だから、〝そういうこと〟にしておいて、確かめようのない嘘を誇りに思って静かに生きていけと、そのことに疑問はなかったのです。ただ——」

「ただ？」

「母が亡くなって、しばらくの後、——父が、こちらの土地に警告に来た竜属との戦いに巻き込まれ、死にました。

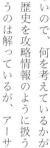

妹は、我慢ならなかったのでしょうね。そして、解らなかったのでしょう。剣士としては腕の立たなかった父が、逃げれば良いのに、何故、警告の竜属の撃退に参加したのか、が」

一息。

「母は、私達に、確かめようのない嘘を言いました。静かに生きていけと、そのように私達は捉えました。でも、父は、何故、戦いの場に出たのか。何故、逃げなかったのか」

「……父は、地元の名士か何かか？」
スリーサーズが首を横に振る。

「単なる田舎者の、山菜や果実を年貢として納めるような家ですよ。でもそんなところから出た妹は、今、指導者となって、竜属が来ると前線で戦うのです。
あれは、きっと、自分がいれば父は無事だったろうと、そう思っているのでしょうね。
——口論しましたよ」
それは、

「妹が出て行くと言ったとき、〝姉さんは父さんがどうでもいいのか〟と、そう言われました。今は、手紙など送っても返答がないくらいです」

●

厳しいな、というのが、己の感想だった。

メアリとエリザベスの場合は、歴史再現の〝役目〟というものがあった。妖精女王は、あれはあれで素直じゃない何かの塊のようなものだったが、今回はそのすれ違いの意味が違う。

……歴史再現によって擦れ違っているのではなく、個人間の感情の擦れ違いだな……。
だが、と己は思った。

「——では、どうして貴女は、その位置にいる？」
問う。随分と踏み込んでいるな、という自覚付きで、

「妹のことを、理解したいのか？」

「私が、嫌なのですよ」

答えが来た。しかし、それでは足りないと思ったのだろう。スリーサーズが言葉を重ねる。

「この地の実情を知りつつ、足りていると、そう思って、何もしないことで逃げていて……。逃げなかった父を失い、父を追った妹に敵対されて」

でも、

「でも、私にだって出来ることがあると、しなければならないことがあると、そう思ってもいいではありませんか」

「Ｊｕｄ．、では、幾度目かと思うことを重ねて聞く」

問うておく。

「……貴女が犠牲になるようなことは、無いのだな？」

「それはありません。――死のうとしても、死なせて貰えませんよ」

さあ、と彼女が言った。空気を変えるためか、窓際にウエストを預けるようにして、こちらに振り向く。

「――一週間後までに、多くの事業が実を結び……、というのは早計ですね。間伐や植樹などは別として、水路の保全などは長く続けるべき事業です。

しかし、それを私達が引き継ぎ、このブリタニアを支えていくものとしましょう」

それによって、何が生じるか。彼女が言った。

「私達にとっては、ブリタニアへの恒久的な発展を。そして貴女達にとっては、私達の発展を通し、あるものが与えられます」

「――ファースト派が、私達を無視出来なくなるという、そんな〝立場〟だ」

「Ｔｅｓ．、妹は貴女達に言いました。このような事業は無意味で、立ち去れと。しかしそれを私達が自分達のものとしてやっていくなら、やがてはファースト派に追いつくところも出るでしょう。妹は、無視出来なくなります。つまり――」

「ワンサードは、私達の関与を止めねばならない、か」

「何故、妹が、このブリタニアの発展について渋るか、解りますか？」

中道、とは聞いた。だが、

「――責任がとれないからだろう」

「Ｔｅｓ．、――貴女達は外様《とざま》で、私達の歴史再現を壊すかもしれない。ブリタニアの発展と、歴史再現の不安定さを秤《はかり》に掛けたとき、妹は安定を望んだのです」

「……歴史再現と、国の発展は別と、そう考えて貰えたら幸いだが、それこそを議題とすべきかもしれないな。だが――」

妹とは違う選択をした存在が、目の前にいる。

「貴女は、歴史再現が壊れることを、恐れないのか？」

疑問を投げると、スリーサーズが笑った。

「恐れますよ。歴史再現が壊れなければいいと、そう思って。ですからまあ、私は貴女達を監視しているようなものです」

「けしかけられてる感は酷くあるんだがなあ」

まあそういうものか、と思い、自分は外を見た。馬鹿がホライゾンと一緒に、浅間に何か叱られているが、横で馬鹿姉が笑ってるあたり、甘々《あまあま》判定だ。

いつもの空気がここにある。ということは、

「――私達のペースだな。一週間後、ロンディニウムでどう振る舞うか、私はそこに集中しよう」

アーサー王の第一候補。ワンサード。彼女からブリタニア中枢の現状を聞き出し、何を補正すべきかを導き出す必要がある。

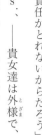

第五十章
『会議場の三人』

謎掛けられて
謎欠けていて
謎書きて見て
配点（何が答えだ）

豊は、ロンディニウムに来るのが二度目だ。
だが以前の時は、庁舎となっている砦に入ることを拒否された。ペリノア王やベディヴィア達に止められたのだ。
しかし今回は顔パス。ロンディニウムに入る際、先頭グループに加えられたのは、サード派拠点での戦闘が相手の記憶に残っているという、そういう判断だろう。

「……ファースト派、敵ではないって感じでいればいいんですよね！

「豊？　何か邪悪なこと考えてますのね？」

「いやいやいや、ナメられたら負けって感じで」

と、そのまま庁舎の中に迎えられる。
広場のある建物。石造りの砦は五十メートル四方はあろう、というものだが、その中央、正面の入口から入っていくことになる。

●

随分と堂々とした、と思うが、庁舎なのだ。

「オクスフォードの謁見の間に似てますわね……」

「まあ、オーソドックスな造りなんだろう。正面から入れるのが、以前とはちょっと違うところだな」

「控えの間を通されないあたり、つまり、用件終わったらすぐ帰れってことですよね……」

先輩衆は、やはりものの見方が鋭い。

「何？　控えの間がねえの？　全裸ネタとかどーすんのよ」

「会議中にいきなり大罪武装《ロイズモイ・オプロ》落としたらビビりますかねえ」

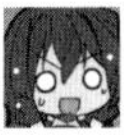
「ふ、二人とも、そこらへんやらかしても今回フォロー難しいですからね！」

母は、やはりものの見方が鋭い……。
と、入口から、壁は石。天井は木板、という構造を通っていく。天井の隙間から藁《わら》が落ちてくるのは、二階の床が藁敷きということだろう。
こっちの床は踏み固めた土だが、

「あ」

床が石張りになるのと同時に、ホールへと出た。

謁見の間だ。

●

警備が厳重で御座るなあ、というのが点蔵の感想だった。

ここはホール。三十メートル四方と言った処か。天井側は三階分の吹き抜けだが、四方の壁に掛かったタペストリの向こうに人の気配がある。つまり天井側の壁、四方から飛び道具や術式で狙われていると、そう考えていい。床も石張りだが、各所の継ぎ目がなかなか怪しい。

……これは……。

何だか、教導院の訓練で習ったような、教科書的なトラップや警戒の宝庫だ。

「第一特務……」

「Ｊｕｄ．、何で御座るかアデーレ殿」

「ぶっちゃけ、自分は今、このホールの仕掛けを全部起動したり暴いて見たくなったりしてますけど、どうです？」

握手しておいた。するとメアリが苦笑して、

「一応、奥の壇側には飛び道具などを自動で落とす結界が張られてますね」

浅間も頷いて見せるあたり、それなりのものが用意してあるのだろう。

つまり敵地のようなものだ。

……逃げ場となると――。

トーリとホライゾンには浅間とミトツダイラ、喜美もついている。ウッカリをやらかしても、両腕がいるから大丈夫だろう。

正純には二代がついている……、と考えると、

『何かあったらまっすぐ後ろ、元来た方へと逃げるのが一番で御座ろうな』

『表に待ち構えている敵勢と、後ろから追ってくるワンサード殿達に、挟撃される可能性は御座りませんか？』

『私達もだけど、浅間やその娘みたいな結界持ちが何人もいるから、後ろから追ってくる相手にはそれなりの壁が作れるわ』

『術者が殿《しんがり》になって、脱出時に間に合わないなら私達がかっ攫《さら》っていくと、そういう算段ね。輸送艦の方はどうなの？』

『大体の補修は終わってます。ロット王の手配による交易も始まっているんですが、そちらは武蔵から新しく用意した輸送艦を使用し、こっちのを全体の指揮役に使っている、というところですね。――でもまあ、そちらを救援に行くならコレでしょう』

『Ｊｕｄ．、対英装備もだが、補修関係などもこの中に組んである。ちょっとした移動拠点みたいなもんさね。ただ――』

『本艦の指揮系と、外に別の指揮系が出来たときの優先関係については、まだ不慣れなものがあります。一応、有明《ありあけ》にて補修時のものや、うどん王国での地上武蔵時の情報などを参照していますが、基本的に武蔵は〝巨大な倉庫〟くらいの扱いで見ておいて下さい。――以上』

史上最強の倉庫な気がするが、それは大和《やまと》とどちらが、という話でもあるように思う。

ただ、今の状況に対し、何となくのこと、英国ではどうであったかを考える。

かつて自分達は、英国での会議中にやらかしたのだが……、

……案件が多すぎて、どのやらかしか特定出来ないで御座るよ！

ともあれやらかした時に、じゃあどのように撤退するかと、そういう判断があった。

あのときは二代が中心となっての撤退示唆だったが、当然のように自分達もその戦力には数えられており、

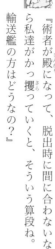

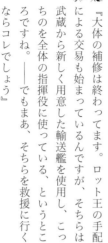

……やはり当時も、撤退は可能だと、そうい
う判断で御座ったな。
今も同じだ。トーリの方、布陣が厚くなって
いて有り難い。御息女衆も戦力としては充分だ。
当時は集団での撤退が可能で、今は個々グル
ープでの撤退が可能だと思う。
つまり生残能力が上がってる一方で、取りこ
ぼしがないようにするのが大切となると、この
あたり、第一特務である自分の役目は以前より
も重い気がする。ただ、

「点蔵様、いろいろ思案していると思いますが、
少し、他の皆さんを信用しても大丈夫だと思い
ますよ？」

「いや、まあ、最悪の状態を考えておくのが第
一特務の仕事でも御座ってな？　ただまあ、メ
アリ殿、気遣い誠にその通りで御座ろう。信用
があってこそ、最悪の想定が出来るので御座る」

「点蔵様っ、いろいろ思案していると思います
が、少ぅし、他の皆さんを信用しても大丈夫だ
と思いますよっ？」

「いや、まあ、最悪！　ホント口調だけ似てる
の最悪で御座るな！」

「ちょっと聞いててビックリするときがありま
す……」
イエー、と馬鹿が戸惑い気味のメアリとハイ
タッチするが、メアリ殿付き合いがいいで御座
るな。ともあれ、ここで伝えるべきは、

『正純殿、撤退する場合は後ろから流れで』

『上とか飛び越してよう御座るか？　壁が石組
みなので走りやすいで御座ろうし』

『福島殿達、ついて行けるので御座るか？』

『いや、拙者達《せっしゃたち》は殿で』

『私も、豊がモタつくと思うのでフォローに入
りますの』

『モタつきませんよ！　挑発台詞《ぜりふ》を言う余裕を
持つだけです！』

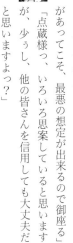

『あの、豊？　あまりメーワクにならないように？』

『ハイ！』

『だから何で返答一つで無茶苦茶な不穏感出すんだよアサマホ……』

『でも豊に素直に返答させられるあたり、やはり智母様ですのね……』

　そういうもので御座ろうか、と自分の御家族案件を考えてみる。

　無理だ。即答してしまうが、英語で言うとMURI。清正に素直な返答を貰えるとは思えない。否、そんなことでは駄目なのだろうが、

　……ま、まあ、メアリ殿には素直なのでよう御座ろう……！

　納得しておくこととする。すると、

『ここ、構造的に見て、左右の扉は恐らく兵士達の待機所とかですよね？　奥、扉がやっぱり左右にありますけど……』

　ええ、と応じたのはメアリだ。

『右の扉は、ちょっとしたアーティファクトの気配など感じるので、ワンサード様の私室か何かではないでしょうか。左の扉は、恐らくあちらにとっての退避所方面。ここはロンディニウムの北西端ですから、外部への脱出口かと思います』

『外部？』

『町の外は麦の畑も多いですが、狩り場としての森なども残してあります。そちらは貴族達の所有地なので、外であっても安全な場と、そういう事ですね』

　だとすると、とミトツダイラが言った。彼女は何か匂うのか、周囲に鼻を向けつつ、

『……有事の際、場合によっては左の扉へとワンサードを追う、という構図があるかもしれませんのね』

　そこまで物騒なことはどうだろうか、とは考えるが、それが第五特務という位置の役目だろう。第一、第五と、そういう差はある。おかげ

で一回、ノヴゴロドで柴田《しばた》公を相手に巻き込まれたような感があったが、まあ仕方ない。

「……と？」

来た。だがそれは、右の扉から、

「やあ、よく来られました」

ロット王だ。

●

正純は、とりあえず一礼した。その上で、

「何で貴方が？」

「いきなりそう来ましたか!?　――いやまあ私が議論する訳ではありませんけれどもね？」

ええと、と彼が周囲を確認する。声を外から聞かれていない。その事を確認し、

「今回、当然ですが、スリーサーズ君とパーシバル君はここに介入されません。〝湖の精霊〟の有り難い話をアーサー・ワンサードが、聞くだけです」

「要するに、〝湖の精霊〟に関する歴史再現をなるべくここで終えたいということか」

「Ｔｅｓ．、そうです。それが彼女達にとっての利点となります」

だから――、

「だから貴女達には、真実にたどり着いて欲しい」

「真実……？」

「そうです。私達が、どのような未来を描き、そして……、言い方は悪いが、企《たくら》んでいるのか、察して欲しい。

これはこのブリタニアと他三国、それら全ての未来を見据えた計画なのです。絶対に他人には漏らさない。そういう秘め事でした」

しかし、

「しかし貴女達はここに介入してきた。だがまだ、足りないのです」

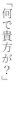

「スリーサーズとパーシバルが良しとしても、ワンサードは駄目だと言うのか。
今の私達の理解や活動だと」

「そうです。だからここでワンサードと話し、否定をされるかもしれませんが、気付き、食いついて欲しい」

「何故だ？　ワンサードは言った。私達のことを不要だと。何故、貴方は、私達を認める？」

「――では貴女達は何故、この地を気に掛けるのです？　それに対する答えが、今の貴女達の疑問への答えです。――では、良い会議を。私は控えの間で見ています」

言うだけ言って立ち去るか、と、そう思った時だった。ふと、声がした。

「待ってくれ。相手はワンサードだけかい？　ベディヴィアとケイも、かい？」

「ええ、そうです。彼女達、左右の手が、今や〝陛下〟と呼んで差し支えないワンサードを補佐します。とはいえ議論は基本的にワンサードの役目。他の二人は護衛として考えて下さい」

では、と手を挙げて去って行ったロット王に、己は吐息する。

言われたい放題だったなあ、というのは、自分の未熟さゆえだろう。

「さて、こちらも出来るだけ資料などすぐに検索出来るようにしておきたいが……」

「…………」

「……どうしたホライゾン？」

「いや、今のロット王でしたか。あの男が〝**今、全部吐いてしまえば全て解決**〟だったと思うんですが、何ですかね、あの、勿体ぶって何も言わないアレ」

「あんだけ長文喋《しゃべ》って、一言でまとめると〝何の意味もない〟って凄いよね」

「事情があるんだよ！　ほら、ええと、何だ！　人生には引きが必要だ！」

「アー！　ホラ母様達、かつて母さん達にそういうアオりをやりまくった私達の心をズキュンして来ますねえ！」

「アンジーなんかも長文喋ったもんねえ」

「いやいやいや、私達の場合は二境紋などの理由がありましたのよ？」

そして、左の扉が開いた。

……来たか。

思う通りの相手が来る。まずはケイが出てきて、壇上に椅子を置き、周囲を確認。その流れの中でベディヴィアが出て、扉の奥に一礼してから、

「アーサー・ワンサード陛下、御入場――!!」

来た。ワンサードだ。

何となく、自分の記憶の中では、妖精女王と被りそうで被らない。妖精女王が精霊系のイメージを持ち、女王という感を出していたならば、こちらは、

人の王、というイメージがあるな……。

妖精女王ではない。アーサー王なのだ。どちらかというと、スリーサーズの方が精霊系であり、女王というイメージがある。

「ヤンチャとおとなしめ、という個性の差ですかねえ」

「どういう育て方したらコレくらいハッキリ分かれるのかしらね……」

あまりハッキリ言うな。というかお前が言うのかソレ。

ともあれワンサードが椅子に座り、頬杖《ほおづえ》ついた上でこう言った。

「――ああ、貴様らか。ホントに来たのか」

「あれだけ騒いでおいて随分テキトーだな！」

「まあそういうな。こっちも今、忙しくてな。姉も元気なようで何よりだった」

さて、と彼女が首を傾げる。何か初手から気楽な空気だな、とは感じているが、ここからが本題だ。こちら、浅間に記録を取らせる指示を送り、一歩前に出る。すると、

「貴様が交渉役か。――それとも王か？」

「私は交渉役だ。後ろにいるのが、まあ、王というか、大代表だ」

後ろに振り向くと、両腕がポーズをとっていた。

「……誤差範囲だな……」

「流石は正純様、ホライゾンの粋なフェイントをそう回避しますか」

皆が半目を向けてくるが、気にしていては負けだ。だから、

「あまり気にするな。〝湖の精霊〟だ」

「湖からその両腕が出てきたらチョイと騒ぎになるだろうから、少し控えろよ？
　――では話を聞こうか。貴様らが行っている言動。そして実行。それらが一体、私達の思うこの地に対して、どれだけ意味があるのか。プレゼンテーションに対して、私は厳しいぞ。だから聞かせてみろ〝湖の精霊〟。貴様らの未来の提示を、だ」

意外と解りやすい出だしだな、と思った。

一つの方向に誘導されている気もするが、逆らうためのこちらの方向性も不明だ。

ならば、という思いをつけて、自分は返す。

「――Ｊｕｄ．、我々〝湖の精霊〟は、このブリタニアの地を豊かにするため現在、補強活動中だ」

告げる。まずは自分達が何をしているか、だ。

「水路の再生と、農地の灌漑。それによる干拓と活用地の獲得。そして森林資源の供給安定化と防衛のための戦術。それらの教導だ。また、浮上島である英国の浮上システムのメンテナンスと、Tsirhc教譜の通神帯を補強している」

一つ、釘《くぎ》を刺しておく。

「軍事の対内、対外運用の判断や是非、政治活動には関与をしない。それは約束する」

「公共事業にそれだけ関与しておいて政治活動ではない、だと？」

Ｊｕｄ．、と己は応じる。軽く手を振って、気にするなというように、

「どちらもセカンド派、サード派からの依頼に基づくものだ。私達はそれに合わせて企画と実行をするが下請けであることに従事している。

――英雄の為すことは貴女達が行えばいい。私達は貴女達の存在を支え、補強する」

『よし、……とりあえず牽制《けんせい》はした』

『？　どういうことです？』

『姉の依頼だと言ってやった』

『御家庭持ち出すのやめましょうよ！』

『…………』

一応、理由は他にある。というかそれがメインなんだが、

『まあそれはそれとして、独断で行っていないことは明確にしないとな。つまり私達を止めるには他派の許可が必要だと、そういうことだ。そして、私達のしていることは各派を支え、干渉はしないものだと伝えもした』

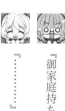

『これで、向こうは〝こちらが干渉した〟と証明しない限り、私達を断る権利は無くなったことになりますわね』

そうだ。ならば相手は私達をどう扱うかと、そうなった。

●

見る。アーサー王の最有力であるアーサー・ワンサード。

彼女は頬杖をついたままだが、確かにこちらを見て告げた。

「――成程、自分達はこの地に干渉をしている訳ではない。この地に住む者が望んでいることを代行しているだけだ、と？」

「そうだ。貴女は私達をどう見ている？」

問うた。するとワンサードが目を細め、こう応じた。

「――〝湖の精霊〟だが？　そうだよな？」

「……厄介な返しをしてきましたね」

●

闇はこの現場を、キャンプ側に回ってくる通神で聞いていた。こちらには保護者組などもいて、有事の際に輸送艦と連動して展開する。そのつもりの構えだった。

つまり自分は、ロンディニウムに行くことを辞退したのだが、これには理由がある。己は、ベディヴィアと模擬戦をした際、対英装備を見せたが、

……あれは今で言う、イベリア半島側、バスク騎士達の装備に近いです。

そんな自分が会議に出ては、他国、他勢力の関与ととられる場合がある。そういう判断での待機だ。

「自分もヴァイキング系ということでペリノア王に自己紹介してるでありますからねえ」

『私、そのお付きという設定でしたけど、普通にこっちいますよ！』

『剛胆過ぎますが、浅間神社代表の娘だから仕方ないという処でしょう』

『いや、どういう判断です？』

『フフ、戦艦を一発で落として剛胆じゃないとか、どういう話？』

●

「あの、〝武蔵〟さん？　私……、剛胆系？」

「非常に判断の難しいところですが、鈴様は非剛胆です。浅間様は保留です。――以上」

「その保留は無期保留な気が……。――以上」

●

　いろいろ被害が飛んだ気がするが、闇としては話を戻す事とする。

『相手が、こちらを定義してきました。それも厄介な〝湖の精霊〟です』

『Ｊｕｄ．確かにここでは〝湖の精霊〟ではなく〝異邦人・外界の者〟と定義して欲しいところでした。そうして貰えれば、自分達が他派の代行者に徹することで、この地への自律的関与性が一切なくなるからです』

『どういうこと？』

『向こうがこちらを余所者《よそもの》と思っているならば、こちらはそもそもこのブリタニアに関わる権限を持っていないことを相手が認めた、という事です。

　この場合、セカンド派やサード派の下請けである私達は、彼らの純粋な代行者としてこれからも行動をとっていけます』

『しかし〝湖の精霊〟の場合、私達はアーサー王の歴史再現に関わることになるので、つまり私達の代行業には〝利権〟や〝裏〟があるとして、今後の行動が制限される可能性があります

のね？

　要するに、私達はセカンド派とサード派の代行なのに、歴史再現の利権を絡められてしまうと、ファースト派が口出し権限を持つことになる、と、そういうことですわ』

『うわあ……。つまりこっちの自由にはさせないと、そういうことですか……』
　そういうことだ。

『この英国を自分のシマとして、そこで、善意であれ、自由に動くヤツは許さない、ということですね』

●

　立花嫁の判断に、正純は頷いた。まあ確かにそういうことだろう、とは思う。

　……しかし、どういうことだ？
　どうしてそれほどに、こちらがこの地に関わるのを忌避するのだろうか。
　だが、ワンサードが動いた。身を起こし、

「さて〝湖の精霊〟よ。改めて言おうか。——貴様らの関与している部分は既に私達のものだ」

「私〝達〟のもの？」

「Ｔｅｓ．、ファースト派、セカンド派、サード派という、私〝達〟のものだ。
　つまりセカンド派、サード派が勝手に貴様らを代行に選んだとて、貴様らが私達の歴史再現に関わるなら、私〝達〟の一部である〝私〟にも、是非の権限がある」
　いいか。

「——私は貴様らを否定する。去れ、〝湖の精霊〟。既に私達の中に、貴様のいる場所はない。この話し合いにて、〝湖の精霊〟としての歴史再現を終えたこととして、それに満足して立ち去るといい」
　言われた内容は、解りやすいものだ。
　ワンサードというか、ファースト派の望みとは、どういうことか。それを己は口にする。

「――私達が出来る貢献は、ここに〝湖の精霊〟がいたと、既成事実を作る程度でいいというのか？」

「そうだ。――ファースト、セカンド、サード、この三派で既にこの地のあり方は決めているのだ。マーリンの思《おぼ》し召《め》し通りにな」

●

賢人会議か。

「……これか」

「そう！　コレです！　コレですとも正純様！　さあ、コレについて、向こうでチョイとホライゾンと意見交換しましょう！　いや、コレについてホライゾンはよく解っておりますよ？　正純様からカンニングしようとか、そんなことはとてもとても……！」

「ホライゾン、何でそう上に上に行こうとするんだYO……」

「フ、小人には解らないことですねえ」

相変わらずすぎる。だが、一つ、明確になったと思う。

「異質だ。……恐らく、ロット王が煽ったのも、これだろう」

●

竹中《たけなか》は、気づいた。視線を向けると大久保《おおくぼ》も首を下に振る。

「賢人会議やな？　それは、各派のグループをローカルネットとしつつ、しかし、これまでの話を総合してみると――」

「恐らく、ファースト派、セカンド派、サード派の有力者は、上位マーリン、とでも言うべき通神帯で、意見交換をしていますね。ホットラインというものです」

「……？　それに、何の異質があるというのだ？」

「意見の相違ですよ」
己は言う。

「おねーさん達は英国にアプローチしていきましたけど、基本的に草の根活動から始めたようなものです。サード派、セカンド派と関係は持っていて、そしてサード派の運営に関与するようになりましたね？　しかし——」

「セカンド派、サード派がこちらを理解していても、ファースト派が拒否し、それが通じる。この時点で、三派の間では多数決理論が通じとらん。ファースト派の権限が高すぎるが、どちらかというと、コレはアレやな」
言って、大久保が沈黙した。
アレ？　と思って視線を向ける。すると、

「そっちに振ったで？」

「アーJud．Jud．、すみません。つまりアレです。コレ、……賢人会議やホットラインがあっても、ファースト派は独立権限で動いてますよ？　そして全体は、最終的にファースト派の決定に従う、というように見えますねー」

●

「ココ、——どちらかというと、三派全て独立権限で動いており、他派への遣り取りは事後承諾も含めたスケジュール調整とか、そういうものかもしれぬぞえ？」
義光《よしあき》は、一応言っておく。そう。大事なのは、マーリンが意思決定機関になっていないということもだが、

「——セカンド派とサード派は、英国の強化も容認する派。しかしファースト派は、外からの影響を一切拒み、何かを邁進《まいしん》する派。そういうことですのよね？」

「Tes．、ファースト派は、何かを護り、拘っておるのよ。そして〝それ〟ゆえに最大権限を持つ。——では、〝それ〟が何か、解っておろうな？　武蔵勢」

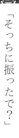

浅間は、ホライゾンが手を挙げたのを見た。

「ええと、つまりアレですね？　ホライゾンは、それが何か解ってますね？」

「Ｊｕｄ．！　そういうことです。流石は浅間様、本日はトーリ様の夜用分身チケットを一枚差し上げましょう」

「良かったですわねえ、智」

「そ、その保身ありありの言い方……！」

「まあそれはそれとして、では皆様、ホライゾンが答え合わせをするので、皆様は好き勝手に答えを述べて下さい。——ハイアデーレ様早かった」

「ええ!?　ちょっと自分、専門じゃないですよ！」

と言ってると、咳払《せきばら》いが飛んできた。振り向くとワンサードがこちらに視線を向けている。

「……貴様ら、結局のところ、何も解っていないままに私達の領域に入ろうとしているのだな？」

「いや、待ってくれ……！」

いきなり、ネシンバラが前に出た。彼はポーズをとり、

「このアーサー王博士の僕がいる！　さあアーサー・ワンサード！　僕達のことを理解のない者と言うなら何でも試してくれ……！」

「ではアーサー王の姓《かばね》は？」

「アーサー王の姓？　ペンドラゴンだ！　アーサー・ペンドラゴン！」

「…………」

「…………」

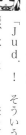

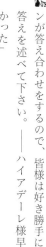

「…………」

「……あれ？　何か間違ったっけ？　だって、父親がウーサー・ペンドラゴンなんだよね？」

「ミトツダイラ様――！」

「Ｊｕ、Ｊｕｄ．！　アーサーの姓がペンドラゴンになるのは後世の物語上の設定ですの。元は、姓が無い文化だったんですわ。――そしてペンドラゴンとは、父ウーサーが治めていた地名のことで、〝ドラゴンを治めるウーサー〟としての字名《アーバンネーム》のようなもの。姓ではありませんの。だからブリタニアを統一したアーサーは……」

「アーサー・ペンブリタニア、と言うのが正しいな。だが、そうならなかったのは何故だ？　推測でいいから言ってみろ」

「Ｊｕｄ．、――現実にはアーサーはブリタニアを統一まで出来ていなかった。または後世においてブリタニアを制圧したアングロサクソンにとって、物語とは言え、そこまでの英雄的持ち上げは邪魔だったのでは？」

●

ふむ、とワンサードが頷くのを正純は見た。

「邪推や陰謀論の類いではあるがな。しかしそちら、……ノルマンディーの出身がいて、更にはノルマンコンクエストと呼ばれる未来も知っているのか」

「……今は八世紀末の筈だが、この時代の聖譜に、十一世紀の事が示してあるのか……？」

「アーサー王物語の傍論《ぼうろん》。その広まり方や、本土での伝播《でんぱ》、そして逆輸入の流れなどを見ていると、浮き彫りになってくるのだ。アーサー王物語はこのブリタニアだけに収まるものではないからな」

あ、と己は思った。彼女の言葉に、幾つかの疑問が解け、幾つかの事実が繋がったからだ。

その一つは、

「……この竜害の時代、公会議などの機会も少ないというのに、多国間の協調をどのように行っているのかと思ったが、――アーサー王の歴史再現の調整、確認として、たびたび本土各国と関係を持っているな？」

「フ、アーサー王物語だけではないぞ？　各国、自分達の伝承していくべき伝説を、欧州をつなぐものとして積極活用している。教譜に縛られず、自由に小規模な〝公会議〟が設けられるようなものだからな」

彼女の言葉に、自分は確証を得た。

……成程な。

アーサー王の候補者達が、何処までの未来を見ているのか。それが解ったのだ。

……彼女達は、ノルマンコンクエストの後まで、時代を見ている。

アーサー王の時代が終わった後も、それを騎士物語や、伝説として伝え、本土との交流材料になるという、そんな時代まで見ているのだ。

ならば、

『……ワンサード様が、何に拘っているのか、それが疑問ですね』

その通りだと考えた瞬間。声が来た。

「……そろそろ、この会議を打ち切るか？」

●

「？　どういうことだ？　会議を打ち切るとは」

「……貴様ら、今、怪しさ全開だということが解っているか？　ノルマンディー側の知識と出身があり、私達と同等の未来を知りつつ理解が無く、更には技術や軍事知識も持ち合わせている。つまり……」

「戦争ダアアアア！」

「そんな感じでホライゾン、正純様の心中を表現してみました。如何でしょうか」

「ほう……？」

「待て！　私達は〝湖の精霊〟！　基本的に平和な存在だ！　そんな〝湖の精霊〟が、ブリタニアに侵略や戦争するアーサー王物語があるか!?」

「というか貴様ら、怪しいと思える素性が既にあるだろう。
　貴様ら、〝湖の精霊〟と名乗る前、何と名乗っていた？　サード派で、初め、貴様らはこう名乗っていただろう」

「……は？　何か名乗っていたっけ？」

「――世界を征服する王様御一行」

「アー!!」

●

「わ、我が王、申し訳ありません！　私、テンション上がってたんですの！」

「あー、まあ、ネイトのテンションがキュンキュン上がってるのは可愛《かわい》いから俺としては有りだけど」

「我が王……！」

「というかイチャついてないでとりあえず誰かフォロー、……って、おい、浅間！　何かやってくれ！」

●

　何かと言われましても、と浅間は思った。

　だが今の正純の声で、皆がこちらに注目してきた。

　下手であっても、外したとしても、何かやらないといけない。そんな空気だ。なので自分は、努めて平然と、

「えーと……」

とりあえず、頭に思い付いたネタを言っていくことにする。それは、

「ほら、あの、王様が世界を征服といっても、いろいろあるじゃないですか」

『ありますねえ。うちはギャグに厳しいですから』

ですよね！　つまり、

「そう！　ギャグで世界を席巻《せっけん》ですよ！」

笑いとは、いいものだ。それでまあ、正純がアイコンタクトしてくる。

『平和な方に持っていってくれ！』

無茶な、と思ったが、まあ努力する。要するにこういうことだろう。

「ええ、そうしてギャグが世界を席巻したらどんな平和な王国が出来るか解りますか？」

答えは一つだ。

「席巻王国！」

「…………」

「……表音の問題なんですけど、今の、無しでいいです、か……？」

「…………」

「…………」

「…………」

……うわぁ。無言、無茶痛ぁ――！

●

「豊！　智母様がやらかしましたのよ!?　貴女、大丈夫ですの!?」

大丈夫（吐血）

「豊ァ――――！」

●

『浅間、何でお前そんな無茶したんだ？』

『ま、正純がやれって言ったんですよね!?ね!?』

「あー、そろそろ会議、終わりにしていいか？」

「あ、いや、こっちが大概原因なんだが、もう少し付き合ってくれ」

言うと、ワンサードが頬杖をつき直した。

「付き合う理由があるのか？　貴様らはこちらに不理解だ。対する私達は、多くを語る意味を持たない。――ならば決裂だ」

「他派の顔を立てるつもりはないのか？」

ベディヴィアが眉をひそめたが、こちらの気にすることではない。大事なのはワンサードの反応だ。

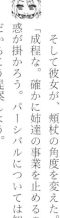

　そして彼女が、頬杖の角度を変えた。

「成程な。確かに姉達の事業を止めるのは、迷惑が掛かろう。パーシバルについては知らん。だからこう提案しよう。
　――貴様らは、今行っている事業を終えたら、姉にその成果を渡し、この地を去れ。そのくらいは、私の方でも認めよう。それ以上は許可出来ない」

●

　キャンプ組の中で、成実は首を傾げた。

「随分と、曖昧なのね」

「Ｊｕｄ．、ワンサードは、自派についての介入に対しては強硬に拒否しますが、他派については寛容ですね」

「……ワンサードは、英国への介入を否定している訳でも、こちらの言動や行動を否定している訳でもなく、ただ、自派への介入と接近を拒んでいる、か」

「私達が深い権益に関わらないと、そう判断したから？」

「だとすれば、ファースト派への介入も、余地があると思います。基準は権益ではなく、別の処にあるのでしょう」

●

　どういう差であり、基準だ？　と正純は思案した。

『……正純様、私が思いますに、これはきっと、私がいたときの英国によく似ているのではないでしょうか』

『ああ、私も何となく、そう思っていた』

『ホントでちゅかあ？』

　やかましい。注意したいが、ホライゾンが殴るに任せておく。意外とマジ殴りなので周囲の視線が気になるが、大丈夫、慣れる。ボケ術式でダメージほぼ皆無だからな。
　ともあれ打撃の横で思案する。今のワンサードの反応は、どういうことかと言えば、

『英国の大事に対し、外部からの干渉は避けたいが、それが深くはないと解ったら、なあなあの妥協で、しかし真《まこと》に関係するところは避けて手を打つ……か』

『――私達の時の英国は、武蔵と友好を結ぶ事の利点を理解しつつ、しかしメアリの処刑への干渉を避けようとしてましたのよね……』

『Ｊｕｄ．、利害が相容れませんが、それでも友好を結びたいので、英国は武蔵のアルマダ海戦への参加を妥協点として使った訳です』

『Ｊｕｄ．、つまりこういう事だ。
　――今の英国……、というかファースト派は何かの大事を控えており、それに介入させないため、私達には他派の公共事業で妥協させようとしている』
　では、と思う。

『……では、今の英国にとって、〝大事〟とは何で御座るか？』

『？　アーサー王の襲名レースじゃないんですか？　だって今、そういう時期ですよね』
　そうだろうな、とは思う。その通りだろう、とも。だが、

『その点について、一つ思うところがある。だからまず、それを向こうに投げかけてみようか』

第五十一章

『選別場の議論者達』

何もかもを始めたのに
何もかもを見送るのだ
何もかもを見送るのに
何もかもを始めるのだ
配点（ここから、だ）

正純は、半歩を前に出た。
既に一歩を出ている上での半歩だ。
左右のベディヴィアとケイが身構えるが、

「ワンサード、一つ、問いたい」

「聞こう。ただ、一つだけだ」

ワンサードが軽く手を振り、問題ないとジェスチャーを送る。ゆえに左右の二人が一歩ゆっくりと下がり、中央のワンサードが苦笑した。

「——貴様の疑問を聞き、貴様らが安全かどうかを判断しよう。——言ってみろ」

許可が出た。
ゆえに己は一度胸に手を当て、言葉を投げた。

「——アングロサクソンの侵攻と、ノルマン人によるノルマンコンクエスト、これは何処の国の歴史再現となるのだ？　ブリトン人の王となる者よ」

は？　という周囲の声を、ネイメアは拾った。
だが、自分も同じだ。

「……どういうことですの？　副会長が言ってるのは……」

アングロサクソンの侵攻は、本土側からのものだ。
ノルマンコンクエストも同様。
これらが、何処の国の歴史再現になるかと言えば、

「アングロサクソンはゲルマンの一派だから、それは今の時代ですと、竜属の側の歴史再現となりますのよね？」

「Ｊｕｄ．、ノルマンコンクエストも、ノルマン人は仏蘭西《フランス》側、ノルマンディー公の侵攻なので、仏蘭西の歴史再現ですよね？」

「そしてアーサー王というか、この時代の英国人は、ブリトン人ですのよね？」

三者、何処の所属の人々であるか、明確だ。

なのに、

「……ここに、何の疑問がありますの？」


二人の言う通りだ、と正純は思った。

「アングロサクソンの侵攻も、ノルマンコンクエストも、どちらもブリトン人が作るこの時代のブリタニアの歴史再現ではない。——だから敢えて問う。アーサー王に問うのだ」

問う。

「この二つ、ブリタニアへ侵攻し、支配する歴史再現は、貴女にとって、何処の国のものとなるのだ、と」


メアリは、こう思った。

……まさか——。

懸念した直後。動きが出た。ワンサードが身を起こしたのだ。

「……貴様！」

当たりだ。そう思う視線の先で、アーサー王の一人が吠えた。

「貴様、何処まで見据えている!?　何処でそれを見据えた!?」

強い言葉だ。周囲で精霊達が驚き、また、けしかけている。それはワンサードにも見えていよう。だがこちら、正純が怖じ気なく口を開いた。

「——簡単な話だ。いろいろと知り、話し、心を改め、そして実際のこの地を見て思い、考えた。その上で、まだ表層だと悟ったので、敢えて全体を俯瞰した。——そこで解った事がある」

「言ってみろ。何が解った？」


Ｊｕｄ．、と正純は応じる。言葉を作るため、周囲を見る。ワンサードも、ベディヴィアも、ケイも、そこかしこに潜んでいる警備の者達も。そして自分の仲間達にも視線を置き、

「このアーサー王の襲名は、単純にアーサー王を決めるだけのものではない。おそらくはこの浮上島全体を守護し、今後数百年を守るための計画だ」

それはどういうことか。

「政治と経済、軍事をまとめたワンサード。一般市民をまとめたセカンド。それ以外、地方などをまとめるサード。

――この三者がいて、統合のために動けば、あらゆる面でこの地はまとまっていく。武力も政治も民も、全ての層が集うのだ」

一息。

「彼らは対立しつつ協働している。――が、実際はそうではない。もっと深く。対立は単に見せかけのもので、それを知らされてない兵卒クラスはそう信じているかもしれないが、実際は遙《はる》かに密接に意見交換を行い、協働している」

「協働……!?」

鋭い声が来た。ホールに音を響かせて問うのは、ベディヴィアだ。

「馬鹿な。セカンド派が間に立つほどに私達は争い、競っているのよ!? 確かに、アングロサクソンに対抗するという点で利害は一致しているけど、最大の問題となる部分で一致出来ない利害があるわ！ それは――」

「――アーサー王が誰になるか、か」

Ｔｅｓ．、とベディヴィアが応じた。彼女は、二歩ほど前に出ていた自分自身に、今更気づいたのか、小さく笑う。

「貴様の言う通り、私達が協働しているなら、すぐにアーサー王を選出すればいいじゃないの？ 何故それをしないの!?」

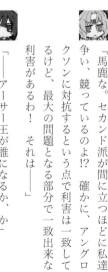

「その通りだな。深く共働しているなら、諍《いさか》いの演出などせず、アーサー王を選出すれば良い」
　だがそれではいけないのだ。

「アーサー王を選出してはいけない。そして協働しているようにも見えてはいけない。その理由は――」
　言う。

「まずここにおいては、――アングロサクソンの侵攻だ」
　いいか。

「アーサー王はアングロサクソンを撃退する。つまり、これから先、ブリタニアは、アーサー王が確定した後に、その歴史再現を行う必要がある。――だが、問題のアングロサクソンとは誰のことだ？」
　問いに、誰も答えない。それはこちらの言葉を、論を、皆が待っているということだろう。両腕もこちらの横で腕を組んで頷いている。先を、という促しだ。ブリタニア勢は変な視線を向けるな。慣れだ。
　ともあれこちらは言葉を続ける。

「アングロサクソンとは、――現在、欧州を席巻している竜属の一派だ。
　ゆえに、――もし何の準備のないままにブリタニアからアーサー王の襲名者が出れば、竜属は動く」

「動く？　どのようにすると言うのだ？」

「解り切った事だろう？　奴《やつ》らがカール大帝の襲名を狙っているのと同じだ。
　竜属は、アーサー王の襲名を簒奪《さんだつ》し、この地は竜属に攻撃と支配をされ、全てが奪われる」

「そうですわね。――聖剣を引き抜ける実力者が、遂《つい》に出ましたのよ？」
　人狼女王《レーネ・デ・ガルウ》は、己の故郷の対岸の島国の過去を思う。〝の〟が多いですの。そして今自分がい

るこの浮上島の現在を思う。

「下手にアーサー王の襲名を確定すれば、下克上のようなことが生じますわ。
竜属がやってきて、アーサー王を倒し、その襲名を乗っ取る、と。
だから王賜剣を抜く者が出たとき、恐らくブリタニアと他三国、そして欧州の対竜戦線は考えたに違いありませんわ。——すぐに襲名を確定すれば、竜属が簒奪に来る、と」

「竜属が聖剣を抜けるとも思えませんが、——聖剣を抜いた襲名者を倒したならば、同じ資格を持っているとみなす……、と、そんな強引な解釈も適用出来るという訳ですか？」

「アーサー王を襲名し、英国を押さえてしまえば、もはや欧州の東西は断絶され、カール大帝の襲名に王手が掛かるであろうよ。——そうなれば、もはや人類の世ではなく、竜属の世。強引な解釈だろうと何だろうと、思うがままなのだえ？」
その通りだ。
迂闊な襲名をしてはならない。だが、

「アングロサクソンを撃退する歴史再現をもったアーサー王は、それこそ現状の欧州にとって希望の一つでしょう。聖剣を抜いた者を、捨てることは出来ず、いつでも襲名者として立ち上がれるようにはしておかねばなりませんわ」

「……ゆえに、セカンド派との内紛を設けたと、そういうことか」
Ｊｕｄ．、と己は応じた。

「セカンド派は、聖剣を抜くことの出来た者がいませんけど、でも、その集合体としてアーサー王の襲名を狙っているのでしたわね？
——個人を特定出来ない集合体としての複数襲名。つまり、竜属の攻撃を受けたとしても、アーサー王の襲名を奪われないようにするための措置と考えれば、意味が解りますわ」
つまりこういうことだ。

「聖剣を抜く者が出ましたの。だが、アーサー王の襲名は内紛によって出来ておらず、その襲名も複数の分割襲名となると、単純に〝討ち倒

して簒奪〟は出来ませんわね。

よく考えたものですわ。

――竜属側から、監視役としてか、ペリノア王が乗り込んで来ても、これなら安心して対応出来ますの。何故なら、アーサー王を簒奪するには、それこそアングロサクソンの侵攻が求めたように、ブリタニアのブリトン人全てを滅ぼす必要がありますものね」

●

「都合のいいことに、アーサー王の襲名候補者には、もう一人の追加があった。これで内紛は完全成立だ。――一方の竜属としては、自分達が攻撃して団結されるより、内紛でどちらか共倒れになったところに攻撃をすればいいとも言える」
ゆえに、と正純は言った。

「ゆえに竜属は、英国が欧州側につかないよう、いずれアーサー王の襲名を簒奪出来る状態になるまで待つ。そのために、迂闊なことはするな
と、定期的に警告を送り、危機感を煽るのだ。
――ペリノア王が監視役であり、時たまに飛竜が警告の強襲に来るという、そんな手筈《てはず》だろう」
だから、だ。

「だから私達の介入をファースト派は忌避した」
ワンサードが眉をひそめる。その表情に、自分は視線を返し、

「私達がサード派、セカンド派の代行となって、更にファースト派の代行としてこの地を強化したらどうなる？」

「どうなると思う？　言ってみろ」
Ｊｕｄ．、と自分は短く答え、肩のツキノワと共に、自分の周囲を指差した。

「それは、三派が、私達を使って共働しているのと同じだ。竜属はそれを〝内紛が終わった〟と〝解釈〟するだろう。つまりそのときの最大勢力の指導者をアーサー王とみなす。そのような強引な解釈がなされるかもしれない。

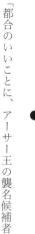

だから二派は許しても、ファースト派だけは認めない。紛争を継続中とするためだ」

「無論、こういった遣り取りは連携が必要だ。そしてそのために、マーリンを使用する。ホットラインとして繋がった、指導者クラスを結ぶ、本当の賢人会議だ」

手を挙げると、頷きが浅間から来た。彼女が手を振り、一枚の表示枠を出す。

「マーリンのシステムは、どうやらこの英……、浮上島の地脈にパッチとして当てられたような作りとなっていますね？　そして中枢は、このロンディニウムの通神帯サーバを核として、浮上島の要所にクローズドの通神帯を広げつつ、統括しています」

「それがホットラインとして使われているという証拠は？」

はい、と浅間が応じ、また一枚の表示枠を出した。それはこのブリタニアの概要図だが、

「先日からの工事によって、ブリタニア上のレイラインの流れをある程度確定しました」

「!?　機密情報よ、それは……！」

「――探って漏れるようなものを機密って言えるんですかねえ」

煽るな……！　と思ったが、その後ろで馬鹿とホライゾンが踊っているので、まあそういうことだ。煽りは親族スキルというところか。浅間もまあ、やれやれという顔で、

「――先ほどから、レイライン内を行き来する不定期な情報量を調べていましたが、私のギャグネタのときなど、やはりそれがサード派拠点方向と、セカンド派拠点？　そちらに流れました。データを見ますか？」

『何と浅間様！　あの超コールド投げっぱなしの途中ネタで、コヤツらの通神を監視チェックしていたのですか！』

『いやまあ、あれは事故のようなものでして……』

『よく考えたら、あのネタ、つまり英国の各地に拡散されちゃったのね……』

『ぜ、全域じゃなくて有力者中心だからダメージは少ないですよ……！』

『というかいきなりアレ送られてきたら事故だよね……』

『衝突とか追突じゃなくて、上から降ってきたとか、そんな事故よね……』

『いいですよツッコミ！　もっともっと！』

●

子供衆がワイワイやっているが、それは横に置いておいて正純はワンサードに視線を向けた。相手もこちらを真っ直ぐ見ている。良いことだ、と思いつつ、

「内紛に見せかけ、イベリア半島と北欧、東欧との中間貿易を進め、準備を整えた。後はアングロサクソンの侵攻を撃退し、そこで一つ、やるべき事があるな」

「やるべき事？　それは何だ？」

「竜属が行おうとしていた解釈の、意趣返しだ」

相手がしようとしていたことは、当然、こちらも出来る。ならば、

「アングロサクソンを撃退したならば、——自分達がそれを襲名することも可能だ。

ゆえにブリトン人がアングロサクソンを襲名し、ブリタニアをアングリアと変えて行く。そうすれば竜属の支配と攻撃を逃れることも出来ると、そういうことだな」

言った時だった。

確かにワンサードが小さく笑った。

「フ」

ほんの小さな変化だ。だが、気になった。

「……自嘲か？　それとも何か、間違った事を言ったか？」

「否、……随分と私達の実力を買っていると、そう思ったのだ。
——有り難い話だな」
ああ、と己は首を下に振った。やはりブリタニアの総勢をもっても、竜属に抵抗するのは難しいと、そういうことならば、よく解る。

……相手は天竜の群だしなあ。
しかし、とワンサードが脚を組んだ。椅子に浅く腰掛け、仰け反り気味にこちらを見る。話題を変えようと、そんな雰囲気だ。

「こちらから問おうか」

「聞こう」

「Ｔｅｓ．、——では問おう。先ほど貴様は、こう言ったのだ。
——ノルマンコンクエストの歴史再現は何処の国のものだ、とな？
だがそれは、さっきの理論を重ねると、私達のものとなる。——本気か？　どう考えても、ノルマンディー側のものだぞ？」

「ああ、言ったな。だがそれは、もう決まり事なのだろう？　ノルマンコンクエストの歴史再現も貴女達は英国のものとするのだろう？」

●

え？　と、先ほどと同じように、また周囲が声を上げた。

……確かに、ノルマンコンクエストは仏蘭西側の歴史再現だもんなあ。
しかし、

「陛下……！」

「黙って聞け！　私は黙らないがな！」

「……何か凄い見解を聞いたが、まあいい。
——確かにノルマンコンクエストは、本土側、

仏蘭西の歴史再現だ」

　そうだ、とワンサードがこちらの言葉を受ける。

「——では、その戦いにも、勝てと、そう言うのか？　アングロサクソンを撃退したように、四百年先の戦いに勝てと、子孫にそう伝えて準備させるのか？

　確かにアーサー王の歴史再現について、我々の祖先は神代の時代の情報を元にここまで継いできた。だがアングロサクソンを撃退するというのは、アーサー王の歴史再現であろう。しかしノルマンコンクエストという歴史再現は、アングリア側が敗北する。つまり私達の後継が敗北するのが歴史再現だ。

　——それを、どう、勝てと？」

　試されているな、と己は思った。この時代、歴史再現の解釈はどのくらいの幅まで認められているのだろうか、と。

　勝者が全てを決める権利を持つのは確かだ。

　だがノルマンコンクエストについて言えば、勝つ事自体が至難とも言える。それは戦力的にも、政治的にも、だ。

『ノルマンコンクエストの歴史再現があるとすれば、仏蘭西側は、大勝負として本気で勝つために戦力も政治も整えてくる筈ですのよ？』
　その通りだろう。しかし、

「——しかし、既に英国は、今後数百年、もしくそれ以上に通じる交渉カードを手に入れたのだ。この内紛の中の襲名によって、な」
　告げた言葉に、皆がこちらに視線を向けた。
　ワンサードも、前屈《まえかが》みに、じっとこちらを見ている。
　その視線に返す目を向け、己は口を開いた。

「今後の欧州、全てに対して発揮出来る強力な交渉カード」
　それは何か。

「——聖杯だ」

●

サード派拠点。庁舎の会議室で、スリーサーズはパーシバルを前に一息を吐いた。

「……よく、彼らは、ここまでたどり着きましたね……」

本当に、まず、その感想が心に浮かぶ。そして、

「…………」

「どうされたのであるか？　スリーサーズ殿」

「Ｔｅｓ．……ようやく私も楽になれると、そう思ったのです」

「スリーサーズ殿。……決して、無理に自分を従わせてはならぬものであるよ？」

「ふふ。貴方はいつも、私に頑張れと言わず、そうやって挫こうとします。

……でも、貴方こそ、これからが大変になるのですよ？」

「あ、いや、今後のことであるが、出来ればその……」

と彼が言った処で、新しい表示枠が展開した。見ればやはりロンディニウム発のものだ。

「マーリンがまたログを……」

彼ら〝湖の精霊〟が、暴いていくのだ。何処まで達するかは解らないが、

「私は、憶えておいて欲しいのでしょう。関係者ではなく、それこそ、物を語って継いで行ける誰かに。出来れば、私達の汚い処無しの、物語を」

表示枠には、それが書いてあった。

聖杯についての言及だ。

●

「聖杯？」

「ええと、聖なる杯の事ですの」

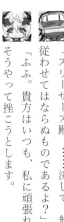

「せいなるさかづき……。さかづきは逆突きで良いのかしら……」

「あっ、次のイベントのネタですか！」

「お前らやかましいよ。というかネシンバラ、安全なネタだろうから頼む」

　良いとも、とネシンバラがポーズをとった。

「聖杯とは、Tsirhcにおける神の子が使用した、もしくはその血を受けた聖遺物の器のことさ！　その器の零《こぼ》す液体を飲めば万病が治癒され長命となるとそう約束されている」

●

　まあそういうものだな、と正純は言った。

「聖杯は、行方不明となっているアーティファクトで、全Tsirhcが探し求めるものだ。そしてアーサー王物語は、アーサーが死亡、または重傷を負って隠棲《いんせい》した後、円卓の騎士達が聖杯を捜す旅に出て、――三騎士がそれを見つける」

　三騎士とは誰か。

「ガラハド、ボールス、パーシバル、この三騎士は既に襲名が為されているな？
　逆に、アーサー王を害したり、障害となる襲名は未《ま》だ為されていない」

　言う。

「アーサー王最大の障害と言えるのは、彼の甥《おい》だ。円卓の騎士でありながら裏切り、アーサーに重傷を与え、隠棲させるモードレッド。
　現状、彼の襲名は行われていない。もしくは行っても解釈で済ませ、聖杯探求の三騎士を成立させる、というあたりか？」

　言うと、ワンサードが小さく笑った。

「何か？」

「いや、貴様らは、良心に基づいて先を見ているのだな、と、そう思ったのだ。
　――まあそれで私達にとっては充分だ。先を聞かせろ」

　Ｊｕｄ．、と頷き、己は口を開く。ブリタニアは、如何するつもりなのか。自分は、辺りを

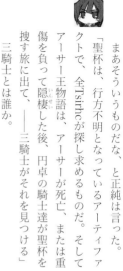

見回し、ハッキリと言う。

「アーサー王物語は本土側で内容が大きく変化した。聖杯関連もブリタニアではなく、欧州側で後付けとなったパートだ。
だが今は竜害の時代。欧州の状況は安定していないので、主導権はブリタニアが確保出来る。
〝遅れていると竜属にガラハドとボールスを襲名されてしまう〟という理由で、ブリタニア側で三騎士を揃えた訳だ」

後は簡単だ。

「聖杯は、Tsirhcの重大なシンボルであり、強力なアーティファクトだ。
まずは、三騎士の襲名権を譲るとでも言うか、または聖杯を〝貴国で発見する〟とでもすれば、ブリタニア・本土間における大体の政治的問題は解決出来よう」

「ノルマンコンクエストという、本土側からの侵略戦争も、それで切り抜けられる、と？」

「Ｊｕｄ．、――そうとも」

「何故？　何故そう言えるの？」

Ｊｕｄ．、と己はもう一度言った。

「ここが島国であり、歴史が全てを証明しているからだ」

●

『そうですね。……昔から、幾多の民族が侵攻した土地です。ローマもアングロサクソンも侵攻してきて、でも、本土から海を隔てたこの地では、侵略者であれ、やがて同化し、本土とは別のものになっていくのです』

メアリは告げた。自分達が、将来の英国においてどうであったかを、だ。

『本土より至り、しかし馴化《じゅんか》し、やがて本土に抗《あらが》う。それが英国です。
そのような状態となる侵略。支配が至難で、行き来にもコストのある島国。――本土側にどれだけリターンがあるのでしょうね？
侵略する代わりに、英国から聖杯のカードを

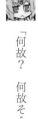

得て、以後ずっとTsirhc内で権力を持った方がいいと思うのですけど』

さて、と正純は周囲の沈黙を確認した。
無言は、こちらの弁に対する肯定だろう。違うならばこれまでのように逆質問したり、否定すればいいのだ。それがないと言うことは、迂闊に反応が出来ないということであり、

『ぶっちゃけ、全部事実だとすると本気で面倒くさくて巻き込まれたくない案件だぞコレ。何百年と仕込むとか、尋常な話じゃない……』

『副会長！　本音はまだまだ先でいいですのよ!?』

まあいい。ここまでを言ったならば、聞いておかねばならない事がある。

「――アングロサクソンの侵攻は、いつだ？」

「何故、その疑問を思う？」

「Ｊｕｄ．、先ほど、貴女は私達の処遇について急に認めた」

これはどういうことか。

「私達を認めることが出来ない方針。これは竜属に付け入る隙を与えないためのものだ。ペリノア王などもいる現状、そこは堅持する意味がある。
だが、だからといって私達を〝放置させる〟のも駄目だ。勝手に動くからな。――だから私達に、安全な仕事を与えておいた方が良い。そして――」

そして、

「仕事を与えると言うことは、管理すると言うこと。――つまり、何かがスケジュール的に迫っており、それに関与されぬよう、仕事を与え、私達を束縛するということだ。
逆説的に言えば、ファースト派は、何かを準備している。現状の情報から推測出来るとすれば、それはやはりアングロサクソンの侵攻だろう」

告げた。
　すると言葉の向かった先、ワンサードが椅子に座り直した。力を抜き、

「……二週間後だ」

　ワンサードが、更に姿勢を直す。手指を前で絡め、こちらに前屈みとなり、

「実際の処、今のブリタニアの状況を鑑みて、二週間後にはこちらに竜属が侵攻を開始するとペリノア王から仲介があった」

「――ブリタニアの遅滞作戦は通用しないのか？」

「本土側、西の境界で大規模な戦闘が準備されつつある。竜属にとって人類をイベリア半島の西端まで追い詰められるかどうか、という戦いだ」

「……トゥール・ポワティエ間の戦いかい？」

　ネシンバラが表示枠を開く。それは欧州西部の概要図で、

「732年、カール大帝の祖父にあたるカール・マルテルが、イベリア半島から欧州中部に侵攻してきたウマイヤ朝を撃退する。
　竜属がカール・マルテル、人類側がウマイヤ朝という扱いになれば、これは西側の雌雄を決する激戦になるね」

「そのような戦闘があるのに、英国が〝中立〟というのは少々怖いと、……竜属にとってはそういうことですのね？」

「挟撃役や援軍となったら、確かに竜属としては面倒で御座りましょう……」

　Ｔｅｓ．、とワンサードが応じた。

「こちら、いろいろと準備をしていたが、しかし要らぬファクターが来た。
　――貴様らだ。訳の解らぬ第四派とも言える集団が来て、サード派と結託。つまりは内紛が激化してしまった。歴史再現の点から見て、落ち着くまでは待とうというのがペリノア王の判

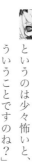

断であり、向こうへの通達でな」

「……えらく嫌われていた訳が今更解ったな」

「貴様らが来て状況を長引かせると、こちらの備蓄や準備が余計に掛かる。外縁側はずっと臨戦態勢だからな。ロット王が調子乗って交易許可を出したが、流石にこっちから供出しないようにしてくれて、……有り難い訳はないな。厳重注意だ」

　全く、とワンサードが吐息した。

「私の方は覚悟が決まっているから、早く楽にして貰いたいものだが、姉さんは変なところで気を遣う」

●

　ふ、と気が緩んだような、しかしまだ寒さに似たものが残っている感覚を、ミトツダイラは得ていた。これは、

「我が王？」

「…………」

　問うた先、王が首を傾げている。何か引っかかっているのだ。ならばここは自分が、心に浮かんだ言葉を問う。

「……あの、諦めでは、ありませんのよね？」

「諦め？」

「ええ。だって貴女、さっき言いましたのよ？　正純の台詞に対し〝随分と私達の実力を買っている〟と。――これはつまり、貴女達にアングロサクソンを撥《は》ね除《の》けるだけの力が無い、もしくは確証がない、という反証ではありませんの？」

　ああ、とワンサードが何かに気づいたように姿勢を直す。苦笑もつけて、

「面倒ごとの解決だ。戦闘は短期に終了する。こちらの勝利をもって、な。それなりの方法を永くから講じているのだ」

「政治的な決着を含む、ということか？」

Ｔｅｓ．、とワンサードが頷く。

「――アーサー王の勝利で全ては決着する。そういうことだ」

●

なあ、と通神で弟が言うのを、姉は聞いた。

『――俺達って、どのくらい、素直だったっけ？』

『馬鹿ねえ愚弟！　私達は超素直よ！　茄子《なす》のように素直なの忘れたの!?』

だよなあ、と弟が笑う。そして、

『じゃあ俺達、超素直だから、こいつらの言ってることとかに対して、素直に生きてくってので決まりな！　いいか、素直にいけよ!?　躊躇ったりすんなよ!?』

『コレ、高度な〝やめろよ？　やるなよ？〟に思えるのが嫌で御座るな……』

●

正純は、ワンサードに視線を向ける。

会議はもう終わったと、そういうつもりなのか、身体《からだ》から力を抜いている。そして、

「〝湖の精霊〟。貴様がこの地を豊かにすると、そう言うならば、二週間後の夜にここを一時離れろ。翌々の朝にもなれば、竜属はもうここに来なくなっているだろう。

そうしたら、貴様らの好きにすればいい」

言いつつ、彼女が立ち上がる。そして、

「今ので終わりだ。――〝湖の精霊〟、その存在であることを認めよう」

今の言葉で、全てが済んだ。そういうことだ。

「――では、次に会うのは、二週間と、二日後か？」

「――――」

ワンサードは応じない。ただ手を挙げ、

奥、右の扉を潜っていった。

いなくなる。そして、

「――さあ、どうして私達が貴女達を排除しようと急いだのか、解ったかしら」

「まあ、何と言うか。予定を乱してすまん」

ベディヴィアが小さく笑う。

「そこまで自惚れなくていいわ。貴女達のしていたことは、きっとアングロサクソンの侵攻を超えた後で役に立つ。そのことくらいは、私にも解るのよ。

ただちょっと、貴女達は、ここに来るのが早かっただけ」

では、とミトツダイラが一歩を前に問うた。

「アングロサクソンの侵攻に対し、私達が出来ることは――」

「英雄は私達に任せるのでしょう？　そこまで恥をかかせないで欲しいわね」

さあ、とまた彼女が言った。指を鳴らし、正面の大扉を開け直させて、

「貴女達は、どうせこれから二週間、またこの地を変えて行こうとするのでしょう？　だったらそれが貴女達の役目。――いずれそれが、私達の為すことと繋がる事を、私は願っているわ」

一息。

「行きなさい。――ちょっと羨ましいわ、そういう役の立ち方も、ね」

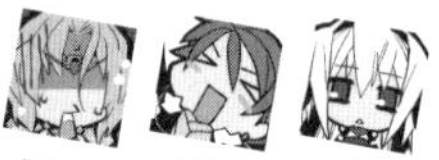

「オッス！　行ってきますベナンタラ様！」

「おお、言ってくるぜベナントカ！」

「名前憶えなさい!!」

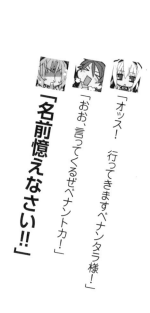

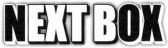

第五十二章

『止まり木の察知者』

はるかなとき
はるかなとち
はかれるかな
はりさくかな
配点（思い違い）

●

大久保は一息を吐いた。

夜だ。

午前三時。やや過ぎているか。

武蔵上では今も各所の灯火がついており、輸送艦が行き来している。各艦の中央通りとなっている箇所は番屋も門を開けて開放状態で、荷車や低空飛行の配送業者が循環するのが見える。

「配送業者の低空飛行は危ないから規制したいでホンマ……」

「まあ長期間やる訳じゃないんで、事故発生率と効率考えたら現状そのまま行った方がいいですね。低空における速度制限は守ってるみたいですし」

まあそうやな、と応じておく。このあたりについては、思うところがあって、

「京都を管理しとった石田・三成に、スポット対応させるべきやったな」

「でも三成君が欧州各国の外交館を押さえていますからねえ」

あれもなかなか大変だ。

何が大変かといえば、やはり英国の過去の記録に直結しているとなると、上陸をさせろという連中が出てくるのだ。

英国外交館については、まあ、解る。だが仏蘭西、阿蘭陀《オランダ》、M.H.R.R.《神聖ローマ帝国》、三征西班牙《トレス・エスパニア》あたりだと、武蔵が外界復帰してから一悶着《ひともんちゃく》生じる可能性がある。それに巻き込まれては面倒だし、今、外界開拓とか諸々で動き出している欧州政治事情に火種を叩き込みかねない。

ゆえに英国外交館はメアリが、三征西班牙は立花夫妻が、というように、既に英国側に行っている者達が外交館代表の扱いとなっているが、

「密航しようとしたのがおったんやて？」

「武蔵や大和の総重量監視システムに引っかかりますからねえ」

大体、向こうに輸送艦で行ったとしても、上

陸時は東照宮代表が構築した検疫システムが待っている。

「波蘭《ポーランド》外交館の密航者が、尿の代わりに水飴《みずあめ》が出るようになって、一回洗面所行くと二十分近く掛かるからどうにかしてくれって、そんな話が」

「こっちもK.P.A.Italiaの外交館から、神に祈ると♪チャーラ〜ラ〜ラ〜ラッ！　って音楽と一緒に駄目ブザー音つけて水が落ちてくるようになったからどうにかしてくれ、って」

「それはTsirhc側の神罰で、こっちは関係ないのでは？」

「武蔵上の旧派は、一応、管区的には〝武蔵〟で一管区になったからなあ……」

ヴェストファーレン以降の取り決めだ。

これまで武蔵はK.P.A.Italiaの〝異教徒管区〟としてまとめられた中の一つだったが、とりあえず独立して、ある程度の自律権限と上への発言権を得られるようになった。なのでいろいろやっているようだが、浅間神社代表に言わせると、

「ハジケ方がまだまだ足りないですよね！」

とのことで、一言で言うと味が薄いのだろう。何のことかよく解らんが。

ともあれこっちとしては、

「二週間と少し、英国と付き合うこととなるのが確定やな」

「会計達が交易の手筈をつけてくれて助かりましたね。あれがないと、ちょっと先を安定して考えられないです」

「Ｊｕｄ．、何やかんやと常にぎりぎりや悪運で生き延びとるな……」

しかしまあ、と己は手元の表示枠を見た。

先ほど届いた一枚だ。

これを待っていて、ここにずっといたとも言える内容は、

「スリーサーズとパーシバルとの、……ロンディニウム会議を終えた後での情報交換、か」

英国がどのような方針で動いているのか。こ

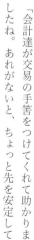

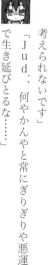

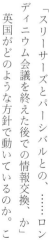

れから自分達はどうするか、そんな話し合いが、ロンディニウムからの帰還後にあったのだ。

　基本は状況確認ではあるが、

「――自分らの役目が確定したと、そういうことやな」

●

　なかなか面倒な立場だな、と正純は自覚する。

　ロンディニウムでの会議後、サード派拠点でスリーサーズやパーシバルとの情報交換などを行った。その内容は、まず、お互いへの理解ともいえる言葉から始まるもので、

「……いろいろな理由が解ったが、なかなか面倒な状況だな。過去から進めてきたアーサー王の歴史再現に、想定外とも言える竜害が掛かってきた訳か」

「Ｔｅｓ．、とりあえず妹と私が王賜剣を抜ける人材として出てしまった今、ブリタニアはどうするか。
　……その答えは見えているのですが、やはり性急に過ぎるのではないか、というのが私の考えでした」
　そこに自分達がハマった、という訳だ。

『私達の登場で、アングロサクソンの侵攻が遅れることとなり、その間に、ブリタニアの国力増強の手が打てる、と……』

『〝英国〟からしてみたら、その国力増強の手段こそが〝補正〟であって、アーサー王の部分は別なんでしょうけどね……』
　そういう意味では、自分達は、〝補正〟を行う許可を得るためにアーサー王の歴史再現に関わっているとも言える。そして、

「……ともあれ、いろいろとこちらの事情など理解の上、それを周囲には広めずにいて頂けるということで、感謝致します」

「クライアントとの守秘義務は大切なことだ。というか、……前にちらりと聞いたが、代表者達は皆、相当な重圧だろう」

「仕方ない、という流れで決まったものです。だから仕方ない、と、納得出来ます」

と、彼女が笑った。

「こちら、パーシバル様も頼れる人なので、何とかなってますよ？」

「い、いや、それはその、……申し訳ない……」

「…………」

「メアリ殿、……何か？」

「いえ、人の癖というものは思わず出てしまうものなのだと、そんなことを……」

「癖？」

「ええ、……私にもありますよ？　点蔵様、言わないですけど、私が小袖姿のとき、つい足先を重ねて座るのとか、見ていますよね？」

「こんなときに作画の資料となる言葉を聞けるなんて……」

「……でもスリーサーズのサっちゃんの癖って、何だろ？」

そのあたりはよく解らない。メアリが何も言わないあたり、政治的にクリティカルなことは無いのだろう、とは思う。

ただ、こちらとしては聞いておきたいことがあった。

「二週間後、アングロサクソンの侵攻があると聞いた。どういう事になるんだ？」

「Ｔｅｓ．、こちらでは主にファースト派が迎撃に出て、他派は内地や地方の守りを固めることになっています」

「勝てるのか？」

「歴史再現として、向こうも敗北することが前提としてあります。だからペリノア王が来ていることからも解る通り、ある程度はなあなあですよ」

スリーサーズが言う。

「ある程度の成果を出し、それで竜属側が納得したり、これ以上は損になると思えば、去って行くでしょう」

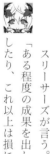

「確かに、相手は飛竜達ばかりなので御座りましたな……」

「飛竜は、こっちで暴れた後、本土に戻る必要がありますからね。竜砲主体の攻撃を行ったら、かなり出来る連中以外、上陸はしてこない方針かもしれません」

「…………」

「豊がまともな事を言うから、少し驚いてしまいましたの……」

どういう評価だ。
だが実際、この英国を攻め落とすのにおいて、距離と高度は絶対的な障害だ。だとすると、確かに、

「ペリノア王がいる通り、ある程度の話はついている、ということか」

「Ｔｅｓ．、前夜、日が切り替わる頃から、私もロンディニウムに詰めます。皆さんは、輸送艦があるのでしたね？　それで一時、上空か北方に退避をして下さいね」

「…………」

「どうされました？　パーシバル様」

「いや、自分、当日はこっちに詰めていることになっておるので……」

「寂しい、という理由でロンディニウムに来られても、市民皆退避した上での警備態勢ですし、御相手出来ませんよ？」

「ハブか……」

「流石は点蔵モドキ様、……良いところで加われないあたりが御見事ですね」

「いやいやいや、いろいろ役目があるのであるよ！」

まあそうだろうな、とは思う。

●

キャンプに戻ってからの会議は賑わった。
正純が感じたのは、〝帰る時期〟が、近づき

つつあることを、皆が実感していると言うことだった。
　これから二週間。何をするか、どうするか。英国との別れになるのだと、そんな話が続き、だが話題のループも始まった中だった。
　馬鹿がいきなりこう切り出した。

「あと二週間、つーか、――**超素直に考えて、コレ、多分まだ何か隠してんな**」

「やっぱりお前もそう思うか。政治的とかいろいろ、……何かあるよな」

　言うと、皆が顔を見合わせた。ややあってから誰もが頷き、

「素直過ぎるよね」

「……でも、ロンディニウムの話は辻褄《つじつま》が合ってると思ったわ。それ以上の何があるかしら？」

　どうだろう。あるのだとは思う。ただ何かは解らない。しかし、

「…………」

「どうしたので御座るか？　メアリ殿」

「あ、いえ、……私ならば、このブリタニアへの竜属侵攻に対し、どう手を打ったろう、と。ええ。今の私と、――昔の私、です」

「――どっちのメアリ様にしても、とにかく思い切りが良さそうな話になりそうですねえ」

「……すみません……」

「……ともあれ、何か変化があったら、すぐ報告とか、そういうこと？」

「それについてだが、……以前、ペリノア王に〝サード派に気を付けろ〟と、そんなことを言われた憶えがある」

「――ありましたねえ。ファースト派と話をつけたら、じゃあ今後は仕事しつつ、サード派にも気を付けていくと、そんな感じですか？」

「Ｊｕｄ．、――これから二週間、何も無ければ良し、何かあったら――」

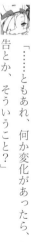

「戦争ダァアア！」

「流石にそれは流れがおかしいぞ……！」

皆が真顔を見合わせ、無言で夜食を摂《と》り始めるのはどういうことだろうか。

●

そして二週間。

武蔵勢はサード派、セカンド派の戦士団も交え、主にサード派拠点周辺を教習場として各技術の普及に励んだ。

変化があったのは、一週間を過ぎたあたりからで、武蔵野艦橋から欧州本土側を定期チェックしていた鈴が、あることに気づいたのだ。

「本土側が、……濃い？」

英国が持つ本土の記録が、強くなっているのだ。

ナイトとしては、英国の外の認識について、こう思っていた。

……ヒッキーがそれなりに情報調べて外を知ったって感じかなあ。

●

当然、夜は夕食後に湖畔で会議となる。

既に何度、ここで集まって話し込んだものか。

メインとなる天幕などは、煤《すす》が天井側に溜《た》まったとかで、洗濯を二度ほどやっているのだ。

いつの間にか、食事にも普通の黒パンやらが提供されるようになっていて、

「……野人みたいに木の葉食ったり樹液吸ってた時代が懐かしいねえ」

「そうね。プライマルエイジ系のネタって、意外と需要あるって解って面白かったけど、一過性のものになりそうで残念だわ……」

「プライマルエイジ？　石器時代？」

「その時代に落ちた本舗組とかが、〝じゃあ、人類増やさないと駄目ですね〟って言い訳つけて本気になるアレよ」

「い、今、誰かを特定しましたよね!?」

「おーまーえーらー。人の話を聞けよ」

「あー、ゴメンゴメン。外の情報が濃くなった、ってことだよね？」
　本土側が〝見える〟。このことは二つの事実を示していた。

「――一つは、まあ、アングロサクソンが攻めて来るというのが事実化した、ということだろうさね。
　これまでは他国の記録の部分でもあり、英国の記録の方でもどのくらい強制補正していいのか解っていなかったアングロサクソンの侵攻が、あたし達《たち》の介入と〝補完〟によって明確化していった。――だから本土側が見え始めた、ということさね」

「以前、私達がここに来た頃が当初の襲撃予定であったという話でした。そのときはまだ英国の外が希薄だったのですが……」

「その場合、有り得る強制補正は二つさ」
　直政が、新型にした義腕の指を二つ立てる。

「一つは、〝希薄なままでもやっちまう〟。これをやると、かなりの穴が出来て英国は一気に傾くだろうから、最終手段だろうさね。
　もう一つは、先の一つをやらないことから導かれる安全策さ。つまり〝決戦前夜を延々と繰り返すループ状態〟。多分、こっちが正解だったろうとあたしは思ってる」

「ええと、じゃあ、ナイちゃん達がやってきたことで、どう変わったのかな？」
　そうだなあ、と応じたのは正純だ。

「アングロサクソンの襲撃を、英国は私達が来たことによって一回〝保留〟状態に変化させたのだと思う。
　今までは保留ではなく〝結局ループして、行

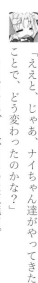

わない〟だった。

　だけど私達が来て、いろいろ行っていることへの整合性として、この地域、サード派拠点やセカンド派拠点周辺を整備していたら、変化が発生した」

「私達の〝補正〟によって、英国は、余った処理能力をまたアングロサクソンの襲来成立に向けていけるようになった、……と？」

「アレね。原稿描いててモブシーンが多いページは手伝いが揃うまで放置してたとか、そんな感じ」

「おいおい、資料が無くても想像力で面白く補えれば大丈夫だろう」

「面白くなかったらどうなるのかな？」

「——在庫に火をつけて、追撃してくる魔女に叩きつけるのよ」

「サイテー」

「あの迎撃は有効だったろう!?　合流でキャラになった筈だぞ！」
　まあそういうもんだ。ともあれ、外が濃くなったということは、

「ええと、外に出られるようになってきてる？」

●

「Ｊｕｄ．、恐らくですが、アングロサクソンの侵攻の後、本土側の情報は不必要となり、認識範囲が狭まるのではないか、と予測されています。
　その際、英国の処理能力が上がった状態で認識密度が上がるため、現実側との差が明確となります。——以上」

「ええと、明確になったら駄目なんじゃないですか？」

「いえ、これまでは認識密度が曖昧で、その境界面が明確になっていませんでした。ゆえに武蔵が英国の〝外〟に出ようとしても、認識密度

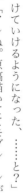

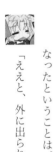

の薄い、しかし分厚い霧のような壁を越えることが出来なかった訳です。

　そして武蔵は現在、情報体となっていますが、武蔵の情報密度は現実準拠。現実側に届かねば脱出は出来ません。

　しかし英国側の密度が上がれば、その壁は認識出来ます。あとは情報体として外に繋がれば自分を外に移送するのと同じ方法で脱出出来ます。――以上」

『壁ではあるが、実際には濃度なので、深さみたいなもんさ。
　――今までは情報の水位が低く、本来の水面に全く届かなかった。これから先は、水位が上がって、本来の水面に届く機会がある……。そういうことさね』

　脱出の機会は、英国が〝次〟に進む契機の時。

「アングロサクソンの襲来直後と、そう見ていいだろう」

　それが事実かどうか確かめるために、武蔵は本土側の情報取得をメインの作業に組み込んだ。

　同じように、英国側の〝補正〟も進んでいるのか、これは各地に交易で向かった会計コンビや委員会の方で確認がされていった。

　それは当然のようにサード派拠点を中心に教習やら工事を行っている皆も同様で、

「何と言うか、アレね。……いろいろ教えて、その時は〝ワースゲー〟って反応されるんだけど、半日後くらいに〝そんなの昔から知ってたなあ〟って態度されると、ちょっと寂しくなると同時に、ビミョーに腹立ってくるのは私が未熟だからかしら……」

「おちつけ」
　と、そんな空気もあったが、一方でファースト派を中心に沿岸部には臨時拠点やバリケードなどが作られ、また、ロンディニウムなどの諸都市からは北方の都市へと疎開も始まった。
　それらはもう、こちらの〝補正〟無しに進む

もので、偵察に向かった嘉明《よしあき》と脇坂《わきさか》達が確認したところに拠《よ》れば、

「何か、北方側の道も、こっちみたいな方法で手が入ってるんだけど？」

「多分、英国がこちらの〝補正〟をベースに、〝そうであった〟ことにしたんだと思います。本来その形で、荒れていたものに対し、人々もやり方を思い出したから変えた、と、そんな感じではないかと」

「だとすれば、全土が補正のレベルを超えて補正状態になってきていると、そういうことね……」

英国があるべき姿に戻っていく。

その象徴となるものが、アングロサクソン襲撃の三日前、夜に生じた。

空だった。

夜の空に、あるものが見えたのだ。

「月が、……大サービスですわね！」

月が二つあるのだ。

●

「もはや英国本土の〝補正〟は効き、それ以外に処理が間に合うようになったかえ」

そうね、と成実は、皆と共に天幕から出てつぶやいた。

今、先ほど、いきなり観測されたこの事態。深夜だというのに、自分は空を見上げて、

「……思った以上に、運命事変の後の状況に慣れていたわね」

「この二つの月を、見慣れないか」

「Ｊｕｄ．、——懐かしいと、そう思わなかったわ」

自分にはどう見えたのか、己は言った。

「……また貴女？　って、そんな感覚を得たわ。上手く言えないけど」

『とはいえ、満月なのは多分、おかしかろう。星の位置も、俺が生きていた頃に比べてもあやふやだ。まだ〝月が二つ〟というところしか思い出してはおらぬだろうな』

「まーた鬼武丸さんが否定から入る物言いしてるですよう？」

『誰が否定から入る物言いだ！　認識が間違っておるぞこの馬鹿者め！』

否定から入るあたり、流石は将軍様過ぎる。

●

鈴としては、天体の方も変化が生じていくのを知覚して、面白かった。

何となく〝片付いていく〟感だった。これまでは散らかっている部屋が、そのままで完成してしまったような、そんな状態だった。だが自分としては、この〝完成〟に対し、違うという感想だったのだ。

それが今は、ときたまに夜空の星が消えて、また別の位置に収まったり、移動していく。その事実を知覚したときは、何だか〝英国〟という存在を捕まえたような気がして嬉しくなる。

生きているようだ。

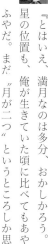

このことは、皆のテンションを上げるのに役に立ったし、

「ちょっと武蔵のステルス障壁を開けられないか？」

　という義康《よしやす》の提案で、それが為された。高度を一キロほど上げて、本土側から見つからないようにした上で、天面の障壁を開けたのだ。

　空が見える。そのことは皆のストレスを随分と抜いた。

　これまでも、たびたび、このようにはしていた。だが知覚出来るのは、星座も何もあやふやで、常に満月が一つあるだけの夜空だったのだ。そんな夜空を見た皆は、開放感を得つつも問題意識を新たにするようで。一部からは〝不安を生じるのでやめて欲しい〟と、そんな意見も出されていたくらいだった。これについては、

「嫌なら見なければいいいんじゃないかしら……？」

「え!?　俺が無視されてないのって、つまり皆、俺のこと好きなの!?」

「無視したいのに目の前に出て来る男が何言ってますか一体」

「フフ、慣れよ！　慣れ！」

　などと厳しい意見もあったが、正にその通りで、続けていく内にそれなりの慣れが生じた。艦内から、あやふやな夜空に対して適当な星座を作ったり、〝当てはめ〟の遊びが始まったからだ。仕舞いには〝曖昧祭〟などと名付けて小規模な屋台並びとか出来はじめるから、つまり皆、何かイベントが欲しかったのだろう。

　だが今回は違う。遙かな過去のものだが、空が本物に近付いている。

　これは人々に事態の解決が進んでいることを実感させるもので、

「艦内の自然区画では上空に外部の空などを転写していましたが、やはり実際のものには敵わないですね。――以上」

　それはもう、仕方のないことだろう。二つの月。自分はいろいろなことを思い出してしまう

が、艦内の人々はどうか。現実としては、もはや二度と自分達の頭上には〝無い〟二つ並びの月。

　自分達が破壊した過去の姿が、この時代には有り得るのだ。

　記録の中とは言え、過去にいるという実感と、帰還の時が近付いているという高揚。そうなってくると我《わ》が儘《まま》なもので、これを記憶に収めておこうと、表層部が賑やかになる。

　武蔵は大丈夫だ。ならば、

「英国の方は、どうかな……？」

●

　異変というか、違和に気づいたのは、現場だった。

　アングロサクソンの襲撃があるとされた二週間後。その前日の夜に、皆は退避の準備として湖畔のキャンプに集まりつつあった。

　時刻は十時を過ぎている。

　無論、自分達に出来る事はぎりぎりまで行う。襲撃によってブリタニアには当然被害が出るのだ。それを見越して、防衛もしくは復興の手筈は行っておく。

「――襲撃が、英国の勝利による逆転で終了した際、〝英国〟が行っている欧州側への情報処理は軽くなり、記録と現実の境界が薄くなる。それが脱出のタイミングだ。だから私達は、竜属の襲撃を合図に、英国から立ち去ることになる」

「では今夜退避したら、それが英国との御別《おわか》れになるのですね」
　そういうことだ、と正純が応じたときだ。
　ふと、御広敷が顔を上げた。ノリキや直政と輸送艦の修復状態について確認していた彼は、何となくという口調で、

「やはり英国全土、一般の人々は北方側に退避して、ファースト派の戦士団が沿岸防護に出ている訳ですよね？」

「Ｊｕｄ．、サード派拠点、セカンド派拠点は、各主力が詰めて御座るが、他の戦士団は各地の人々の誘導などに出て御座るよ？」
それが何か？　という点蔵の促しに、御広敷が首を傾げた。

「今更ですが、……現場を見ていて、何か、事実が合ってない気がするんですよね」

●

どういうことだ？　と正純は御広敷を見た。
すると彼が、南の方を指差す。

「沿岸部に、臨時の拠点やバリケードが設けられているのは、小生も見ました。実質、その建築を手伝ったりもしています。ファースト派の上の方はそれを避けましたが、やはり時短として現地の人足の確保はありますからね。現地スタッフ、ということで参加しました」
しかし、

「先ほどちょっと輸送艦の試運転で見てきましたが、まだそれらの拠点、警備の兵士以外、入っていないんですよね」
あ、と声を作ったのはクロスユナイトだ。

「サード派の戦士団から聞いた話では、ファースト派は今夜、明日のための最終的な集会を行うので、一度ロンディニウムに集合とか」

「……そのあたり、こっちも聞いているが、実際に行動されると随分と悠長だな。いや、この時代はこれでいいのか？」

「通神インフラが未熟だから、実際に集合しないといけない、ということ？」

「ええと、でも、インフラ系は〝補正〟しているのであります？」

「どうかしら、打ち合わせは顔を合わせて、みたいな、効率的ではない方法に意味を感じる、というのは、確かにあると思うわ」
待て、と己は声を掛けた。皆に対して、

「……私達、今、何を懸念している？」

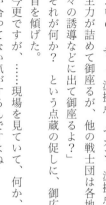

「上手く出来すぎているものに対して、それはどうかな？　と思ってしまうのが小人の行いなのですよ。——ですねえトーリ様」
　そして、

「平静を保っているものに対して、ホントにそうかな？　と思ってしまうのもやはり小人の行いなのですよ。——そうですねトーリ様」
　そう言った上で、ホライゾンが言った。

「英雄は任せておくのが〝大人〟だとしたら、小人はどうすべきですかねえ。——おっと、いいこと言いましたホライゾン」

「あれ!?　最後も俺に振るんじゃねえの!?　違うの!?」

「おっとツッコミ遅かったトーリ様、**ピレレレレレレレレ**、トーリ様の大人ポイントが32下がってショタ扱いになります」

「……マジ？　浅間もミトツダイラも、期待していいのね!?」

「正純！　正純！　早く止めて下さい！」
　どういう流れだ……、としみじみ思いつつ、言うことにする。

「良い方に考えよう」

「いきなり不安な出だしだな……」
　やかましい。清正も何度も頷かなくていい。

「ともあれこういうことだ。
　——明日の未明あたりにアングロサクソンの襲名をした飛竜達がこのブリタニアに来る。
　そしてアーサー王のアングロサクソン撃退の歴史再現が行われる」

「——勝敗は流動的で、でも、政治的なところや、戦力的なところを鑑みて、恐らくアーサー王側が勝利すると、そうなっていますのね？」

「Ｔｅｓ．、竜属はこれから本土でトゥール・ポワティエ間の戦いに臨むのだえ。その際、英国が中立を翻して挟撃、または援軍に来ると厄介。ゆえに竜属は英国を押さえておきたいが、別にそれは実質支配ではなくとも、戦力を削ったり、警告でも充分であろうよ」

「実際に英国を支配しようとすれば、コストが掛かる一方で、欧州本土中央を押さえている竜属には、あまり旨味《うまみ》が無いのでありますね。中間貿易など生じない、お荷物を抱えることになるのであります」

　だとすれば、

『――政治的に済ますならば、ハイダメージ・ハイリターンの逆を行うんですよ。
　ローダメージ・ローリターン。
　アングロサクソンの侵攻は竜属と談合の上、なあなあで済ませてローダメージで。
　その上で〝英国は疲弊したので、以後も本土の対竜戦線に関与しない。中立を続ける〟として、ローリターンですが、平和を得るんです』

　そうだなあ、と己は思った。
　これはいろいろと辻褄が合う。

「ペリノア王がいる意味が、これで解るな。――ペリノア王は天竜で、恐らくは竜属側からの、英国の中立を見届ける監視役だ」

「だとすれば、アングロサクソンの襲撃において、飛来してくるのは、天竜抜きの地竜達ではないでしょうか。お互いの妥協で済ませるなら、大戦力を英国に割く意味はないからです。天竜としてペリノア王がいれば、〝天竜が指揮を執り、参加した〟という言い訳が竜属側にも立つ事になります」

「――ここまで一言で」

「ネシンバラ様――！」

「ほほう！　つまり一言で言うんだね!?　じゃあこうだ。――**超よく出来てるね!!**」

「カレッ！　ペッ！」

「ちょっとネタ回し早くない!?　どうなの!?」

「お前、少し美味《おい》しいとか思ってるだろ。

——でもまあ、ここまでの流れは推測だが一巡説明出来ると思う。ここにこれ以上推測を重ねるのはやめよう」

ではどうするか。

「——おかしな箇所があると思う。それは何だ？」

●

メアリは手を挙げた。これは自分が言わねばならないことだからだ。

皆が自分を見ているという、そのことに会釈を返し、英国王女として己は言う。

「アーサー王が誰か、決定していません。それなのにアーサー王のアングロサクソン撃退の歴史再現を進めれば、他国から追及されるでしょうし、竜属にもつけ込まれます」

●

「……私達の知る歴史では、アーサー王は三派の持ち回りとなりますのよね？」

「それが決まるのが、今夜ということですの？」

ええと、とアデーレが首を傾げた。

「確か、スリーサーズさん、……今夜はロンディニウムに向かうんですよね？　ひょっとして三派持ち回りの決定会議を行うのでは？」

「どうするで御座る？　時間的に、まだスリーナンタラ殿は御在宅で御座ろう。チョイと走って確認してくるで御座るか？」

「いや、通神あるからな。それに直接聞いて答えがくるとも限らん。——なので、ちょっと搦《から》め手《て》で確かめてみよう」

●

『失敬、パーシバルの御宅《おたく》ですか』

『Ｔｅｓ．、ってアレ!?　アレえ!?　自分、通神のアドレス教えてないはずであるよね!?』

『あまり詮索すると貴殿が表示枠内においている〝Ｔ―Ｔ〟っていう情報封《フォルダ》を外にバラすぞ。――ともあれええと、何だ、単刀直入に聞くが、今夜、ロンディニウムに行く予定はあるか？』

『……………』

『いや？　無いであるよ？　スリーサーズ殿は向かわれるそうであるが……』

『コイツ、ホントにハブられてんのかよ……』

『どういう意味であるか――……!?』

『あー、まあいい、解った、感謝する。じゃあな』

『オイイイイイイイイ！　何も解らないであるよ!?』

「三派持ち回りはここで決まらないっぽいぞ？」
言って、自分は、ある可能性を思った。
それは、何もかもが終わってしまうようなこと。
最悪の可能性だ。だがその前に、皆に聞いておく。

「――懸念があるヤツ、いるか？　何かおかしい、と思ったことがあれば言ってくれ」
あ、と手を挙げたのは浅間だ。

「このところで、〝後々使えるように〟と、旧派のファースト派からそんな依頼があって、インフォメーションポストを各所に納品してるんですね。設置は恐らくアングロサクソンの襲撃以後という事で、置き場を確保してそこに積む、みたいなやり方なんですが」
でも、

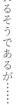

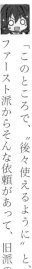

「置き場が、沿岸部にあったり、沿岸からロンディニウムへの導線上にあったりで、……これから襲撃で戦場になるかもしれないところに、置いていいのかな、って」

「……？　どういうこと？　無頓着ってことか？　それともまさか、こっちのサービスだから戦闘で喪失してもどうでもいい、とか？」

「敵への障害物でしょうか？　インフォメーションポストは、防護障壁の基盤にすることは出来ますが、そのような設置はしていないのですよね？」

　んー？　と皆が疑問の声を作る。が、そこで直政が手を挙げた。

「——すまん。あたしも、似たようなのが一つあるさ」

　あのさ、と彼女が告げる。

「あたし、下の駆動系とかを見てるんだが、英国の下側、ピラー部分に防衛拠点がほとんど設けられてないんさ」

「下？　どういうこと？　下側は迎撃を捨てた、って事かな？」

「……穿った見方をすれば、なあなあで済ませるので、そこまで戦力を投入しないとか、遠距離を飛行してきた飛竜達を休ませる場所として下を開放、とか？　ですか？」

　正純は、即座に通神の表示枠をツキノワに開かせた。

　呼び出す相手は決まっている。それは、

「浅間！　スリーサーズを！」

「あ、はい、地元の通神帯に強制侵入します！」

　こちらは上位権限だ。だが、

「——正純!?」

　声が来た。

「スリーサーズさんが見つかりません！　通神など、シャットダウンしてます！」

第五十三章
『夜景の警備人』

私は貴女に
さよならを告げて
しかし私はそれに
気付かない
配点（正面すれ違い）

●

有り得るのか、とは思わない。
トーリは、正純が視線を向けてきたのに応じ、二代へとこう言った。

「おい、女侍、通神使えないんじゃしょうがねえ。ちょっと行って来いよ」

●

二代は三十秒でサード派拠点に到着した。
二代は自分のミッションを理解している。サード派拠点の表扉をノックして、

「頼もう！　スリーサーズ様は、いるで御座るか！」

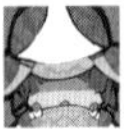
「はあ!?　今、何時だと思ってんだ！」

「午後十時十二分三十二秒に御座る！　正解なので入るで御座るぞ！」

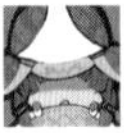
「うあああ勝手に入ってきた！」

「失敬！　御邪魔《おじゃま》するで御座る！」

挨拶したので、勝手に入ったことにはならぬで御座ろう。
ともあれ中に明かりが点《つ》いて、幾つもの人影が出てくる。だが、

「スリーサーズ様はおられるか!?」

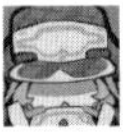
「いや、スリーサーズ様はロンディニウムに向かわれたぞ？　そちらは一体、スリーサーズ様に何用で？」

「何用？」

「…………」

「？？？」

「あの、正純？　サード派拠点に挨拶つけて乗り込んだ二代から、スリーサーズさんが不在というのと、サード派拠点に何用で向かったのかと質問が」

「あの女……」

「スゲエよ……」

「あー、うん。Ｊｕｄ．Ｊｕｄ．、二代、有り難う。こっち戻ってきていいぞ？　そう言っておいてくれ」

「――で、スリーサーズはロンディニウムに会議しに向かったのね？　だったらその会議が終わるまで、現状はこのままなんじゃない？」

　ナルゼは、とりあえず素直にものごとを捉えるようにした。あまり深入りしても仕方ないことはあるし、それを決めるのは自分ではないのだ。

「でも、連絡断ってまでの会議って、何をするんだろ」

「戦前交渉が可能であれば、アングロサクソン側の代表であるペリノア王と話し、例えば貢献物や条約締結による講和を結ぶことも可能です。つまり、このぎりぎりの段階で、更なる譲歩を狙う、と言った処ですね」

　と、一応これも説明がつく。

　じゃあ大丈夫かなと、思うのは、説明がつかない不審が今のところ一つだけだからだ。

「アーサー王が未決定なのに、アングロサクソン襲撃の歴史再現が始まる……」

　正純は何かを発想しているらしい。恐らく、メアリも同様だろう。

　だがきっと、それは物騒な内容だ。ここで軽々しく言えないこと。総長が促し、サード派拠点にて二代を派遣したが、それでも明確になったとは言いがたいこと。それは、

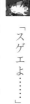

「……あれ？」

「どうしたの？　浅間。この前描いた〝輸送艦内でおとなしくしてるかと思った？　残念！　仮本舗で蓋外しです！〟のプレビューを見たの？」

「見てないですよ……！」

「三冊買います！」

待て待て、と浅間が娘の両肩を叩いて制する。その上で、

「マーリンのシステムが縮小してます。これ、ロンディニウムから、通神〝帯〟ではなく通神の線が数本出ているだけで……」

「現状の態勢を縮小？　もしくは変更？」

「……確かに、アングロサクソンの撃退後、ブリトン人がアングロサクソンを襲名したならば、このブリタニアもアングリアと名前を変えることになります……」

「だから事前的に、アーサー王の襲名関係も縮小。マーリンも閉じていく、ということなのですか？」

ああ、そうね、と己は思った。

「これも一応、説明はつくのよね」

言うと、皆がこちらを見た。だから自分は、一つ嘆息をつけて、こう言った。

「あのね？　今、皆、いろいろ懸念してるけど、アーサー王の決定どーすんの、ってこと以外、説明がつくのよね」

言いつつ、己は手にしたペンを軽く振った。意味はない。ただ自分としても、これから言うことに対し、心が手持ち無沙汰なのだ。だが、一つハッキリ言える事がある。それは、

「アーサー王の件以外、説明はつくわ。でもね？　――**アーサー王の件に説明がつかないなら、他の全部、説明がついてないことになるんじゃないの？**」

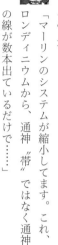

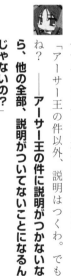

「正純様、――考え込んでいても仕方がありません。ここは一丁、知っている人に突撃インタビューと行きましょう」

「おいおい、誰だ？　知っている人と言うと――」

「チョイとここの近所に聖剣守って頑張ってるセカンド派がいたではありませんか。そこに行きましょう」

　いいですか。

「今、正純様は、〝全ては整合性がある〟という考えで済ませられないかと考えています。しかし、〝全ては整合性がある〟でいいのならば、ホライゾンも、メアリ様も、他多くの人や国が、駄目になっていた筈なのです」

「――正純様、私もそう思います。この流れは、妙です。そして私は、確証が持てませんが、スリーサーズ様にたびたびこう感じているのです」

　それは何か。

「この方は、何処か、嘘をついているのではないか、と」

「またそれは思い切った意見だな」

「Ｊｕｄ．、自分でもそう思います。しかし、〝それ〟が何かは解りませんが、今の状態も同じです。何処か、嘘があるのではないかと、皆さんそう感じているのですよね？」

「――行こうぜセージュン。俺が行こうって行ったらオメエは行かざるを得ねえだろうけど、でも、オメエだってそうだろ？　だからこう言ってやるよ。何かあったら俺が謝ってやっから、向こうのドア開けるときの言い訳考えとけ、ってな」

「偉そうに言うな馬鹿。もう遅い」

「何がだよ？」

「Ｊｕｄ．、――二代を先にセカンド派の拠点に向かわせてるからな」

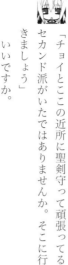

二代は三十秒でセカンド派拠点に到着した。
二代は自分のミッションを理解している。セカンド派拠点の表扉をノックして、

「頼もう！　パーナンタラは、いるで御座るか！　正純の使いで、輸送艦に戻る途中でキュンと方向転換してきたで御座る！」

言って、少し考えた。

「呼びつけ失敬！　頼もう！　パーナンタラ殿は、いるで御座るか！　正純の使いで、輸送艦に戻る途中でキュンと方向転換してきたで御座る！」

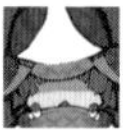
「はあ!?　今、何時だと思ってんだ！」

「Ｊｕｄ．！　さっきそれで入れたので、今回も入るで御座るよ！」

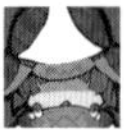
「うわあああ言い訳無しで勝手に入ってきた！」

ミトツダイラは、セカンド派の拠点に入った事はない。ただこの二週間ほど、この地を仕事で行ったり来たりしていれば、何度も見るし、麾下にしていた戦士団などは雑務として行き来もしていた。
それは内地寄り、自分達がいる湖の土地から、山間部の集落や、ロンディニウムと他都市の間となる中間点の森に存在した。位置としては、

「王賜剣が刺さっている森の、裏ですのね？」

道理で、王賜剣を見に行ったとき、パーシバルがすぐ現れた訳だ。
木造の拠点の見た目は二階屋。サード派拠点の建物よりも低いが、しかし横に広く、

……下は、市場になってますのね。

各地の中間点として、中立的な市場になっているということだろう。ハイディなどは来たこ

とがあるようで、自分達の集団がちょっと迷い気味なのを先導するように行く。

「流石に戦闘前となると静かだなあ、と思ったけど、……やっぱり、倉庫とかの中身は残してるね。悠長というか、戦時に配給する備蓄のつもりなのかな？」

と言って、開きっぱなしの門を潜ると、明かりの点いた拠点の前に人影があった。

食事中の二代と、建物の外でこちらを待っているパーシバルだった。

「どういうことですの？」

「おお、正純、皆の衆、――ちゃんと話はつけて御座るよ？　安心されよ」

「え？　話……？　って、……ええ!?　あったっけさっき!?　無かったであるよね!?　ね!?」

二代が無視して野菜と肉を挟んだパンを食っているのが凄いというか凄い。こっちも皆で頷きつつ、

「二代の心の通神電波が届かないとは……、駄目なパーシバルがいたものね……」

「まあ、漫画とかで描かれるパーシバルは大体がパワー押しだったり口だけの残念キャラだからね……」

「何か酷いことを言われとるよ！」

だがこちらとしては、気になることがあった。

「パーシバル卿《きょう》？　これから何処へ行きますの？」

彼は、重装だった。ストールを肩から掛けているものの、その下には術式の符や、触媒らしき紐、そして短刀などが幾つも仕込んである。

「迂闊に転ぶと大怪我《けが》だ……」

「流石は夕様！　見事なツッコミで！」

「あー、すまん。パーシバル、お前、……あ、すまん、お前とかまた言ってしまった。これから何処に行くんだ？」

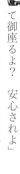

返答は、何となく、解っていた。

「……ちと所用で、ロンディニウムに」

Ｊｕｄ．、と己は思った。何となく気づいていたこと。そして正純やメアリが黙っていたことを、察したのだ。そうだ。これはつまり、

「——最悪じゃねえの？」

同じように真実を悟った我が王の言葉に、頷くしかない。

「——ロンディニウムで、何もかもが失われますのね？」

●

メアリは、一歩を前に出た。今、ミトツダイラが言ったことは、あって欲しくない真実だ。

しかし、まだその意味が確かめられていない。

皆も、多くは戸惑っている。何が失われるのだろうか、と。

故に自分は問うた。重装備のパーシバルに対し、

「——ロンディニウムに行って、スリーサーズ様とワンサード様との会議に参加するのですか？……いえ、そのようなつもりなら重装は必要ありませんね。

つまり貴方はロンディニウムに行き、何かを止めようというのです」

「いや、それは……」

と言いかけ、パーシバルが首を横に振った。

「正直、自分が止められるものではないものと思うのであるよ。ゆえに先ほど、麾下には今後の指示を出してきたのであるな。それは——」

「大体は解っている。貴方の出した指示の内容は、こういうものだろう」

正純が、こちらの横で静かに告げた。

「〝アングロサクソンの侵攻は解釈によって終了。実際においては発生しないこととなる。ゆえに総員待機で一日を過ごし、体制変更の知らせを待て〟——と」

境界線上のホライゾン
Horizon on the Middle of Nowhere

「……どうしてそれを!?」

疑問するまでもない。三派と付き合いを持ち、全体をよく考えれば、解ることだ。

「アングロサクソンの侵攻を止める方法は二つあります。

一つは、アーサー王を起《た》て、準備をして、アングロサクソンを迎撃して果たすことです。

しかし、現状ではアーサー王が誰か決定していません。そして今夜、ロンディニウムでは、アーサー王が誰かを決する議論は行われないのです」

ならば、と己は言葉を繋いだ。

「アングロサクソンの侵攻を止めるには、もう一つの方法しかありません。

――アーサー王の歴史再現を終わらせ、アングロサクソンの侵攻が〝あったこと〟にするのです」

つまり、

「アーサー王物語の終わり、モードレッドの反乱によってアーサーが倒れればいいのです」

●

「アングロサクソンの侵攻は、アーサー王側と竜属側の二者間で成立出来るもので、両者合意なら竜属優勢の現在、解釈に異を唱える国もありません。

条件としては、以後、ブリタニアは対竜戦線への支援をしないこと。一方の竜属はブリタニアへは不可侵とする、と言った処でしょうか。

たとえ貿易が封じられたとしても、ブリタニアはアーサー王が倒れることで聖杯探求の歴史再現を開始出来ますから、欧州への影響力を保ちます。

一方の竜属側は、撃退されるはずだったアングロサクソン役の戦力を保持出来ます。

これは、ブリタニアにとっても、竜属側にとっても、今後数百年に渡る最善の選択でしょう」

自分よりもうちょっとファッションセンスの死んだ野郎の吐息を、点蔵は聞いた。

それは安堵に似た色を持っていて、ならばこそ、

「……事実で御座るか」

パーシバルがゆっくりと首を下に振る。

「――Ｔｅｓ．、今夜の内、ロンディニウムにて、スリーサーズ様とワンサード様が物語を終わらせるのであるよ」

メアリが息を詰める。が、自分は彼女を手で制す。するとメアリがこちらの腕を抱いてきて、つまり胸に腕が食い込んで、もっともっと！

「…………」

「――先を続けて下されパーシバル殿」

「Ｔｅ、Ｔｅｓ．？　――物語では、アーサー王と相打つモードレッドはアーサーの姉の子。ゆえにスリーサーズ殿が、姉としてではあるが、モードレッドを襲名するのである」

言葉がそこまで続いたところで、別の方から声が来た。

「……では、その二人、アーサーとモードレッドは、今夜どうなりますの？」

「……アーサー王は討たれ、モードレッドは行方知れずとなる、と」

彼の台詞に、皆が言葉を詰めた。そんな中で、ホライゾンがただ言う。

「Ｊｕｄ．、確かにスリーサーズ様は言いましたね。ホライゾンが、スリーサーズ様が犠牲になるようなことはないのか、と問うたとき、そんな事はないと。

――確かにモードレッドがアーサー王を討つならば、スリーサーズ様は〝犠牲にならない〟でしょう。そして彼女がその後、〝立ち去る〟としても、それは彼女の選択であり〝犠牲〟で

はないと言えます」

　しかし、

「コイツは一丁、叱ってやらんといけませんねえ」

「ワオ、ホライゾンがロジックで喋ってるよ……」

「今回の件、一大事だということね……」

「何かキャラ立て、ずるくない？　ちょっと格好良くない？」

「おやおや小物が何か言っていますよ。ともあれパー夫様、事の次第はどうなるので？」

「Ｔｅｓ．、アーサー王の襲名を可能とする二人がいなくなれば、もはやアングロサクソンの侵攻の歴史再現を起こすことは不可能。ゆえに竜属との解釈により、歴史再現は終了ということで、アングロサクソンの侵攻も止まる。

　そういう段取りであるよ」

　逆だ。

「……メアリ殿の時とは違うので御座るな」

「……え？」

　ああ、と己は思った。気づいて御座らぬか、と。

「メアリ殿がエリザベス殿を討ち、妖精女王の歴史再現を終えることでアルマダ海戦を〝あったことにする〟。――そういう流れに御座るよ、これは」

「点蔵様……!?　私達は……、いえ、私は……!!」

　言いたいことは解る。かつての神代の時代、彼女の襲名先であったメアリは、エリザベスを暗殺しようとしたという、そんな嫌疑も掛けられたのだ。

　だが今は違う。違うが故にここにメアリがいる。それは彼女も解っている。

「メアリ殿、落ち着くで御座る。まずはどうしたいか、それを聞くべき相手はそこにいるので

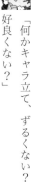

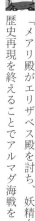

御座る」

　言って、己はパーシバルと向かい合った。

「…………」

「…………」

「初めて見たときから、他人とは思えぬ感があったで御座るが。――一つ聞きたい」

●

　点蔵は、自分と似た相手に問うていた。

「貴殿、スリーサーズ殿の何処がいいので御座る？」

「は？　それは、このブリタニアのことをずっと思い、頑張る姿が――」

「そうでは御座らぬ……！」

　己は、以前ナルゼが描いた説明図を掲げた。

「こんな重力に負けた存在の何処が良いのかと聞いて御座る！」

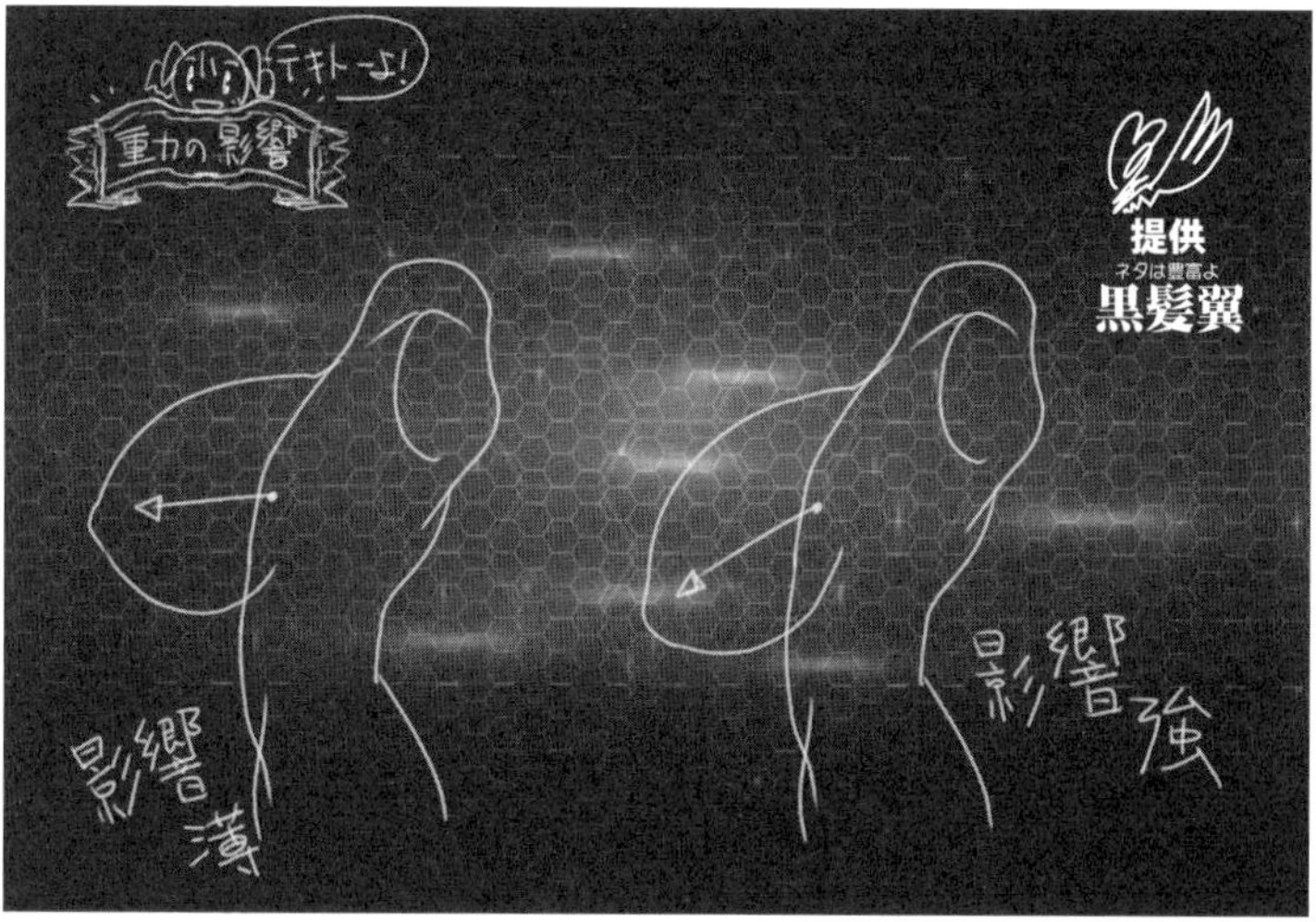

「それがいいんだ！」

「よくぞ申した!!」

●

「トーリ殿！　ウッキー殿！　この男、我らと同じで御座るよ」

「そっか。……じゃあしょうがねえな」

「やはり時代が違えど、姉の良さが解る者がいるのだな……」

馬鹿が言った。

「俺達は、生まれた時代は違えど、死ぬときは一緒だ。そういう仲だ」

●

「最高——！」（吐血）

「ビミョーにイラっと来ましたが、父が褒められているのだと解釈します」

「褒められてないと思いますのよ？」

●

「パーシバル殿。——貴殿、スリーサーズ殿がこのブリタニアのことを考え、頑張る姿が好きだと言って御座ったな」

「Ｔｅｓ．、それが何か？」

「引っかかったわね？」

「前に聞いたとき〝好きだ〟までは言ってなかったよね」

「ワアアー!!　好きなんだア——!!」

「ヌウウウウ！　悶死《もんし》したくなるとは正にこの事！」

「歴史書でパーシバルの項目に〝好きな人がバレて悶死〟とか書いてあったら、どこの三国志《さんごくし》の武将のバリエーションだって感じですよねえ」

「Ｊｕｄ．！　ともあれ忍術〝誘い告白〟完了！」

「点蔵様、私、英国でその忍術を掛けられなくて幸いでした……」

「…………」

「ホライゾン！　ホライゾン！　**カーッペッ**は一日一回！　いいですね!?」

「Ｊｕｄ．！　浅間様の止めが無ければ多用して、そこのマンネリで受けない芸人のようになるところでした。**アブナイアブナイ！**」

「俺、マンネリじゃないでええええす！　ウケてまあああああす！」

　ともあれ、という空気の中で、点蔵が言った。

「パーシバル殿、貴殿、スリーサーズ殿のいないところでは彼女を応援しつつ、しかし見ている限りでは、スリーサーズ殿自身に対して、別のことを言って御座ったな？
　そう、貴殿、彼女に対しては、無理をしないようにと、そんなことばかり言って御座った」
　その意味は、どういうことか。

「この案件、スリーサーズ殿が最終的な〝悪役〟を背負っていくもの。――そのために頑張る姿を好きだという者は御座るまい。つまり貴殿、無理をするなと、――彼女の無事を欲して御座る」

「では行こうかパーシバル殿。面倒な、……多分、メアリ殿の遠縁の親戚筋の方々を止めるのに、自分らも同意に御座る」

　点蔵は帽子を直した。既にこちら、準備は出来ているのだ。だが、

「貴殿達《きでんたち》は……！」

　彼が、一回頭を横に振った。

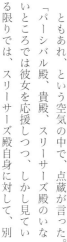

「危険である！　このブリタニアは、アーサー王の歴史再現を進めることで成り立って来たのである……！　それを今更、変えようなどという企み、何もかも敵に回す行いであるぞ！　――貴殿達、その危険と、意味が解っているのであるか……！」

「――メアリ殿」

言う。するとメアリが、一つの人影を横に置いて、前に出た。それは、

「――どうも」

「私と点蔵様の娘の、ジェイミーです」

「……ファッ!?　**娘**!?」

彼の背後、拠点の建物から声が聞こえる。

「エエエエエエエエエエ!?」

「何あのパーシバル様に似た男、赦《ゆる》せねえ!!」

「ああああああ溢死《いっし》のときは今こそ……！」

なかなか大反響だが、ここは武蔵上だろうか。ともあれ、

「……先ほど、ここに来る前、王賜剣の置き場に寄ってきました」

清正が、前に出る。彼女は大きく長い布の包みを持っている。

「まさか――」

清正が布を翻して正面に掲げたもの。それは大振りの聖剣だった。

「王賜剣。――私が抜いたものです。流体光の放出から見て、私を主として認めているのは解ると思いますが？」

「――」

「パーシバル様、アーサー王の資格が一体何だと言うのです」
　言って、メアリもそれを手に取った。清正から受け取った一振りは、彼女が扱っていた時よりも刃を強く光らせる。

『王賜剣の初代は、やはり王賜剣《Ex・コールブランド》一型のベース。一型と二型の混合であるカレトヴルッフに慣れてる清正より、メアリの方が出力高く行けるってことさね』
　メアリが、躊躇いなくその切っ先を地面に突き立てた。

「——何処の誰かも解らない者に引き抜けて、扱える程度のもの。
　この程度の資格のために、この地にとって大事な存在を二人も犠牲にするのですか？」

「貴女は……、一体？」

「〝湖の精霊〟です。——王賜剣を与え、受け取って直すというなら、当然のように王賜剣を抜く資格もあるのですよ」

　さあ、と彼女が言った。

「ロンディニウムに参りませんか？　大義名分は充分に有ります。ジェイミーにこの聖剣を掲げさせて、こう言えばいいのです。——セカンド派のアーサー王候補者が出た、と。現在の決定事項全てに異を唱える、と」

「しかし……、それを行えば、完全な抵抗となるであろう！」
　パーシバルが言ったときだった。彼の背後、拠点の扉を開け、幾つもの影が出てきた。
　セカンド派拠点に残っていた者達。恐らくはパーシバルから真相を聞きつつも、沈黙を義務とされてきた戦士団だ。

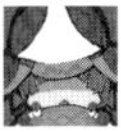
「パーシバル様！　ロンディニウムに行きましょう！」

●

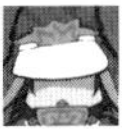
「我らここまで、ずっと中道を通して来ました！　ファースト派のような勇猛に憧れ、サード派のような奮起に同意し、しかし間に立つの

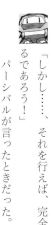

が本意と過ごしてきました！　しかし――」
しかし、

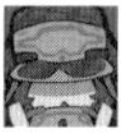

「我らの中道は、アーサー王を失うためのものではありませぬ！」

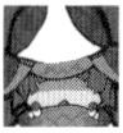

「パーシバル様！　我ら中道ゆえ、ロンディニウムに行きましょう！　我らのアーサー王を掲げ、二人のアーサー王を救うのです！」

彼らだけではない。拠点の逆側、サード派に通じる通りの方から、無数の足音が来る。灯火の術式も掲げたのは、

「サード派戦士団!?」

「あ、はい。――インフォメーションポストが立っていて、既に起動してる地域なので、さっきの会話とか、向こうに流しました」

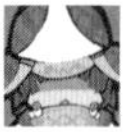

「Ｔｅｓ．！　さっき、時刻告げて勝手に入ってきた輩《やから》が、食い逃げしてこっち来たので追ってきたら、途中で通神がポストに入ってて……！」

「…………」

「結果よければ全てよし！」

「少しは反省をしなさい本多・二代……！」

だが、皆がここで合流する。誰も彼も、通神で、集合に間に合う仲間を呼び合いながら、

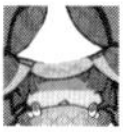

「パーシバル様！　我らサード派の戦士団からも御願いです！　スリーサーズ様がもし今言われたようになるならば――」

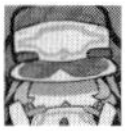

「――嫌です！　私達が思っていたこの地の未来は、欧州全土の行方は、少なくともあの方が生きている事が前提！

いなくなるのは嫌です……！」

「Ｔｅｓ．！　アングロサクソンの侵攻、あの方と、この地を守るならばともかく、守られて守れないならば、……今までの何の意味もありません！」

パーシバルは、夜空を見上げた。
二つの月がある。やや欠けているのは、少し、絵にならぬであるなあ、と思い、

「さてまあ……」

言った。皆に対し、広く言う。

「……行くのは構わぬであろう」

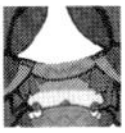
「……!!」

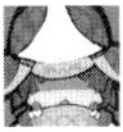
「……!!」

決まりだ。決まってしまった。もうここからは逃げるところがない。行くのだ。
だが、懸念がある。流石にここからロンディニウムは、距離がある。術式などで速度を上げられる自分ならばともかく、

「しかしこの大人数、どのように？　魔法の馬車でもあればいいのであるが――」

と、告げたときに、それが来た。
風だ。
上。空から、圧のように押してきた風が、一つの声を乗せていた。

「――おっと皆さん！　魔法の馬車はありませんが、小生達《しょうせいたち》が補修した透明な輸送艦はありますよ！　ロンディニウムの状況、恐らく竜属への警戒から、空にも防護結界を回しているのが検知出来ています。ゆえに近くまでとなりますが――」

空に立つ人影が、腕を組んで首を傾げ、こう言った。

「ババア救うのを手伝うことになるとは、小生もヤキが回りましたかねえ」

「ス、スリーサーズ殿はババアじゃないであるよ！」

「ハイハイ解った解った。そういう風に描くから安心しなさい」

「若く描いてもそれはそれで失礼では？」

第五十四章

『砦の挨拶役』

貴女が行くとして
私は見送るのか
貴女が待つとして
私は見送られるのか
配点（どっちだ……）

「……来ましたね？」

ペリノア王は、砦の中央広場で静かに言った。
周辺にいるのはランスロウと、ファースト派の戦士団達だ。彼らに対し、自分はしばしの別れの挨拶をしていたところだった。それは、

「貴方達、人類側が、どのような採決をしようとも、明日、アングロサクソンの竜属が乗り込んで来ることに変わりはありません。私は竜属であり、ペリノア王としては独自で動いている。ゆえに、――今夜これからここで起きる〝人の行い〟とは無縁。明日になったら、また会いましょう」

「――決着を、見てはいかぬのであるか？」

「決着は明日の竜属襲撃こそ、ですよ」

聞こえる。自分の耳に届くのは、テムズの向こう、約一キロの麦畑に何か巨大なものが飛来した響きと、

……これはまた、賑やかに来ましたね。

五百人ほどだろう。緩めの列を組んだ集団が、こちらに来る。その先頭には、

「〝湖の精霊〟が来ていますよ。彼らの装備、私が知るような素材でいて、しかし何処か知らぬ加工がなされていて独特の音がする。ああ、しかし――」

「しかし？」

己は、自分の耳を信じた。

「パーシバルの音が聞こえませんね」

パーシバルがいない。
まだ見えぬ接近の集団。それに対するペリノア王の指摘に、ランスロウは疑問した。

「パーシバルが来ていないだと？」
　おかしい。彼はこれから、このロンディニウムで何が起きるか、知っている。スリーサーズのことを意識しているパーシバルが、いざ事を起こすとなったら、来ていない筈がない。
　そうだ。己は知っている。襲名者達が集まったり、会議となった中、パーシバルがスリーサーズの近くにいて、胸を見たり、フォローして、胸を見たり、会話して、胸を見たりしていたが、

……馬鹿かあの男は……！
　あれだけ顔を隠していて、しかし視線は解るからどうしようもない。詰め所案件で地下ダンジョンに叩き込んでおけば良かったか、と今更思うが、襲名者だからな……。
　ともあれこちらに来ていないとなると、何か別の考えがあるのだろう。今はそれよりも、

「ペリノア王、早く立ち去るといい。――こちら、テムズの土手に展開が間に合うか解らないが、壁外の兵士達で門前を固めに――」
　という言葉を、己は失した。
　こちらに振り向き、頷こうとしていたペリノア王の向こう。篝火《かがりび》の揺れる光の前に、一つの影があったからだ。それは、

「パーシバル!!」

●

　ペリノア王の判断は、天竜としてのものだった。

　ランスロウがまた、随分と曖昧な示唆をした。

　だがその名前をここで聞くとしたら、意味は一つしか無い。

　ゆえに己は後ろに振り向くことなく〝層撃〟を叩き込んだ。

　相手の術式を剥がし、物理攻撃力を剥がし、速度を剥がし、重さも剥がす。様々な界層に干渉して放つ層撃は、

……以前戦闘した妙なシャーマンでなければ、何処までも剝がせますよ！

打ち込みながら振り向いた視線の先、そこには確かに、聞いた名前の男がいた。

パーシバル。

夜間用か、衣装がダークカラーになっている。いつもの、軽食屋のマットのような服飾センスではない。まあ有りか無しかで言えば無しであり、

「剝がしますよ！」

直撃した巨大な爪跡の軌跡が、パーシバルを多層に食った。

流体光が散り、彼の動きがブレて、そして、

「……！」

吹っ飛んだ。

その瞬間に、大気が破裂するような音が鳴る。食った多層の内、現実側に近い層に己の剝がしが入り、多重爆発したのだ。だが、

「……は？」

パーシバルが、いた。

否、確かに彼は前にいる。吹っ飛んでいく姿は、眼前にある通りだ。

だが、違った。

振り向いた自分の斜め後ろ。そこにいるのも、確かに見知った姿だった。

パーシバル。

「二人……!?」

思った瞬間だった。目の前、吹っ飛んでいったパーシバルの足元に、それが来た。

身を低く、広場の踏み固めた地面を間際にして飛び込んでくるのは、

「三人目のパーシバル……!?」

ペリノア王の判断は、間違いが無かった。

危険なのは、こちらの正面から来る三人目のパーシバルだ。斜め後ろにいる二人目のパーシバルから攻撃が来ても、上半身の動作で回避出来る。

　しかし正面から来るのは足元狙い。この場合、対処が遅れれば、攻撃を避けるために足の組み替えが必要となり、結果として斜め後ろからの攻撃を回避するための土台、つまり下半身が確かにならないからだ。

　危険である。ゆえに自分は反射した。この場合、どうすればいいかを、だ。

「上ですね」

●

　宙に人影の形をしたものが舞う。

　ランスロウの視界の中、見えたのは、高さ十メートル弱の位置まで上がったペリノア王の姿だった。

「跳ぶか……！」
　人の膂力《りょりょく》ではない。何しろ助走も何も無しの、戦闘中に放った垂直ジャンプだ。
　だが見事だ、と己は評価する。今、彼女は、斜め後ろと正面という二方向から攻撃を受けた。挟撃だ。しかしこの構図は、二方向とはいえ、平面的な動きでしかない。

「上に位置すれば、二手の敵は〝眼下〟にいるだけのもの！」

　そこからの〝層撃〟を、回避出来るものではない。

　戦場を立体化したペリノア王の勝ちだ。

　竜という、巨大な生き物が正体であるからだろうか。高さを考慮した反応が一瞬で出るのは、見事と言うしかない。

　そして彼女が上手いのは、あれだけの高さに跳躍しつつ、全力で跳んではいないことだ。

「……壁上に飛び出して、以前のシャーマンに狙撃をされては敵いませんからね」

先を読み、場を支配し、力を振るう。単純なことだが、簡単な事ではないと、そう思ったときだった。

「……ん？」

瞬間だった。

直上。二つの月の間から、いきなりそれが来た。眼下、こちら側に手を構えたペリノア王の頭上から、

「ペリノア王！　討ち取ったり!!」

一直線の刃光がペリノア王を直断したのだ。

●

「……届いたね！」

夜のロンディニウム上空を〝黒嬢《シュヴァルツフローレン》一型〟で通過した後、安治《アンジー》は一回手を打って鳴らした。

後方。確認用の魔術陣では、拡大表示の粗い画像だが、確かに清正が成果を上げていた。

彼女が、空中で王賜剣を振り抜き、ペリノア王を断ったのだ。

とにかく天竜をどうにかしないといけない。

ゆえにとった戦術は、不意討ちの連続だ。

まず最初に、輸送艦を上昇させてロンディニウムの内部を可能な限り確認。

だが近寄りすぎはいけない。ロンディニウムが有する対飛竜用の防衛システムが、ステルス状態の輸送艦を捉える恐れがあるからだ。

しかし、この防衛システムには穴がある。

「本土から英国に渡ってこられる飛竜は、当然のように大型種。ロンディニウムの防衛システムは、大型種対抗用で解像度が低い筈さね」

このことはパーシバルの確認証言からも正しいとされた。ならば、

「私が先行して偵察。ペリノア王の位置を確定するから、アンジーは清正を乗せて後続して」

そういうことだ。

ゆえに皆には、ちょっと遠くから突撃を行い、ペリノア王が砦の中で待機していても、迎撃に

出ざるを得ないような状況を作って貰った。実際には、元からペリノア王が広場に出ていたので、嘉明の一回目の偵察で全てが済んだ訳だが、

「そこから飛び込んでいける清正のトーチャンはスゲエなあ……」

●

清正は、相手を見ていた。

着地し、王賜剣を構える己の眼前、ペリノア王が膝をついている。その俯《うつむ》きの顔からは、今、彼女がどのような感情や、負傷状態なのかは、解らない。だが、

……打てるだけの手は打ちました。

嘉明が偵察に出たのと同時に、父とパーシバルが先行した。二人とも、豊の手によるステルス術式などを掛けられた上での出陣だ。

ペリノア王を討つため、謀る。

最初に突撃するのは父の役目だ。パーシバルに変装した上で、実像分身をもって攻撃する。

だが父の実像分身は二体が限界だ。初めの分身が討たれた場合、逆に回り込んだパーシバルとの同時攻撃に入る。

そして父達がペリノア王の気を引いているところに、自分が直上から一撃を入れる。

「第一にペリノア王を鎮圧してくれ。彼女は竜属の代表で、英国側が英国本位で動くのを止める役だ。つまり、――彼女を倒せば、英国は自由になり、自分の考えで動ける」

そのようにした。

意表を突かれたのは、ペリノア王が跳躍したことだった。父達が引きつけてくれたおかげでこちらは気づかれずに済んだが、攻撃タイミングなどはズラされた。ゆえに、

「――どうなさいますか、ペリノア王」

言う。

「先ほどの一撃、致命に至るものではなかったでしょう？」

小さな声が響いた。笑い声だ。
パーシバルは、身構え、ペリノア王を見た。
否、自分だけではなく、ランスロウも、この広場にいるファースト派戦士団も、皆がペリノア王を見た。そして、

「――面白い!」

顔を起こし、立ち上がった彼女の装備は、その中心部が縦一直線に断たれている。

「ここで、――もう一人のアーサー王候補ですか!」

「Jud.」

キヨマサとも、ジェイミーとも呼ばれていた〝湖の精霊〟の一人。王賜剣を構えた彼女が、ハッキリとこう言った。

「アーサー・トゥーサーズと、今はそう名乗りましょう。――意味は解りますね? ペリノア王、貴女の歴史再現として……!」

よくやったものですね、というのが感想だ。
こちらに一撃を入れて、倒し切れれば良し、そうでなければ、

「政治ですか」

「政治?」

「Tes.、解りやすいことですよ。――今、そこに王賜剣の持ち手がいる。私は、その王賜剣を折る歴史再現を持っている。
しかし、――まだ、そこにいるアーサー・トゥーサーズは、王賜剣を持つべきアーサー王とは確定していない。
私はここで、この相手を敵として戦えないのです」

それが向こうから突っ掛けてくるとは良い度胸だが、ここは納得出来る分がある。

「——私を恐れたからですね？」

「Ｊｕｄ．、戦力として見た場合、貴女が一番危険です。——このブリタニアを無視した動きを取ることも可能ですから」

「ならば良い」

自分は天竜だ。恐れたが故に人類が不意討ちという手を使い、そして己自身は凌いだ。その上で、ここは戦うべき流れではなく、己も負傷しているとなると、

「——正しく後日。その王賜剣を折る戦いを、致しましょう」

●

ランスロウの視線の先、ペリノア王が軽く手を挙げた。

それで決まりだ。

次の瞬間に、彼女の姿は流体光と共に消えている。

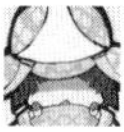

「あ……」

と皆が見た方向。頭上の夜空に、

「あれがペリノア王の竜身か……！」

白。流体光を羽衣のようにまとって揺らし、蛇体の大きな竜が、夜空に飛んだ。

行く方向は沿岸。そこで仲間達が明日の未明に来るのを待つか、

「……スリーサーズ殿とワンサード殿が決着し、全てを終わらせてしまうか、待とうというのであるな……！」

●

やはりか、とランスロウは思った。

パーシバルの叫びに、自分は彼を羨ましいと、そう思った。何故なら、

「己の願いを第一に動けば、このブリタニアが危機となるぞ……！」

己は対岸、フランク王国からの派遣だ。ペリ

ノア王が竜属側との繋がりを持つ代表であるのと同様に、自分は、本土側がブリタニアに関与するための代表だ。

　とはいえ実際の処、己には権限がない。歴史再現を執り行うにしても、英国にいる際のランスロウはアーサー王に対して概《おおむ》ね協力的で、後に敵対をするが、これも本土に行ってから決着となるのだ。

「……ゆえにまだアーサー王の決定していない今、自分はあまり役目を持たぬ。

　アーサー王への裏切りなどについても、今夜、そのアーサー王自身が失われるのだ。基本、アングロサクソンの襲撃が〝あったことになる〟のと同じように、自分の反逆も何もかも〝あったことになる〟。

　そして自分の存在は、本土側において、数々の騎士物語のベースが存在する理由となる。

　つまり自分は何もせずとも、名誉を穢《けが》すことなく、本土に戻って重用される。

　そうなのだ。だが、

「ランスロウ殿！　貴殿、このままでいいと思っているのであるか!?」
　己は思った。今、パーシバルは、自分とは違う存在なのだな、と。
　更に、一つの事実が発生した。
　表門の方が騒がしくなったかと思えば、

「開門――！」
　高さ五メートル。幅三メートルの大扉二枚が、その施錠術式や強化術式も含め破られたのだ。

●

　砦の内部で、奇襲があった。その事は、砦の外や、ロンディニウムの内外に構えていたファースト派戦士団にも伝わっていた。更には、

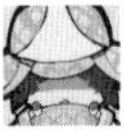

「セカンド派が三人目のアーサー王候補を立ててきた!?」
　清正の名乗りが、砦の外に届き、ざわめきとして市街の内外へと伝わった。
　その時にはもう、セカンド派、サード派の突

撃がテムズ川を通過している。

　誰ももう、橋を通る事はない。魔女が川を道として先に行く。魔女は〝湖の精霊〟なのだ。ならば自分達はもはやアーサー王の物語の一員であり、

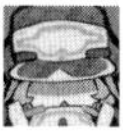

「恐れることなくロンディニウムへ！」

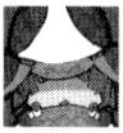

「川を渡れ！　死と生を分ける川を！」

「——急げ、我がアーサー王を救うのだ！」

　だが、土手を越えるところで迎撃が来た。

　川からの登りを障壁として、その上に盾を構えたファースト派の市外警備隊が布陣したのだ。

　誰も彼も、身内と言えば身内だ。ゆえに万が一、明日、アングロサクソンを名乗る竜属の襲撃があれば、共に戦う共柄《ともがら》だ。

　お互い、剣などを使えない。今出来るのは、盾を用いた激突となる。

　斜面の上にいる方が有利だ。

　下に押す力によって、川から上がって来たセカンド派、サード派の面々は、失速して倒され、後ろを巻き込み停滞する。しかし、

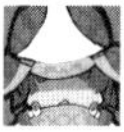

「集中して突撃しろ……！」

　集団を組み替え、五列の狭い縦隊を作る。対するファースト派は笛を鳴らして隊列を組み、

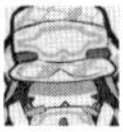

「倍の十列で壁を作れ、土手を通すな！」

　叫び、皆が呼応した。ここを通さない。そのつもりで総員が構え、土手の方へと全体を詰めていく。

　その時だった。川面《かわも》の方から、笛の響きが来た。それは、

「——吶喊です」

●

　何がだ、とファースト派の面々は疑問した。

　今、サード派もセカンド派も、河原にて停滞し

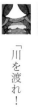

ている。彼らは五列縦隊を組んだが、こちらはその倍の幅で構えているのだ。

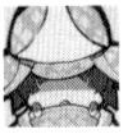

「堪え、上から包囲しろ！」

包み込み、押さえ込んでしまえば勝ちだ。故に急ぎ、先頭列から盾を構え、一斉に土手を下る。

その瞬間だった。

敵が来た。足音を生み、勢いをつけ、盾を持っての激突は吶喊だった。

だがその方向が違った。これまで通りの川面側、下からかと思えば、

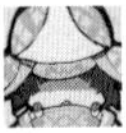

「側面!?」

土手上を、高速で突っ走ってきたセカンド戦士団に、横撃を食らったのだ。

●

この戦術は宗茂の考えたものだった。皆に、ロンディニウムに届くほどの大きな音を立てさせて、最短距離としての川面を通って街へと吶喊する。だがその一方で、伏兵を走らせる。

「セカンド派の戦士団が、やはりパーシバル様麾下というだけあって、レンジャー系なのが幸いしましたね」

選抜した二十人。両の腕に盾を持たせ、行かせたのはテムズを渡る橋だ。

ロンディニウムに向かう主力が川面の通過を選んだということで、橋の警備は土手上に移動していた。

彼らを自分が挨拶打ちで自然に倒し、続く選抜隊が土手上を疾駆した。

セカンド派の選抜隊が巧妙だったのは、ファースト派の識別灯火を知っていたことだ。それによって、橋から横撃を入れるまで、まるで橋の警備隊が増援として駆けつけているように見せかけた。これで、ロンディニウムの市壁からの監視も欺き、吶喊したという訳だ。

そして、彼らの行う横撃は、単なる打撃ではない。両腕に持った盾で左右に壁を作り、当て

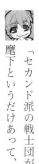

ると言うよりも抜けていく。つまりは、

「敵の前衛と、続く集団を分けるのです。それも、土手上の、縁となるあたりで」

盾二枚を楔《くさび》のように構え、両側への壁として凌ぎ抜けていく。敵は土手上で渋滞しており、防ぎ切れない。そもそもが、真横からの突撃だ。盾を構え直すだけでは足りない。

果たして敵の前衛と続く集団の間に、赤の戦士団が介入した。鉄の音、木を打つ響き、そして荒い息を重ねて、

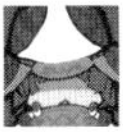

「来い！」

呼び声に、川面の五列縦隊が反応した。

今、彼らを包もうとしていた敵の前衛は、分断されている。厚みとしては、よくて四行分。五列の分厚い縦隊の吶喊を防げるものではない。

一気にサード派を中心とした戦士団が、土手を駆け上がる。そして、

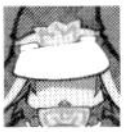

「おお……！」

土手を上り切れば、あとは下りしかない。

構図が逆転する。

敵の集団は、土手上で分断され、迷っていた。横撃を食らった最前列は戸惑い、しかしそれが後続へのストッパーとなっていた。

そこに、土手を越え、サード派の戦士団が突っ込んだ。

迷いはバランスを崩し、土手の下り方向へと全体が傾き、

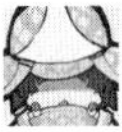

「うぁ……！」

全体が、広がるように後退。その中央をサード派戦士団が押しのけ、突き抜けていく。

それは、速度を上げていき、

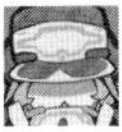

「ロンディニウムが見えたぞ!!」

武蔵勢はサポートに徹した。

これはアーサー王の物語として、語られぬこ

とであろう。だが、

「英雄達とは、無名でも、それに相応しければ構わないのよね」

　ロンディニウムの門が閉じていく。そこに皆が走って行く。誰も彼も、この数週間で自分達と関わってきた者達ばかりだ。

　成実は知っている。彼らの全てが、今はもう、この英国のことを思う人々だと。

　自分達が補正を〝補完〟のレベルで行い、彼らはしかし、自分達を必要としないほどになったのだ。

　現在、誰もが英国の未来を思い、誰かを案じ、自分で考えて動いている。

　脚本のようなものは、もはや無い。

　自分達の行動は、これが最後のお節介だろうか。だから、

「湖の精霊が、人々に道をつけるわ」
　己は、背後に突撃の地響きを聞きつつ、門の前に出た。両の手に顎剣を召喚し、

「キヨナリ」

「――Ｊｕｄ．、格好良く行こう」
　ええ、と頷き、己は両の門に顎剣を叩き込んだ。機械仕掛けで閉まろうとしていた両扉の中央を、長い刃が水平に割り、その中央に彼が、

「拙僧激突……！」
　当たる。竜砲を利用した加速器の光を、久し振りに見た気がする。
　ああ、と己は思った。こういう騒動に参加し、自らが望む方へと道をつけることを、己は恐らく楽しんでいる、と。

「久し振りね」
　応じるように、門が中央から割れた。
　警報が鳴る。そして木々の張り裂ける音は、何処まで届いているだろうか。

いい音だったわねえ、とナルゼは吐息した。

このところ、派手な魔術を使っていなかった。つまりは破壊したり飛ばしてない。だけど、

「箒《ほうき》無しでも結構行けるもんだな！」

「術式の安定性は無くなるけどね。でもまあ、結構行けるもんだよ」

と、マルゴットが右の掌《てのひら》を軽く振る。先ほど、砦の門を破壊するのに決め手の一発を撃ち込んだのが彼女だ。

掌というか、その空間に術式を魔術陣で展開し、発動する。魔女にとっては最終手段ともいえる発動方法だ。反動が掌に直撃するので、緩衝として別の防護術式を挟むようにする、というのはマルゴットがかつて六護式仏蘭西《エグザゴン・フランセーズ》の森林内で戦闘したときの反省によるもので、

「私が力を誘導すれば、さらに威力は安定の上で強化ってことね」

砕いた門をくぐって入ると、そこは牽制の場だ。

遠く背後では、ロンディニウムに皆が突入してきた事を示す幾つもの音が来る。足音、掛け声、地響きや、町の建物の構造物などが揺れる震動。そして、

「さて、どうするの？」

こちらを遠巻きに低く構えた警備の戦士団に囲まれつつ、自分はある相手を見た。

襲名者。ランスロウ。

現場的には、人数からしてこっちが不利に見える。だけど数分もすれば形勢は逆転だ。自分達は彼らを手引きして、

「――言っておくけど、主役以外は舞台から下がろうか、って感じでさ。でも、〝湖の精霊〟としてやることはやるからね？」

「Ｊｕｄ．、こちらには介入のための大義名分もあります！」

という清正の台詞に、己は思った。メアリの

娘、気丈な女王候補って感じで描くのがいいのかしら、と。ジャンルはどうなるのかしら。女騎士じゃなくて、女女王。違う。二重に意味がカブってる。

「さっきからナルゼ殿、何で清正殿に視線を向けてるで御座るかなー？」

父親ムーブが来た。だが、

「――ランスロウ殿！」

点蔵モドキが問う。

「今、ここが、最後の機会になるのかもしれぬのであるよ……！」

彼が叫び、竜骨の自動人形が顔を向けた。そして、

「パーシバル。私は――」

『そろそろそっち、クサイ台詞で何かまとまる御時間ですか？　こっちはシャベルで土掘るみたいに戦士団をラッセルしてますが』

そのまま過ぎて素晴らしいわホライゾン。だが、

「――突然の変更を許す気は無いわ。私達にも、陛下達にもね」

砦の扉が開き、ベディヴィアが姿を見せた。

●

「全ては今の所、かねてから決めていた通りに動いているの。何もかも、感情なども織り込み済み。――結果として、このブリタニアは最小限の犠牲で護られ、しかも私達は欧州本土よりも有利な立場となる。――聖杯探索で、ね」

そこまでを告げて、ベディヴィアが苦笑した。

「それが何？　いきなりの情に流されて、無かったことに？　だとすれば、これからどうするの？　明日は、本土から竜属がやってくるのよ？　とりあえずは口裏を合わせた形で。

――でも、このブリタニアを攻める流れになったならば、彼らは容赦をしないわ。

そうなったときの犠牲は？　被害は？　誰が責任を取るの？」

さあ、と彼女が言う。

「明日のために。明後日《あさって》のために。もっと先の未来のために。——ここを耐えなさい我が戦士団！　私達の役目は、そこにあり、そこで終わり、そして……」

一息。

「安堵と共に、英雄を悲しむことで、アーサー王の物語を成立させるのよ！」

言って、ベディヴィアが更に叫んだ。

「我ら未来を掲げ、過つ事なき物語の住人!!」

その言葉に、ファースト派の戦士団が続いた。それぞれは迷いを持っていたようだが、それを振り払い、

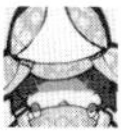

「我ら未来を掲げ、過つ事なき物語の住人!!」

「我らアーサー王を慕い、ゆえにその望みを尊ぶ者！」

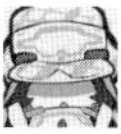

「我らアーサー王を慕い、ゆえにその望みを尊ぶ者！」

そして、

「全て終えて泣くとき、私もケイも、同じであろう！　そして無念と共に聖杯を探しに行く私達を、お前達は見送りもせず、ただ忘れればいい！　全てはアーサー王の物語なのだから！」

「Tes.……!」

おお、と沸き上がった声を、パーシバルは聞いた。

……覚悟であるか。

ファースト派の戦士団も、そのほとんどは、今日のことを初めて聞いただろう。だが、ベディヴィアやケイ達の態度や、ワンサードの人となりから、ある程度の事は察していた筈だ。ピースがハマったと、そういう感覚に違いない。

彼らの長は、身を犠牲にしてこのブリタニア

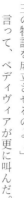

を救おうとしている。伸《の》るか、反るか。その判断に対し、ベディヴィアやケイという上役が伸り、促した。

「依存の誘導ではありませんか……！」

　言う声は、確かにその通りだ。だが、多くの人々はそういうものだと、セカンド派の中道を治めていた自分は知っている。多くの人々は、責任をとることも出来ず、また、何をすべきかの正否も、出来れば他に委ねたいのだと。

　だから中道なのだ。何もかも、平穏であるには、多くの現実を外に任せるのが最適。しかし、

「ランスロウ殿！」

　呼びかける。この自動人形の襲名者は、役目として見た場合、ブリタニアの生え抜き勢に対しては浮いたような存在だったのだ。だから、

「――貴殿のような御仁が、大事な者を失う事を是とする、そんなやり方に付き合う必要は無い……！」

「パーシバル」

　応答が来た。それは、大剣アロンダイトを眼前に立て、構えるもので。

「――すまぬ」

「何故であるか！」

　その問いに、ランスロウは思案した。今、自分は、間違っているのだと。

　どうせあまり期待されずに送り込まれたような身だ。ここでブリタニアの流れに反しても、問題は無いだろうと、そう思う。だが、

「意味だ」

　己は言う。

「ここで下がれば、自分は、何でも無いものである自分を、認めてしまう」

「――――」

全く。そのような格好なのに、感情と表情の解る男だから困る。自分には恐らく、そのようなものが無いのにな、と、そこまで考え、言葉を続ける。

「今夜で、ひょっとするとアーサー王の歴史再現は終わる。または、変わる。そんなときに、何でも無いものになれと言われたら――」

言った。

「自分は、何の人形であるか」

「人形ならば、何かの、形を、示してこそだ。――それを無くしては、自分は形だけの襲名者となり、ランスロウを名乗ることは今後出来まい」

「ランスロウ殿……」

と、パーシバルは言葉を吐いた。

同じ襲名者として、解る部分はあるのだ。自分もまた、パーシバルという名を持ちつつ、アーサーたらんとする者を救うのを躊躇った。

何を己の形とするか。その差と、そうしようと思ったタイミングが、ランスロウと自分では違うだけなのだ。だが、

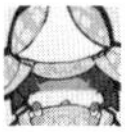

「総員構え――！」

ランスロウを中心に、こちらに対し、ファースト派戦士団が構えた。砦の脇口から出てきた者達を含め、二百人は下らない。それが列を作り、

「勝負……」

と、ランスロウが身構えた時だ。

「アー、ちと悪ぃ悪ぃ悪ぃ、表でゴタついてまだ続行中だけど、何とか入ること出来たわな」

いきなり、馬鹿が来た。

この馬鹿が来たのか、とランスロウは思った。

確かこの男が〝湖の精霊〟の親玉なのだ。

　対する自分は、この広場の現場責任者なのだろう。なので、仲間を後ろから引き連れてやってきた彼に対し、

「この先に行きたければ、自分の相手をしていくがいい」

「相手をすれば先に行っていいということですか？」
　言葉尻を拾われたような気はする。だが、まあ、構わないだろうとも思う。自分がここで戦うのは、自分自身のためなのだ。他は知らないとは言いがたいが、敵勢一人を止めるくらいしか、己の我が儘を適用してはいけない気がする。
だが、

「ではこうしてくれ。ランスロウ、ここで私達と貴方の勝負が終わるまで、私達は動かない。そちらも戦士団を止めてくれ。そして私達の代表が負けたら、ここで戦闘を全員で行おう。しかし私達の代表が勝ったら――」

「〝湖の精霊〟は先に行くといい。他は、ここで私達の相手を頼む」

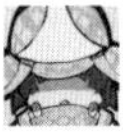

「ランスロウ様！　彼らを先に行かせては――」

「砦の中にはベディヴィアとケイもいる。
　――彼女達の仕事だ」
　そうとも。既に役目を持ち、己の形を持っている者は、そうするのだ。そして、

「えーと、そこのウッキーモドキ」
　プ、とアデーレが噴いたが、成実の半目を受けて耐えた。

「いいわ別に、キヨナリの本物はここにいるから」

「わわわ！　すみません！　すみません！　次から気をつけます！」

「えーと、そこのウッキー本物」
プ、と成実が噴いて、ややあってから彼女はアデーレと握手をした。

「悪かったわ」

「いえいえいえいえ！　そんなことは！」

「おーい！　こっちに視線と意識!!」

●

いやまあ、何だ、とトーリは右手を前後に振った。そしてランスロウを見て、

「オメエ、感情って、あんの？」

「自覚は無い」
そっかー、と自分は思案する。だがまあ、大体はこういうことだろう。

「オメエ、アーサーどもがいなくなったら、どう思う？」
問う。すると、構えを崩すことなく、竜骨の人形が言った。

「いなくなったらいなくなったで、それに応じた日常を過ごすだけだ」
その言葉に、周囲の皆が息を詰めた。感情が無いと、そういう返答にも聞こえるからだろう。だけど、己は確認する。今の回答を聞いた上で、こう問いかける。

「じゃあオメエ、いなくなるはずのアーサーどもが、今後もいたら、どう思う？」
疑問を投げた先、ランスロウが即答した。

「いるというのならば、それに応じた日常を過ごすだけだ」
そっか、と己は応じた。だったら決まりだ。

「――ここにいるのを選ぶのか、その場合」

●

全く、と浅間は思った。内心で何かを嬉しく思っている自分を感じつつ、

「トーリ君」

「何よ？　一体」

ええ、と応じて己は言った。

「敵だと、思えなくなってしまいますよ？」

「いいじゃねえか別に、友人とか仲間でも共食いする俺達だぜ。だから——」

彼がこちらに振り向く。既に皆、揃っている。そして、

「あたしが適任さ。——マッハで片付けるから、先に行く用意をしな」

直政が、そう言って前に出た。彼女は、表示枠を幾つか開くと、それらが常に視界に入るように調整し、ランスロウに向き直る。

彼女の義腕が上がった。正面にいるランスロウに指で手招きし、

「来るといいさ。——それなりに、形にしてやるから、さ」

第五十五章
『闘接場の人形屋』

台本は誰にでもあるのか
他人から与えられるのか
自分から書いて記すのか
配点（演じりゃ勝ちよ）

●

ランスロウは、この相手を見たことがなかった。

夜の砦内。広場。投光術式と篝火に照らされている女は、

「機工士か」

「メカニクス装備さね」

工具。それを扱うに適した装備。そういうことだ。右の大型義腕は別として、ポケット類などに差し込んである工具類の他、武器になるようなものはない。対竜戦線での仕様であれば、大型レンチやハンマーなどを用い、竜を破壊し、分解するのがその仕事だが、

「まあ、この装備はあたしの名刺みたいなもんさ。――あたしがどういう人間か、全く知らせないというのはアンタに悪い」

「こっちのことを知っているような口振りだが」

「左近からとの戦闘で情報を得てる」

成程、と己は理解した。

「自動人形である自分の、性能を精査したか」

「Ｊｕｄ．、ゆえにアンタとは初の相対だが、再戦に近い。そのくらいの覚悟で頼むさ」

●

「直政、喋り過ぎじゃね？」

「格好いい……」

「夕様も仰《おっしゃ》る通り、このくらいアオっておいた方が盛り上がりますね」

「まあ、マサは結構、フェアな勝負を望みますからね……」

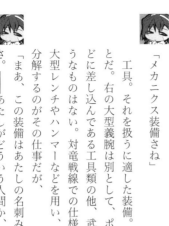

「というか、どっちかというと不利な勝負をすること多いですわよね」

「最高――！」（吐血）

「イラっと来た……」

●

直政は、息を整えた。調息は全てにおいて大事なことだ。そして足を一度揃え、そこから、

「行くさね」

前に出た。

●

敵の方が先に出たことに、ランスロウは疑問した。

……無手で、武器持ち相手に攻めてくるのか？

相手は、義腕はあれど武器を持たない。そして体格など見るに、打撃系ではない。それなりに鍛えてはあるが、日々の仕事などで備わった筋肉が主だと見える。というか大体、打撃系だったら機工士をやってない。

それが剣士などを相手にする場合は、基本、カウンター狙いの迎撃だろう。

自分は動かず、相手の移動を誘う。

何しろ、移動して攻撃する場合は、移動姿勢に適した技を用いねばならない。

……それは乱れであり、変化である。

達人ではない限り、踏み込みやバランスなど、腰を落ち着けて一撃するよりも、移動攻撃は何かの点で〝変わる〟のだ。武器を使えば、更に姿勢は乱れやすい。

そのような万全ではない移動の攻撃に対し、迎撃する方は一つだ。ただ間合いを読み、回避か防御で相手の一撃を無効化。返す迎撃でカウンターとする。これが常道だ。

お互いのリーチ差があり、攻撃力の差もある。

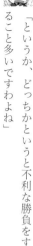

無手であれば失敗は許されず、無用に飛び込むよりもカウンター狙いに集中する。

しかしこの相手は違う。

平然と、周囲に見慣れぬ形の表示枠を展開しつつ、こちらにくる。あの表示枠は術式か？ 否、それならば投射をしてくるのではないか。否、それよりも、

「間合い……！」
相手が、こちらの射程圏内に入った瞬間。己はアロンダイトを打ち込んだ。

●

眼前に立てた構えから、左経由で横一直線の一発。

音が後から聞こえてくるほどの斬撃に、誾は眉を上げた。

「御見事」
振る際、肘を手繰り、柄《つか》を握る両の手首を返している。それによって腕の振りだけではなく、肘と手首で刃を回した。結果として、刃を〝薙《な》ぐ〟のではなく、アロンダイトの先端が常に軌道の前にあるような、〝当てる〟一発となった。

「御市《おいち》様を思い出しますね」
あの人は全身の挙動を用いてこれを連発した。今の自分でも後れを取るだろうか。どうだろうか。だがそれに近い域を見せるとは、やはり襲名者。しかし、

「あら、馬鹿ねえ」
総長の姉が言った直後。それが生じた。
ランスロウの全身が、アロンダイトごと宙に吹っ飛んだのだ。

●

は？ というのがパーシバルの感想だった。

攻撃したのはランスロウだ。だが今、彼の全身が空中にある。それはまるで、放り投げられ

たような滞空時間を持ち、しかし直後に、

「……!?」

　いきなり右にぶん殴られたようにその全身が回り、地面に叩きつけられた。

　激音というか、土の地面を打撃する鈍音が周囲を揺らし、だが、

「ランスロウ殿!?」

　土煙は上がらない。それほどに固めた広場だ。ただ動きが凄《すさ》まじく、明かりに照らされたシルエットを確認するのに戸惑いがある。そして見えるのは、

「……無事だ！」

　起き上がり、片膝はついたものの、五体無事な竜骨の騎士がそこにいた。

●

　直政は、右正面、距離七メートルの位置に着地したランスロウを見た。

……チョイとしくじったさね。

　まあ、今のでキメられたらボーナス案件だ。そのくらいの期待値。相手は超メジャー襲名者なのだということを忘れず、また調息。すると、

「フフ、馬鹿ねえ」

　見ると、喜美が変な踊りのポーズをとって、足先で地面を啄《ついば》むようにしている。

「こうよ！　こう！」

「アンタみたいな天然とは違うんさね、こっちは」

「え？　じゃあ、今の、どういうことなんです!?」

　言われて己は、自分の左手を見た。やや考えてから、

「見てれば解る」

「――ド天然じゃねえかYO!」

「昔、私も〝投げられて憶えろ〟だった気がしますわねえ」

やかましい。というかミトのアレは英国だったか。ああそうだ。

「自動人形退治は、やっぱこういう技術の出番さねえ」

つぶやいた瞬間だった。眼前に、白の色がいきなりあった。

アロンダイト。それが視界を塞ぐくらいに見える一撃は、

「お」

ランスロウの攻撃を、己は食らった。

●

ランスロウは突き抜けた。

相手の右。こちらから見て左の位置を通過しつつ、相手方向にアロンダイトを叩き込む。

水平切りだ。これが最も避けにくい。

相手にとっては義腕のある方向。

あれだけの大型義腕だ。回避をしようとしても、僅かなディレイがかかるだろう。義腕は当然、金属などのパーツによって盾の役割を示すが、

……当てればいい!

アロンダイトは竜の装甲も肉も骨も断つ。義腕程度は簡単に割れる代物だ。その向こうの人体においては、相手次第というところだが、手を抜くつもりはない。

この敵は危険だ。

その思いで踏み込み、一撃を打ち込んだ。

そして通過。七歩の時点で加速系を止め、振り返る。

風が後ろから巻く。こちらについてこれなかった、勢いそのものの大気の圧が、自分の装甲を風鳴りしていく。だがその向こう、棒立ち状態だった敵は、

「……当たったか！」
相手が背を向けた状態で立っている。その義腕が、肩から消えていた。

●

パーシバルは、息を詰めた。

今、目に見えたものの意味が解らなかったからだ。

「あれは――」
と疑問しようとしたときだ。近くにいた〝湖の精霊〟の一人が言った。

「アレ、訳が解らないですわよね。初めて見たときは」

その言葉と同時に、あるものが空から降ってきた。

鉄の腕だ。

一直線に下方向、機工士の女の右肩の間際にそれが落下した。

握った拳を下に、それをショックダンパーとしてか、着地の音はただ鈍かった。

義腕は断たれた。吹っ飛んだ。だが自分は思った。おかしい、と。そして恐らく、周囲の誰もが己と同じ事を思っている筈だ。

おかしい。

「何故、水平切りを受けた義腕が、垂直に空から落ちてくるのであるか？」
さらには、

「アロンダイトは長物の大剣。義腕があったとて敵に届くであろう。それなのに、――何故、あの機工士の女は、無傷なのであるか？」

●

『アレ、ホントに訳解らないんですのよね……』

『力の方向を崩して変える、というやつですわね？』

『いやあ、見せますねえ、直政様。敵の、横からの攻撃を、上に転化して逃すとは』

『いや、義腕をそのまま横に吹っ飛ばしたら、回収が面倒だろうさ……』

『マサやっぱりそういう人ですよね！　ね!?』

●

皆の視線の中、機工士が姿勢を下げた。その動作は、開いた右肩に、落ちてきた義腕の接続部を接合するもので、

「——よし、と」

機工士が義腕を軽く回した。そして下腕部の装甲を見て、

「結構、跡がついたさね。まあ、ちょっとした記念か」

「————」

竜骨の騎士が、既に加速していた。
再び義腕の外を通過するように疾駆し、加速器と両腕の斬撃をもって、

「小細工を！」

一撃を叩き込んだ。

●

横一線の水平切り。

確かに金属同士が当たる、歪《いびつ》な音がした。火花も散った。だから誰もが初めに、横を見た。アロンダイトが振り抜かれた方向。機工士の右腕側の宙を、だ。

しかしそこには何も無い。広場の上、篝火や投光術式は、何も示していない。

そして音がした。

空から振ってきた重量物が土の地面に落ちる。湿って響く着地音だ。

それは鈍く、だが先ほどより軽い音だった。

見れば機工士の右腕の傍に、それがあった。

巨大な、しかし下腕部のみだ。

一方の機工士の右肩には、肩と、上腕の部分が残ったまま。

アロンダイトは、肘から先を飛ばしただけだった。

ゆえに今、それ以外の分が空から降ってきた、ということになる。

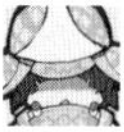

「――――」

誰もが息を詰めたのは、機工士が平然と、傍に落ちた下腕部を上腕に接続し直したタイミングだった。

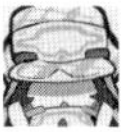

「斬られた訳じゃない……？」

壊れていない。再接続され、軽く振られる下腕の先は、四つ指の手も自由に動いている。

斬られたのではない。

パージしただけだ。

それをアロンダイトがただ上に弾いたのだと、そう見える。

「これは……」

パーシバルが呟く中、ランスロウが跳ねた。

もう一度、加速し、更に再加速し、

「上段……！」

全身を低空で一回転し、移動しながらの上段巻き込み斬り。

曲芸に近い一発を、しかし加速器で制御し、ランスロウが成立させた。それはもはや、義腕狙いではなく、機工士の本体狙いだ。

通過する。

●

上段からの攻撃は、上から下に向かっての運動となる。

だが皆、下を見ていなかった。

誰もが視線を向けていたのは空だ。二つの月が浮かぶ夜の空。そこにあるのは、

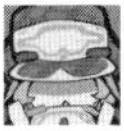

「花……」

違う。四つの丸い広がりは、義腕の手首から先、四つ指のパーツだった。

それは月光を浴びて、真っ直ぐに落下し、

「さて」

下にいた機工士の掲げた義腕。その手首へと直結した。

彼女は、ゆっくりと振り向くランスロウに視線を与え、義腕の手指をアジャストすると、

「――次からは拾う」

●

「いや、ショーロクの姉ちゃんって、こんな強キャラだったの？　アンジー、黒姫《シュヴァルツ・フュルスティン》の整備して貰うときとか、タメ口なんだけど」

「ぶん投げられるがいい……」

●

直後に一つの動きが起きた。

ランスロウが吶喊したのだ。それはもはや武器を振り抜く動作ではなく、腰だめに構えた正面突撃だ。自分を飛翔《ひしょう》体とするように、加速器の光は足を地面にほとんど着かせない。

高速の砲弾。そんな瞬発は、

「――」

機工士を通過した後、宙に飛び、そのまま地面に叩きつけられた。

●

「ランスロウ殿！」

激音が響くその中央で、ランスロウは身を起こしていた。

己の機能は生きている。装甲に歪みなく、駆動系に震えはあれど、

「おお……!!」

構わず、しかし身構えが出来たと思った瞬間、己は疾走した。加速器に力を入れ、

「――――」

宙を浴びるようにして、また地面に叩きつけられる。

●

散々の繰り返しだった。

竜骨の騎士が、走り、急ぎ、加速してはその最高点で吹っ飛ばされ、叩きつけられる。それも受け身が取れないような捻《ひね》りを入れられ、機工士の右手一本で振り払われる。

落ちる先は彼女の右手の差すところ。

落ちる音は竜の装甲の重なるところ。

そして幾度となく、竜骨の騎士が角度を変え、攻め方を変え、構えを変えて吶喊するが、

「……っ！」

その勢いを倍にして、彼が地面に叩きつけられる。

●

「これ、相当に読んでますね……」

『直政君、ランスロウのデータはしっかり拾ってますから』

「左近との戦闘データですの？」

『Ｊｕｄ．、あのときの戦闘データから、ランスロウの各関節のクリアランスや出力、最適な歩幅など、全部スペックを出してます』

「つまり、こういうことで御座るか。――ランスロウの身体が動く範囲と出力を完全に把握しているので、彼の動きは、その範疇内だと見切っている、と」

『人形ゆえ、ですね。人と違ってあやふやな部分がなく、関節も可動域が限られます。あとは暗記問題みたいなものだそうで。――最初、ちょっとミスがありましたから補正入りましたけど、それを修正するともう、どうとも出来ま

せん』

「じゃあ、何でランスロウは諦めないんです？完全に封じられてますよね？」

「フフ、頑張る姿を見せてお情け頂戴、なんて、それこそ人形の発想じゃないわよね。——つまりアレよ。まだあの自動人形には、一発逆転出来るという望みがあるのよ」

●

武蔵艦橋にいる鈴は、それを音で知覚していた。こちら、武蔵側でも豊と輸送艦の経由で、ほぼタイムラグ無しに情報が届いてきている。更には、

「一部、情報を他にも開示しています。現状ですと、整備課の格納庫では、地摺朱雀が正座して表示枠の中継を確認しているとか。——以上」

さっきから格納庫方面より、金属音の拍手が聞こえてくるのはそのせいか。

こっちの夕《ゆう》ちゃんも元気だなあ、と微笑《ほほえ》ましくなるが、しかし気になるところがあった。

「回転が、速くなってる……？」

ランスロウの叩きつけられるタイミングが、速くなっている。

その一方で、地面と激突する装甲の音が、小さくなっている。

これはつまり、

「ランスロウが、慣れて来ている……？」

「対応、どちらかというと、パターニングでしょうか。——以上」

何の意図かは解らない。だが、

「気をつけて……！」

●

鈴の声が届いたなり、ミトツダイラの視界に動きが出た。

「あれは——」

ランスロウが、回ったのだ。

直政にアロンダイトを確保され、宙に投げ出されるまでは同じだった。そして右に捻りを加えられながら、地面に叩きつけられていく。

そこから先が違った。

地面に落ちる軌道の中で、ランスロウが光を放ったのだ。

加速系だった。全身の装甲が持つ加速器を、個別に操作し、

「……！」

大気を鳴らし、竜骨の騎士が自ら着地した。
それは直政の正面、三メートルの位置だ。
近い。そこからならばアロンダイトは踏み込み一つで届く。そして、強引な着地に全身を歪ませながら、

「おお……！」

身体に蓄積した勢いを剥がすように、ランスロウがアロンダイトを大上段から直政に打ち込む。
放った。
剣の軌道は一直線に直政の正面。頭に向かい、

「——馬鹿さねえ」

直政が、義腕の右手ではなく、左の手でそれを確保した。

●

皆は、続く動きを見ていた。

機工士が、手でアロンダイトを確保した。一応は作業用のグラブがついた手だ。しかし度重なる攻撃と大気の圧縮で過熱した刃が、白い煙をその手に生む。

だが、摑まれた。

次の瞬間。アロンダイトごとランスロウが吹っ飛ばされる。ゆえに皆、

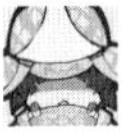
「……っ！」

直後の竜骨の状況を想像して、僅かに身をす

くめた。だが、

「――」

ランスロウが投げ飛ばされず、動いていない。
機工士もまた、アロンダイトを掴み、掲げた状態だ。
両者が止まっている。
これは、

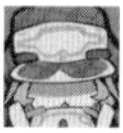
「確保からの投げ飛ばしのルーチンが、止まってる？」

機工士の技が崩されていた。
何故か。そんな疑問の答えは、投光と篝火が、緩く示している。
アロンダイトを持つ右腕の関節だ。
強固な膂力を有するワイヤーシリンダーの基部が、肘から、ワイヤーごと垂れている。
関節を抜いたのだ。
かつて、〝湖の精霊〟の一人と戦闘した時。
あの時も、彼はこの方法を使った。あの時は打撃力を逃すため。そして今回は、

「――確保からの投げには、捻りの動きが必要！　それを無効化すればいい！」

ランスロウは前に出た。アロンダイトは、それを持った右腕ごと、相手に預けた形だ。

「おおお……！」

今、行くべきは全身。相手が対応を出来ない間に、膂力任せで体当たりを行う。
相手は義腕以外生身だ。こちらは竜骨の装甲。
相手の義腕の事は考えない。咄嗟《とっさ》の動きに対し、重い義腕はディレイされる。そして今、この方法だけが確実とも言える勝機なのだ。
故に自分は行った。加速器は先ほどの強引な一発でアジャスト気味だ。だから身体を、これまで叩きつけられて軋む全身をもって前に行き、

「――!!」

行った。

直後。誰もがそれを見た。

竜骨の騎士が、機工士を前にして、しかし左方向へ吶喊。

機工士に対し、ほぼ垂直に軌道を変え、そこにある石壁に自らを叩きつけたのだ。

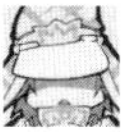

「ランスロウ様!?」

全力の自爆であった。

石が砕け、火花が散り、風が震え、そして尚、竜骨の身が抉るように動き、石壁に潜ろうとする。

壊れた玩具のようだ。壁を崩壊させ、しかし騎士は止まらない。勝手に身体が回り、足が何かを掻《か》くように震え、左へ、左へ、左へと回り沈もうとする。

対する機工士は、沈黙していた。彼女はその左手に、アロンダイトとランスロウの右腕を下げている。

今のランスロウの方向転換と瞬発の際、関節部から千切れたものだ。

それを彼女は地面に突き立て、顔を上げた。

既に、自動人形は動かなくなっていた。

石壁はまだ連鎖的に崩れているが、竜骨の姿は壁のベースとなる盛り土の部分にまで食い込み、止まっている。そして、

「――」

機工士が、一回だけ左の手を振り、こう告げた。

「――時間を掛けちまった。そんだけ面倒な相手だったさ」

『何？　強キャラマジック？』

『というか、何でいきなり変な方向吹っ飛んで自爆したんです？』

『ええと、多分、ネジ巻きだと思いますの』

『Ｊｕｄ．、バンバン叩きつけられて頭のネジが些か逆方向に巻かれた訳ですね？』

『ビミョーに合ってるような気がして何だけど、アレさ。ワイヤーシリンダー』

『……つまり、相手の全身を動かしている〝腱《けん》〟や〝筋肉〟ともいえるワイヤーシリンダーに捻りを入れた？』

『展性のあるものを捻ってからさ、手を離すと、戻るだろ？　ワイヤーシリンダーの捻転動作なんかはそれを利用してる部分もあるんだけど、だから投げるとき、常に同じ方向に捻り落として、あとは力の制御で、それが抜けないようにしてやったんさ。
　あとは投げられるごとにそれが蓄積していって、……でも、あたしが確保してる間は、力の制御が利いてる。そういう状態を続けてね』

『それでランスロウが、自分の状態に気づかず、直政の制御から外れることをした、と……？』

『思い切り巻いたバネの押さえを、千切ったようなもんさ。コレまで投げられた勢いを全部合わせたくらいの反力を食らったろうさね』

　あ、と直政が言った。

『コレ、ワイヤーシリンダーの反力制御は、あたし達のいた時代だと、ちゃんと緩和機構が入ってるからな？　この時代、やっぱまだ甘いってのが左近との戦闘の分析で見えてたから、やっただけだから、帰還したら真似《まね》すんなよ？』

『真似出来る人がいませんよ……!!』

●

　機工士が動いた。ランスロウに足が向かう。

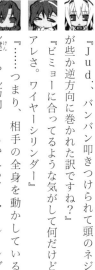

　慌てて対応したのはファースト派の戦士団だ。

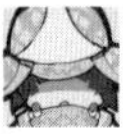
「……ランスロウ様に、これ以上の何を!?」

　馬鹿、と機工士が言った。彼女は、前を封じようとした戦士団に構わず歩を進める。その動きは、結局戦士団が自らを割り、あるものを示した。

　ランスロウの、埋まった身体がそこにある。

　石と土と、木材の破砕に沈んだ人形に、機工士が息を吸ってこう言った。

「起きな。——襲名者、アンタにはまだ役目があるだろうさ」

●

　ランスロウは、アジャストした。

　自分の機能をチェックし、動作可能だということと、知覚系の不備を調整。代替が利く箇所はその通りにし、

「——」

　瓦礫《がれき》と呼んでいいものを掻き分け、身を起こす。すると、機工士の女の姿はもはや無い。

　どれだけ、時間が経ったものか。しかし、

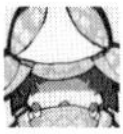

「ランスロウ様！」

　周囲に皆がいる。既に敵勢は、砦の門を開け、中に入っていく。

　己は負けたのだ。だが、

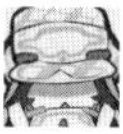

「ランスロウ様、私達は——」

　如何するも何も無い。自分は負けたのだ。ここにおいて己は敗者であり、何かを言う権利も、何も無いと思い、

「——」

　しかし自分は立ち上がった。
　正面、己の仲間達がいて、向かうように、サード派とセカンド派の戦士団がいる。
　こちらの右腕はなく、アロンダイトもない。あったとしても片腕では満足に使えない。
　だが自分はこう言った。もはや〝湖の精霊〟も、パーシバルも先に向かったが、

「——我らを倒してみるがいい。サード派、セカンド派の戦士団よ。世界を変えようとする浮かれ者どもよ」

　前に出る。

ファースト派戦士団の前に出る。彼らを守るように、代表として、先陣に立つ。

己は、この場にいる唯一の襲名者なのだ。だから、

「我ら過去よりこのブリタニアを護るために尽くしてきた者達！　そしてその意を信じる者達だ！　我らに対し、新しき、馬鹿な戦争や犠牲を望んで尚、そこに意味があると言うのならば――」
言った。

「我らを倒し、妥協なくその事を謳《うた》え!!」

●

ランスロウは前に出た。

応じるようにサード派、セカンド派の戦士団がこちらに踏み出して来た。

そして、自分の背後からは、ファースト派戦士団の全員が、
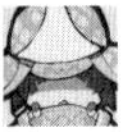
「おお……！」

こちらに、皆が続いてくる。

馬鹿者、と己は思った。襲名者として、ここで自分がセカンド派とサード派の戦士団に倒されれば、決着なのだ。

ブリタニアの民に、襲名者が敗北したならば、それがもう、結論となるだろう。

そうすれば、何にも頼ることなく、傷も無く、お前達は自分達の望むものを得られるだろうに、と。だが、
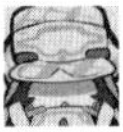
「私達だって、いろいろ疑問に思ってるのよ……！　だけど――」
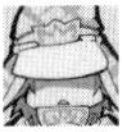
「ここで翻したら、それこそ俺達の何もかもに示しがつかないからな！」
だから、
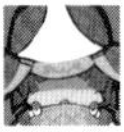
「付き合おう！　決着は、〝湖の精霊〟が導いた先だ！」
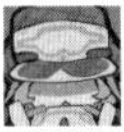
「我らのアーサー王が如何なる決着を出すか。それまで、相手をしろ！」

馬鹿な納得だと、己は思う。この戦いには、それ以外の意味はないだろう。明日、もしかしたら戦争があるのかもしれないのに、無駄な浪費をしている、とも。だけど、

「――――!」

相手の前列に力任せの体当たりをしつつ己は思った。今、自分は、襲名者としての役目を、今までで一番、果たしているのではないかと。敗北し、武器も力も無いが、

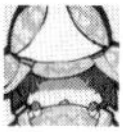
「ランスロウ様!」

襲名者がいる。そのことだけで、この戦いに意味が生じるのだ。それは、襲名者よりも遙かに多い人々の事であり、自分が望みもしなかった自分の役目ではあるが、

……これでいい!!

己はそう思い、吶喊しつつ声を上げた。

「ああ……! 全力で戦え、我が手勢! この勝敗こそが――」

このブリタニアをまとめるのに、必要なのだ。

●

背後で大勢の激突が生じたのを、謁見の間に向かう武蔵勢は聞いた。

疲労軽減の術式から流体光を散らす直政を中央に、皆は一度後ろに振り向く。

「……ランスロウは、アーサー王の妻と不倫して、それが元でアーサー王と戦争することになるんだ。結局、ランスロウは優勢ながらも仏蘭西に逃げるんだが――」

「彼をアーサーが追う形となって本土側で戦争しますけど、最終的に、英国でモードレッドの裏切りが生じ、アーサー王は戻ることになりますのよね?」

「そう。それでまあ、ラスト展開になっていく訳だけど――」

「今、ファースト派を率いて表で戦うランスロウ殿の戦闘は、アーサー王との戦闘の再現として解釈されるもので御座ろうか」

「それはこの先の政治の話だな。というか、コレ、実際もそうだったのか定かじゃない展開だから、どうとも言えんなあ……」

「――というか君達、僕に最後まで喋らせる気が無いね!?」

●

表で吠えるランスロウの戦いは、謁見の間にも通じていた。そこに控える二人、ベディヴィアとケイの内、表情を変えたのはケイだった。

彼女は小さく笑い、

「ランスロウ、良かったねえ」

「馬鹿ねケイ、良くないわ。――勝手に芸風出して、いい話にしてるだけよ」

そうだね、とケイが笑いを深くする。そして、

「まあ、こっちはどうなるか、だねえ」

「ただ、入ってこられるのかしら」

言って、ベディヴィアが前を見た。その視線の先には、謁見室の大扉がある。既に施錠系の術式が展開しており、

「内側から開けない限り、開かないし、破壊も至難な防護が多重に掛かってるわ。どうするのかしらね」

●

皆は、閉じた扉の前で首を傾げた。

「とりあえず、攻撃的なトラップは無いで御座るよ?」

「防御特化されてると、破壊も至難ですのよね……」

ふーむ、とウルキアガが呟いた。

「拙僧、こういうのを見るたびに思うのだが、扉の枠ごと外したらどうなるのであろうか

……？」

「敵はビックリすると思うわ」

「ビックリか……！」

「いや、そういうの可哀想《かわいそう》だからやめましょうよ」

「母さんがズドーンって行けばズドーンですよ！」

「流石だけど私達も爆風で偉い目に遭わないかしら」

「やること前提に話するのやめましょうよ！」

「御母様、あのハンマーは駄目ですの？」

「あのハンマー？」

「あのハンマー？　おっと残念でした！　あのハンマーの芯はここにいてもガワをちょっと持ってきてないんですね！　出来ません！」

「芯だけでもイケそうとか、ちょっと思わない？」

「ネタとして美味しいで御座るが、しかし今の所、何の解決案も出て御座らんよ？」

「…………」

「……よ？」

「…………」

「……ええと、この沈黙、何です!?　ねえ、ホライゾン!?　何を一体!?」

●

ベディヴィアは、外の騒々しいのを耳にしつつ、こう思った。音声遮断もしておくべきだったかしら、と。すると、

「ん？」

天井。扉の間際にある天板がズレて、そこか

ら二つのものが落ちてきた。

両腕だ。黒い色。

それは空中で三回転をキメて、着地する。音も無く降りた姿に乱れは無く、直立。そして着地成功のポーズをとるので、ケイが拍手した。

両腕はこちらに頭を下げ、周囲に投げキス。そして大扉の鍵を外す。直後に扉が開いて、

「タァノモォオオオウ――!!」

「コルァアアアアア!!」

●

開いた扉の中央、そこに両腕が頬杖をつき〝なんて事はない〟というポーズをとっている。

「両腕パイセン、カッケェ――!!」

どういうことですの、と思いつつミトツダイラは前に出た。ここは自分が担当する。そういうことだ。

「我が王、いいですわね？　今回、対英装備として〝騎士装備〟を持ち込んでますの。――銀剣ありで、あのベディヴィアと勝負致しますわ」

「おお！　ネイメア傷付けられた分、返してやろうぜ！」

「えっ？　えっ？　そういう趣旨ですの!?」

言っている間に、自分以外の影が動いた。

喜美だ。こっちはトラベラーズハットも目立つ〝魔法剣士〟装備だった。

彼女は、派手に揺れるバインダーアーマーを見せつけるようにしてこちらの横に並び、

「フフ、じゃあちょっと、良いところ見せないとね」

「喜美がいると派手になりそうですわ」

だが正面。敵がいる。ベディヴィアとケイだ。

この二人を相手とするならば、

「――少々、派手に行かねばなりませんわね……！」

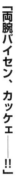

第五十六章

『閉所の四者』

灯りを掲げろ
灯りは誇りだ
燃料に己を注ぎ込み
燃えて誇れ
配点（御調子）

●

何か出だしから疲れたわね、とベディヴィアは思った。

敵は〝湖の精霊〟。騎士と、魔法戦士と言った処か。騎士は青の装甲服にベルトで各所を締めた装備。魔法戦士の方は解りやすく詩吟者風の出《い》で立《た》ちだ。両方とも、どちらかといえばブリタニアよりも欧州本土側の戦種だと思う。だとすれば彼女達は本土の者達なのかと、そう思案して、

……考えるだけ無駄ね。

どうせここで終わりだ。だからとりあえず、時間稼ぎの意味も含めて問うておく。

「——来たのねパーシバル。そして〝湖の精霊〟。しかし、貴女達は何をしに来たの？」

「何しに来たの——？」

「ここを通して頂く！　自分、アーサー王の終わりを止めるものである！」

ああ、やはりそう来たか。

よく解る、と言ってはいけないのだろう。こちらは彼の意思に沿うていないのだから。だが、

「……馬鹿ねえ」

解っていないのは、お前の方だ。

「あのねえ？　貴方が言っているような、そのようなこと、幾度となくこれまでも話し合って、しょうがないと笑ってきたじゃない」

そうなのだ。

「それだからこそ、ここまでの間、表向きはいがみ合いながら、なるべくなるべくと引き延ばして来たじゃないの。そこの〝湖の精霊〟がやってきてからは、何週間も引き延ばしてるのよ？」

あのねえ？

「全てはこの地を守るため。——それが解らないの？」

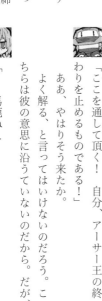

「おーい、姐《ねえ》ちゃん、猟場？　だっけ？　そこに行くのはそっちのドア？」

「いえそっちは陛下専用の——、って何を勝手に行こうとしてんの！」

「いや、オメエこそ何勝手に話してんだよ」

●

ミトツダイラは、この場における王の言葉を聞いた。
あのなあ、と王は前置きして、

「オメエがどんだけ昔のこと話しても、オメエがどんだけこれまで尽くしたか、大事な時間過ごしたか、解ってきたかを話したところでさ」
いいか。

「——今、二人を救えねえなら、俺達とは決裂なんだよ」
そうだ。そういうことだ。自分は王に全面的に同意する。

「フフ、ワンコが尾っぽ振りまくってるわねえ」

「いい空気吸ってると、そう思って貰えるなら幸いですわ」
と言ってると、相手が吐息した。
ベディヴィアだ。彼女はこちらに対し、心底飽きた、という口調で、

「この地が、どれだけか細い努力の積み重ねで保ってきたか、そして盛り立ててきたか、余所者には失う意味が解らないのね」

「ああ、解んねえよ！」
王が叫んだ。

「解ってんのは、オメエ達《たち》があの二人を救わねえってことだけだ。オメエ達がそのために仕込んできたものなんて、解れって言われたって解る訳にはいかねえよ。よくて、まあ大変だったなオメエら、くらいのもんだ」
あのなあ。

「同情して欲しいのかオメエら」

●

訥々《とつとつ》と聞こえた台詞に、ベディヴィアは頷いた。

「そうね」

しょうがないと、笑ってきたのが自分達だ。何を言われても構わない。そのくらいの覚悟はある。だが、

「……同情して欲しいと、そこまで落ちぶれたつもりはないわ。私達は私達の選択として現状を得ているの。哀れまれる必要は無い。そのつもりよ」

「――Ｊｕｄ．、私達も、そのつもりですわ」

騎士が、そう言って、背の長剣を抜いた。
銀の剣。まるで月の色のような刃だ。それを右手に下げ、彼女が言う。

「解らぬものを断ち切りますわ」

いい意思だ。そう思う。ならばこちらも、

「――ではその刃を試すといいわ。ここが私達の、今までの決めごとの壁。通り過ぎず、倒してから行きなさい……！」

●

一瞬だった。
ネイメアは、母が一歩を前に出たのを見た。
そして同時に、ベディヴィアが前に一歩踏んだのを見た。

「御母様！　気をつけて！」

自分はかつて、ベディヴィアに仕掛けられた事がある。ファースト派との相対の際、本能的に危険を感じ、回避挙動をとったものの、多重攻撃を食らったのだ。
あれが何かは解っていない。そして今、母がベディヴィアに相対する。

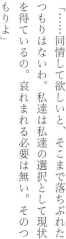

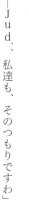

した。
母と敵が一歩を前に出て、次の瞬間。

「――終わったわよ」
言葉と同時に激震が大気を揺らした。
こちらの右手側。石壁に、母が叩きつけられたのだ。

●

震動と壁の破砕と、そこから生じる構造材の落下と粉塵《ふんじん》。
その中で瓦礫の激突によるダメージを受けつつ、ミトツダイラは娘の声を聞いた。

「御母様！」
あ、私、心配されてますのね。という感慨が来る。

「あらあら、派手ですのねえ」
これはあまり心配されてない。

「ツケエヨイ！　ヌォコッタアア！　ヌォコッタアア!!」
何か太鼓の音まで聞こえてくるが、何言ってるか解らん。流石だとは思う。そして、

「ネイメアの母親、大丈夫かしら」

「そうね。ここで総長が駆けつけて〝ネイト！〟って手を伸ばしたら、自分の手を返して起き上がって〝我が王……〟ってしなだれかかるのが開始七コマ目みたいな？」

「ワーオ、ミトっつぁん理想のシーンだねえ！」

「勝手にシーンを作らないで下さいません!?」
飛び起きると、皆がこちらを見ている。そして王が、

「どんな感じよ？」
言われて、自分は五体を見た。騎士装備の各所に斬撃の跡があり、肌も切られた感覚が残響

のように残っている。だが、己は各所のベルトを表示枠からの自動調整で締め直し、

「よくある程度ですわ。充分に続行出来ますの」

「ようし、じゃあ一丁行こうぜ！　姉ちゃんも暇してるし！」

「フフ、アンタしっかりしてくれないと私が横暴働くように見えるから駄目よねえ」

それはすまないことをした。ともあれ自分は一息を入れ、

「では、――行きますわ」

●

敵の騎士が、瓦礫の小山から立ち上がり、こちらに一歩を踏む。

それをベディヴィアは確認し、一息を入れた。

「再生力が高いタイプね」

人狼系だ。ブリタニアにも多からずいる。欧州本土にいる人狼女王を首魁《しゅかい》として、独自の価値観を持って生きており、性質は精霊に近い。

つまり〝触れない方が得策〟な存在だ。

〝湖の精霊〟の中、そんな存在がどうやら大小中と三人いる。小が中央なあたり複雑な気がするが、それはそれとして、

「まあいいわ」

相手がホールの中に踏み込んだのに合わせ、己も前に出た。

●

浅間は、自分達の左横の壁にミトツダイラが激突したのを、一拍後れで気づいた。

「あ、あれ!?　ミト！　また大丈夫ですか！」

瓦礫が落ち、ホライゾンが土俵入りの太鼓を両腕に打たせていく中、ナルゼが頷き、

「ページが進んだわ……」

「何も進んでませんわよ!?」

石壁の建造材などを振り払って身を起こすミトツダイラは、とりあえず無事だ。肌などに赤いラインが走っていたが、それもすぐに消えていく。

浅手だ。とりあえず駆けつけて表示枠で体調など確認。一応、体温や脈拍など上昇傾向だが戦闘中ならば範囲内。だが、

「ミト、相手の技は解ってるんですか？」

「大体解ってますの。——ただ、対応が間に合ってないというところですわね」

「……それは？」

「手数の同時発生ですわ」

言って、ミトツダイラが直政に視線を向ける。

「直政？　第六特務、と呼んで質問しますの」

「何さね一体」

こちらの横で、ミトツダイラが言う。騎士装備の右腕を上げて、

「この装備のチューニング、コレ合わせと考えていいんですのね？」

「アンタの娘の情報、極東制服側からしか採れてないけどな」

「？　私の情報？」

あ、と己が手を挙げる。

「ちょっとプライバシー関わるんでアレですけど、新型制服の場合、ハードポイント内に破損や運動の情報なんかを保存してるんです。フィードバックでいろいろ有益だろうということで。個人の体調関係もログを残してるんですが、流石にそっちは非常時じゃないと許可要りますが、戦闘系の情報は逐次整備課などに送られてます」

「ビッグデータ、っていうアレですのね？」

「まあ！　**ビッグデータ!!**」

多分想像されてるものが違う。

「え!?　ちょっと待って！　じゃあ浅間が総長と結界で隠れてやらかした時も戦闘データとして整備課に流れるの!?」

「そういうときはシャットダウンしますよ……！」

「智」

「…………」

「——あっ」

「最高——！」

●

皆がぎゃあぎゃあ騒ぎ出したのをいつものことだと思いつつ、ミトツダイラは前に出た。

……さて、どうしたものですの。

相手の技は大体解ってきた。だがその対処が問題だ。

騎士装備。自分向けというか、この相手向けのチューニングになっているのは解るが、それを自分が使いこなせるかどうか。

ともあれ方法は見えてきた。故に自分はホールの石の床を踏み、

「行きますわよ」

前に一歩を踏んだ。

●

来るわね、とベディヴィアは応じた。

己も前に出る。この相手はなかなかしぶとい

が、構わない。

「時間を稼げば、それで充分、勝利になるのよ」

そういうことだ。
時間はこちらの味方。ならば相手がもし対応をしてきたとしても、

「――あと二、三回で終わるわね」

●

前に出た。
ベディヴィアにとって、これは必要な動作ではない。ただ次の瞬間に決着する。
そういう技を自分は有しているのだ。
現状における円卓の騎士の中、最強の一人として、

「さて一回――」

相手の人狼がこちらに一歩を踏み込んだ瞬間。
己は行った。

●

福島は、それを見た。ネイメアの母の進歩だ。
彼女は今、

「御母様!!」

三度目の結果だ。壁に叩きつけられ、轟音《ごうおん》と共に瓦礫に埋まったが、あるものを残した。

「火花……?」

そうだ。今、何も無いように見える空中に三つほどの光が散った。
既にベディヴィアは元の位置に戻っている。
ならば、

「ネイメア殿の母上が、対応を仕掛けたと、そういう事で御座りますな?」

「Ｊｕｄ．、でも、まだ不備があるようで……。このままだと時間が――」

「Ｊｕｄ．、ではホライゾンパワーで強引に抜けていくというのは如何でしょうか」

単純な提案一つでこんなに不安になるとは、流石は母の君主。

「全員の一斉突撃でカタつける？」

「あちらには重力使いがいるのを忘れてはならぬで御座るよ。こちらを全体デバフして、ベディヴィア殿による撃破、それが敵の戦術で御座ろう」

「あ、そっか……。キヨパパ聡《さと》いねえ……！」

「…………」

こういうキヨ殿が見られるのは貴重で御座りますなあ、としみじみ思う。だが、

「ここから、短時間でどのように勝負を――」

と呟いたときだ。不意に総長が動いた。

「おーい、ネイト」

狼が、瓦礫の中から手を助けられて引き起こされる。

そんな光景を見つつ、ナイトは思った。

……やっぱ〝こう〟だねえ。

ナルゼが何かラフを切りまくっているのが気になるが、やはりこの主従は〝こう〟だと思う。

そして、

「ネイト、つまりコレな？　な？」

と、総長が狼を抱きしめた。躊躇いのない全力寄せ、という抱き締め方だ。

お、という声が皆の中から上がって、浅間の娘が両膝をついてダウンする先、

「わ、我が王!?」

「Ｊｕｄ．Ｊｕｄ．！　でもほら、コレ、解るだろ？　オメエなら」

そんな王の言葉に、騎士が僅かに戸惑った。しかし、

「こ、こうですわね？」

抱きしめ返す。その動きは辿々しく、だが、ある程度のところで力が入る。このイチャつきの中で何かを理解したのだ。恐らくはまあ、常人には理解しがたいものだろう。そして、

「――――」

不意に狼が顔を上げた。

「我が王、――道を付けますわ」

「Ｊｕｄ．！　じゃあチョイと頼むぜ、ネイト！」

その言葉に頷き、騎士が放たれた。全身に一度表示枠を出し、装備を再調整。続く動きで彼女がホールに足を踏み込んだ。

これまで一歩で迎撃をされていた空間へと進み、

「勝負ですの」

●

時間がない。それは確かなことだと、浅間はそう思う。

急ぎ、ここを抜けて、ロンディニウムに隣接する有力者達の猟場に行かねばならない。

そこで、スリーサーズとワンサードの勝負が始まるのだ。否、下手をすると、もう始まっているかもしれない。

止めるには急がねばならない。

「ミト……！」

声を上げた瞬間だ。棘《とげ》のような音が正面から響いた。

「……!?」

劈《つんざ》くような、連続とも多重とも言えない一斉の軋みがミトツダイラの行き先から散って、光

が弾けた。
　火花だ。
　花火にも似た炸裂《さくれつ》の花が咲き、そして、

「御母様！」
　ミトツダイラが石壁に吹っ飛ばされていた。

●

　皆が息を詰めつつ、しかし全てを理解していた。
　ミトツダイラだ。
　騎士装備。青の装甲服とベルトに身を包んだ狼が、壁に着地していた。そして、

「る」
　と言って、彼女が己を放つ。
　無事だ。だから行くのだ。その瞬発の行き先は、

「――どういう仕掛け!?」
　ホール中央、そこにいるベディヴィアに向けて、狼が自分を弾いた。

●

　群だ。

　狼がホールの各所に現れる。それも壁が多く、時折に床、それも壁際に姿を見せる。しかし直後に瞬発。代わりに見えるのはホール中央にいるベディヴィアの、

「……！」
　彼女の周囲に満開の火花が散る。その上で狼が加速した。壁際など、姿勢を低くし、そこから身体を伸ばすように、

「……る、ぁ！」
　速度を上げ、跳ねたのだ。
　残像が活きる。そこかしこ、各所に彼女の瞬発位置を知らせる残像が銀の髪を揺らす。
　ステップ音は石を蹴る高鳴り。返す火花は軋

みを塊として、延々と続く壁のような音ばかりを立てていく。その遣り取りは中央にベディヴィアを置き、

「——！」

　止まらない。

清正は、見切れていなかった。己は防御の得手であるが、あの中に入ったとして、どのようにあれを凌ぐべきだろうか。
　未知の攻撃。高速系であることは解るが、まずは面で連続防御し、そこで相手の力量を測るべきだろうか。それとも——、

「点蔵様、これは——」

「Ｊｕｄ．、チョイと変わった分身術と分身術の戦いで御座るな」
　音が響く。火花が弾ける。だが自分が見るからに、

「分身？……ネイメアの母はそうしているように見えますが……」

「Ｊｕｄ．、ミトツダイラ殿のアレは、移動途中の残像が拾えているだけで、結果として分身に見えるだけで御座る。幻像分身で御座るな」
　成程、とは思う。そして父が、言葉を続ける。

「ミトツダイラ殿は基本、分身術を行わないタイプに御座る。何しろ銀鎖もあって手数が多いのと、分身術式は体力の損耗が激しいので御座る。ゆえに元々においてパワーロスが多く体力面で不安のあったミトツダイラ殿は、軽い瞬発加速と銀鎖《アルジョント・シェイナ》などを使用し——」

「私との相対のときも、同様に、手数で対応しましたの」
　何となくネイメアが嬉しそうなのは、その相対が大事なものだからだろう。
　父が頷き、敵を見た。

「手数派のミトツダイラ殿に対し、ベディヴィア殿は、あれも恐らく分身」
　は？と疑問が上がった。福島だ。彼女は、

今の疑問の上げ方が不適切と思ったのか、慌てて首を左右に振って、

「失敬、ベナンタラ殿のアレが、如何にして分身だと？」

「Ｊｕｄ．、――基本理念が同じで御座る。つまり――」

　つまり、

「分身として移動せず、ほぼ同時の高速動作によって、己を多重統一してるので御座る」

●

　ですわねえ、と人狼女王は頷いた。今、自分の娘が跳ね回り、加速を重ねていくのを軽い頷きで数えつつ、

「分身術式は、何故、〝分身〟するのか、解ります？」

「――己を多重化するような高速動作をする場合、その場にとどまるより、己を移動させた方が楽であるから、……そうだえ？」

「いきなり正解というのは面白くないですわねえ」

　だが、その通りだ。

「何か動作をする場合、止まってそれを行うには、反動を抑制し、バランスを保つために更なる力を必要としますの。だから己を多重化する場合、そこに止まって行うより、身体を移動させてしまった方が楽ですのよね。そうすれば、動作の初動や、前動作の勢いなどを全て活かすことが出来ますもの」

　多くの場合、分身が〝いい位置〟に確定出来ないのは、このためだ。相手の後ろや死角を狙える位置に出現出来れば脅威的な技となるが、それがなかなか出来ないのは、

「分身を起こすほどの〝力〟は、その場に止まることを許さないほどのもの。――狙った位置に止まるような制御が簡単に出来るものではありませんの」

「大御母様、では、あのベディヴィアは……」

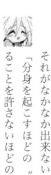

「Ｔｅｓ．、――彼女はそれが出来るんですの」
　長身痩躯《そうく》。見た目としては剣を振り回すようなタイプには見えない。
　だが長身の四肢が連動すれば、剣先は高速化する。あとはバランスと、

「膂力は体幹を基礎とし、剣を持つ右腕一本を実像分身としている、というところか」

「実像として恐らく十八体。――つまり達人の斬撃が常に十八人分、それも一人の手元から発射されるとなると、これはちょっと面倒ですわね」
　言って、自分は少し笑った。何事かと視線をくれる最上総長に、己は告げた。

「先にうちの子の子がしてやられたとき、それこそ、うちの子の子と相対したうちの子は、何をやられたのか悟った筈ですの。そしてこの相手が、停止位置からの分身攻撃を放っているのだとすれば、――移動式の分身を使ううちの子の子では不利。だから手数で戦える自分がここで出ることにしたんですわ」

　迎撃は必須である。

　ベディヴィアの技術は、全て、王を護るために構築したものだ。

　如何なる敵が来ても、王に近付くより先に弾き、迎撃する。

　どのような王が来るのか、己は知らなかった。ただ、家系として、自分の襲名は〝アーサー王が選出されたら〟という条件で決まっていた。

　父も、その先代も、更に先代も、ずっとそうだったのだ。

　いるとは思えないアーサー王を守護する古株の騎士。もしもアーサー王が襲名されたら、このブリタニアは竜属の侵攻を受ける可能性がある。ゆえに自分はかつて、こう思っていた。

　……アーサー王の襲名者が出なければ良い。
　そうとも。何ごともなく。竜害のこの時代で

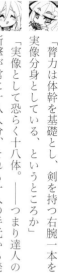

もブリタニアは中道を生き、そして未来において、今よりも豊かな状況でアーサー王の歴史再現をすればいい、と。

　だがそうはならなかった。アーサー王の襲名者候補が出てしまったのだ。

　会ってみれば田舎者で、ろくに礼儀も知らないような少女だ。しかも状況的に、彼女を襲名させれば竜属の侵攻が確定してしまう。

　セカンド派を立て、内紛状態を演出して、父は引退した。この頃にランスロウやペリノア王もやって来たため、こちらは政治的に動く意味も含め、今の身を襲名した。

　それで、なあなあでやっていけたら良かったものを。

　そうすれば、田舎者の娘を世話して、襲名候補者は襲名〝候補者〟のままで終わる。その筈だったのだが、

　……スリーサーズが、何故、出てくるのよ

……。

　状況は複雑となり、だが欧州では竜属の侵攻が続いた。そしてトゥール・ポワティエ間の戦いの発生が予告され、ブリタニアは竜属から人か竜かどちらの立場に付くかを問われ、

……決めたのね。

　竜属の誘いに乗るような形で、アーサー王伝説の終了を決定したのだ。

●

　それは、アーサー王候補者を亡き者とすることだった。監視役はペリノア王の他、アングロサクソンの襲撃として関わる竜属達となる。

　どう考えても無茶苦茶だ。だが、何時《いつ》も無駄飯食っていただけの田舎娘が、こう言ったのだ。

「それでこのブリタニアが安堵出来るなら、そうしよう」

　その言葉に、自分は叱責した。
　何故？　どうしてそんな犠牲になることを、容易《たやす》く決められるの？
　別に、情があった訳ではない。ただ、自分は、

何となく、自分にも押しつけられたような〝襲名〟という決まりを、それ以上の咎《とが》として彼女に押しつけたくなかったのだ。
　だが彼女は、こちら以上の酷な運命を受《う》け容《い》れ、こう言った。

「父が、ろくに戦えないような人だったのに、竜属相手に戦いに行って、死んでしまってな」

「それが、何？」

「何故そんなことをしたのか、知ってみたいと、田舎を出たのだ」

　だから、と彼女が言った。

「知りたかった答えを、父のような疑問ではなく、このブリタニアの安堵という、最高のものとしてくれるのだろう？」

　笑って、自分達の候補者が言った。

「私は剣も何も、ろくに使えん。聖剣を抜けても、剣術はカラッキシでな。戦いに出ても、恐らく、父のように何も出来ず死ぬだろう。ならば、――これが私の戦い方かと、そう思うのだ」

　そこからの彼女は、変わった。いろいろ学び、剣も憶え、政治も能力を発揮していった。そのように力を付ける一方で、しかし自分は彼女に尽くすようにした。
　能力ゆえではない。
　襲名を疑問なく受け入れ、しかし他者の死を前に狼狽えた己に対し、彼女は、襲名によって見えるものに期待をしたのだ。それが死を経るものであろうとも、

……意味を求めたという時点で、私よりも上よ。

　死を超えたものを見ている。
　そのようなアーサー王を、己は護ろうと、そう思ったのだ。
　ああ、決めたのだ。そして、

「――!!」

「……!!」

　今、自分は、護っている。

●

息が荒れる。
その中でベディヴィアは躍動した。この技を修めて十数年、ここまで己を酷使するのは初めてのこととなる、と。だが、

……護っている……！

何をだ。
陛下。アーサー王。田舎出身の襲名者。
否。違う。そのようなものではない。

「弱さよ……！」

一人の死で救われようとするこの島国の弱さを、彼女は認めた。それを咎めようとする己の偽善を無視して、アーサー王は笑った。
彼女もまた弱いのだろう。だから強がる。だが、

「――――」

己は術式を展開した。一瞬。それだけで十八発の聖術が発動する。
身体強化と冷却系。何処までも速度を上げて敵を迎撃するのが我が歴代。そして、

「ケイ……！」

己は声を上げた。今、ここで戦っているのは自分だけではないとして、

「荷重術式を展開しなさい！」

●

「Tes.――!!」

ケイは応じた。友といえる相方の要望だ。
準備は出来ている。このホールを最後の守りとするための練習など、幾度もやっている。だから、

「勝つよ……！」

自分は、目の前の現場に、全力で術式を叩き込んだ。


空振が走った。

天井も、壁も、柱も、何も無い。ただ床だけが上から圧迫され、軋みをあげた。

ケイによる範囲型の荷重術式。それがホール内のベディヴィアを除き、全域で圧を掛ける。

上から下に。床が明らかに沈み込み、何もかも伏せさせる力を押しつける。

そして影が見えた。

狼だ。

上からの圧によってディレイを食らい、残像分身の数が減る。

対するベディヴィアが、白い息を吐いた。体熱が冷却術式で緩和されつつも、消し切れぬものが宙に淡く影を作る。

そのまま彼女が、右手の直剣を振った。

同時に、狼がベディヴィアの正面に跳び込む。

だが行く速度が低下している。その証明のように、残像分身の姿が全て消える。しかし構わぬというように狼が銀剣を構え、

「――――」

行った。

清正が見たのは、火花の応酬だった。

音が歪な鉄の軋みとして鳴り続け、壁や天井を震わす中心。そこでネイメアの母とベディヴィアが剣戟を交換している。

「……え？」

おかしい、と己は思った。今、このホールの戦場となっている部分には強力な荷重があり、ネイメアの母はその重圧を受けている筈だ、と。
だから彼女の速度は落ちていて、

「それなのに、何故、高速の遣り取りを行えるのです？」

それも今まで以上に、だ。だって先ほどまで、弾き返すのも至難だったろうに。
どういう事か。その疑問に対し、母が答えた。

「――ええ。ミトツダイラ様と彼女の王様の愛が、何もかも可能とするのです」

「**ホアッ**、メアリ！　ちょっ、それっ、否定したくないけど行きすぎですの……！」

母は流石だと思うが、騎士の手元が無茶苦茶狼狽えて火花が変な方に散りまくった。
その修正に狼が入っていく間に、蜂須賀《はちすか》の姉がつぶやいた。

「最適化さ」

彼女が、端的に告げる。

「瞬発加速の出力から無駄を省き、最低限かつ最短距離の迎撃可能な力を導き出した。そうなると、全域荷重は単なる負担の定数でしかないから、――ミトくらいのパワーがありゃあ撥ね除けられるさ」

「あのベルトの拘束よの？」

義光は、騎士装備の仕掛けに気づいた。装甲などもついた装備ではあるが、瞬発加速の人狼種族として見た場合、最も有用なのは、

「自動調整式のベルトで各部を圧迫、また開放することによって、瞬発加速として最適な出力を制御する……、ということかえ」

『Ｊｕｄ．、ミトツダイラ君の弱点は、やはり鍛え直し入っているとは言え、持久力の面です。竜属相手にする可能性を考えた場合、長期戦闘を想定しますので、無駄な出力を掛けない方が良い。――ゆえに出力を装備側で抑制、開放する装備となったんですね』

「広義の拘束プレイですわねえ」

「〝我が王、今日は騎士装備で拘束状態ですの……〟、と」

「何が〝……、と〟ですの——!?」
まあ元気で何よりだ。

「見ている限り、距離の空いた残像分身が必要なほどではない、かえ。しかし荷重下においては、やはり体力の減耗は避けられまいぞ？　そのあたりはどうするのかえ？」

●

答えは既に出ている。

範囲系、結界系の対抗術式と言えば浅間が有力だが、彼女は今、皆の加護管理やフォロー役だ。だとすれば、他にいるのは、

「喜美……！」
迎撃と攻撃に火花を散らしつつ、己は叫んだ。

「ちゃんと出来るのを見せましたわよ!!」

●

いい台詞ねえ、と喜美は思った。

今、自分の全身や周囲にも荷重が入っている。それは刻々と、緩やかにだが圧を高めて行っており、

「コレは、アレね？　この術式はつまり——」
ええ。

「——アレね？」

「え!?　何!?」
何そんな驚いてんの。アレって言ったらアレでしょう。ただまあ良いわ。今、うちの狼が愚弟とのイチャ付きで解決を導いたようだし。

「愚弟にハグ拘束されて、反射的にパワー返しせずに制御。——そこから力の制御を取り直すあたり、良いのか悪いのか解らないわねえ」
ただまあ、ミトツダイラは〝出来た〟。この

重力制御下で、愚弟の助け以外のものを借りず、自分で相手への対応が出来ると証明したのだ。

「私の助けを前提としていないなら、ええ、――それ以上を助けてあげる」

己は前を見た。ケイ。円卓の騎士。だが重力制御の術式ならば、

「――アハ」

着ている衣装。マギノウォリアー装備のマントを翻し、己は笑った。

●

「いいわね。今夜は素敵な夜だわ。だって私達、精霊認定だもの！　〝湖の精霊〟！　英国弁で言うとエレメンタル・オブ・ミズーミィー！　やだ私、博識！　ついでにこれから先の人生で、私、経歴書に書いちゃうわ！　当方メイン精霊、サブで英雄募集します！　――素敵！」

全く、いつの時代も英国は変わらない。

「さあ、着古したものから離れられないアンタ達《たち》を、上から目線で寸評してあげる」

己の装備。下ろし立てのこれは、

「似合う新作を着た女は無敵よ……！」

第五十七章

『閑き場所の勇者』

怒れ怒れ
怒りが本音を呼び起こす
焦れ焦れ
焦りが笑って怒りを消す
配点（結果は何？）

ケイは、異質を感じた。

さっきから何か不規則言動をしている女が一人いるが、

……マントが翻ってる!?

あり得ない。彼女のいる位置は範囲内で、マントなどは全て下に落とされる筈だ。髪の毛だってあんなド派手なのが、ペタンと下に行っていておかしくない筈。それが何故、

「落ちない!?」

落ちない。

無事だ。髪も、衣装も、何もかも。ただ彼女の周囲で床に小さな飛沫が上がっている。大気にあった微細な埃《ほこり》が、重力荷重で叩きつけられ、更に重なる荷重によって跳ねているのだ。

それなのに、相手は、何も無い道を歩くように歩を進める。


疑問ではない。危険だ。

自分はあまり頭がよくない。そういうのはベディヴィアに任せている。だから危険と思ったら即行動。

「落ちろ!」

自分は壇上の床を踏んだ。

仕掛けがある。それは床の一部をスイッチとするもので、二段踏みを経て起動。結果として起きるのは、

「床石ごと下に落ちるといいよ!!」

瓦礫の打ち合う音が下から下へと響いた。

ネイメアの耳に届いたのは、石がぶつかる高音の連続。耳からのイメージでは強い火花も浮かび、一瞬、赤い跳ねた光が幻視される。それほどの勢いと多重が生じた結果は、

「……ホールの半分以上が落ちましたの！」
母とベディヴィアの戦う半面を残し、他全てが崩落した。
その筈だった。

「フフ、タンタタタン、ってね」
影が立っている。
高重力の荷重が存在し続けている下。その最中で、

「喜美伯母様！」

「フフ、マダムと呼びなさい。ええ、呼んで！　うーんマンダム！　ちょっと違うけどノリとしてはそういうことよ！　マダムケンネーって、ちょっと方言みたいよね！　〝マダムやけんねえ〟って何！　信州弁!?」
何言ってるか解らん。

「信州ではなく博多《はかた》方面ではありますね」
勉強になりましたの。しかし、

「何で落ちないのかな……？」
その通りだ。

ケイは見た。

「何、これは……！」

眼前、大穴の開いたホールがある。

だがそこに、橋が架かっていた。

石の橋だ。

石床を作っていた十五センチほどの石板の群。

その内、相手から自分を結ぶ一直線が、空中に残っている。

おかしい。

石床は落とし穴のトラップのため、並べた石板の下を板群と木柱で支えている構造だ。こちらの仕掛けによって柱を倒壊させ、一気に下に落とし切る。そういうトラップだった。

だが今、下の板群も柱もないのに、石が宙にある。

橋だ。

よく見れば、相手の背後、敵群がいる穴の縁まで、石が残っている。

……だとすれば――。

今、この石の一直線は、その縁同士が引っかかったような淡い摩擦で橋を作っている。

一つ、指で押せば、全てが落ちるだろう。

小さな葉の上に、達人は立つことが出来るという。そんな話からすれば、敵は正に達人なのだろう。だが、

「どうして……!?」

「フフ、まあぶっちゃけると二度ネタみたいなものなんだけどね？」

相手がこちらを指差し、こう言った。

「でも教えないわ！　企業秘密だものね！」

「喜美！　戦闘中に何ですけど、企業って何ですの？」

「フフ、私は私の総合商社よ！　アオイキミマンダムコーポレーション！　略してアキマンコーポ！　ちょっと危なかったわね！　**クパアアアアア！**　でもセーフ！　解る!?」

「戦闘中に何だけど全く解らんわあ――!!」

かなり同意だ。だが、

「何か、術式!?」

「フフ、教えて欲しかったら頼み方ってものがあるでしょう？」

「プリ――――ズ！」

「意味解る!?　プリーズ！　プリプリの複数形よ！」

「……!?」

「……!?」

「ベディヴィア！　何言ってるか解らないけどちょっと解ったの！」

「それは錯覚だから後で顔洗って出直すのよケイ！」

　フフ、と敵が肩を震わせた。彼女は石橋の上で手を左右に、上へと掲げて、

「アンタ、真面目すぎるのよ。上からの荷重、完全にバランスがとれているのは、多分、その下で動くベナンタラの事を考慮したんでしょうけど、バランスがとれていると言うことは、均等に隙もあるということなのよ？」

　笑いが聞こえた。

「同じ音圧をずっと響かせているなら、そこに一音入れてあげるだけで不協和音。私がやったのは、アンタの荷重に足音一つ分の〝音〟を追加で荷重させただけ。

　あとは、ホラ、――私がアンタを見据えているから、こんな一直線で荷重が割れたわ」

　清正は、横の福島が息を詰めたのを悟った。

　眼前、ただ石の橋を歩いて行く姿がある。あれは、

「運動の軸を、自分のみならず相手のものまで見据え、更に術式として介入していると、そういうことで御座りますか……」

「あー、喜美はホント、音や動きから介入って、そういうの得意なんで……」

　それで済むから母世代は凄い。ただ、総長の姉が歩みを止めずに声を上げた。

「パーリナイ!!」

　アハ、と笑みが聞こえる。

「ミトツダイラ！　そっちを早くシメなさい！」

　喜美の声の直後に、ミトツダイラは動いた。

挙動はしている。銀剣は火花を上げ、相手に到達するのも至難だ。だが、

「そうですわね……。貴女達が私達に勝てない明確な理由がありますわ」

「!? まだ勝負がついていないのに、勝ち負けを語るか！」

「ええ、それはもう、――すでに決まっていることですの」

言う。

「貴女達、アーサー王の運命について、いろいろ考えましたのよね？ 真面目に、ずっと思案して、そして今の結論を導いた」

「Ｔｅｓ．！ そうよ！ 思案は最大の意味ある糧！ それを無しに出た答えは、納得出来るものではないわ！」

「そうですの」

では、言葉を投げるべき意味がある。

「正しき答えとは、納得など必要ありませんのよ？ その答えが出た瞬間に、これが一番だと、それしかないと解ってしまう答え」

つまり、

「――〝真実〟ですわ。嘘も躊躇いもない、本当に望み、叶えられた希望。それを、貴女達、真面目に考えて得られないならば――」

「貴女達は何だと言うの!?」

Ｊｕｄ．、と己は応じた。

「不真面目な、しかし、――世界がどうあろうと、正しくなかろうと、間違わない判断を求める王と、そんな王に続く者達ですの」

「――」

ベディヴィアがこちらの背後を見た。そちらに王がいる。

見る。

全裸だった。

見なかったことにする。しかし、

「オイイイイイイイイイイイイ！」

「い、今のは事故！　ちょっとした事故ですのよ！」

お互い手を止めずにやっているのでいい度胸だ。

「おーい！　ネイトー！　視線こっちこっち！」

やかましいですの我が王。だが、充分に〝間〟を稼いだ。こちらがするべきは、

「不真面目を、お見せしますわね！」

●

アデーレは、違和を感じた。空間の歪みだ。不意に視界が膨らんだような感覚があって、初めは眼鏡がズレたのかと思った。そして持ちあげ直し、

「え？」

歪んでいるのは空間ではない。ホールだ。

大部分は下側。床面を押し潰し、歪曲《わいきょく》させている力がある。それは、

「第五特務……!?」

第五特務だ。剣戟を続ける彼女の足の下を中心にホールが歪んでいる。あれは、

「単純に〝力〟ですわね。――相手の攻撃を捌く中で、下半身の支えに余裕が出来たから、踏み込んだんですの、人狼の膂力で、ね」

●

踏んだ。

高重力の荷重が入っているならば、自分には一つ出来る事がある。

……フィールドへの干渉ですわ！

荷重を足すように、床を踏む。瞬発加速ではなく、己が持っている人狼の力だ。これは低速で瞬発出来ないものだが、単純なパワーとしては相当なものだという自負がある。

それをもって、足場を歪める。

やる位置はここだ。ベディヴィアとの剣戟はほとんど足を動かせない。だからこそ攻撃の遣り取りの中、剣を放つ上半身を支える下半身はほぼ固定となり、

「踏み込めますの！」
位置は固定。効果を出すための力の向きは、喜美が教えてくれた。彼女が行ったことで崩落のトラップが発動させられたため、このホールの下部構造を確認出来たからだ。
ここに入る前、第一特務やメアリが内部のトラップ構造などについて話をしていたのがヒントとなっている。そして、

「……！」
ここは柱が幾本か並ぶ中の中央。踏み込めば支えられている石床の下、木板は歪む。それは、

「……!?」
一瞬だけ間が空いた。だが、

「小癪《こしゃく》な……！」
ベディヴィアが術式を展開した。加速術式ではない。身体強化だ。冷却系を捨て、ここで一気に勝負を掛けようというのだろう。
己も応じた。故に、

「――！」
銀剣を構え、動いた。決着をつけるために、だ。

●

ベディヴィアは、視界から相手が消えたのを見た。
正面。これまで打ち合っていた人狼がいない。
だが違う。これは、

……フェイント！
騙《だま》しだ。手元に来る剣戟の手応えは一瞬消え

たが、弾く手応えの残滓から相手の位置は読めている。それは、

「下！」

眼下だ。踏んで歪ませた床板。そこに彼女が沈み込んでいる。床の歪曲は実際において十センチ足らずと言ったところだろうが、これまでに無かった変化がこちらを戸惑わせたのだ。

結果、見失いはした。だが、刹那の時間だ。手応えは続いている。

そして自分は、隙を生んだ分の補填をした。

身体強化の追加だ。更には、

「左剣!!」

左の手に、もう一本の剣を抜いたのだ。

双剣。

「おお……！」

行く。

二刀流は、体力の消耗を考えると短時間しか使えない捌きだ。

不意を打つ、という意味でも、自分の切り札である。

身体強化は既に限界まで掛けている。

刹那の隙があろうと、これはそれを埋める。

敵は下だ。足元を狙われる危険性については、無いと判断した。

何しろ相手の武器は長剣だ。しゃがみ込んで目の前にあるこちらの足を切るには、振りかぶり動作が大きくなる。

対するこちらは両手に剣。高速の二発を、相手の頭上から時間差をつけて叩き込む。片方は肘から放ち、片方は肩から放つ。回避運動をとられてもどちらかが当たる。そういう攻撃だ。

放った。

身体強化の術式が涼しい。矛盾しているようだが、身体の発熱が、逆に周囲の大気を冷たく感じさせる。その寒気の中で、己は二本の刃を

発射し、

「――――！」

打ち込んだ。

堅音が鳴った。

二発だ。

ベディヴィアの双撃が放たれ、敵の騎士に向かった結果だった。それは火花を散らし、

「ベディヴィア！」

おかしい、とケイは思った。今、ベディヴィアの剣は相手に受けられたのだ。だから火花が散り、鉄音がした。だが自分の相方の技ならば、

「音！」

次の剣戟の響きが、即座に続いて然《しか》るべきだ。

だがそれが鳴らなかった。

おかしい。再びそう思った時、光が舞った。

ホールの宙に、長い銀の直線が飛ぶ。その正体は、

「御母様！」

人狼の持つ刃だ。その一振りが彼女の手を離れ、天井近くにまで舞った。

水平状態で高く押し、投げ出された剣が、ベディヴィアの双剣を上に弾いていたのだ。

そして己は見た。ベディヴィアが全身を仰け反らせる正面で、人狼が、

「行きますわよ……！」

無手の両手を構えている。

ベディヴィアは確信した。敵の武器が宙を飛んだのを、だ。

相手の武器喪失。どう考えてもこちらの勝ちに繋がる結果だった。だが、

……違う！
敵は、これを狙ってきたのだ。自分が二発の高速撃を叩き込むのに対して、

「武器を捨てるつもりでカウンターとは！」

●

「ホント、パワー好きですわねえ」
母の母の言葉に、ネイメアは瞬発加速で振り向いた。

「大御母様！　今のは――」

「Ｔｅｓ．、――先に行った床面ゴリ押しと沈み込みは、相手が二発落としてくるのを誘うためのものでしたの。解りましたわね？　そして――」
母が何をやったかは解る。これまでが高速の打ち合いをしていた中で、いきなり、その戦い方を変えたのだ。

「……銀剣を、横に両手で構えて、相手を〝押し〟ましたのね？」

「Ｔｅｓ．、相手は高速の遣り取りをするため、身体強化は速度重視。剣の扱いも、打ち込んだら〝即引く〟のがパターンですの。これがどういう〝剣〟か解りますの？」
母の母の問いに、己は答えた。

「高速で、しかし、……後に残らず、軽い？」

「Ｔｅｓ．、まあ速度があるから威力は相当ですけどね。でも、双剣状態になればバランスを取るため、両剣の合計ならばともかく、片方ずつなら軽いですわ。
だからそこに合わせて、ネイトはやらかしましたのよ。相手の攻撃が当たる瞬間に、人狼の素敵パワーで押し、吹っ飛ばしましたの」
これまでのお互いが打って引く流れだ。そうではないとしても、母のパワー押しのようなカウンターを食らったことはあるまい。それも、

「銀剣、投げ捨てるつもりとか、……私が貰ってしまいますのよ?」
だがその成果は出た。強く弾かれたベディヴィアが姿勢を崩し、対する母は、

「――!」
両の手、人狼の爪を武器に瞬発した。

●

高速だった。
ベディヴィアは、それに対応出来るだけの力と技を持っている。だが、

……く!
床を歪められ、カウンターによって姿勢を崩された。更に、

「……っ!」
今まで長剣を振り回していた相手が、いきなり両手の爪を武器とした。
回転速度も、リーチも、何も違う。
変化だ。
これについていかねば、己は押し切られる。
だから、

「身体強化……!」
限界を超えて、術式を更に展開する。高速化する。だが、

「――ベディヴィア」
相手が告げた。

「貴女、真面目過ぎますわ」
直後に来た。こちらの連撃を、辿《たど》るように相手の応射が飛び込んで来たのだ。まるで刃の群を潜って飛びかかる狼の群として、彼女の両爪がこちらの剣の側面を弾いて飛ばし、

「――!!」
来た。

ミトツダイラは見た。敵の武器が宙を飛んだのを、だ。

ベディヴィアの右手から、剣が離れて虚空に舞った。

相手の武器を片方喪失。どう考えてもこちらの勝ちに繋がる結果だ。だが、

……違いますわね！

思い、己は相手の実力の高さを改めて知った。

真面目な、相手への致命を狙う軌道を連撃してくるだけではなく、敵は、次に放つ〝これ〟を狙ってきたのだ。こちらがやったことへの意趣返しのように、わざと剣一本を強く弾かせ、その反動で身体を揺らし、

「……っ！」

左一本。放たれるのは剣士としての最速攻撃。

左片手突き。


これまでの剣戟で叩きつけるような軌道を見せ、左右に視線を散らした上での中央一発。

……見事ですわ！

思うなり、点にも似た一直線が来た。真っ直ぐの狙いは首下。容易くかわせない位置へとベディヴィアの一撃が来る。

寒気だ。

「寒いわね」

ベディヴィアは、口から白い息を吐き、こう思った。

今は春から夏に向かう時期ではないのか、と。

自分はそれなのに、何故、このような寒気の中にいる。

身体は熱い。汗はもう出なくなっている。だが全身は挙動し、これまで隠し通してきた貫通撃一発に全てを注いでいる。

この貫通撃を、己は、自分達の王には教えていない。

王賜剣は大剣で、突きの攻撃など不要なのだ。

このような、不意討ちで活かせるような技など、そもそも王者の技ではないのだから。

奥の手だ。

自分だけが使えれば良い。

それを今、放つ。放った。あとは、

……届け。
視線よりも早く届けばいいと、そう思う。これが届けば終わりなのだから。
だが、

「――貴女、真面目過ぎますのよ」
無手の彼女が、その両手を、左右に軽く開いていた。
何をする。受けるのか。否、あれは、

「私、いつそれが来ても良いように、武器を置きましたの」
言葉と同時に、彼女の両手が走った。
中央。まるで合掌するように弾かれて合った手が、音を立てた。
こちらの貫通撃に、左右の手を叩き合わせ、

「白刃取り。――真面目な貴女相手でなければ、出来ませんわ」
言葉と共に、止められた刃が砕け散った。
己の技が、破砕された音だった。

●

「ケイ……!!」

聞こえた。友であり、古くからの相方の声が、膝をつく動きと重ねて聞こえた。

ケイは決めた。彼女の名前を呼ばない、と。

そうしなくても、こちらの応答は理解しているだろう。

古い付き合いだ。

自分達が会ったのは子供の頃。確か、冬の寒い中だったと思う。今、彼女が白い息を吐いて

いるが、そんな季節だった。

　そして春に、自分達の王となる少女と会った。

　王は自分と気が合う。つまりは結構馬鹿な子だった。ベディヴィアもそのように扱い、呆《あき》れたような風情で、だが真面目に付き合っていたのだ。

　それが、二人目の候補者が出て、運命が決まったとき、変わった。

　アーサー王は〝そうであること〟を望んで納得し、自分達は色々話し合い、だが全ては未来のブリタニアのために、やはり納得した。

　己は思う。アーサー王は無敵じゃない、と。

　物語の通りだ。

　だから自分は歴史再現を演じる。

　己は王の義兄として仕え、最後、モードレッドとの決戦であるカムランの戦いで死亡する。

　そのことを覚悟して仕える自分に、アーサー王はいつも笑ってこう言った。「カムランの戦いは起きない。だからずっと私に仕えろ」と。

　そうだ。

　その通りだ。

　アーサー王はモードレッドに倒されることで、〝アーサー王がいたこと〟にする。カムランの戦いも何も、王が死ぬことで〝あったこと〟にされて、以後、自分はケイではなく、ボールスとして聖杯探求の旅に出ることになるのだ。

　それはいつだ？

「今夜じゃなくても、いずれそれは来るの……！」
　己は身構えた。正面、近寄ってくる派手な女と、膝をつく相方と、その向こうにて鉄の刃を散らして払う狼を見据え、

「いつかいきなり終わるなら、それだったら、お互いが認めた今夜でいいと、そう思ったの……！」
　だから、そうする。重力荷重は放ったまま、足を踏む。
　床。そこにある仕掛けは、

「これが私のカムランだよ……!!」

この謁見室を完全崩落させる。己も、ベディヴィアも無事では済むまい。だが、アーサー王はこれで護られる。

自分達が決めた何もかもが、これで完成する。

それがベディヴィアの指示であり、

「終わりだよ……！」

天井落としのトラップを、己は起動させた。

●

「……地鳴りか!?」

ランスロウは、激震を聞いた。

今、砦の広場の中で、自分達は文字通り疲弊している。

ファースト派も、サード派も、セカンド派も、殴り合って倒し合ってぶつかり合って、もはや誰がどちらの派であるかも関係なく、膝をついたり夜空を見上げているのだ。

使い切った、と、何をともなく思う。自分もまた、膝をついてはいないが疲労しており、

「……む？」

明らかに、砦が揺れた。

〝湖の精霊〟とパーシバルが向かった砦の奥だ。

そこから響いた大気の震えは、

「……謁見室の崩落トラップか!?」

最後の手段ともいえる、防衛の罠。これを起動させるための床の踏み方は、ワンサードも知らない。ケイとベディヴィアだけが知る技術だ。

謁見室が崩落したならば、二人は無事ではあるまい。だが、

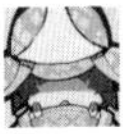

「ランスロウ様……？」

気づいた者達の疑問に、己は首を下に振った。

先ほど、一回の強烈な音と震えがあったものの、

砦自体は、

「何の変化も無い……?」

誰もがそれを見ていた。
謁見室。ホールの中央で、一人の女が一つの動きを取ったのだ。
それは、ケイが踏んだ床の動作に合わせる響き。ホールの穴を渡る石の上にて行われた軽い踵《かかと》のタップだ。だが、

「どうして……!?」
ケイが叫び、再度床を踏んだ。しかし、

「無駄よ？　打ち消したから。それは起動したけど、途中で止まってるわ」

「どういう方法ですの？」

「ええ、ノイズキャンセリングと似た方法だけど、よく考えたら全く違うわ」

「全然説明になってませんよ……!」
まあ気にしない、と喜美が言う。そして彼女がケイを見て、ベディヴィアを見て、こう告げた。

「ずっとこの状況が続けば良いと思ってた。でも、続かないなら、自分達で切ってしまおう。それが仁義だと、そんな感じね。でも——」
でも、

「フフ、——馬鹿ね。ずっと、なんてものは、あるけど、無いのよ？」

ケイは重力荷重を抜いていなかった。
今はそれが最後の抵抗手段のように思える。だから自分は、術式を追加で多重展開し、更に全域荷重を掛け、しかし敵の言葉を問うた。
「ずっと、というものが、あるけど、無い

……!?」
ええ、と相手が応じた。彼女は荷重を気にせ

ず、周囲に散る埃が下に弾けるのも厭《いと》わず、

「ずっと、と約束した人のことを思える限り、それは永遠にも続くものなの。だったらアンタ幸せなのよ。永遠を約束出来る人がいたんだから。それはアンタがいい女だから。だから――」

目を細め、彼女が言った。

「いい女が、自分からそれを諦めて捨てては駄目よ」

「――それは」

出来ない、と思った。否、そうしようと願って、ベディヴィアと共に何度も多くの有力者達と意見を交換した。

誰も彼も、同じだった。皆、自分達のアーサー王を頂くべきだと考えて、だが、

「竜属達の侵攻に、どうすればいいのかと……!」

アングロサクソンの侵攻があれば、このブリテンは少なからず傷つく。失われるものも多く出るだろう。だからアーサー王が望み、決めたのだ。

「アーサー王が、自ら、犠牲になると……!」

「馬鹿ね」

問いかけに続けて、相手が言葉を放った。

「アンタ達は、アーサー王から一つのものを奪ったのよ」

「!? それは――」

「正義ですわ!!」

●

ミトツダイラは反射的に叫んでいた。

これは、この箇所については、己が吠えねばならない。今、こっちに対してもかなりの荷重が掛かってきているが、それを撥ね除けて身を起こし、

「いくら偉大な王とて、ついて行く者がいなければ死ぬだけですの。
　しかし、行き先が死地であろうとも、ついて行く者達がいれば、偉大な王は、だからこそ勇気持ちそれを撥ね除けますわ！　そして——」
　そして、

「偉大な王が、偉大ならぬ者達に見せる身分違いな夢、共に行くために掲げて見せる必要なものを、——正義と呼びますのよ？」

●

「——」
　ケイは、軋んだ。相手の言ったことを否定しようとした。
　否。自分達とて、王と共に行こうとしたのだと。勇気持ち、王と共にアングロサクソンの侵攻に立ち向かおうと思ったのだ。しかし、

「それで失われるものに対して、どうすれば——」

　そうだ。それは無責任だ。正義という格好良い言葉に踊らされているだけだ。
　だが、相手が吠えた。こちらの荷重下から、何もかも無視して声をあげた。

「——失わせないこと！　正義として、それと向き合いなさいな!!
　たとえ世界がそれを正しくないと言っても、間違ってはいないと、己の正義として掲げますのよ！」
　馬鹿な、と思った。失われるものがあるのだ。それに対し、失わせるなと言うのは理想論だ。言うなら誰にでも出来る。しかし、

……ああ。
　己は思った。我らのアーサー王は、我らの下で犠牲になるのだ、と。
　犠牲だ。そうだ。それはつまり、

……失われるのでもなく、失わせてしまう……!
　派手な女は、さっき、犠牲という言葉に対し

て、こう言った。

「馬鹿ね」

「――――」

●

己は気づいた。自分達のアーサー王も、また間違っているのだと。

彼女は、実力の無かった父がどうして戦いに出たのか、そして死んだのかと自問していた。

その上で、彼女はブリタニアを救うために死を選んだ。

父と同じように、それが必要な事だと、そう悟ったのだ、と。そう言っていた。

違う。

彼女の父は、失われたのかもしれない。だが、

……犠牲ではなく、死を選んだのでもない！

それが必要でありつつも、しかし、死は結果だ。

力ない者が、どうして戦場を選んだのか。それは、先ほど人狼が叫んだ通りだろう。

正しくはないが、間違ってはいないこと。

正義だ。力無き者の、だからこそ、出来ずとも、捨ててはならないこと。

……ならば――。

ああ。ワンサードの父は、偉大であったのだ。

ゆえに彼女は父に憧れ、しかし、理解が出来ていなかった。死を選ぶことが必要だと、そのように振る舞ったが、だがそれは、誰のせいだ。

古株として、馬鹿な少女を支えるべき襲名者達の仕事ではなかったのか。そして、

「くあ……!!」

感情の乱れと迷いと、震えのようなものが、手元を崩した。

術式。その制御が乱れ、荷重の術式が暴発したのだ。

威力の抑え無し。何もかも巻き込むそれは、ベディヴィアにも容赦なく、この謁見室をかき寄せるようにして、

「御免……！」

何も起きなかった。

● ●

ケイは、無音の謁見室の中央で、馬鹿女がΨみたいなポーズをとっているのを見た。
それだけだった。
周囲、敵勢を含み、結構誰もが身構えていたものだが、

「……今のは……」

「フフ、結構〝読む〟時間はあったものね。だから不協和音の術式なんて消してやったわ！ 感謝してもいいのよ！ プリプリプリ――ズ！」

訳が解らない。というか今、術式を発動しようとしてもキャンセルされる。
この場が、完全に彼女の支配を受けているということだ。

「ど、どういうこと……!?」

「あら、知りたい!? ホワットかホワイ!? やだ私ったら超聡明《そうめい》じゃない！ 何故ホワ――イ！」

「八百年後に教えてあげるわ！」

フフ、と相手が笑った。こちら、橋を渡り終えて、手を挙げる。

「――いい音だったわよ？ 私に挑みかかってくるくらいじゃないとオーディエンスには届かないものね」

そう言って鳴らされた指。
響く音に、広場から通路をもって届く大扉が開いていた。そこにいるのは、ファースト派を

始めとした各派の戦士団達だ。

　誰も彼も、侵入者の迎撃に来た訳ではなく、それぞれ広間に入ってきて、膝をついた。

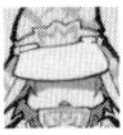

「ベディヴィア様！　ケイ様！　我らの望みを一つ！　今晩だけでいいので、叶えて下さい……！」

●

　彼らの望みが何か。それを解らぬベディヴィアではない。

　流石に息の色も消えた。逆に少し、身体に寒気を感じる。故に己は、衣装の襟を締め直し、皆を見た。

　壁際とこちらの床沿いに、そそくさとやってくる〝湖の精霊〟達を視界に収め、しかし咎めることなく、皆に言う。

「……馬鹿な要望ね。それを叶えたら貴方達、これから一生、私達の言いなりよ？　私達が聖杯を探しに行くのも、定かではなくなるのだから」

　そうなったら、どうなるか。

「……アングロサクソンの侵攻も、アーサー王の物語も、何もかもが、今夜で終わらず、全て〝有り〟になる」

「この地を縛ってきた長年の歴史再現から、解放されるつもりだったのか」

「Ｔｅｓ．、たった一人の犠牲を経ることで、そうなるの。——つまりは全て歴史再現。そこから生まれるあらゆる意味での服従と従属を生じぬよう、我々はずっと、今、今日の日のために過ごして来たのでしょうに」
　吐息が出る。

「今、この時代の、そして私達の感情に任せて、今後数百年、またはそれ以上の取り返しがつかない選択をすると言うの？」
　言った。送った言葉の先で皆が動きを止める。物言いを無くす。
　そうだ。ここで今、竜属達に逆らうと言うことはどういうことか。皆、勢いと感情だけではなく、冷静な理性によって、思い出すべきなの

だ。だが、

「しつもんでーす」

全裸が言った。

「もしも俺達がそこにいるパーシバルが滅茶ホレてるアーサーナンタラのことを止めたら、どーなんの？」

「ハア!?　パーシバル！　お前は……！」

「い、いや！　ワンサード殿ではなくスリーサーズ殿の方であるよ!?」

「そう……」

「そう、じゃない！」

●

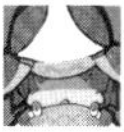

「ああ、そうじゃねえよ……。あの絨毯《じゅうたん》みたいな模様の服着てる男」

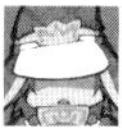

「何浮かれてんだよなあ……」

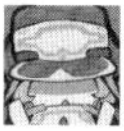

「ちょっと流されすぎよねえ……」

「どこもかしこも毎度厳《きび》しいで御座るなあ……」

●

参ったわね、というのが感想だ。

己は、立ち上がり、折れた剣を捨てる。そして、

「我らのアーサー王の存命を願う！　――それを為せば、明日、アングロサクソンを襲名した竜属がこの地を実際に襲うわ……！　どれだけの破壊と、損失が生じると思っているの!?　もしも支配をされれば、この地は終わりなのよ……!?」

「でも竜属には立花嫁みたいな戦術家？　そんなのいねえし、ネイトや浅間みたいなのもいねえし、姉ちゃんだっていねえよ」

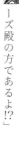

それに、と全裸が言った。

「もしもアングロナンタラが攻めてきたら、そうなったら、――一番に前に出るんだろ？　オメエが、さ」

「それは――」

「……我々が前に出ます！」

いきなり、声が来た。

「そのときは、そのときは、我々が前に出て――」

「ベディヴィア様達と共に戦います！」

「貴方達……」

己は、再びの吐息をした。

言葉になるのは、もう、これしかない。

「何てことを……」

●

「……というか、何でさっき、私までトーリ君にカウントされたんです？」

「智！　智！　解ってボケてますのよね!?　今！」

「流石は浅間様、この程度ではまだまだと、そういう事ですね？」

●

何か一部やかましいが、ベディヴィアは吐息した。

どうすればいいのだ。

否、答えは見えている。正しい答えと、正しくない答えだ。だが、間違っている答えと、間違っていない答えも見えている。

大体、私は指導者ではないのだ。それなのにどうして皆、私にここで頼る。

否。

……違うわね。
皆は今、私達について行こうとしているのだ。
だとしたら、

「間違っていても、正義を持て、……と」
正義を偽っているのは、自分だけだ。そして、

「ベディヴィア」
相方が、床に座り込んで、こう言った。

「私が一緒に謝ってあげるの」

「それは――」
Ｔｅｓ．、と応じる声が来る。

「私、頭悪いから、いろんなことをベディヴィアに任せてきたけど、だけど、それだから――、ベディヴィアが叱られるときは、私が一緒に謝ってあげる。一生。そうするって、ここで誓ってあげる」
だから、

「ベディヴィア、私が今持ってるただ一つの願いを、今晩だけ、叶えてくれる？」

「………」
馬鹿ね、と思った。
一息を入れる。吐息ではない。肩も落とさない。身をまっすぐに立て、

「……私は人の上に立つような者じゃあないのよ」
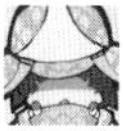
「ですがベディヴィア様……！」
来る声に、自分は告げた。

「騎士は正義を持つものではないわ。それは王の役目。でも――」
でも、

「馬鹿な騎士が、正義についていくことを認めてくれるならば、――皆、私と一緒に行って頂戴。そして――」
己は、〝湖の精霊〟達を見た。彼らは、

「……いつの間に出口の方に移動してるのアンタ達！」

「いやオメエ、長えんだよ話が」

　自覚はある。だから口を横に、舌打ち出来る育ちならしているところだが、

「行きなさい〝湖の精霊〟。我らが王をアヴァロンに連れて行かず、この地にいろと言って頂戴」

●

　わあ、と皆が奥の扉を開け、移動を開始する。
　そんな中でミトツダイラは自分の王に労《ねぎら》いとして頭を撫でられつつ、一つのなすべきを思った。

「ええと、我が王？　あっちのドアの方ですけど――」

「……？　ミト？　そっち、右のは違うドアですけど、何です？　あの、洗面所だったらさっきインフォで見た――」

「そうじゃありませんわよ……！　え、ええと、我が王？」

「あ？　ああ、さっきから解ってる。――おい、ベナンタラ、こっちのドア、アレだろ？　多分、王様専用の――」

「……？　変なものが気に掛かる連中ねえ……」

　ただ、ここが大事だと己は思った。

「私の鼻が、まずここを探れと、そう言っていますのよ？」

第五十八章
『月下の聖剣持ち』

流れたのか
破れたのか
決めたのか
何故ここに
私達は集う
配点（考えたこともなかった……）

●

天井が高くなっているように感じた。

「実際そうなのか、それとも床が下がったか……」

「――どうしたの？　表は片付いた？」

　言うベディヴィアが、謁見室に開いた大穴の縁にいる。彼女は今、穴の底にいるケイや、戦士団の皆と、床穴の補修を行っている。無論、この謁見室に全員が入れる訳はない。ゆえに自分は、

「表の方、いろいろ暴れたからな、とりあえず補給と治療を皆に勧めてる。こっちには比較的無事な連中を送ったが、働いているようで何よりだ」

　言って、一応、問うておく。視線を謁見室の左奥、狩猟場に至る扉に向け、

「行かないのか」

「――スリーサーズがいるわ」

　ベディヴィアが、地下に立たせる柱の角度に首を傾げる。下にいるケイに修正の指示を手捌き付きで行いながら、

「スリーサーズは私達を信用していないわ。自分の妹を、仕方なしとはいえ死の方向に仕向けさせた私達を、ね。そして――」

　そして、

「彼女もまた、このブリテンと、妹が認めた犠牲を止めることが出来ない。〝湖の精霊〟は正義の下に勇気持てと、そう言ったけれど、……数々の臆病によって何もかもの責任を押しつけられているのは彼女なのよ」

「ワンサードすら、スリーサーズに殺されることを認めている、か」

「フランク王国側としては、いい話でしょうね」

　どうなのだろうか、と己は思った。アーサー王がいなくなれば、ブリテンの政治的な優位性

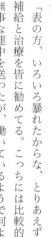

は大きく薄れる。聖杯があるが、それに頼るしかない、という見方も出来るのだ。ただ、自分においてみるならば、

「そうなってしまえば、私もまた、襲名解除なのだろう。アーサー王の物語が〝あったこと〟になれば、ランスロウもまた〝あったこと〟に終わるのだから」

「自動人形の感情は難しいわね」

　感情が自分にあるのだろうか。否、判断の基準こそが今はそう呼ばれるものかもしれないな、と、そう思っておく。だが、

「竜害があり、それによって傷つく事を恐れたブリテンがアーサー王の犠牲を認め、私達が迷っている間に、ワンサードがアーサー王の犠牲を認め、そして私達もそのことを認め――」

　そうだ。

　犠牲だ。

　重なる波のように、犠牲を求める全てが集約されていく。

　自分達は何もかもを、自ら犠牲を望んだワンサードに背負わせてしまったが、

「――ワンサードもまた、己をスリーサーズに預けたのだな」

　Ｔｅｓ．、とベディヴィアが言う。

「私達が止めようとしても、我らが王たるワンサードが拒否しても、それ以上のものがスリーサーズには掛かってしまっているの」

「それは――」

「ブリテンの全てと、歴史の何もかもよ」

　告げるベディヴィアは、しかし吐息をしない。こういうとき、嘆息や、諦めたような仕草をいつも見せていると思ったが、

「どうなるのかしらね。――このブリテン、欧州、誰も彼もの臆病によって〝臆病〟たれと。

　それが何もかもを救う一手であるのは確かなの。だとしたら、スリーサーズは、間違っていない正義など持てる筈がないわ。

私達と違い、最後のストッパー。……自分の一存で、ブリテンを破滅させてしまうのかもしれないのだから」

●

「結構強い結界がありますね……。多重式、と段差？」

謁見室の左奥。扉から通路を抜け、外に出ると、そこは森だった。

木々の向こうが明るい。浅間の目に見えるのは、月光の光よりも、

「……流体反応の大きな二人がいます」

「急ぐで御座るか？」

正純を担いだ二代に、肩上の彼女自身が頷く。

「止めに来た、という意味では急いだ方がいいだろ――」

う、という前に二代が走り出した。一瞬で姿が消える。流石ですね、と思っていると、すぐ戻ってきて、

「失敬！ この先、道が分かれていて、どっちか解らぬので戻ってきたで御座る！」

「母上、見事な撤退の判断で御座ります……！」

気になったので魔女グループを見ると娘二人が手を横に振っている。気にするな、ということらしい。そして、

「あちらの流体反応を見て行けば大丈夫かと思いますが、――私達の役ですね」

それは自分の役目でもあろう。色々とこの場に合わせた設定をしておく必要もあるが、

「急ぎましょう。とりあえず、こっちです……！」

●

駆《か》けたのは、森の中。濠《ほり》と橋を渡り、猟場へ出た。

パーシバルはそこで皆の先頭に立ち、前を見る。

「スリーサーズ殿！」

いた。

広場とも言える草原の中、彼女がいる。ワンサードもいる。二人の近くには敷布《しきふ》と木の皮を編んだバケットが一つ。

最後の食事でもしていたのだろうか。ならばそれゆえに、

「……間に合った！」

二人が今、手に刃を下げている。どちらも刃渡り一メートル弱。当てれば致命となり得る出来のものだというのは、月光の反射で解る。

これから決着するところだったのだ。

だが、まだそれは始まっていない。だとすれば、

「貴様ら……！」

ワンサードがこちらを見て、眉を立てた。

「ベディヴィアも、ケイも、屈したか……！」

言葉と共に、ワンサードがこちらに歩を進めようとする。だが、それを止める姿があった。

スリーサーズだ。彼女は剣を下げたまま、こちらに向き直り、

「……下がりなさいワンサード。貴女を倒すのは私の責任なのですから。

ここは私の立つべき場所でしょう」

スリーサーズが、決着の意思を揺らしもしない。猟場に吹く風を、酷く冷たいものと感じながら、パーシバルは前に出た。

止めねばならない。その意思をもって、

「スリーサーズ殿……！」

呼びかける。するとスリーサーズが視線を寄越してきた。彼女は、ふ、と肩から力を抜き、

月の光を背から浴びながら、

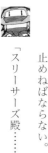

「……パーシバル様？」
仕方ない、というように、彼女がこう告げた。
「……裏切ったのですね」

●

「あれ？　何かいきなり警戒心ＭＡＸじゃない？」

「拒否られましたの？」

「何か〝**告白モードいけるいける！**〟みたいな空気作ってた人、さっきいなかった？」

『これ、責任は全部パーシバル君のものになるんですかね、やはり』

「フラれてぶった切られてブリタニアの平和は保たれるのか……」

「立て続けに酷いことを言われているであるよ——!?」

「じゃあオメエ、ちょっと何とかしろよ？　ほらもう一回」

●

パーシバルとしては、想定されていた想定外だった。拒否られる。うん、まあ、スリーサーズ殿、かなりセメント気質であるしなあ……。
だが、メゲていてはいけない。周囲というか背後、味方の筈が敵のような雰囲気を漂わせている連中がいて、

「こりゃ駄目ですかね」

「豊、もうちょっと言葉を選びなさいな。ソフトに」

「智？　それ何の否定にもなってませんのよ？」

「こりゃソフトに駄目ねえ」

敵だ……。敵の〝ような〟ではない。明らかにエネミー。ともあれ見ると草群の中から両腕

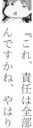

が〝早く〟と腕を回している。巻け、と、そういうことだ。なので自分も、

「スリーサーズ殿」

「Ｔｅｓ．、どうされたのですか、一体」

相手にされてなくね？　という声が後ろから来たが無視をすることにする。

こちらとしては、スリーサーズにいろいろと言いたいことがある。何しろ、これまでの長い付き合いがあったのだ。だが、

「どうしても、翻意は無いのであるか？」

問うと、ややあってからスリーサーズが頷いた。

「……覚悟は出来ています」

「私の父は、この地を守るために亡くなり、母はそんな父を思って、亡くなりました。妹は、父を追ってこの地を守ろうとして……」

でも、

「私はしかし、田舎での静かな暮らしが出来ればいいと、そう思っていたのです。あの聖剣を抜くまでは」

●

「あの聖剣を抜くまでは……」

「聖剣の価値、ここ二、三週間でかなり目減りした気がしますねえ」

「…………」

●

聖剣がポンポン抜けた報告を、パーシバルはスリーサーズにしていない。スリーサーズに言ったらいろいろ考え込んでしまうであろうなあ、というのが本音だ。

なのでここではそれに触れず、別の可能性を提示する。とりあえず一回、息を整え、

「スリーサーズ殿が、何もかも無かったこととするのは、無理なのであるか？」

「……元々、そのつもりでしたよ？」

「竜害のこと、ブリテンのこと、この浮上島に生きる人々のこと、そういうことを見ないようにして、田舎に籠もって、……私の家族の中で、私だけが楽をしようとしていました」

「ならば――」

「でも、それはいけないのですよ。――だって、外に出たら、こういう、役目が来たのです。私の本意など関係なく、世は私達の運命を求めているのです」

どういうことか。

「ここで妹と共に失われる。それでこの地の今と未来は守られる。
そのことの、何がいけないと言うのですか」

「解っていないのです、パーシバル様。貴方は、私の意地も何もかもを」

そうであろうなあ、と、己は思う。

●

「えっ、相手のこと、何も解ってないのにコクりに来たんですか……」

「ストーカーの風上にもおけませんね！」

「……御母様？　一体、何が正しいんですの？」

「ぶっちゃけ面白いと思った方に荷担すればいいんですのよ？」

「ちょっ、ちょっと！　そこ厳しい！」

●

まあ、でも、解ってないと言われるのはよく解る。確かにスリーサーズは本心を明かさないタイプであるし、未来が無いという状態で過ごしてきたのだ。

立場上、余所に何かを預ける事も出来ない。

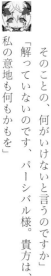

彼女が終着点。そういうことだ。だが、

「……解っていないと、そう言われ、思われることを承知で、自分はこう言うのであるよ」

言う。

「解るとか、解らぬとか、無意味であろう」

「それは――」

「自分はただ、スリサーズ殿のことを信じている。それだけであるよ」

「だとすれば……」

応じるように、彼女が告げた。

「私を信じる貴方を、私が裏切るしかないのですね」

●

そう言ってスリーサーズが身体を開いた。

手にした剣を軽く左から右に振るようにして、パーシバルと向き合ったのだ。そして、

「どのように」

相対するのか。如何なる形でそれをするのか。問うたときだった。

一つの影が、月下の下に出た。

「私が相手をします」

●

メアリは、点蔵の会釈に心強さを得つつ、前に出る。

パーシバルもスリーサーズも、ワンサードもこちらを見るが、

「今から私が貴女を倒します」

「貴女は……？」

疑問は無意味だと思う。何故なら、

「ここは決着の場なのですね」

そうだ。それはよく解る。ここにいる誰にとっても、そうだ。砦の中や、ロンディニウム、各地拠点や、このブリテン全体に住む人々にとっても、そうだろう。

ならば自分は、こう言わねばならない。

「かつて、何もかも諦めた女がいたのです」

そして、

「その女は、何もかもを欲されて奪われることで、ようやく、一度死ねたのです」

ならば、

「——貴女も、そうならねば、駄目なのですね」

●

「ジェイミー、——王賜剣を渡して下さい」

「は、はい！　——御母様！」

清正は、急いで動いた。一触即発とも思える母の意気を、客観として浴びるのは初めてだ。いつもちょっと緩いところがある母だが、こういうときの圧が凄い。

自分が王賜剣を持っていることに、ワンサードが疑念の視線を寄越す。だが、

「有り難う御座います」

それだけで、スリーサーズが受け取った。柄を掴み、軽く手応えを確かめる動きが、もう、軽い。

一度振ってから、右上段に大剣を振り上げる姿から己は下がり、母の後ろに回った。

「御母様」

「御父様の後ろに下がって」

それだけだ。これから何をするのか、父のいる位置が境界線と、そういう事だろう。皆が父より後ろに下がり、

「点蔵！　お前皆の盾な！」

「アルェー!?　そういう話では御座らんよね!?今の！」

まあそういう事にしておきます。

ゆえに自分も草を踏み、下がって、見守る皆の一員となり、前を見た。

母がいて、スリーサーズがいる。

スリーサーズは何もかもを当然としているように、己には見えた。この展開。それすらも含めて、だ。

だが、母が告げた。

「ここが決着。ならば、――悔いの無いように、全てを揃えましょう」

「Ｔｅｓ．、――全てをここに」

言われた台詞に、母が構えた。
王賜剣一型。左右の腰に分かれていた双剣を身体の前で合わせると、金属音が立つ。
母はそのまま、正面、やや上段に刃を立て、背筋を伸ばした。

「いいですか」

「――貴女はこれから、何ものでもない者に倒されるのです。
アーサー王でもない。貴族や王族でもない。ただ一人の、何でもない者に倒されるのです。
身分も力も何の期待もない。しかし、自由に、己の思いに従って生きることを望んだ者に、倒されるのです」

そして、

「御自分もまた、そのような存在であったのだと、思い出しなさい」

気付いてしまえば
何もかもが物語
気付いてしまえば
私はそこにいる
配点（貴女と私）

第五十九章
『小さき戦場の語り部』

●

剣が届く。

これがどれほどに難しいことか、清正は知っている。

相手に当てると言うことは、自分もまた、同等の武器を持つ相手の攻撃範囲に入るということだ。その状況で、己の武器を相手に〝届かせる〟のは、また至難なのだ。

単に当てるのではない。切っ先が届けば良いというのでもない。

刃が、相手を討てるように届く。

踏み込みが出来ていて、相手の攻撃を読み、また、恐れがあってはいけない。

「御母様……」

母が、それを為している。
彼女の剣術はこれまでに幾度となく見ている。
自分と相対したこともあるのだ。だが、

「メーやん、あれ、怒ってる?」

「んー……、どちらかというと、怒ってないんじゃありませんの?」

それは怒ってないのでは、と思うが、確かに怒ってないようには見える。ただ、

「冷静よの」

「Ｊｕｄ．、驚くほど落ち着いています」

そう言える理由はある。それは、

「……一回も、相手の攻撃を、王賜剣ですら受けて御座らぬ」

父に指摘されて、そうですよね、と思いつつちょっとイラっと来たのは、私がまだ若いからです。

●

点蔵は、清正が半目を向けてくるのを進歩だと思った。

……興味を持って貰えてるで御座るよ！

「今何か、ハードルを地面に深く埋めたような気配があったわ……」

魔女やかましい。だがまあ、メアリの冷静ムーブは、ちょっと凄い。

「相手の攻撃を完全回避な上で、己の攻撃の迎撃すら外すので御座るか」

そうだ。避けているだけでも、武器を当てさせないだけでもない。相手の防御に、王賜剣を当てさせないのだ。

メアリが、傷つくことを徹底的に避けている。この事実に、自分は息を詰める。これは恐らく彼女にとって、それこそ、彼女だけで解決すべき問題なのだと。

「公的に言えば、王賜剣を過去の記録の中とは言え、破損させたり、血を流させて穢してはいけないと、そういうことになりますわね……」

「ですがミトツダイラ様、メアリ様は、そこにいる点蔵様と、傷ついてもオッケーな人生歩む的なこと言って全世界に点蔵様の性癖暴露をしたうえで、チューとかやらかした肝の太い方ですよ」

向こうでメアリの挙動がチョイと乱れた上で、スリーサーズの表情が少しフラットになったが自分のせいで御座ろうか。あ、清正殿が何か酷い目つきを向けてくるのはオッケーで御座るよ。

だがまあ、

「今、メアリは、点蔵君の全世界性癖暴露の時よりも昔、それ以前の自分でなければいけない相手と向き合ってる、ということですか」

「第一特務の全世界性癖暴露という点は外せませんの？」

「誰も告白タイムと言わないのは何故で御座る？」

「照れてんだよ！　言わせるな！」

そうで御座るかなあ……、と甚だ疑問。しかし浅間の言うことは、その通りだと思う。

今、ここは処刑の直前ともいえる時間帯なの

だ。そして、

「馬鹿ねえ」

喜美が言った。

「何もかも被って、自分がどんだけ傷ついても構わない、と言ってる相手よ？　それこそ、死も甘受する、と振る舞っていたメアリと同じよね。でもメアリは根の部分では救われることを望むことも出来て、——さて、相手はどうなのかしら」

一息。

「点蔵、アンタと違って、メアリはスリーナンタラと傷を共有出来ないのよ。アンタがメアリを認め、メアリがアンタを認めたのは、違う人間だから。違うからこそ〝認める〟って行為が出来るの。でも今の彼女達は——」

「等しい者同士、で御座るか」

「Ｊｕｄ．、それでいてメアリはアンタがいたから〝既に救われた〟のね。だからもしここでメアリがスリーナンタラを認めようとしたら、それは〝傷有り〟の先輩としての上から目線、もしくは同情。だったら——」

「メデタシ！　メデタシ！」

「話を二つ三つトバして御座るよ——!?」

イエー、と馬鹿姉と大家がハイタッチするのと、馬鹿が仲間に入りたくて反復横跳びしてるのはどうでもいいとして、

……まあ、そういうことで御座ろうな。

メアリは、真面目なのだ。

「かつての自分に似た者を諫《いさ》めるのに、傷有りとしての同情ではなく、逆に一切の同情もなく、ただ近付こうというので御座るか」

●

成程、と闇は思った。英国王女ともあろう存在が危険に飛び込むメンタル的な理由は解った。

……これは、彼女でなければ出来ないと、そういうことなのですね。

「…………」

「……本多・二代、今の第一特務の話、解りましたか？」
　七秒くらい経過した。そして本多・二代が、頷き、

「誾殿が解ってれば問題ないで御座るよ？」
　無茶苦茶何か言ってやろうかと思ったが、とりあえず堪えた。落ち着きなさい立花・誾、過去の英国まで来て激怒ムーブは避けたいところです。なのでここは、別の疑問を第一特務に送る。

「……第一特務、失礼ながら、メアリ様は剣の得手ですが、達人ではありませんよね？　それがこのような体捌きを行うとは、どのような仕掛けです？」

「えっ？」
　応じた第一特務の反応が戸惑いだったので、自分はしくじりを悟った。その証拠に彼の娘が半目の深度を深くする。が、

「ええと、王賜剣です！」

「……？　それは一体？」

「はい。王賜剣は精霊界で作られたもので、よく解りませんけど地脈と結びついて謎パワーをホームランしたりします。そして王賜剣一型はメアリと同期してますが、その出力関係の根本はスリーサーズさんが持っている無印ですよね。つまり二つの剣は基本的に同じ。だからメアリとしては、相手の無印の出力などが全て読めているんじゃないかと思います」

「剣術などとは別で、王賜剣の放つパワーに導かれ、また、読んでいる、と」
　成程、と感じたのは、かつてのファースト派

との相対を思い出したからだ。

あの相対戦の中、浅間神社代表は天竜ペリノア王の層撃を凌いだ。

ならば英国王女のこれも、同じなのだろう。恐らく彼女は、剣術としての回避技術よりも、精霊界のパワーを振るう聖剣の、そのパワーに従っている。

精霊界の層に押され、また導かれているというべきか。

その剣術と回避は的確で。速度や力は明らかに足りないものの、しかし届く。対するスリーサーズは、

「……!」

攻撃し、防御しようとするが、足りない。今の英国王女に対しては、防御ではなく回避を選ばねばならないが、そこに戸惑いがある。

「……く!」

彼女の声が響いた。

「何ですか貴女……!? 貴女のその剣は、一体——」

●

メアリは息を吐いた。

だが止《や》まない。かつて三百人を斬り、己に同じ数の傷を付けた剣術は、今、二本の王賜剣に導かれて相手に届いていく。その動きを止める理由など無く、ただ己は言った。

いえ、

「私達を〝湖の精霊〟と呼んだ貴女が、その疑問をするのですか?」

「貴女は解っていた筈です。私がこの剣を持っていることを。そして理解し、大体の見当をつけていた筈です」

「何を勝手な……!」

いえ、と己はまた相手を否定する。

「点蔵様が、貴女の視線に気付いていました。私達の王賜剣を見る貴女の視線に。

――ええ、それは不時着の夜。ロット王との遣り取りに貴女が介入してきたときです。私も、その視線には気付いていましたよ？」

表示枠で当時の自分なりの記録を確認した者がいる。

ネシンバラだ。彼は無数のダミー表示枠の上に浮いている一枚の本物を手に取り、

「確かにそうだね。クロスユナイト君が、スリーサーズ君の視線に気づいている。それはつまり――」

と、画面内に当時の描写を見せた。その内容は、

『メアリ殿、自分の後ろに。――王賜剣一型が警戒して御座る』

「――Ｊｕｄ．、王賜剣自体が、スリーサーズ君を警戒し、クロスユナイト君はそこから相手の視線に気づいたのだろう」

「書記センパイは何でそれを記録したの？」

「ああ、ハイエリアワイバーンに襲われた上で不時着とか、盛り上がるだろう。だからテンションで記録しただけだ。そこからはゲコトラとか遊んで放置だね」

「三日坊主どころか一日坊主と来たよ……」

「というか第一特務に確認すればいいんじゃないかしら、この件……」

「いやまあ、ネシンバラ殿も喋りたかったので御座ろうし……」

「喋れて良かったなネシンバラ！　な!?」

「やめろ！　真実が僕の心を抉る……！」

待ちなさい、と攻防を繰り返し、装備を斬られながらスリーサーズが言う。

「嘘で私の動揺を誘うつもりですか！」

「嘘？　何が嘘だと言うのですか？」
　そんなのは、当時を憶えていれば解ることだ。何の事かと言えば、

「いいですか？　私はあのとき、顔も何も隠していました。貴女達と出会った直後はフードを被っていたのです。私の視線など、解る筈ありません！」
　言った直後だ。返答が来た。

「私は解ります」

「何故です！」

「点蔵様で鍛えているからです！」
　聞くんじゃなかった。

「御父様のせいで御母様に要らんスキルが……？」

「い、いや、前向きに考えましょう！　それがないと点蔵君が何考えてるかよく解らないですからね！　清正さんにとっては要らんスキルかもしれませんが！」

「全くフォローになってませんのよ？　それ」

　よく解らないが、言い訳は通用しなそうだとスリーサーズは思った。相手の剣を潜るようにかわし、

「――では、それが何だと言うのです!?　貴女の剣に気付いた私が、一体、何だと言うのです……!?」

「〝湖の精霊〟です」
　相手が一歩、前に出てきた。こちらは身を低くしたため、王賜剣は水平切りしか出来ない。だがそこに距離を詰められると、王賜剣を振る動作すらとれない。

相手がしかし、一歩を踏み込みつつ、軽く仰け反りながら上段切り。
こちらを真上から断つ動作だ。
王賜剣の切っ先から流体光が散る。その軌道に乱れがなく、

……使いこなしていますね……!?

対する己は左に身を跳ばす。同時に、右に持った王賜剣を引っ張るようにして相手の足元に一撃を見舞う。
当たれ、と思った。粘るような長い軌道の引き切りは、しかし、

「――と」

続いて踏まれた二歩目で、軽く越えられた。
まるで道に石でも落ちていたかのように、こちらの斬撃が歩く動きで通過される。

「……っ！」

自分は急ぎ姿勢制御。体勢を戻し、相手に身構え直す。すると、

「〝湖の精霊〟です。……貴女は、私達をすぐにそう定義しました」

振り返り、来た。
連撃だ。
右から振った刃が、即座に持つ手を切り替えて左に変わり、交差軌道をもってこちらに届いてくる。それは高速で、

「折れた王賜剣を作り直し、またそれを与え、支える存在。アーサー王物語ではマーリン共々有用な存在ですが、このブリテンでは、何故か襲名が為されていませんでしたね。
――それが何故か、私は解っています」
彼女の言葉に、反応した者がいる。こちらよりも先に言葉を放ったのは、

「……貴様ら……！」

妹が何かを言おうとする。だが、直後に声が響いた。

「——静かに！」

パーシバル似の男が叫んだ。

「メアリ殿……！　言うで御座るよ！　——何故、その御仁が自分らを〝湖の精霊〟と呼んだのかを！」

●

「真相は簡単です。——〝湖の精霊〟は王賜剣を扱える以上、王賜剣の資格者でなければならないからです。

ゆえに王賜剣、もしくはそれに等しい力を持つ大剣と、持ち主である私を認めたスリーサーズ様は、私達を〝湖の精霊〟と定義したのです」

他の襲名者達が、こちらを〝湖の精霊〟として認めなかったのは、彼らには自分が持つ王賜剣の力が見えていなかったからだ。ゆえに、こちらが王賜剣を持つに相応しいと知るスリーサーズと、実力でそれを認めさせることとなった他襲名者達の間に温度差が出来た。

「——あの、メアリ？　疑問がありますの」

「あ、はい、何でしょうかミトツダイラ様」

王賜剣の力に引っ張られるようにして、己はスリーサーズの攻撃を回避する。軌道に流れる精霊界由来の流体の力が強すぎて、どちらかというと圧で押されている感だ。そして、

「〝湖の精霊〟が王賜剣の使い手ならば、スリーサーズかワンサード、どちらかが〝湖の精霊〟となり、どちらかがアーサー王となれば、丸く収まったのではありませんの？」

「——ミトツダイラ様。〝湖の精霊〟は、アーサー王が死ぬ際、王賜剣を受け取って消えていくのですよ」

●

これは、竜害の時代と、それ以後を、英国が生きていく抑止力の話だ。

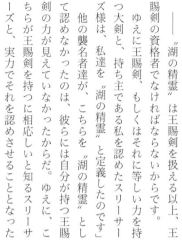

「外敵に対する抑止力として、また希望として、この地にあるだけで意味を持つ王賜剣が、〝湖の精霊〟がいることによって消えてしまうのです。
　アーサー王が死ぬことで竜属の侵攻を止めたとしても、後の抑止力が無くなれば、竜属はもとより、他国もこの地を狙うことになるでしょう」

　だから、だ。

「だから〝湖の精霊〟は、いてはならないものでした。
　スリーサーズ様も、ワンサード様も、アーサー王を望みつつ、未来の抑止力を消す〝湖の精霊〟においては襲名者無しと、そのようにしなければいけないのです。
　しかし――」

　ここで疑問が一つ生まれる。

「ではスリーサーズ様、何故、貴女は、私達を〝湖の精霊〟としたのです？」

　メアリの視界の中、ふと、スリーサーズの動きが緩んだ。
　彼女は、一歩を離れるようにして、自分の手元を見た。そこにある、何も傷つけていない王賜剣を見据え、

「それは――」

　小さく笑った。

「それは、簡単な理由ですよ」

　ええ、とスリーサーズが言う。

「このように、私達の死を看取《みと》り、王賜剣を預けられる相手として、〝湖の精霊〟が必要だったのです」

　言われた。
　その内容を己は耳に通さなかった。
　聞く意味がない。何故なら、

「嘘はやめましょう、スリーサーズ様」

「？　……何が嘘だと言うのです？」

「……スリーサーズ様？　貴女には、一つ、癖があります」

それは何か。

「貴女は、本心ではないことを仰るとき、――笑うのです。悲しそうに」

●

ああ、と正純はメアリの言葉に思い当たるものを得た。

……言われてみると、そうかもしれないな。

憶えている。いつも穏やかな、しかし感情を読ませない彼女が初めて笑みを見せたのは、アーサー王の襲名についての遣り取りの時だ。スリーサーズはそのとき、こう言ったのだ。

『――ならばＪｕｄ．、と応じましょう。〝湖の精霊〟よ。私はアーサー王にならねばいけないのです』

そうだ。だが、あれが嘘だとするならば、

「あれは……、そんな気はなかったということか。そして以前、ホライゾンが、彼女に問うたときもそうだったな」

「…………」

「――憶えていますヨッ？　ええ、当然です」

「何を問うたのか聞かないから安心しろ。ホライゾンはあのとき、スリーサーズが犠牲になるかどうかを聞いたんだ」

「…………」

「――憶えていますＹＯ？　ええ、当然ですとも。あれは暑い夏の日のことでした……」

「え、ええと、あのときスリーサーズさんは確か、こう答えましたよね？」

『そのようなことはありません。アーサー王がいなくなったら、誰がこのブリタニアを引っ張っていくのです？』

「……犠牲になるのではなく、生む側ですものね。そしてそのような覚悟があり、後のブリタニアについて、自分は引っ張っていくことが出来ないと、そう解っていたのですね」

　そして、とミトツダイラが言った。

「……確か以前、私達の事を陰で支援していたかどうか問うたとき、笑った顔で否定されましたわね」

「Ｊｕｄ．、そして正純様が、責任者としての重圧の有無について問われたとき、スリーサーズ様はこう応じたのです」

『仕方ない、という流れで決まったものです。だから仕方ない、と、納得出来ます』

　成程な、と己は思った。メアリがスリーサーズの〝嘘〟に気づいたのは、そこか、と。

「……仕方ないなどと、そんな風に納得出来るものではないよな」

「Ｊｕｄ．、ゆえにそのとき、気付きました。この方は嘘をついている、と」

　だから、とメアリが言った。王賜剣を構え直し、荒れている息を捨て、

「貴女がこの地や、他人ではなく、自分自身に望んでいたことは、何もかもが嘘です……！」

　メアリは心を言葉にした。今、思っていることを言った。

「スリーサーズ様！　貴女は、私達を〝湖の精霊〟として、今の状況を破壊して欲しかったのではありませんか!?」

「馬鹿な！　そんなことが――」

「アーサー王が〝犠牲〟をもってアーサー王物語が終わったと、そのように解釈をすることが出来るなら、〝湖の精霊〟が、王賜剣を取り上げることでも、アーサー王物語が終わったと、そのように解釈出来るからです！」

言う。かつて自分がどうであったかを重ねる心で、

「王賜剣の資格に縛られるなど馬鹿らしいと、そう言いたかったのではありませんか！」

「――！」

スリーサーズが息を詰めた。そして、

「もし、もしそれが、私の淡い、叶わなくてもいい、そんな馬鹿な願いだったとしても――」

彼女が王賜剣を構えた。

「私以外の何もかもが、私を赦しはしませんよ!!」

●

点蔵は、スリーサーズの動きが変わったのを見た。王賜剣を、これまでは軽いブレードとして自在に振っていたが、腰を落とし気味に、刃も正面に傾けて構えたのだ。これは、

『……西洋剣術か！』

全身の重量と踏み込みを、堅く構えた刃に押していく。剣の切れ味ではなく、突進の圧で押し切るという、重量有る鎧と、丈夫だが切れ味の甘い刃物で戦う際の構えだ。

「……っ！」

スリーサーズが行く。右足を常に前に、左足を前に寄せて前進。それに乗るようにして右足をまた前に放ち、重心を低く保ちながら踏み込んで行く。その動作の中で、王賜剣が重く何度も前に叩き込まれた。

当てるための剣術ではない。前に何かいても構わず押し切り、通すための剣術だ。

それをもって、スリーサーズがメアリに連撃した。

最初から前方に、それも振りかぶることなく斜めに構えられた剣は、初動がかなり省略されており、速い。移動動作も伴っている。

対して、刃を当てぬ事を考えているメアリにとって、常に前に突き出された王賜剣は面倒な

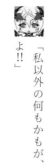

形だ。となると、

『――気をつけろ！　戦い方を変えたぞ！』

「その通り過ぎますよう？　でも何で戦い方を変えたんですよう」

「王賜剣の扱いでは劣ると考えたのよ。ゆえに剣術を変えたの。だけど……」

成実が言いたいことは解る。その、西洋剣術として、ベタともいえる構えと動作は、

「……スリーサーズ殿の、父親が使っていたものであるよ」

●

パーシバルは知っている。幾度か彼女が剣の訓練に出たことや、指導しているのも見ているのだ。

田舎の出身として、ちょっと危なっかしくないかと思えば、

「――恐らく地元で修練したのであろう。思った以上に扱えるのであるよ。恐らく、ファースト派戦士団のクラスでも敵う者がおらぬかと」

「何でオメエそれを早く言わねえのよ？」

「いや、まあ、それは……」

己は、サード派拠点の訓練で、それを見せたスリーサーズのことを憶えている。彼女は、皆に稽古として自分の剣術を見せ、幾人かに手ほどきをした上で、こう言ったのだ。

「こういう、実直なありふれた剣術が、でも、ブリテンを護るのです」

彼女の父は、それを用いて亡くなった。

だが〝護った〟のは、彼女にとって嘘ではなかったのだ。

今、それを用いると言うことは、

「スリーサーズ殿！」

己は叫んだ。

「アーサー王の襲名候補ではなく、思うがままに戦って下され！」

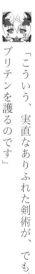

スリーサーズは、敵を追った。

王賜剣を使いこなし、しかし、何も傷を生まず、受けもしない相手を、だ。

……この相手は……。
ああ、と己は思った。この敵は、否、この相手こそは、

……私が、こうあろうとした思いそのもの
……！
アーサー王だ。
踏み込む。

「……っ」

すると相手が右に回避するので、前に出した右足首をそちらに向けつつ、後ろの左足を左に跳ばす。右足首を起点に、常に相手に刃を向ける形だ。

対する敵は、こちらの右外に押されるように回り、振り返る形で王賜剣を振ってくる。

リーチが長い。まるで鎌で刈るように、こっちの右後ろを回って刃が来る。

己は右後ろに振り返る。そしてこちらの右外を通過する相手に対し、突撃。縦に構えた刃を押しつけるようにしてアタック。だが、

「――――」
敵が回避する。そして自分は気づいた。

「貴女の足捌きは――」

こっちと同じだ。意識して今だけそうしているのか。常にそうなのかは解らないが、同じだ。

己の踏み込みに対し、左右どちらかの踵を踏んで身を回す起点を確定。最小限の挙動でこちらの攻撃を回避する。

同じ剣術を知っている。

否。このことは疑問ではあるまい。長剣を用

いた剣術として、ケルト由来の突撃とは別に、アーサー王の〝騎士文化〟としての剣術は今のブリテンや欧州に存在するのだ。

だが攻撃ではなく、回避にまでそれを使えるとなると、そして、

「私の攻撃を読んでいるのは、精霊界由来の王賜剣が放つ力だけではありませんね」

「Ｊｕｄ．、私にかつて、剣術を教えてくれた者達がいたのです」
それは、

「三百人。——私の騎士達だったと、そう言っていいでしょう」

●

メアリの言葉に、ミトツダイラはふと一つの物語を思い出した。それは、

「……一説に拠れば、アーサー王の騎士は三百人を超えるとも、そのようにも言われてますのよね」

「点蔵、オメエ、端数で切られてんかんな？」

「〝超える〟の中にいるで御座るよ！」

●

目の前で生じている戦いと、二人の遣り取りを見て、聞き、ワンサードはこう思った。

……姉さん。

「……もう、いいから！」
その言葉に、背を向けた姉は何も言葉を返さない。だが、

「——」
首を横に振る。そんな仕草を見た。そして、姉は前に踏み込み、

「——私は……！」

否。

「私には、解りません！」

●

スリーサーズは右から踏み込んだ。

相手が左に回避する。対し己は、

「逆！」

後ろに踏んだ左足に重心を飛ばし、逆回転した。

「……！」

父に教えられた、悪い技だ。

父は弱かった。だからこういう、小細工を幾つか憶えていた。無論それは、強者には通じないと、父は笑っていたものだが、そんな彼に己はこう言っていたのだ。

「父さんが笑って何か言うときは、大体嘘」

そうだ。これは強者に通じる。反応は分岐し、対応速度は変化する。

己を超える技術を持ち、王賜剣も相手に利するというならば、

……ああ。

パーシバルの言葉を、自分は思い出した。

今自分は、叶わぬアーサー王の襲名候補ではなく、自分自身として戦っている、と。

●

追う。踏み込んで、翻って、己がそうあるべきだった姿を追う。

届けと追い掛け、届かぬ分は言葉とする。

「父はこの地を守るために死に、母はそんな父を思って死に、妹は父の後を追い、私だけが安穏としていました……！」

剣戟が当たらぬまま交叉《こうさ》する。身を捌き、また翻って追いすがり、

「だが、これでいいのだと思いました。私は考え方の違う人間なんだと、そう思っていたら……」
己は刃を振った。そして問う。

「——何故、そんな私の手の中に、聖剣があるのです！」

「それは——」
まだだ。まだ自分の思いは言葉となり切れていない。

「——私にしか出来ないことが、犠牲を作ることだとしたら、私にはそれ以外の何が出来ると言うのです！」

●

メアリは反射的に思った。

……逆です。
王賜剣を抜けなかった私と。
失わされる身であった私と。

「答えを作れますか〝湖の精霊〟！　——同じ資格者として！　王ではないものの答えを！」

●

踏み込んだ。

深く打つ。だがそれに対し、相手がこっちの右に回る動きを見せた。こちらの攻撃を見切って、回避からコンパクトな軌道で右側に移動。上段からの一発を放とうとする。

直後に己は翻った。後ろに置いていた左足側に重心を放ったのだ。

左の踵を軸に、右に向く。

位置としては、右側から攻撃してきた相手に対し、正対する。

した。

相手は上段。こちらは浅い上段で、既に切っ先を相手に向けている。

これから攻撃を叩き込んでも、相手の上段からの一撃は止まらない。

相打ちだ。

「マズイですかしら？」

「掛かるか？」

「反射神経で回避？」

「頭を少しは使いなさい本多・二代……！」

●

スリーサーズは見た。

正面にいるアーサー王が、揺らいだのを、だ。

この揺らぎは何かの初動か。

……構いません！

迷いを振り切った直後。己の踏み込んだ刃が、その揺らぎを打つ。だが、

「——」

空振りだった。何故なら、

「……！」

アーサー王の散らす流体光。欠けた花弁のような散る光が、右に流れている。回避だ。それも、

「翻った……！」

妹の言う通りだ。アーサー王が、こちらの使う技を放っていた。それも二回。高速で翻る位置は、

……私の背後！

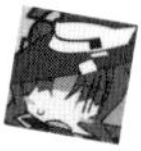
「え？　キヨママこんな強キャラだったの？」

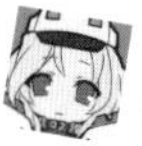
「……私も、ちょっと驚いています……」

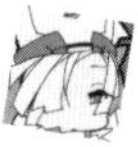
「誰もフォロー出来ないからその返し方やめて」

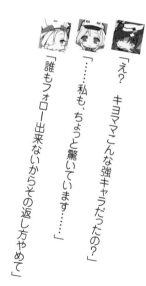

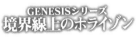

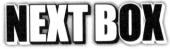

第六十章
『猟場の決着者』

回って回って
そして見上げて
見える見える
正しさへの御別れが
配点（自由）

叫んだ者がいる。メアリがスリーサーズの背後に回った瞬間、点蔵が声を放ったのだ。

「メアリ殿！　注意に御座る！」

直後。一つの挙動が発生した。

スリーサーズだ。彼女が、

「——これは知らないでしょう!?」

言葉と共に、メアリに振り向いたのだ。それも、王賜剣から手を離して、だ。

●

「やっぱり？」

「掛かるなよ？」

「反射神経で再回避？」

「最初で頭を使えばいいだけです本多・二代……！」

●

王賜剣を手放せば、姿勢はフリーになる。

その上でスリーサーズは、敵に振り向いた。

こちらの背後に回ったアーサー王は、髪とスカートなどを風に流している。優雅ですね、と感想するが、しかし、二度の翻りを連続したために、まだ王賜剣を構え切っていない。

上段狙いだ、という初動は解る。

対する自分は王賜剣を手にもしていないが、

……ここからです！

背後に手を伸ばせば、そこに、宙へと置き捨てた己の王賜剣がある。

右手でその柄を握れば、

「王賜剣下段打ち！」

振る。全身を前に出し、王賜剣を引く動作を

初速として、

「……！」

王賜剣の刃が弧を描き、先端が猟場の地面を削るのも構わず、自分は放った。
全身を踏み込み、立たせる勢いと、右腕自体には力を入れない高速の一発。
父が笑って教えてくれた、不意討ち狙いの一発技だ。かつて父はこう言っていた。

「――こんなものでこの地は守れないよな」

私は笑わず否定した。父のすることを否定せず、その思いを否定した。

●

ええ。私の思いを咎めず、だが、することを誰か否定してくれませんか。

●

金属音が響いた。

火花が散り、流体光が弾けた。そして、
「……っ!!」
王賜剣が割れた。だが宙に舞った双の刃は、

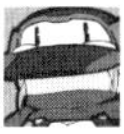

「メアリ殿！」

上段から強引に振り抜いたメアリの王賜剣が割れ、飛んだのだ。
その直後。メアリが叫んだ。

「パーシバル様！」

●

このとき、スリーサーズは、驚いていた。
相手の王賜剣が割れたことに、ではない。元から双剣であったのは見ているのだ。
だが、この相手が、アーサー王だとした場合、
……アーサー王は、王賜剣を折られ、それをまた得て……。

目の前の相手は、何なのか。

不意に自分は、正解を掴んだ気がした。しかしその内容は、

「――――」

解らない。

もし、彼女達が自分の想像通りのものだとするならば、何故、ここにいるのか。

そして何故、自分との相対を望んでいるのか。

解らない。だが、もしも彼女達が、自分の想像通りのものだとするならば、

「私は――」

きっと私は、間違わない。

否。自分の選択ではないかもしれないが、間違わない。

正しい答えではないが、間違わず、繋ぐのだ。

それは、

「貴女達が、証明している……！」

思った瞬間。自分は空を見た。

二つの月が浮かぶ夜空。

背には冷たく夜露に湿った野原の大地。そして、

「スリーサーズ殿！」

彼がこちらを押し倒したのだ。その上で、真っ直ぐにこう言った。

「終わったのだ！」

一息。

「アーサー王が〝湖の精霊〟を倒すなど、あってはならぬ事態！　もしも〝湖の精霊〟が消えるならば、それはもはや解釈として、アーサー王の何もかもが終了したということに他ならぬ！」

●

数名の息が荒れ、武器がまだ熱を持っていた。

だが戦闘は終わったのだと、スリーサーズは悟った。

今、自分は、首を横に振っている。パーシバルの解釈に対し、首を横に振っている。

夜空を見上げ、その視界に彼を入れながら、

「パーシバル様。……どういうことですか？　私はまだ勝負を続けていました。それに介入するなど、貴方こそが歴史再現への違反ですよ……！」

「構わぬ……！　ここで終わりにしなければならぬ！」

●

「露天で押し倒しとか、資料過ぎるわ……。もう一回、今度は後ろ向きでやってくれないかしら……」

「3Dスキャンしたいよね」

『何で君達《きみたち》、歴史の転換点でも容赦ないんですか？』

●

外野が何か不規則言動している感を受けつつ、スリーサーズは正面を見た。

夜空。月を背景にパーシバルがいる。

己は、何も恐れなかった。

〝湖の精霊〟が己の想像通りならば、何もかも、正しくはなくとも、間違わないのだ。だから己は、自分の思いを否定するのをやめた。そして己の行動も、否定をやめた。

……何もかも、為すべき流れで。

荒れた息ながら、首をまた横に振る。

手から離れなくなっているような王賜剣を、寝たままに掲げ、

「馬鹿な事を……」

そうだ。自分は、何のためにここにいるのか。

「私は、ここで妹を討ち、去って行くのです。後のことを考えたら、担ぎ出されぬよう、妹と

共に死ぬことも是とする。――それがかつてから決まっていたこと。歴史として、本当の事でしょう」

「Ｔｅｓ．！　確かにそれは本当のことであろう……！」

「だったら……！」

●

だったら貴方は、私をどう否定する。

ここを望みつつ、しかしそれをしたくないと願う。望む思いと、咎める行動を。

だったら貴方は、私をどう否定する。

●

パーシバルの声が、夜空よりも近くから聞こえた。

「何もかもが本当の事であろう！　貴女が妹を討つことも、去ることも！」

だが、

「しかしそれら全ては、今これから嘘になるのだ！」

「……!?」

いいであるか、と彼が言った。

「これから数年、十数年、数十年後、貴女は今日のことを、これまでのことを誰かに話すであろう。

但し嘘をつくときの笑顔で、だ……！」

馬鹿な、と思った。己は去って行くのだ。死をも是とする立ち去りだ。それなのに、

「誰かに話すなど、そんなことが有り得る筈が……！」

「ある……！」

言葉が来た。

「自分は貴女の嘘を信じよう。貴女の、家族への責任も、歴史再現のことも、貴女が言うことは、全て本当だと信じよう。

だから貴女はこちらを騙して、しかしそれは

嘘の話として、ただ笑って生き続ければいい
……！」
そうすれば、どうなるか。

「貴女の嘘は、本当のことと、同じになる
……！」

●

「あ、あの、ちょっと空気読まず、一つ入ってしまいますけど、お二人とも、いいですの？」

「ホワッ!?」

慌ててパーシバルがスリーサーズの上から退く。
スリーサーズも急いで身を起こし、居住まいを正す。後ろのナルゼは舌打ちしなくていいですのよ？　だが、

「スリーサーズ、貴女、家族の云々といろいろ言ってますけど、これ、何だか解りますの？」
そう言って取り出して見せたのは一つの素焼きの小さな瓶。
蠟《ろう》のラベルが粗く貼られた中に入っているのは、柑橘のジャムだ。
背後、ワンサードが「あ」と声をあげるのも、無理はない。

「これは、……私の？　さっき、そこで最後の晩餐《ばんさん》を頂いたときに使ったもの……、では？」

「いえ、違いますわ。……これは、その共同庁舎の中、ワンサードが使用する私室の中に並んでましたの」
ああ、と王が頷いた。

「見本として、イッコ別のものがあってな！　他、幾つか並んでいたヤツの内の一番新しいのがそれだぜ」
言葉に対し、スリーサーズが瓶を手に取った。
彼女は幾度か、その表面を撫で、

「これは、父が好きで、母がよく作って……、私達も好きだったもので……」
小さく、彼女が息を吐いた。

「ワンサードには、こちらに来る前、定期的に作って送っていましたけど、見よう見真似で

作ってみたのですね」

「いや、だから、その」

「……それなのに、これ、煮込みが強すぎて、固まってるじゃあありませんか……」

「駄目ですね、ホントに……。私がいないと」

「ここでダメ出しか……!」

「……しかしワンサード殿が自分から調理であるか……」

●　●

「何か気配が来たので言うけど、ギャップ! ギャップよ!」

あれだけ握っていた王賜剣を、手放していた。

〝湖の精霊〟はよくやったものですね、とスリーサーズはジャムの瓶を手に抱えつつ思う。そして、

「ともあれスリーサーズ殿、ワンサード殿のことも、また、解らぬことであったであろう?

——あれだけ覚悟を決めていたワンサード殿も、また、大事なものを持ち得ていて、何もかも捨て去ろうとしていたのではない。これもまた、〝嘘〟であろう」

パーシバルが、あたりを示すように、両手を軽く外に広げた。

「……今の貴女には信じられないかもしれぬが、世界はこれから全て嘘になっていく。それだけは信じて欲しいのであるよ」

「どうしてです? どうして、……私に?」

「あ? え? あ、いや……」

? と促すと、彼が視線というか、顔を逸らす。

「……貴女の本当に笑った顔が見てみたいと、そう思っているのであるよ」

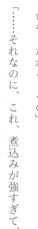

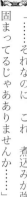

「カーッ！　ペッ！」

「い、今のは、やりたくなるの解ります！」

はあ、と己は力を抜いた。まさかこんなところでそんなこと言われるとは。ただまあ、

「嘘仰いなさいな」

「ですけど、こう思って良いのですね？」

つまりは、こういうことだ。

「何もかも、どうにでもなってしまえ、と」

自分が何もかも背負わずとも、どうにでもなる。

どうともしらぬようになってしまうかもしれないが、

「――私は、無責任に笑って言えばいいのですね。〝これが私の望んだことです〟と」

やがてそれは、しかし届くのだ。間違っていない世界へと、だ。

全体が落ち着いた。そんな気配を感じたのか、二代が振り向いた。

「正純、腹が減ったで御座るな」

「流石だなあ、お前。……というか、しかし……、ワンサード、一番実権があるのは貴女だ。これからのことについて、どうする？」

ああ、と応じたアーサー王の一人が、装備や衣装をハードポイント操作で一回アジャスト。この時代でもそういう機能はあるんだなあ、と思わせた上で、

「どうもこうも、本来の流れは壊れた。明日、アングロサクソンの襲来が現実化する、

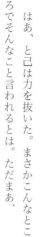

――それ以外、何も決まっていない状態だが？」
「では私は提案したい。ワンサード、ひとまず貴女がアーサー王の襲名者となるのだ」

「……ひとまず？　どういうことだ？　姉さんの襲名権はどうなる？」

「スリーサーズの持つアーサー王の襲名権は保持する。だが現状のような二頭体制では衝突が生じたり、他国につけ込まれる可能性がある。
　だから〝湖の精霊〟は提案する。スリーサーズには〝アーサー王の姉〟をも襲名させた上で、一時的にこのブリテンから離れて貰おう、と」

●

　正純は、右の腕を肘から上げ、皆を見渡した。誰も彼も何も言わない。こちらに預けると、そういうことだ。

　両腕もどうぞどうぞと手で示している。解る自分が嫌だ。まあいい。

「――いいだろうか」

●

　己は、スリーサーズとワンサードに向け、言葉を作った。

「アーサー王が襲名され、しかしそれが〝犠牲〟を作らず、終わらぬとなれば、他国からの干渉を受けることになる。――モードレッドを他国で襲名される可能性もあるのだ。最悪の場合、竜属がその襲名権を行使するだろう」
　しかし、

「モードレッドはアーサー王の甥。姉の子だ。だから彼を生む〝姉〟の襲名を押さえれば、モードレッドの襲名成立権は全て掌握出来る。そして実際の家族関係を鑑みた場合、ワンサードの姉はスリーサーズ、貴女だ」

「では、私もまたアーサー王の襲名をした場合は……」
　その場合、どうなるか。

「Ｊｕｄ．、アーサー王が二人となり、他国は干渉が難しくなる。ワンサードは当座のアーサ

ー王で、第一の実権を持つが〝究極的な選択権〟はアーサー王達の総意がなければならないと、そうすればいい。そして――」

と、自分は清正に指示した。前に一歩出ろ、と。だが、

「？」
いかん。伝わらなかった。だからだろうか。両腕が清正の前に立って、出るように指示をする。すると、

「あ、はい」
こちらに一歩出た。

『正純、貴様、両腕に負けたな……』

『両腕パイセン、スゲーよ！』
哀《かな》しくなってきた。感情は邪魔だな、と思いつつ、しかし己は清正を示す。

「今夜、アーサー・ツーサーズを皆に見せた」

「トゥーサーズ」

「ワンサード、失礼ですよ」
嘘つけ。何かやりにくいな今回。まあいい。
何はともあれ、

「彼女の存在は知られた。だが実際にいるかどうか、――セカンド派にとっては、重要な政治力となるだろう」

「……確かに。ワンサード殿とスリーサーズ殿を討とうとしても、さてトゥーサーズ殿が何処にいるか、と、そういう話になるのであるな？」

「Ｊｕｄ．、そういうことだ。――その上で、実権を三者持ち回りにでもすれば、他国はもう、ブリテンに介入するコストよりも、自国側で扱える部分を有用しようとするだろう。あとは折を見て聖杯探索にガウェイン達を出し、他国の〝有用〟に介入するかどうか、その政治的判断

は未来の貴女達に任せる」
　言って、己はスリーサーズを見た。

「……どうだ。スリーサーズ」
　Ｔｅｓ．、とスリーサーズが頷いた。
　彼女は、両手にしたジャムの瓶を、迷ったように、しかし抱えるように丸く触れながら、口を開く。

「……ワンサード」
　言う。

「……私は貴女の〝姉〟でいいのですね？」

「ここ一年で最大の感動だ……」

「キヨナリちょっと黙って」

　姉として、妹に視線を向ける。
　自覚的なのは何時以来だろうかと、スリーサーズは思った。そして妹が、こちらの手の中にあるジャムの瓶を見る。まるで困ったように、視線を下げながら、

「……姉さん。私、ジャムがまだ上手く作れないんだけど……」
　言いたいことは解る。だがもう、そうではない。
　いろいろと言葉を掛けるべきと思う一方で、彼女にはもう立場も仲間もいる。田舎者の少女ではないのだ。
　ただ今は、妹であるのだろう。故に自分は、言葉を選んだ。

「ワンサード、私も昔、そうでしたよ。――また新しいものが出来たら送ります。それを見本にしなさいな」

「――遠くへ行くのか？」
　彼女の疑問には、首を下に振るしかない。

「アーサー王の物語が欧州で広まると言うなら、今の現場に私が渡ることで、貴女や、この地の力になれるでしょう。そしてモードレッドの母が欧州本土にいる限り、本土側は貴女の死に干渉出来ません」

「だが、姉さんの身を、本土側の者達が利用しようとした場合は――」

「――その件、護衛については適任が三人いる。そして更に、その中でベストなのが一人いてな」

「――」

「似てるけどお前じゃない」

「だったらこっち見るなで御座るよ!!」
　何してるんでしょうね……、としみじみ思うが、このあたりのムーブが〝湖の精霊〟の特色だと思う。ワンサードは首傾げなくていいです。
　そして、

「自分であるか？」

「――そうだ。お前だ」

「……………」

「――すまん、お前とか言ってしまった」

「いや、まあ、話を」
　Ｊｕｄ．、と頷き、〝湖の精霊〟が言う。

「彼だ。パーシバル。聖杯探求の三騎士。聖杯探しの物語は欧州本土側で生まれたものだが、しかしブリテンには既に三騎士が存在している。ガウェイン、ボールス、パーシバル。最後に聖杯にたどり着く三人の内、暇になりそうなのは、彼だろう、パーシバル。セカンド派は、合議制だろうから、他

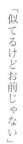

に任せてはおけるのだろう？　**暇だよな？**」

「あ、あ——、暇であるよ——う？　要人一人くらい、護衛は充分に出来るであるよ——う？」

●

「口に出して言ってしまいますが、ワンサード様がパーシバル卿を蔑む目で見ているのに気づいて、私は自分の卑しさを少し赦そうと、そう思ったのです」

「そうか……」

「蜂須賀？　否定していいところですのよ？」

●

はあ、と妹が息を吐いた。彼女はパーシバルに鋭い目を向け、

「正直、ここで殺してやりたいとも思うくらいだが……、まあいい」

頷いたとき、彼女はもう、いつもの雰囲気を纏《まと》っていた。

妹がいる。アーサー王として、実権を持つ第一のアーサー王が。

「連絡など出来ない訳でもない。欧州本土から、気が向いたら手紙でもくれ。——失うより、充分なことだ」

「Ｔｅｓ．、ではまたいずれ、——私の妹よ」

●

有り難う、と言ったスリーサーズの目から涙が零れるのを、メアリは見た。

……あ。

逆だった。その筈だった。だが、

「……メアリ殿」

アーサー王の一人が、泣く。

嘘つきが嘘を明かされて。

夜に泣く。

「私は――」

点蔵と共に、彼女の涙を見ながら、己はこう思った。

今、自分は、過つことなく彼女の涙を見ているだろうか、と。

こちらの肩を抱く彼の手に入る力が答えだと、そう思い、自分はその手に、自らの手を重ねた。

全く、と、夜空に男の声が昇る。

ブリテン南、沿岸部。上昇気流が岸壁を伝って空に散る場所だ。そこにある砦の広場で、ロット王は幾つもの表示枠を出していた。

傍ら、あまり使われていない貿易港には、輸送艦が幾隻も武装して泊めてある。が、今見るべきは、それらの船ではない。桟橋の先、宙に突き出した位置に座る、一つの影だ。

「――ペリノア王、話がまとまりました。対岸、そちらにいるゲルマン所属の人間勢力に対し、アーサー王の処置について話をしました」

「――ほう。アーサー王は存命として、ブリタニアはアングロサクソンの襲来を迎撃する。――そのように伝えましたか」

「ええ、決裂です」

いやはや、とロット王は、周囲でざわめき出した皆に視線を向ける。幾人か、こちらに話をしたいと、そう言ってくる者達もいる。つまりは、

「ベディヴィアが、指示を出しましたか」

「ええ、マーリンの制御が奪われて、それの回復と同時に来たのが、アーサー王のこれからについて、ですからね。――犠牲による終了は拒否し、アングロサクソンの襲撃を認め、抵抗することとする。……各地の有力者達が結託して抗議しようとしても、マーリンの方が分割制御

されていて出来ません。そしてアーサー王に付く方が有利と判断した者達が出てくれれば、もう、続くしかない」

「アングロサクソン側に寝返ろうとしても、通神手段がなければどうにもなりませんからね。明日の現場でいきなりそれをやっても、罠かと判断されて無防備なまま焼かれるだけですよ」

　Ｔｅｓ．、と己は応じた。

　随分と、この一月ほどで、状況が変わった。そして自分達は、それらの変化を利用し、動けるようになっている。

　身軽だ。そんな思いが得られている。そのことを不思議に思いつつ、

「マーリンの制御も、アーサー王の処遇も、〝湖の精霊〟の加護によるものだと、そう発表されました。各地、戦士団がそれを受け容れ、反対派領主の説得もしくはストライキに動くようですね」

「何処まで根回しを先にしていたのやら」

「彼らに交易の手を与えたのは私ですから」

　悪びれずに言うと、ペリノア王が小さく笑った。彼女は歯を見せ、

「実質、円卓の合議だったブリテンは、ここにおいては絶対王政の主従関係となった訳ですか。——明日の襲撃を凌いだとしても、しばらくは断続的に襲撃がありますよ。竜属はなかなかしつこいのでね」

「Ｔｅｓ．！　商売あがったりです！　当分はイベリア方面の航路は使えない。全くどうして、困った話だ！」

　言っていて、感情が零れる。

「——面倒でしょうに。笑ってますよ、貴方」

　ああ、そうだろう。その自覚はある。だが、

「Ｔｅｓ．、笑ってますよ！　嘘じゃない！　もはやこのブリテンも、私達の物語も、嘘ではなく、本当に私達が作って行くものになったのですから！」

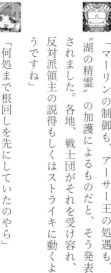

子供っぽいと、そう思う。明日は戦争だ。短時間で終わるだろうが、争いの疲弊が生じることとなるのだ。だが、

「私は認める！　嘘のブリテンを、今より先、未来に継がせなくていいことを！　物語を本当とすること。そこに全力を尽くすことを！」

　そうとも。

「――何しろうちは二人目が産まれましてね……！」

●

　各地、光が生まれていた。
　深夜であろうと、三派の戦士団が動き出し、それを導くように、マーリンが言葉を伝え、

『ステルス状態で輸送艦群を出すよ……！』

　それは〝飛ぶ空〟という呼び名で、ブリテン及び他島の各地に展開。後方に下がっていた戦士団達を前線へと運び直す動きを取った。
　その制御を行うのは鈴と武蔵の自動人形達で、彼女らは、鈴が作る英国の模造上に、光が〝描写〟されていくのを確認した。

「拠点が、起動していきますね……」

　急ぐ。それはこちらの思いだけではなく、戦士団達も、皆、そうだ。
　鈴は〝飛ぶ空〟の案内役になっている自動人形に、各地の補給物資やインフラ、防備設備などを示した概要図を与え、共有しながら、

「……声が聞こえる」

「え？」

　疑問するまでもない。聞こえるのだ。各所の警備の詰め所や、拠点。移動の道上、そして何よりも、中心となるロンディニウムの砦にて、

『これより全軍、アングロサクソンの迎撃準備に入る！　急げ！』

　アーサー王の物語が始まるのだ。

いいか、とワンサードは早足に広場を歩いた。

ファースト派、セカンド派、サード派、各陣営の代表や戦士団達が詰まっていて、入れない者達はロンディニウムの町にまで溢《あふ》れている。

そして各地、このブリテン及び各島にいる者達が、深夜であろうと、表示枠で待っている。こちらの指示を、言葉を、伝える物語を待っているのだ。

己は広場の中にいる皆の間を、ぐるりと回り、皆の前に立つ。左にパーシバル、右にスリーサーズ、そして至近にケイとベディヴィアを、やや離れたところにランスロウや、〝湖の精霊〟達を置き、

「我々はこれよりアングロサクソン撃退のためブリテン南部を中心に展開。
各所の防備に当たる！　――これは正式な歴史再現である！　各員心して全力を尽くせ!!」

「さあ、時間が全くないわ！　各地の代表と連絡を取り、輸送手段を南部に集中！　訓練の足りない者達は内地側で交換要員として訓練をするわよ！」

「急ぐの――！」
走る声に、皆が応じた。

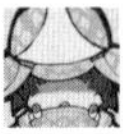
「Tes.……！」

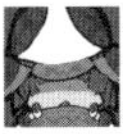
「我ら物語の住人なり……！」

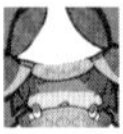
「しかし我ら、物語を本当とする者達なり……！」
おお、と声が重なった。

「開戦は明朝三時！　可能な限りの準備を尽くせ！」

「――とまあ、これ、史実なのか全然解らないんだけど、いいのか？」

「ま、まあ、何かあったらアレだと思いますけど、外に通じるかもしれないっていう状態は、継続してるんですよね？」

『う、うん。外の方、しっかりしてるから、……多分、襲撃によって確定するんじゃないかな？』

　だとすれば、と声がした。

「襲撃で確定するなら、ガツンとやっても、構わない訳ですね？」

「フフ、コレはアレよね!?　――歴史に必要以上の介入するんじゃないわよ!?　しちゃ駄目よ……！　絶対にしちゃ駄目だからね!?　――何でしないのよ！　ってアレ」

「……とはいえ、今からだと、どんな手伝いが出来ますの？」

「まあ、各所、隠れて裏方でチョイとやる、というのは有りで御座ろうが……」

「今からでも、いろいろ仕込むことは出来るで御座るよ？　ただ――」

　という声が、ある一人の方を見た。すると当人が、

「……ええ。私の知るアーサー王の物語は、襲撃を撃退したことになっていますので、目立ってなければ大丈夫ではないでしょうか」

　だったら決まりだ。

「祭だな!!」

「よーし、目立たなければ参加有りですよう！」

「ええ、目立たなければ有りなんですのね！」

「……コレ、木を隠すには森の中理論で御座るかな？」

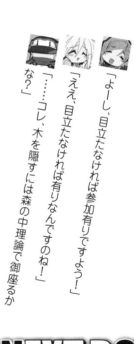

第六十一章
『ブリテンの仕掛人』

どこまで出来るかを問うならば
夜の中で問うといい
配点（修学旅行効果）

竜属の侵攻は、速やかに始まった。

深夜、午前三時。欧州本土、イベリア半島の北岸付け根となる位置に、幾つもの巨大な影が、また小柄な影を無数従えて集合する。

対竜戦線との前線境界に近い位置だ。

飛竜系。ワイバーン型が大小含めて百八十五体。リントヴルム型がやはり大小合わせて六十体。北岸の浜及び周辺の大地に待機している。

そして補助役としての海竜が、先行して五十体、ブリテンへと向かっていた。

戦術がある。

最初期においては中型のリントヴルムが南部沿岸を強行偵察。着地出来そうな場所があるかどうかを確認する。

ブリテンは各島合わせて東西に三十キロほどの幅を持つ。その全域を防御することは不可能だ。だから〝最高の降下地点〟は確実に見つかる。

後はそこに順次大型の個体から着地し、調整の後に出撃。

往復分の体力がなければ帰途で海に落ちるほどの遠征だ。加速系などの不備がないかどうか確認しつつ、強行偵察で見つけた内地の拠点を攻略する。

後は順次それを拡大し、ロンディニウムを攻略。最終目標としてオクスフォードを目指すのだ。

「オクスフォードに聖譜がある。——そういうことだな」
正純は、己が告げた言葉に、パーシバルが頷くのを確認した。
場所は南部、沿岸部の東西を見渡せる場所だ。英国特有の白い岸壁が続く場所で、砂浜の地形がその前や間を渡っている。
先ほど、リントヴルムの偵察があった箇所の一つだった。

自分達がいるのは、上空からの視線を妨げる林の中。カモフラージュとして木枝や葉で作った小屋の下だ。

　恐らくこの地域は竜属の降下地点となろう。そのような場所を、こちらも連携して沿岸各所で把握した上で、

「彼らがブリテンに来る理由の最大は歴史再現だ。だが、侵攻によって聖譜を確保したとき、ブリテンの主権を奪ったと、そう言っていいことになる」

「Ｔｅｓ．、ブリテンの教譜的中心地はカンタベリにあるのであるが、南東側で河口に近いそこは、ヴァイキングの侵攻を受けて大きな被害を得ると、そのような歴史再現もある。そして、竜属側からの大使のような存在としてヴァイキングの土地よりペリノア王が来たことから、我々は聖譜をオクスフォードに避難させたのであるな」

「その事実は、どこまで知られている？」

　問うた台詞に、パーシバルが首を左右に振った。

「一部の者だけであるよ。――とはいえカンタベリに無いことは薄々気付かれているので、ロンディニウムか、連動するオクスフォードと捉えられているであろう」

「カンタベリに誘導して殲滅、という手は使えないのですね」

「どちらにしろ、かなりの量が来ます。偵察の動きを各所で確認したところ、南部沿岸地域、ここを含めて十七箇所ほど降下地点を捜索していました」

　立花嫁がブリテンの概要図を出す。向井《むかい》の情報も含め、かなり精密になっている概要図にパーシバルが軽く引くが、こちらは気にしない。

「十七箇所って、結構あるなあ」

「いえ、これから絞り込みます。予測は出来ますので」

「要点説明……、って言って出来るか？」

「Ｊｕｄ．、新しく作ったサード派拠点は、斜面上、森の中です。歴史としてそこの選択が正しいことと、その拠点が残ったことを考えると、森の中は残存性が高い、ということです。——何故なら飛竜達は前足が翼化しているものが多いので、森に降下することが難しく、また、そうした後でも、移動などに支障を来す、ということではないかと」

　立花嫁がそう言って、ふと、表示枠を開いた。

『ある程度は断定で言っていますが、これらの知識は私や宗茂様が新大陸で駄竜を狩る際に役に立った知識であり、——それらは竜害の経験から、三征西班牙に残っていたものです』

『未来に伝わった過去の経験が、今、過去に活かされる訳ね……』

　立花嫁が小さく頷く。そして、

「竜属の降下地点は必ず砂浜です。彼らの上陸は未明であり、月光は浜を明るく、目印にするからです。竜属の視覚系は強力ですが、鈴様のような知覚ではない光学系が基礎なので、野原、土の地面などの立体がどうなっているか、初見で確認が出来るほどではありません。罠の有無を夜において計るコストより、白の砂浜を選択します」

　そして、

「罠や伏兵が無いか確認のため、まず大型の飛竜が空中から竜砲。浜の各所や海の安全を確保した上で、一度休憩に入る……、と私は考えています」

「……？　休憩？　欧州本土の強襲では、基本、飛竜達が空中より爆撃の後、着地からの蹂躙に入るパターンであるが？」

　Ｊｕｄ．、と立花嫁が頷いた。その理由を、浅間が手を挙げて、こう言った。

「えっと、大気の状況が違うんです。そうですよね？」

浅間は、闇が促しの会釈を見せたことで、己の言葉を続ける。

「ブリテンの各島は、浮上しつつ、大気の防護結界を張っています。そうしないと浮上している高度の環境に住むことになりますからね。
　だからこの結界の内側と外では気圧やら何やらが全く違います。私達の輸送艦なんかは、個別で大気防護を持っているので、ブリテンの大気防護結界の内外を行き来しても構わないんですが、竜属は違います。
　個体差はあると思いますが、基本、飛竜はそれ自体が高空特化していて、ええと、――長時間高空を飛んできた状態で、いきなり地上と同じ環境に飛び込むと、加速系とかのアジャストが必要になると、そういうことなんです」

「Ｊｕｄ．、正解です。しかし、何故、東照宮代表がそのような知識を――」

「フフ、そりゃあときたま打ち落として手応え確認してるからよ！」

「流石は浅間様、スポーツ感覚で飛竜撃墜とは流石ですね！」

　いやいや、と己は手を左右に振る。そして、

『通神側で種明かしすると、武蔵が同じ条件だからです。武蔵も艦上は地上環境と同じですが、大気防護結界の外は違いますからね。だから基本、竜属は武蔵を直接襲ってこないんです。
　時たま頭の悪いのがやってきますけど、結界内に入ると出力コントロールを失うことが多いですね』

『Ｊｕｄ．、燃料で飛翔する武神や、術式で飛ぶ魔女達と違い、竜属の飛翔システムは加速系を持ちつつ生物的だ。竜砲や呼吸などと密接なため、急激な環境変化に対しては一度加速系を開放するなど、そうした方が安全ではある。つまり呼吸の入れ直しだな』

『一応、湿度や気圧は違うので、武神でもそれなりに影響はある。無論、友好陣営であれば緩

衝系の情報が共有されてるのでほぼ無効化出来るし、そうでなくても突入の瞬間に緩衝系を強化して対応、だな』
　なかなか細かい、というか、武神は技術の塊ですよね、とも思う。特に、こういう竜属との戦いなどを想定した存在なのだ、と。

『真田に入る前、飛竜の筧《かけい》・虎秀《とらひで》さんが飛び込んで来ましたけど、あれ、一撃離脱やヒット・アンド・アウェーにしなかったのは、そのあたりですか』

『あれは〝警告〟の意味が強かったのでどうかな、とは思いますが、――一撃離脱みたいなことをしようとすれば、武蔵の結界との外界差に引っかかって失速したと思いますね』

『その〝休憩〟ですが、相手が対策を打っている可能性は？』
　問いかけに、闇が軽く挙手した。彼女はパーシバルに視線を向け、

「このような〝休憩〟は、外界差ともいえる環境差があってこそ。ゆえに対ブリテン以外ではまず無いことと想定出来ますが、竜属にも歴史があり、このブリテンにもたびたび強襲を掛けていることから、対策があると考えていいでしょう」

●

　竜属の、体質による弱点によって生じる〝休憩〟。それを、竜属側から解除する対策とは何か。

「単純に言って、――地上戦を行うことです」
　告げた台詞。その内容を、皆が僅かに考えた。ややあってから、ん？　という空気があり、

「休めよ！」

「いえ、それが正解ね。敵がいなければ休んでもいいでしょうけど、基本、こっちだって馬鹿じゃないわ。迎撃に行くわよね。――だったら竜属側は、地上戦が発生することを前提としていないと」

「そうです。前述の筧・虎秀が着地から地上戦を展開したのも、その証明となります。――そもそも竜属は、戦いを誉れとする。大型の地竜であればそれは当然です。敵がいれば休憩代わりに地上戦を行い、その最中に呼吸を整えていきます。
　このとき、彼らは呼吸を整えているので竜砲を放ったり、再飛翔が難しい状態でしょう。これは私達にとって、大きな機会であり、彼らにとっては戦いのスリルでしょうね」

「だとすると、……降下地点の予測が更に絞れますわね」

　その通りだ。

「竜属は戦いを誉れとする。死しても名誉ある戦いを望む。――そんな種族が、〝安全〟な場所に降りて〝休憩〟をすると思いますか？」

　要点だ。

「降下地点は、まず、目印となる白い砂浜のある場所。そして近くに、己の戦闘欲を満たし、竜属間での点数稼ぎとなる戦場のある場所です。――砂浜に近い防御拠点は幾つありますか？」

「ご、五箇所である！」

　即答は流石だ。だがこれで敵の動きが明確になった。更には、

「――サード派の現拠点は森に囲まれていますが、南に百メートルほど行けば荒れ地から下り、海に至ります。ここはロンディニウムに近い位置で、森の障害がありますが、だからこそ竜属にとっては〝高い点数〟の場所でしょう。
　特にここは、もう一人のアーサー王の拠点です。
　この拠点を攻略して〝休憩〟を終え、更にもう一人のアーサー王がいるロンディニウムに飛ぶ。逸《はや》ることもなく、手順を踏んだ誉れの点数稼ぎです。ロンディニウムを落とした派が、オクスフォードへ行く権利を持つと考えると、サード派現拠点に最も強力な一派が押し寄せると思います」

●

パーシバルは、自然と背が詰まり、息が小さくなるのを感じた。

「……これはまた、どうしたものか……」

　恐らくサード派の現拠点は失われるだろう。そうなると、

「オメエ、自分とスリ子の楽しい思い出が失われるとか考えてねえ？」

「そ、そんなことは無いであるよ――!?」

　とはいえどうするべきか。スリーサーズは今、拠点に戻っている筈だが、

「……御安心下さい。既に問題となる五拠点においては対策を講じてあり、未明までには大体の対応が済みます。皆様は各地の迎撃に精を出されるのが良いかと」

「……!?　竜属を撃退出来るのであるか？」

「Ｊｕｄ．、これは――」

●

『恐らく、貴方達が行った方法の再現ですよ、と、言いそうになりました』

「流石で御座るな誾殿！」

『言ってる言ってる!!』

●

「まあ、〝湖の精霊〟の、最後のボーナスというところでしょう」

「しかし、かなりの数の竜属が来るのであるが……」

　言ったパーシバルの声に、ああ、と応じる者がいた。それは、

「大丈夫。竜属の大半は選別されるさ。――ブリテンはそのあたり、やはり強力さね」

「それは――」

　と、彼が問おうとした瞬間だった。不意に、表示枠が幾つも展開した。皆が振り向く先、そこに映るのは武蔵野艦橋で、

『出た、よ……！　欧州本土、飛竜達が出た、の！』

●

〝武蔵〟としては、これは記録に取っておくべき内容だった。

「……これだけの飛竜が一斉に飛ぶ、というのは、あまり前例がありませんね。――以上」

「計上出来ました。――飛竜はワイバーン型が大型二十五、中型以下百六十。リントヴルム型が、大型五、中型以下五十五。大群と判断出来ます。――以上」

「集団は五隊に分かれています！」

　片桐が、母の作った欧州本土と英国の模造、その間を行く無数の影を作る。それは詳細よりも数と大きさを分別しただけのもので、複製と貼り付けを主とする作りだったが、

「ん。――連動する、ね」

　鈴の言葉と共に、彼女が描いていた気流に艦橋側から竜群を同期。それぞれが群として、避けたり軌道を変えたりと、生きた動きを始めた。

　その上で、

「――ちょっと、御免、ね」

　言って、鈴が知覚する。その表現先は、

「五集団の、特に大型のワイバーン」

　指定された竜の模造が、五体だけ鮮明となった。

●

　鈴からの情報を、己の術式に転送した者がいる。二人だ。

「奏上——!!」

「奏上……!!」

どちらもそれぞれの神社の巫女装備。
位置は先ほどまでいた林の前。白の砂浜の上だ。南側、空は未《いま》だに敵影を確認出来ないが、

「狙うのは左右の二隊ずつです!」

「はい!」

言って二人は射撃術式を展開しながら、武装を構えた。

「二連梅椿、遠距離射撃仕様!! 〝湖の精霊〟として許可が出たので参上しました!!」

弓側に射撃のガイドを装備した二連梅椿が展開。両者の手首にある籠手パーツと合致し、一度流体光を弾いた。

直後に巫女服が連動し、まず砂浜に表示枠を叩きつける。それは砂の地面を堅く締めるもので、その中央に靴部からのアンカーが突き立った。

確定する。

同時に浅間と豊が動いた。バインダースカートから抜き出すのは一本の長大。

杭状矢だ。

二人共に、それを二連梅椿に添え、流体弦を掛ける。

「**オッパイカタパルト……!** まさかここでも見られるとは!」

「ここでも?」

「あっ、私、江戸でコレを撃ち込まれるの見たことありますの!」

「どのくらいキッツイのかしら、このカタパルト」

「それは、それは、もう……」

●

何かいろいろ誤解がありますね、と浅間は思った。というか、

「カタパルトって言いますけど、射つときは乗せてませんよ!?　摩擦で火傷《やけど》しますから！」

「構えるときは乗せてますのね？」

言われてみるとそうである。ドンマイ自分。ともあれ自分は豊と並び、干渉せず、しかしお互いの術式が補助し合うように連動。そこで起こすのは、

「照準術式〝枝葉継《えだはつぎ》〟！」

全天球型の照準術式だった。敵はまだ水平線の下、地球の丸みの陰にいる。

だが、豊の分もカバーする視界の編み目上には、敵影がある。武蔵から送られてきた補正情報をベースに、敵群の姿が見えているのだ。

更には、

「形態式の追尾術式確定！　豊!!」

「行けます！」

その声と同時に、加速系、照準強化の祝詞が形となって回った。砲塔のように、周囲を飾る壁のように展開し、

「——トーリ君！」

彼の名を、呼んだ。

●

ああ、とトーリは浅間の声に応じた。横のホライゾンも頷くし、両腕も会釈する。

そして正純に視線を向ければ、確かに彼女も首を縦に振った。周囲の皆も、じっとこちらを見ている。

……まあ、何だろうな、コレ。

浅間の言いたいことや、皆の視線の意味は解

る。
　これから浅間に許可を出し、射撃させたら、もう、これは〝荷担〟だ。その一線を引くべきかどうか、最後の判断をしろと、そういうことなのだ。
　そうだなあ、と己は呟く。

「――失わせないとか、そういうのが一番にあるよな、俺ら。それでまあ、そこから先、どうやって行くんだ、ってのは、これから常につきまとう訳だ。だけど今は――」
　だけど、と自分は首を傾げて言った。

「ここで何もしねえで〝ハイ、俺らのすることは終わりました！〟って帰ったら、何か俺達、頭よすぎるんじゃねえ？」

　まあ、何か、上手く言えねえタイプのことだ。

「ほら、地面に小鳥が落ちてたら、助けちゃいけねえ、みたいなのあるじゃん？　放置で行くのが自然の摂理です、って、アレ。アレ確かにそう思うし、そうしなきゃいけねえよなあ、って思うんだけどよ」
　だけど、

「その小鳥が、〝生きてえよ〟とか〝助けてくれよ〟って言ったら、俺、どうすりゃいいんだろうな。――遠くで見て、猫が近寄るのを防ぐとか、そのくらいはしていいのかな。それとも、どうにかなんねえのかな、って、思うのも駄目なんかな」
　言う。

「失わせねえぞ」
　そして、

「小鳥に〝こっちに来いよ〟って言うのは、有りだよな？」

　正純はこう思った。馬鹿は馬鹿だなあ、と。

「責任がとれないことをするな、という話ではあると思う」

失わせないこと。

そして自分達が、他国など関係無しで、武蔵勢として存在する際、何を信条とするか。

それに対しての答えは、ここで出るものではないだろう。恐らく、外界などに出て、また、多くの国と渡り合って、その中で作られるものなのだ。しかし、今のは何もかもがあやふやな我が儘でいて、

「――関わった者を身内として、責任を取っていく覚悟はある、ということか」

「うーん、どうだろうな」

「お前、また、テキトーな……」

いやまあ、と馬鹿が言った。

「責任って、やっぱ大変だろ？　俺とか、ホライゾンや、浅間やネイトの分だったら、まあ何とか行けるけど」

「ククク愚弟、どんな感じで責任とるの？」

「いやまあ、うちだったら、俺が何かやらかしたら千五百一回ルールもあるし？」

浅間が噴いて杭状矢が放たれた。

●

「**あ――!!**　射っちゃいましたよ……」

「**オイイイイイイ！**　我慢しろよ！」

「智？　照れ隠しに国家間紛争に首突っ込むのは流石ですのよ？」

「わあい！　私も射ちますね！」

「出来れば作戦上、二本ずつ御願いいたします……」

「歴史に関与する理由が〝ウッカリ〟かあ……」

『〝武蔵〟！　止められないか!?』

『当艦は当たりたくないので却下します。
――以上』
『あっ、あっ、――届くよ！』

●

　突然の脱落だった。

　夜空を、月光浴びて飛翔していた竜属の群は、今夜の風の流れが少々おかしなことに気付いてはいた。

『――？』

　ブリテン各島に向かう空の航路上。西の方に風を止めるような何かがあるのだ。それは巨大なもののようで、しかし目には見えていない。何らかの気圧か、怪異か。
　こちらに危害を加えるものでなければ無視をすればいい。大体、自分達も、ブリテンの南端に届くにはかなりの負担を有する。大型の個体が先行して降下するが、早い段階で全員の降下地点を確保しなければ、中型以下の者達に脱落が出る。
　そういうコストがあるからこそ、ブリテンへの大規模侵攻はこれまで行われていなかった。今回も、中型以下は戦闘力より航続力を重視しているが、これは現地への到着率を高めるためだ。
　飛行を続け、既に三分の二ほどの道程《みちのり》を消化したが、ここで脱落者が出ている。体調、気流の読み間違いや加速系の不備によって中型以下の七体が飛行を中止、下に控えている海竜に確保され、強制帰還となっている。

『……恥だな。』

　このところ、大規模侵攻が無かった竜属だ。トゥール・ポワティエ間の戦いを控えているが、これは地上戦がメインとなる。飛竜系にとっては、このアングロサクソン侵攻が、自分達を花形と出来る久し振りの現場だ。

　そこから落ちるとは、と、皆が残念と侮蔑を思う。今、既に月光を浴びたブリテン各島が影として見えている。あそこまで行けば栄誉を得られるというのに、勿体ない。
戦場だ。
皆を鼓舞することと、竜属としての威を示すため、先頭を行く大型のリントヴルム系が加速した。それに続き、大型のワイバーン系も翼を大きく広げ、加速光を強くする。
行くのだ。と、リーダー格の大型が皆に示した直後。

『……!?』

飛翔する五隊。その左右二隊の中心となる大型ワイバーンが一体ずつ、いきなり吹っ飛んだ。
計四体。骨格を砕き、加速器の呼吸を破裂させて跳ねた全身は、

『――!!』

後続の何体かを巻き込み、海へと落下する。

何が起きた。
解らない、というのが竜属達の共通見解だった。一部、流体系視覚を持つ者が、ブリテン南側から届いてきた流体光の軌道を確認する。だが、

『……迎撃!?』

流体光が散ったのは見えた。つまり飛翔物が、自分達の仲間を穿ったのだ。
しかし、と皆は思った。敵、人類側に、竜砲などを遥かに凌ぐ超長距離の迎撃システムが存在しているのだろうか、と。だが、

『……良かろう……!』

穿たれなかった中央の一隊が再加速した。五隊中、左右の二隊を削られた中、自分達だけが残された意味を、こう解釈したのだ。

『我々への挑戦か……！　さぞかし勇猛な、計算高い連中よ！』

「オイイイイイイイイイイイ！　計算違いの流れとは言え、完全に関与してるぞ！」

「いやいやいや！　止めてたんですよ！　それがちょっと変な事言われて！」

「でも二発目は何で撃ったのかな？」

「射撃成果を求める巫女の本能ですの？」

「というか、どうして撃つことになったのですか？」

「あ、ちょっとした援護のつもりです。まあ、〝本土からこっちに飛んでくる間に、脱落があってもいいよね〟的な、そんな範疇なら赦されるだろう、と。そういう意味ではサービスアタックの筈でしたね」

「Ｊｕｄ．、予定では精密狙撃で大型だけ落とす筈だったさね？」

『ええと、大型を四体落とした？　でも何か余波とかで、中型以下、十八体巻き込んだよ？』

「キルスコアが大漁ねえ」

「流石は浅間様、本舗の中で最も怒らせてはならぬ御方……」

「いや、だからちょっと手が滑って他の方にも威力が……！」

「え!?　母さん、狙ってやったんじゃないんですか!?　真似して同じように射っちゃいましたけど？」

『失敬、そちらに竜属の面々が加速しました。お気をつけを。――以上』

「フフ、すっごい勢いで他人事《ひとごと》よねえ」

「というか持ち場に展開して下さい――!!」

片桐は、母が英国の全体模造を拡大するのを見た。

何をするのか、と思っている間に、彼女が自分の作った竜達を風の軌道に乗せていく。それは、今、武蔵側で知覚している竜属の動きよりも速いもので、

「気流、竜属の各重量、予測推進力から、三十秒後の座標を順次割り出します。補正など入りますが、大枠として確認御願いします。――以上」
見ていると、艦橋内の壁を割り、幾つかの基板が入れ替えられる。鳥居型の集合基板は最新である〝49型〟と、細分計算用のものであることを知らせる算盤《そろばん》マークが入っている。
ここから先は、戦場の全てを再現かつ先取りし、連携するのだ。そして母が、

「竜属、竜砲を撃つ、よ……！」

その多くは爆圧だった。

竜属の五隊。中央の主力団が、サード派拠点に近い砂浜にまず攻撃を加えた。

リントブルム型の面々が周囲の空に散開して監視に入った下、五体の大型ワイバーンが砂浜に竜砲を放ったのだ。

加速器官が主となっているワイバーンの場合、竜砲は基本的に爆圧となる。喉を通すために、空中で直立するような姿勢を取った五体が、一斉に拡散型の竜砲を発射。

『……！』
大気を割る音が五発放たれ、白の砂が飛んだ。その一部は宙を高速で散って圧縮。火の粉となって空を舞う。
それらの威力は、他の四地域でも発射された。どれも防衛拠点に近い砂浜が穿たれ、周囲の地殻、土の地面や野原までもが表層を剥がされて

弾けた。

　土砂が塵《ちり》となり、しかしそこに、

『――――』


　主力の大型が着地。同時のタイミングで、先行していた大型リントヴルムが、彼らの正面の大地へと低空から滑走する形で吶喊した。

　道を付けるのだ。大型リントヴルムはその蛇体と、頭部装甲の厚みから、鉄槌《てっつい》のように障害物を打破。多くは拠点を囲む森に突っ込み、木々を伐採した。

　未明の夜に、森の裂ける音が響き渡る。

　そして大型ワイバーンが地上を前進した。大型リントヴルムの付けた道を行きながら加速系を開放。〝休憩〟として、巨体にものを言わせた地上戦に入ったのだ。

　彼らの背後、まず空を散開していた中型以下のリントヴルムが浜に降り、そして同クラスのワイバーン達も降りていく。

　彼らは後続だ。主力が拠点の大部分を破壊したら、同じように中型クラスが後追いで掃討や占領に入る。

　大型は主力としてロンディニウムを目指す。その際に敵の反攻があれば撃破し、その都度、中型以下が以後の制圧を担当するのだ。

　兵站《へいたん》という訳ではないが、戦力を残して道とし、敵を分断していく方針だ。竜属五隊があれば、ブリテンはロンディニウムに向けて五等分されるという、そんな塩梅だった。

　行く。まずは主力の大型ワイバーンが、浜を上がり、敵の拠点へと乗り込んでいく。

●

　主力の大型ワイバーン達は、懸念が当たらなかった事に安堵をしていた。

　最大の危惧は、ブリテン各島が侵攻を避けるために遠ざかることだった。

　自分達大型であっても、この浮上島に来るのは準備がいる。往復出来るだけの出力を持っている者はいるのだが、島上に着地したら一回アジャストだ。本土側からの余力を、戦闘や帰還用に蓄積しておくことが出来ない。着地したらアジャスト。そして恐らく、戦闘を終えて帰還するときもアジャストして、本土に戻るように己を整えねばならない。

……単に空中を往復ならば、楽なのだがな。

特に帰還が危ない。島上の大気から、外に出るのは、誰もがほぼ未体験のことだ。ゆえに危険と判断したら、下の海上に控える海竜達に確保して貰い、海上から飛翔、という手も考えられている。

だが、自分達はそれでよくても、中型以下となると心配が大きい。片道の出力がある者達を選別しているが、途中脱落があったように、個体差がある。

もしもブリテン各島が遠ざかることを選択していたら、と考えると、

『――』

竜属が寒気のようなものを感じるのは、あってはならないことだろうか。ただ、これは歴史再現だ。ブリテン側がそのようにしてこちらの上陸を避けるならば歴史再現違反として声を上げることが出来る。無論、それには当然、こちらの被害が前提だが。しかし、

……ペリノア王からの通達も無く、懸念は失したな。

そのような気配があれば、ペリノア王が空に層撃の合図を寄越した筈だ。

そうはならなかった。

ゆえに自分達は、予定通りの進行をしている。

良い流れだ。

振り返ると、今、砂浜に後続が降下していた。誰も彼も、周囲を気にせず、地面を欲している。

空を飛行するのが特色の自分達でも、中型以下は基本的に本土上空を飛ぶ連中だ。長大な気流が吹き、ランドマークの無い海上を長時間行くのは心身共に疲弊が大きかろう。

だが彼らは到着した。〝休憩〟が本当の休憩

になってしまっている者もいるが、辿り着いたならばここは狩り場だ。先行していく自分達の後続として、敵の掃討に励むといい。

『よし』

と、全体の進行が安定していることに、主力は満足した。

そうとも。

上出来ではないかと、そう思い、優秀な後続へと振り返った視覚は、あるものを見た。

皆。浜にいる誰も彼もが、何故か自分達から遠ざかっていくのだ。

●

ん？　と主力のワイバーン達は思った。

今、背後に降下し、重圧の多かった航路を抜けてきた麾下達がいる。が、彼らが何故か、こちらから離れていくのだ。

何故だ。

月下において、向こうの皆も、何が起きているか解っていないようで、お互いが、

『ンンン？』

と疑念の声を上げていると、それが起きた。

音だ。眼下よりも深い、遥か下。自分達のいる大地を縦に震動させて響くのは、

……岩の破壊音!?

何が起きているのか。音だけでは、状況だけでは解らない。だが、両者が重なると明確だ。

地殻が断裂し、砕け落ちていく。

砂浜より向こう、海も含めたブリテン島の沿岸が、瓦礫のように崩落するのだ。

●

武蔵野艦橋内。模造の英国南部沿岸が崩れていく。

海や海岸が、大規模にパージされ、落ちていくのだ。それは、上に乗っていた飛竜達を巻き込み、ある一定の崩落量から、一気に下へと加

速した。
砕け、落ちていく。
鈴は、じっとそれを知覚していた。

「大丈夫かな……」

誰も彼も、長距離を飛翔し、一息吐いたところだろう。加速系をアジャストし、〝休憩〟をしようとしたタイミングを狙ってのパージだ。
再飛翔出来る者は少なく、それが出来たとしても、既に足場は落下している。更に周囲の地殻もそれぞれ個別に崩落しているため、

「巻き込まれますね……」

あまり、食らって欲しくないというのは甘いのだろうか。ただ皆、落下し、一部は必死に羽ばたき、上からの破砕に巻き込まれないために、避難所へと逃げた。
英国下側、ピラー部分に張り付き、難を逃れたのだ。だが、

「この状態からでは、飛翔に移るのは至難ですね。一度自由落下し、その中で飛翔状態に入る必要がありますが、そのような曲芸をしてきた者は少ないかと。——以上」

下側。これまで海上に身をさらしていた海竜達も退避している。崩落の内、大規模なものは終わったが、小規模なものはこれからも断続的に続く。超高度からの落下物があるため、海竜達はもう英国の下に入ることは出来ないだろう。
つまりピラーに張り付いた竜属は、もう、どうしようもない。
幾らかの中型クラスは大地側に逃れたが、大部分は下だ。

「一気に選別がなされましたね……。——以上」

ん。と己は頷き、この模造を概要化して皆に送った。言うべき言葉は、

『——派手だったけど、大丈夫、だよ？』

鈴からの報告に安堵の息を吐いたのは、直政だった。
　沿岸部分の大規模パージ。この操作系を指揮したのは自分だ。浅間が各所に届かせたインフラを基礎に、自分達が立て直した中枢システムを関与。緊急動作としてのパージを行い、竜属の降下場所を海ごと下に落下させた。

「……失敗したらどんだけ責任掛かるんさ、って話でねえ」

「御手数《おてすう》と御負担、お掛けします」
　という自分達がいるのは、サード派の新拠点となる砦の前だ。斜面の上、森の中、丸太で作り上げた防護拠点がある。かつては布に描いた絵だったが、今は避難所ともなっている。各所、防衛設備のある奥には居住区が存在していて、既に下の現拠点の村からの引っ越しも済んでおり、

「実質の、サード派最終防衛ラインさね。しかし――」
　自分はメアリを見た。

「輸送艦で移動した直後の仕事が沿岸パージとは。――よく決めたもんさねえ」

　直政の視界の中、メアリが頷いた。

「Ｊｕｄ．、この沿岸部の大崩落は、恐らく、この侵攻の際、実際に行われたものだと思いますので」

「そうなのかい？」

「――新旧英国の地形差でありますね？」
　Ｊｕｄ．、とメアリが頷く。

「輸送艦がこちらの英国に不時着した後、点蔵様と散策しながら気付きました。あの湖こそが、後に皆様の輸送艦が落ちた入江になるのではないか、と。だとすれば――」

「……旧英国の南側沿岸部が、過去の何処かで大崩落したことになるのでありますね」

「重奏統合争乱の移動時に、英国は甚大な被害を受けて一部が崩落し、しかし争乱に加わらず中立を保った……。その返礼として、IZUMOが英国の修復をしたんさね……？」

　これが定説であり事実だ。だが、それはこうも考えられる。

「……重奏統合争乱以前に破損が進んでおり、争乱の移動はとどめであったと、そうも言えるか……」

「どうしてそう思う？」

「Ｊｕｄ．、英国の下部フレーム構造が、この時代において既に増設に増設というか補強に補強を重ねた状態でね。それはつまり、脆《もろ》いからこそだろうけど、だからこそ重奏統合争乱で南部の海から湖まで一気に崩落したとするのは、無理があるんさ。結構な距離があるし、途中で補強フレームが何本もあるからね。大体、その規模で一気に崩落したら、島のバランスが保たない」

「じゃあ、今回落としたのは……」

「海側から沿岸部までのフレームは、それで一ブロックだから一斉パージ出来る。ここから中央側になると、地殻は大地となるし、居住系もあるからフレームの補強度が高い。一発で湖まで落とすのは難しそうさ」

　成程、と皆が首を下に振る。が、まあこれも自分の推測だ。正しくないかも知れん。しかし、

「ここでそれをどう言うのも、野暮さねえ……」

　と、言った時だ。見張り櫓《やぐら》代わりの木の上から、脇坂の声が来た。

「竜のデカイのが、気ー取り直して下の拠点に突っ込むよ！」

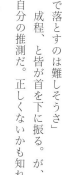

break time

「今頃、竜達が酷い目に会うとるんやろうなあ……」

「報告が一切無いのが不安を煽りますよねー。——敵の」

「何だこの嫌な安定感は……」

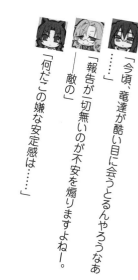

第六十二章
『拠点の破壊者』

驚くといい
私達の世界とは
驚くための素材なのだ
配点（やらかす）

ブリテン南、沿岸部が五箇所に渡って大崩落した。

ブリテン側としては正に身を削る防衛方法だろう。その成果もあって、中型以下の麾下は一気に数を減らした。

だが五隊の主力、大型リントヴルムと、大型ワイバーンは無事だ。

先頭のリントヴルムは、後続を無視する。遮蔽となっている森を巨体で薙ぎ倒して道を作り、先にある敵の拠点を破壊に入る。

『……!!』

蛇体である自分の役目は、露払いだ。拠点、集落、街道や水道などのインフラ。破壊して行けば面白いものばかりだが、それよりもまず後続のワイバーンに道を通す。竜属としての格が違うとか、そういう訳ではない。純粋に役割だ。

蛇体の自分達は、地上を移動中に口からの竜砲を吐くのが不得手なのだ。

身体の構造がシンプルなので、加速器官に余裕が無く、地表に口が近いので射線がとれない。また、破壊活動においても頭からの吶喊や巻き付きに類する運動しか出来ない。

対するワイバーン系は翼なども大きく持ち、破壊活動においても竜砲やキックに、加速系と翼を合わせた爆圧飛翔など、技が多い。

破壊活動を競えば自分達はワイバーンに劣る。だが移動と、経路の確保では、自分達の方が遥かに上だ。本土側、地上戦ではワイバーンよりも出番が多い。

一長一短。その理解で自分達は隊を組んでいる。ゆえに、

『感謝する！』

構うな、と思い、自分は敵拠点の中を北に急ぐ。

拠点内には人類がいた。灯りが見えていたのだ。だが誰も彼も、こちらに気付くと、

「うわ!?　敵襲――――!」

「撤退!　撤退――――!」
　反射的に恐怖を感じたのか、東西の森へと走り出す。松明《たいまつ》を投げ捨てるのは正解だ。自分達の視覚でも、森の中に逃げ込まれれば捕捉は難しい。
　そして背後、ワイバーン達が拠点敷地へと躍り込んできた。

『――――!』
　空に咆吼《ほうこう》する。だが、竜砲は放たない。自分も含め、皆、加速系のアジャスト中なのだ。暴れつつ呼吸を深く行い、このブリテンの大気に合わせ、内圧を調整してため込む。
　この拠点を破壊した頃には、再飛翔出来るようになっているだろう。
　しかし一つ問題があった。この拠点、奥にもう一つの新拠点があるのだ。先行した偵察の際に、そちらに敵主力や住人達がいるのは確認している。だから、

『先に行く……!』
　急がねばならない。
　他の四隊も同じように各地の拠点攻略に入っている筈だ。そちらにもいろいろと障害があるだろうが、彼等《かれら》より遅れれば、ロンディニウム行きで自分達は後塵を拝することとなる。
　ゆえに急ぐ。とはいえ、

……我らの隊は、主力が無傷なのが僥倖《ぎょうこう》か。
　他隊は大型ワイバーンが四体。自分達の隊は五体。それも、中央の敵拠点を攻略するため、精鋭が集められている。ならば自分達にとって、新拠点の存在は他隊に対する攻略ハンデと、そう思うべきか。
　行く。
　旧拠点内部。敵戦士団がちらほらと逃げていく居住区を抜け、防衛拠点の中へ。道を作るた

めに幾らかの建物を破壊する。そのたびに木材が砕け、家財が派手な音を立てて飛び散る。

と、正面に広場と、その向こうに木々の斜面が見えた。

森とも見える斜面の上に砦があり、そこが敵の新拠点だ。

背後。仲間達が旧拠点の破壊に入った。建物が一斉にぶちまけられ、派手に建造材や土砂が舞う。その光景が、捨てられた松明や倒された篝火に下から照らされていて、

……いいぞ！

やはり竜属はこうでなくては。

ゆえに更なる破壊に皆を導こう。

新拠点。

斜面を上がればすぐだ。どうせなら、旧拠点を皆が破壊し終えるまでに、自分単体で新拠点の破壊活動を始めるのも悪くない。そのくらいの〝余禄〟はあっていいだろう。

破壊は勝利だ。一方的であろうと、戦いの痕跡である。

素晴らしい、と、そう思いながら斜面に急ぎ這い上がろうとした。その時だった。

『……!?』

仲間達の疑念の声が聞こえた。

『これは――』

一体どうした、と思うなり、それが起きた。

光だった。

赤の色。押すような一瞬の轟音と、黒の煙を巻いて押して広がっていくのは、

……爆発!?

旧拠点を一斉に食うほどの火炎が発生した。

●

ロット王は、ロンディニウムの砦で、それを見ていた。

「やりましたか！」
　屋上だ。高い位置から確認出来るのは、南の空に昇る五つの炎だ。
　爆炎となる黒い煙に、陽炎《かげろう》のように舞い上がる火の粉の波。そして遠くから緩やかに空へと風の波紋が広がり、大気に何となくあった薄雲を吹き飛ばす。
　それには音も付いてきた。遠雷のように重い、空を打つ響きが五発だ。あれは、

「私の貿易の成果です……！」

『竜属、西から東にワイバーンの被害大が３・４・４・３・４！　他は被害中以上です！　リントヴルムは全存！　気をつけて下さい！』
　片桐からの報告に、脇坂は砦南側に発生した防護障壁を見た。

「やった!?」
　旧拠点。それを包み込む火炎は、規模において巨大な火球であり、衝撃波を周辺域に小さく発生させていた。威力としては後者が強く、大風が斜面を洗い、旧拠点方面では周囲の木々が打ち倒されているのが夜目にも解る。だが、

「ワイバーン達が倒れているわね」

　月光の下、炎を散らす旧拠点敷地内に、その通りの光景が見えていた。

　他拠点でも派手な爆発が生じたのだろう。空に火焔《かえん》が上がるのが見えた。

　上々だ。

　自分達、旧拠点敷地内には、まだ動ける、といったレベルのワイバーンが一体いるだけだ。他四体は表面装甲を焼かれつつ、各所に倒れ伏している。これは、

「――まあ、ちょっとした仕掛けによる、大規模な粉塵爆発に御座るよ」

「おお！　粉塵爆発！　皆大好き粉塵爆発！　小麦粉の粉塵でドカンとやるんだよね！　僕達も昔に教導院でやったねえ……！」

「…………」

「……何だい？　その沈黙は。悪い予感がするね？」

あー、とショーロクの姉が手を挙げる。

「粉塵爆発は、小麦粉以外でも起きるのは、知ってるさね？」

「え？　あ、い、いや、知ってるよ！　粉塵だもんね！　細かい粉なら空中で引火して爆発を起こすよね！」

「では青雷亭《ブルーサンダー》名物の粉末水でも爆発が……！」

何かよく解らん言葉が出てきた。だが今は、

「今の粉塵爆発って、何なの？」

「砂糖さ」

「砂糖!?」

「そうさね。砂糖を粉化すると、同サイズの小麦粉に比べて着火力に優れ、また、大気中の最大密度の上限でも上となる。

つまり小麦粉で行うより爆発が安定し、破壊力が高いんさ。

だから今回みたいに破壊力が大事なら砂糖を使用するのがベストとなる」

「……え!?　じゃあ、何で皆、小麦粉を使うんだい!?」

「〝皆〟って誰さね？　……ともあれリアルな話で言うと、手に入りやすい……、ということかね？」

「……というか私、前にアンタの挿画描いた小説で〝粉塵爆発は小麦粉で起きるんだ！〟って見た気がするわ……」

「アチャー」

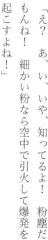

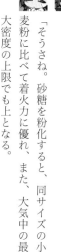

「い、いいじゃないか！　近くにあったものを使う！　言い方としても間違ってないぞ！」

「まあ粉砂糖ってのもなかなか用意はしづらいもんさね。このあたり、ロット王が前もって準備していたってのが驚きだけど、さ。――ただ、粉塵爆発は密閉空間だと粉塵を大気中に安定出来るから容易だけど、屋外の場合は、それこそ大気中での着火密度の幅が広い素材が有利。その意味でもここは砂糖さね」

　何とも無茶苦茶だ。だが効果としては、

「……大気が爆発する訳だから、〝休憩〟中の竜属にとっては効果的？」

「Ｊｕｄ．、気圧調整のために開放していた呼吸系を焼かれる一方で、火焔で酸欠状態にさせられる訳で御座るから、運動中に食らうと面倒で御座ろうな。

　範囲術式や気化毒だったらレジスト出来るで御座ろうが、砂糖はそれだけなら無害。吸気後に着火で爆発、大気デバフとなると、向こうの油断も含めて効果的で御座ろう……」

「欧州でもレアな砂糖だもんね。地竜クラスじゃあ知識として持っていても、砂糖がどういう味かとか、知らないと思う」

　結果として、敵は大きく損失した。だが、

『……！』

　下。旧拠点の爆発範囲にいなかったリントヴルムが、斜面を上がってこようとする。

「来るよ……!!」

●

「すみません。二回目、御願い出来ますか」

「ああ、いい頃合いさね」

●

　ロット王は、二度目の火炎が南の空に五つ上がるのを確認した。

「見事です……！」
仕込みだ。一回目は各防御拠点の建物内に粉塵のシステムを仕込み、二回目は、

「整備した街道を利用しましたか……！」

街道の水抜きは、縦溝を掘るものだった。その溝の中に粉塵のシステムを仕込めば、竜属はそのサイズゆえ、気付かずに跨《また》いでいく。

地雷のようなものだ。

今、結果として空が赤く染まり、音が聞こえる。

五つの重い響きは、自分にとっては貢献と勝利に繋がるものだ。

「さて、これからどう展開していくのでしょうね……！」

●

そのリントヴルムは、まだ動けていた。

敵の新拠点に急いだため、爆発は下半身を焼いて終わったのだ。だが、中傷で済んでいた主力のワイバーン一体は間に合わず、大型はもう自分だけとなった。

『く……！』
もはや自分達の隊は壊滅に近い。ロンディニウムに行くとしても、自分だけとなろう。
他の隊の連中がどうなっているのか気になるが、

……あれは――。

遠く、木々の向こうに見える東西の空が明るい。下から黄色い光で照らされている。

爆炎の光だ。

やられたのだ。

自分を焼き、衝撃波で木々と共に叩いた炎が、他からも上がっている。

罠だ。否、これは当然、あって然るべき事だろう。人類側は自分達に比べて弱く、罠などの仕込みは当然あるのが普通だ。だが、

『……!』

拠点を爆弾化するとは想定外。

しかし、今出ている結果に対し、異を唱えたところで何も変わらない。己は急ぐべきなのだ。速く。速くこの先の拠点を潰し、ロンディニウムへ。そこに行けば、仲間達と合流が出来るかも知れない。道を付けておけば、後続の中型以下の麾下が、数を減らしつつも侵攻をするかもしれない。

それら〝かも知れない〟を本当にするには、己がここで動くしかない。

ゆえに、行く。斜面を一気に這い上がり、その勢いで敵の新拠点を破壊する。

そして自分は上を見て、木々の向こうにある砦を確認した。すると、

『——』

その視界に、妙なものが見えた。

黒い円だ。

『——?』

それは、視界の中央に開いた穴のように見えた。

だが違う。気付けば斜面の左右を、人類の戦士団が駆け下りていく。

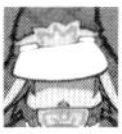

「……!!」

何事だ、と思った時、己は気付いた。左右の斜面を疾駆して行く彼らの足下には、粗い作りながらも階段があることを、だ。そして、

……縄……!?

左右それぞれ一本ずつ。中央のこちら、その正面側に縄が伸びている。この構図はつまり、

「オンバシラァ……!!」

女の声と共に、己は真っ正面から直撃を食

らった。

長さ十五メートル。直径一メートルを超える木材の杭を、顔部に叩き込まれたのだ。

●

連射だった。

斜面を利用し、砦の屋上から破城杭《はじょうくい》ともいえる補強付きの木材を落とし、打ち込む。

誘導は二人がかり。加速術式をつけただけの単純な杭は、しかし砦というランドマークを目指してくる相手に対し、容易く命中する。

開けた口に。その眉間に。仰け反った喉に杭が打ち込まれ、

「そこ……！」

口に三本目が叩き込まれたところで、リントヴルムが仰け反り、

『――――』

そのまま倒壊するように、斜面の下へと落ちた。
土砂を崩し、岩を割り、草木を潰していく蛇体は、しかし動かない。
倒したのだ。

●

竜属の主力を倒した。

その事実は、各地域の拠点を陥とし、凌いだ戦力に意気を与えた。特に東から二つ目の防衛拠点。ファースト派の主力が押さえていた場所では、現場に出ていたワンサードを中央にして歓声があがった。

今、まだ敵はいる。残った中型以下の個体が、撤退は恥として突撃してくるのだ。

それに対し、皆は前線で方陣を作り、

「重力制御で潰すよ……！」

正面からの激突を望む。
誰もが前に出て、足音を未明の夜空に響かせ、まだ昇る火炎の色に煽られながら、

「――Ｔｅｓ．!!」

ああ、とワンサードが応じた。彼女は、王賜剣ではないにしても、業物の刃を掲げる。その刀身からは空に流体光の光剣が数十メートルに渡って昇り、

「皆、――躊躇わず戦え！」

●

ワンサードは、声を上げた。これまで、言えるとは思っていなかった台詞を、己の家族に届けと、火の明かりが下から照らす夜空に、そして皆に伝えた。

「皆よ、空に我らの思いが火として至る夜だ……！　我らが祖先、我らが歴史、我らが今、何もかもがこの決戦を願い、本当のものとする！」

周囲。天には五つの火が舞っている。

「空を見ろ！　五つの光がこのブリテンの地にある！　やがてアングリアと名乗り、更にはイングランドと呼ばれる地を、浄化の火が祭っている！」

これは何か。

「私のアーサー王襲名を祝い、〝湖の精霊〟と天が、私を味方する祝砲として下さったのだ！」


「そう信じとけ！」


いいか。

「――我はアーサー王が一人！　しかしブリテンを統べる王なり！」

そして、

「――そして野蛮な侵攻を退ける、現実の存在なり……！」

●

声が上がった。

「――Ｔｅｓ．！」

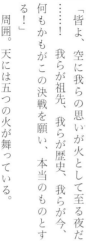

Ｔｅｓ．、Ｔｅｓ．、Ｔｅｓ．、各地で、各所で応じる声が上がる。

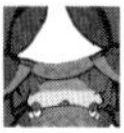
「我ら、祖先と歴史、そして今と自分において誓う！」

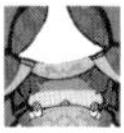
「――我ら物語に生き、伝説の王を掲げ、しかし我ら現実の王と共に！」

咆吼する。その音は重なり、三派が同時に敵へと突撃を開始した。

●

ミトツダイラは、やはり自分は騎士だと自覚する。こちらのすべきは、下で倒れたワイバーン達の確保と捕縛だが、

「よーし、中型だったら安芸《あき》とかでガンガン相手しましたし、ちょっと紛れて手伝って来ますよう。ほら、サード派の装備貰いましたし」

『俺が言うのも何だが、背丈的にかなり浮いてるぞ小姫……』

「Ｊｕｄ．、でも私もサード派合わせで装備を用意して頂きましたの。御母様！　ちょっと手伝って来ますの！」

元気で何よりだ。とりあえず現場はほぼ一緒だから、共に行こうかと、そう思っていると、

「あら、ネイトもネイメアも一緒ですのね？」

母が、サード派の装備を着ていた。

「……御母様？」

「？　何ですの一体」

「……一体何を？」

「Ｔｅｓ．、見て解りませんの？　下の方の手伝いをするのに、目立たない格好を」

向こうでマルゴットが手を左右に振っているのが見えたが、全体的に同意だ。

「……ぶっちゃけ、企画にちょっと無理がありませんの？」

「あら、大丈夫ですわよ？　入りましたもの」

「入ったかどうかで無理かどうか決まるもんじゃないですのよ!?」

●

ともあれ戦闘が開始され、浮上島が震動する。
それは錯覚ではなく現実で、

「おおおう、マサ！　これ、ショック軽減とか設定深めにします!?」

「あー、中枢の基本システムには突っ込んであるけど、どっちかって言うと現代式？　武蔵とか、あたし達の時代のIZUMO合わせだから、チョイとキツいかもしれんさね」

だったらソフト系の設定にした方が良い。震動が重なるとフレームが折れることもあるし、振幅が大きくなると竜は耐えられても人間サイズだと厳しい。
なかなか大変ですね、と各所の調整をしていると、ふと表示枠が来た。誰かと思えば、

「正純！　ベナンタラさんからマーリン経由で通神です！」

●

何と言うか、細かい世話の好きな人なんでしょうね、というのが浅間のベディヴィアに対する感想だ。とりあえずいろいろな挨拶でもあろうと思うので、通神をオープンにして貰っておく。すると正純が、こちらに軽く手を挙げた。
ツキノワに表示枠を出させて、

『あー、そっちどうだ？　こっちは派手だ』

『こっちもランスロウがハシャいで困るわ。だけどまあ、防衛ラインの結界など、敷設を感謝するわ。急ぎだというのに、見事なものね』

『母さんと母さん仕込みの私の技術によるものですから！　万全ですよ！』

『ふふ、頼もしい話ね。でもこれ、Tsirhc式？　どことなく土着の強いような……。って、いえ、そういうのを聞くのは野暮ね。貴女達は〝湖の精霊〟なのだから』

一息を入れ、彼女がこう言った。

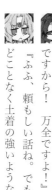

『――聖譜越境隊というものがあるとしたら、貴女達なのかしら』

●

『ミトツダイラ様――！』

『え、ええと、今、ワイバーンを縛ってる最中ですけど、ながら説明すると、聖譜越境隊というのは伝説とかに出てくる多国籍部隊ですの』

『Ｊｕｄ．！　有事にて歴史再現の遂行が不可能となったり、または大規模な被害を与える事案が発生したとき、聖譜の内容を無視して集合される多国籍部隊の事だね！』

『ええ。――無論、連絡手段や通神インフラも整っていない時代に、越境集合を掛けられる筈もなく、それは名もなき有志達を彩る逸話とされていますが――』

『その話が、この時代に出てきますの？』

ええと、と浅間は、言葉を選んでベディヴィアに問うた。

●

『……歴史再現以外の情報や知識が、お有りで……？』

『？　……貴女達が、IZUMO関係か何かか、というくらいの野暮な見当は、つけてはいるのよ？』

彼女の言葉に、自分は、ここにいる皆と顔を見合わせた。皆、誰も彼も、やはり……、という表情だけどホライゾンちょっと想像と違う気がします。トーリ君は解ってなくて大丈夫です。喜美は踊って誤魔化さなくていい。ともあれ、

「この世界が、英雄だけの物語ではなく、私達の補強で現実と繋がりつつある……、ということですよね」

こちらの事情には気付いていないのだろう。ベディヴィアが言葉を続ける。

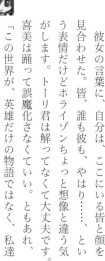

『──しかしまあ、危険なことを手伝わせているわね。竜属を相手とか』

『あ、いや、うち、天竜クラスとか数体下したり、地竜の大きいのとかもよく倒したりしてきてるので……』

『何それ』

『まあいいわ。気遣いしなくていいのはいいことね。そちらのリーダーにも宜しく言っておいて頂戴』

『あー……』

『あのさ、いつもそっちと交渉やりあってたのと、後ろにいた全裸、どっちがリーダーだと思う？』

『──全裸でしょう。だっていつも後ろで笑ってたもの。貴女達に全て任せているのよね？　そして貴女達も、そうさせているのでしょう？』

　ベディヴィアがその場にいたら思い切り握手していたかもしれませんが、クリスティーナさんはこっち見て何度も頷かなくていいです。

「オイス！　俺リーダー！　で？　セージュンはどうするつもりなんだよ？」

　馬鹿に言われて、正純は思案した。既に戦局は大体が決しつつあるようだ。二代もこのあたり、心配ないと言ってくれている。だとすれば、

「手伝いに出ている連中が戻り次第、こっちも武蔵に撤収だな。──恐らく、この記録の外縁部の強度……、というべきか。それはかなり高くなっている筈だ」

『Ｊｕｄ．、飛竜達がそちらに向かって以降、本土側の空における流体の情報密度が高くなっているのが確認出来ています。──以上』

『本土側は存在しているけど、英国の外縁は本土全域まで無い……、ということさね？』

『Ｊｕｄ．、密度の分布を見ている限りですと、直接正面となる仏蘭西北岸ではかなり手前に寄っていて、イベリア半島側では奥深くになっ

ているようです。仏蘭西北岸の高密度位置は、現状、私達がこの記録内に入った座標に近いものと判断出来ます。――以上』

『英国と本土の関係そのものだな。……だとすると、直接正面側となる南方向の空に進んだ方が出口は近いと、そういう事になるのか』

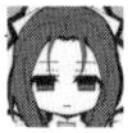

『可能な範囲で急いでお戻り下さい。今、竜属との戦闘中ですが、それが終了した場合、記録の変化が生じ、また密度が変わる可能性があります。――以上』

『Ｊｕｄ．、また薄くなられても困るし本土側に深くなられても困るな。竜属の頭上を行くのはなるべく避けたい』

　では、と自分が軽く手を挙げると、皆が振り向いた。浅間が表示枠を開き、現場に出場している者達に呼集を掛ける。つまりは、

「御帰りですねぇ」

「フフ、何かいきなり祭が終了、って感じで、ちょっと寂しいわね」

「まあそのあたり、何だかんだで長くいたからな……」

　と、辺りを見回す。挨拶をしておきたい人がいるのだ。

「スリーサーズは何処だ？」

「あ、スリーサーズ殿なら、ちょっと所用で出ておるよ？」

「何でお前がいるんだ……。あ、すまん。またお前とか言ってしまった」

「い、いや、スリーサーズ殿がいない分のフォローであるよ！」

「――別に、アングロサクソン襲撃をやっている連中のフォローをする訳ではありませんがね」

　東の空が、薄明るくなってきましたね、と思いつつ、ペリノア王は前を見た。

　正面。そこに一つの人影がある。それは、

「──Tes.、貴女がここに来た役割を果たす、ということですね」
　スリーサーズだ。
　ここは王賜剣の設置してあった森の中の結界広場。そして彼女が手に持つのは、

「王賜剣。──貴女がこれを折るのでしたね」

「Tes.、当然、戦闘による結果ですが……」
　と、そこまで言った時だ。スリーサーズが鋭く告げた。

「妹にその役はさせません」

「結果として、私が殺してしまうかもしれない、と？」

「さあ、どうでしょう」
　読みにくい相手ですね、と己は思う。ワンサードなどはキッパリしていて付き合いやすいが、このスリーサーズについては、少し、不確かなところがある。
　何を考えているのか解らない。だが、

「……お互い様ですか」

「Tes.、お互い、解らないままでも、求める結果は見えています。──歴史再現。こういうときには有用ですね。お互いのコンセンサスになりますから」

「これからどうします？」

「Tes.、私は欧州本土に渡ります」
　口調があっさりしていて、これは揺るがないのですね、と思った。ならば、

「では、これが御別れになるのでしょうか」

「また何処かで会うかもしれませんよ？　私も、時折にこちらに戻って、妹がやらかしてないか確認しないといけませんから」

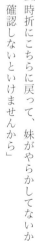

「それは怖い」

そう言って、お互いが顔を見合わせた。

直後。

「――――では」

自分達は、同時に攻撃を放っていた。

第六十三章
『決戦場の別れ人』

別れ場所に門番がいる
左右に分ける門番がいる
その門番がいなければ
二人はあちらに行ったきり
配点（当然のことをさも重要そうに）

軽い。

王賜剣が、先夜に振るったときよりも、手に収まっている感覚がある。

……私を、少しは認めてくれましたか。

敵は天竜。

状況は歴史再現で、アーサー王とペリノア王の戦闘だ。結果としてアーサー王は己の剣を折られることとなる。

恐らく、自分がこの王賜剣を手にするのは、これが最後になろう。そんな淡い推測を、確信と錯覚しつつ、己は刃を振るう。断ち切るのはペリノア王の、

「層撃……！」

層撃を、スリーサーズが斬りに来た。


ペリノア王としては、これこそが本命の天敵だった。

王賜剣。

精霊界で作られた剣であり、その存在こそが地脈と繋がって威力とする〝力〟だ。自分の層撃で剥がすことが出来ず、そしてこちらの攻撃を無効化して割ってくる刃。

……相性最悪なのに、よくまあ私を派遣する気になったものです。

自分がブリテンに行くのを決めたのは、竜属の北方団の政治的判断だった。

他の団に比べて北方系は年長者が多く、温厚というか鷹揚《おうよう》だ。ゲルマンの大移動においても、スカンジナビア半島あたりで食糧確保が出来ることが解ったら動かなくなった。あとは人類と、バイキングや周辺国家の襲名などを相談して遣《や》り繰《く》りしている。

全体の中でも長老勢なので、欧州を席巻している主力達は、とりあえず北方団の顔を立てつつ、基本的には相互非関与だ。だが時折、主力

勢は、北側の地方においての協力を求める。自分のような〝大使〟役などを出せと、そう言ってくるのだ。

……今回も同じですね。

アングロサクソンの襲撃をするべきかどうか。コストを考えたら保留で良いことだが、ブリテン側の動きにもよる。ゆえに竜属側から大使を派遣して、状況確認。有事の際には連絡を送ることとなった。

そこで自分だ。

王賜剣は己にとって天敵だが、その一方で、よく知るものともいえる。

もしも対決となった場合、自分は他の竜属と違い、王賜剣の放つ力も何もかも見ることが出来るので、防御、特に回避に優れる。

相手をするならば、層竜たる己。そう言う事だ。

つまり長老達は、こう思っているのだろう。

王賜剣とアーサー王は、厄介な案件なのだと。

実にその通りだ。特にこのスリーサーズという相手は、

「……っ！」

以前見たときと違い、王賜剣の扱いに秀でている。

「どういう仕掛けですか……!?」

刃が走る。

スリーサーズとしても、驚いていることだった。

……あら、まあ……。

王賜剣が手に馴染《なじ》んでいるのは別として、刃の軌道が伸びる。そして切り返しや薙ぎ払いの動作が繋がり、全身の挙動も乱れなくなっており、

……連動しますね。

これまでとは違う。

自分の得意な剣術は父から習ったもので、剣を前に構えて吶喊していく無骨なものだ。

だがこれは違う。明らかに、王賜剣合わせの剣の動きだ。

何故かは解る。

〝湖の精霊〟。あのアーサー王との戦闘だ。

傷を持ち、しかし傷無く振る舞った彼女との戦いで、見覚えた。流体の流れが作る〝押し〟の存在を知り、理解したのだ。そして彼女が振るった王賜剣の軌道なども、当然のように憶えている。

後はそれを、試せば良い。

実戦において、試験は実技だ。何となく、迷いながらも最初の刃を走らせたら、

「あ」

剣が、水に流れるように迷い無く宙を行った。


そこから先は、刃と自分のバランスどりだ。

歩法《ほほう》は持っている。基本の剣捌きはある。ならば後は、

「王賜剣の導きによって……！」

●

当たれば終わりですね、とペリノア王は思った。

故に敢えて層撃を打ち込む。

「どうです……！」

層を重ね、一度に放つ。すると、

「……！」

王賜剣が層を割る。否、削《そ》ぐと言うべきか。層撃のどこか二層の間に刃が入り、まるで肉の脂身と赤身を分けるように削ぎ割っていくのだ。

分かたれた層撃は彼女から離れる軌道で左右、もしくは上下に流れ、

「ほう」
自分の層撃が、あんな火花のように散るとは初めて知った。
　かつてスカンジナビア半島で、自分の弱点を克服しようとして各地を回った時も、このような力には出会わなかった。

……懐かしい話ですけどね。

　自分が所属する竜属の北方団は、ゲルマンに所属していない人類達と交流がある。

　人類の文化と文明は興味深い。ルーン文字などは〝後付けの固定加護〟として、自分の弱点に直結するものだ。

　剝がせない力。これは厄介だ。竜属において、天竜クラスはそれぞれが独自な物理法則のようなものなので、この形質が近い。

　だが彼等においても、〝層〟を見る目を持つものは少なく、ゆえに絞り込んだ物理系の層撃は通用する。

相性で優劣が決まるのだが、天竜全体ではかなり上位に入る。それが己だ。

　だから人類など、相手になることもないと、そう思っていた。

　違った。

　彼等は脅威に対抗するために術式などを開発し、強化し、積極的に歴史再現で〝人類側の強化〟が出来るものを獲得していった。

　アーサー王などは、その代表格だ。そして彼等は自分のような者の威を受けないように、純粋な加護を求めていった。

　一世紀頃、ラテン文字などに合わせ、伊太利《イタリ》亜《ア》方面で進化したルーン文字は、北欧に渡って加護そのものとなり、多くの力を物品に与えていく。それはゲルマン用のものとされていたが、欧州中央ではラテン文字が主となり、ルーン文字は北欧などの一地域で存続するのだ。

……面倒な技術でした。
自分の層撃を破壊、無効化出来る武器。それ

が主に人類側にて発展している。

よって現場に行き、中立地帯を転々として学んだものだ。当然のように人類側もそれを改良するためにこちらを利用したので、己は一体何をしていたのかと苦笑する。だが、

……そうですねぇ。

当時、現場で彼等と遣り取りし、己の層撃を、自分の知らぬ処まで理解するのは面白かった。

人類側の本心は解らないが、自分としては、楽しんでいた。

そして〝ここ〟だ。

ルーンなど使用せず、純粋な〝力〟として作られた聖剣が、歴史再現の中で生まれている。

恐らく、ほぼ全ての天竜、地竜を討つことが出来る剣だ。

その聖剣は、しかし、折られる。

折る役目を与えられたのは己だ。最も〝力〟に詳しく、人類側とのコミュニケーションもとれている天竜。まあそんなのは他にもいるだろうが、あまり主力に従わない北方団に、主力の面子《メンツ》を利かせたかった、というところだろう。

そしてこちらに来てからは、王賜剣はあれど、それが有用されることも無く、折ることすら有り得るのかと思っていたが、

「その時が来たのですね……！」

層撃を放つ。

だが敵はそれを削ぎ割り、無効化する。

……構いません。

見えているということは、無視出来ないということだ。ならばこちらが放つ層撃は、相手を誘導することが可能となる。

今、為すべきは決まっている。

層撃を速射かつ連射し、相手の迎撃を逸らす。

そして、

……敵の姿勢を崩し、一撃を見舞う！

●

スリーサーズは、ペリノア王が速度を上げたのを悟った。
左右。そして斜め打ち、どれもこちらを狙ってはいるが、

……外への流れを持ったもの！

王賜剣の斬撃を外に誘導し、こちらに大振りの連続をさせるつもりだ。
隙を生もうと言うのだろう。

「……っ」

左、右、右の方がどちらかというと強い。
バランスを崩しに来ている。そして、

「……！」

斜めの打ち上げが、厄介だ。こちらは上から叩きつけるような一撃を要求され、

……来ます！

思った瞬間、身を沈めた。
王賜剣が層撃を割り、こちらを導いたのだ。
直後に頭上を、冷たい一線が長く貫いた。
宙を走ったのは、絞り込んだ物理層撃の一発。
王賜剣が無ければ食らっていた。
しかし王賜剣はそこで停滞せず、今度は跳ね上がり、

「——!!」

身を旋回しての一発が、ペリノア王の仰け反った回避に届かない。だが、確かに遅れた髪の裾を散らし、

「おや」

届いたと思ったなり、波のように層撃が来る。
それは跳ね上げた己の刃を外に揺らすもので、

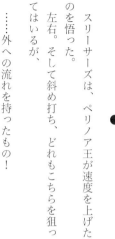

……え？

振りかぶり、次の層撃を見舞うペリノア王を見て、己は気付いた。

彼女が、笑っているのだ。

●

懐かしい。

ペリノア王は、ただかつての事を思い出していた。

スカンジナビア半島にいた時の事だ。

人類と竜属の共存地帯において、自分達はそれぞれの力を、やがて敵対に用いられるかもしれないと思いつつ、磨いていたのだ。

……危険な遊びでしたね。

だが、面白かった。

自分の能力を改めて知る。更に深く使い方を考えて行く。それは、存在自体が完成されているとされる天竜において、興味深いことだった。

そして人類側も、こちらに対応し、ついて行くために、技術を進歩させていく。

己が、下等とも見える人類の、しかし生物の文明と文化において、携わっている。そのことを自覚したときの感情を何というべきか。

今も同じだ。

目の前にいて、戦う相手は、アーサー王の襲名者候補だ。否、襲名者の一人になったと、ロット王から聞いた。

昔は、単に欧州で流行しつつある剣術の使い手だった。強く、洗練されているが、自分達に比べれば〝弱い〟。そしてまた、

……かつて私が相手した者達に比べれば〝そのまま〟過ぎるのです。

進歩が無い。それは、やはり昔の自分のように、己のことを完成されたものと思い、上の位置へと行くことを失した状態だ。

それではいけない。

竜はそのままで強いのだ。対する人間が、進歩がなくてはいけない。

この点では、ワンサードは馬鹿な処もあったが、伸びしろがあった。自分が劣っているという自覚がある分だけ、いろいろな吸収をして、王たるものへとなっていったからだ。
だがこのスリーサーズは違った。何を考えているか解らない、という不明瞭な部分は有ったが、だからといって進歩的な変化をする訳ではない。どちらかというと保守だ。
しかし、

「……っ！」

今、手元ともいえる位置関係の中で、人類が進歩していく。
こちらの層撃を読み、踏み込み、割り裂き、更に、

「行きます！」

加速し、繋げていく。

加速する。
スリーサーズは、己に何もかもを許した。
相手を討つことを第一に考えることも。敵意や力を振るうことを恐れないことも。そして自分が、

……アーサー王であることも……！

歴史再現を恐れていた。
妹を討つことを恐れていた。
それらを認める自分を恐れていた。
だが、何もかも、今になってみれば、

……そうでなければ、いけなかったのです！

その間にあった苦い思いは否定出来ない。無ければ無いに越したことはない。だが今に至ることを考えた場合、自分は、そういう道を通らねばいけなかったのだ。
不器用だ。

己を隠し、周囲を騙し、妹に年上ぶって、器用に立ち回っていたつもりだったが、存外、自分は融通が利いていない。

　だからここで、それをやめる。

「王賜剣！」

　これを抜き、運命が変わったというならば、それを己のものとする。

　見本は見た。あのアーサー王は美しかった。傷だらけで、しかし何の傷も得ぬように、ただこちらを諭した。

　己はああは出来ない。ならば、

「——!!」

　加速し、踏み込んだ。ペリノア王の層撃に対し、回避を選ぶとしてもぎりぎりを選択し、

……王賜剣に、導かれるのではありません！

　王賜剣に並び、行く。

　自らの運命を自らで選ぶため、剣を、

「前に!!」

●

　変わった、とペリノア王はスリーサーズについて思った。戻ったともいえる変化だ、と。

　これまで、スリーサーズは王賜剣に導かれるように、基本は横薙ぎの剣術であった。

　だが加速し、踏み込む中で、彼女の構えが変わった。

　刃を前に。踏み込みに重ねて斬撃とし、

「……！」

　こちらの層撃に流されない。

　これまで誘導されていた流れに対し、前に踏み込んで根元を断って来る。そして放たれる絞り込みの物理層撃に対しては、王賜剣を前に構えつつ、しかし可能な限り左右に揺らし、

「討ちます……！」

単なる、打ち下ろしの振りではなく、戻す際に手首を返して入れて来た。引き上げる動きは、両刃の王賜剣にとっては下段打ち。上下全てが斬撃となる。

それは長い楕円《だえん》軌道を描き、止まらず、

「……っ！」

王賜剣をたぐり寄せるように倍速化した刃が、こちらを追う。

●

ペリノア王は下がった。

相手の変化が大きすぎる。振り下ろした刃を戻すにおいて、それも下段からの切り上げ動作にするとは。

こんな芸当、普通の剣では出来まい。

……王賜剣と、その持ち主だからこそ、ですか！

王賜剣は導いている。だがそれは全体ではなく、持ち主の負担となる切り返しの際に発揮されている。そしてスリーサーズも、

「……っ！」

こちらの層撃を、避けない。

王賜剣で切れるものは切り、そうでなければ当たらぬものとして前に出る。

無論、完全に当たらぬ攻撃を、こちらが放つはずもない。ゆえに装備が裂け、五体の各所には鋭い刀傷《かたなきず》が走る。

だがその無視によって、彼女の速度が上がった。

……これは……。

スリーサーズは、変化を望んでいないと、自分はかつてそう思っていた。

だが、どうなのだろうか。

今、自分が傷つく事よりも、己の望みを第一とした彼女は、どうなのか。そして、

「……Ｔｅｓ．」

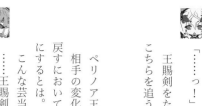

自分は気づいた。彼女の妹は、自分自身を足りないものとしていろいろな事を憶え、今でもそのように尽くしているが、

……ワンサードが自分の不備を思うとき、基準としている相手とは――。

「――」

この女、本当に読めない。

●

スリーサーズは踏み込んだ。

前へ。そして届かせて、

「……！」

倒す。そしてペリノア王との戦いを〝解釈〟で終える。

アーサー王を負かし、剣を折るペリノア王。

その歴史再現を自分で終わらせる。

何故なら自分はこれからこの地を立ち去るのだ。ゆえにこの行いは、自分が妹に対して出来る最後のことだろう。

世話を掛けさせる妹だ。だが、

「ええ」

生きることを、望んでくれた。

父が見せた死の意味を思い、失われることを是とするのではなく。

それを自分が荷担したとしても、そうではない道を今、彼女が歩き始めている。

もはや妹は、自分を必要とせずとも、やっていけるのだ。だからこれは、私の我が儘。お節介なことではあるが、だからこそ、

「アーサー王としての為すべきです！」

踏む。刃の切り返しを更にコンパクトにして踏み込む。既に距離は詰まっている。手が届きそうな位置にペリノア王が来た。だから、

「――」

届くと、そう思った瞬間。ペリノア王の層撃

が来た。

……正面。

振った刃で切った。しかし、

……重ぃ！

これまでの一撃の中で、最も絞れていた。

堅音に受けた王賜剣が止まり掛け、手には震動よりも凍気が届くような一発だった。

だが凌いだ。

止めるように切ったのだ。

行ける。

届く。そう思った瞬間。王賜剣が手の中で揺らいだ。

……!?

下だ。

止められ掛かった王賜剣の下。振り抜こうとして揺れた己の両腕の間から、首元に向かってそれが来た。

「層撃下段打ち……！」

これまで、使ってこなかった一発だった。

……〝湖の精霊〟と戦う際にも、この一撃は使用していません！

己が人の形をしているとき、層撃は、別に手から放つ訳ではない。

それは、放つ高度も、ある程度は自在と言うことだ。

ゆえに今まで、左右を基礎として、上からを含めた曲線軌道ばかりだった。それをこの一発だけは、足下から突き上がるような直線とする。

かつて、修行時代とも言える時期に憶えた技だ。

天竜は、竜という巨体の感覚が身体に残っているので、基本、上からや左右の攻撃が多い。

つまりこれは、

……かつて、人類から憶えた技です！

それを今、人類の最先端ともいえる敵に返す。

弾いた層撃は一直線。その力は、王賜剣を構えるスリーサーズの両腕の間を潜《くぐ》り、彼女の首元に下から直撃する。

その筈だった。

●

ペリノア王は、判断に遅れた。

今、眼前に、王賜剣がある。スリーサーズがこちらの先行した一発を受け止めた刃だ。

だがその向こうに、誰もいなかった。

……は？

スリーサーズが、動いていたのだ。

動作としては、仰け反るようにして、しかし、こちらから見て右に高速ターン。その挙動の中で、彼女がこっちの放った層撃を避けていた。

回避だ。


何故です、と己は思う。王賜剣がそこにあるというのに、どうして動けるのだ。

……まさか――。

そこで己は今更気付いた。スリーサーズが、王賜剣を手放しているのだ、と。

●

父に習った技だ。

アーサー王に対して、通じた技。それは今、王賜剣と連動している自分にとって、

……手放したところで、途切れるものでもありません！

繋がっている。

王賜剣が揺らぎ、教えてくれたのだ。それは言葉にならないものだが、これまで共にあった刃が止まろうとするならば、

「こちらには、動けと!!」

動いた。

身を翻す動作で、王賜剣を宙から引き抜く。

その動きだけで刃から流体光が散った。

「く……！」

天竜が振り返りながら下がろうとする。

構わない。

翻る。一回、二回、三回、更に王賜剣をコンパクトに構えて、四、五と己をターンスライドさせて、振り返ろうとするペリノア王に対し、

「……！」

父と、王賜剣と、アーサー王との遣り取りで生まれた一発を、己はペリノア王に叩き込んだ。

●

ああ、と己は思った。

御別れの挨拶として、良いものが出来たと。

●

風が吹いていた。

どことなく、焦げた匂いのする風だ。

遠く、鉄のぶつかる音や、声が聞こえてくる。

空は東を紫色に白くしており、やがて黄色く染まっていくだろう。

そんな中、スリーサーズは決着を見た。

真っ正面。

ペリノア王の顔面に叩き込んだ王賜剣がある。

旋回動作からの、直線突き。振り返った彼女にとっては最も見切りにくい一発だが、

「御見事でした」

王賜剣は、しかし届いていなかった。ペリノア王の顔、数ミリの位置で止められている。

当てなかったのだ。

ただそのままに動きを止め、自分は告げる。

「——これが正解、そうですね？」

言う台詞の先、ペリノア王が軽く息を吸った。

そして、

「――そちらこそ、御見事でした」

彼女がそう応じた瞬間。己の手の中にある王賜剣の刃が微細に跳ねた。

金属の弾ける響きと、流体光の火花の中、一つの結果が見えている。

「極度の集中によって、最大限に研ぎ澄ました私の層撃。――それに対し、当てやすいよう、顔面狙いの貫通撃を叩き込んでくるとは」

「〝湖の精霊〟との戦闘で、ペリノア王が見切るのを確認しましたから」

言葉と同時に王賜剣が亀裂した。先端から鍔《つば》元まで、刃に縦のラインが突っ走る。

王賜剣が割れたのだ。

「――歴史再現は、これにて完遂いたしました。相違ないですね？」

●

「〝湖の精霊〟の時のように、私がバイティングすると思わなかったのですか？」

「そんな察しの悪い方だとは思っていませんよ。それに――」

というスリーサーズの言葉に、ペリノア王が小さく笑った。その笑みのまま、彼女が口を開き、右の歯を見せる。

右犬歯。一本の鋭い歯が、亀裂と共に砕け散った。ペリノア王が、落ちる歯を空中で拾い、スリーサーズに投げ渡す。

「〝湖の精霊〟の一撃を受けたとき、軽くヒビを入れられていましてね。この戦闘の中、噛み締めるのがなかなか大変でした」

「治療したら、もう一回、戦いますか？」

「貴女に理由が無い」

肩をすくめて告げられた台詞に、スリーサーズが頷いた。そして彼女は、割れつつも、まだ形をとどめている王賜剣を右に下げ、両手を添えた。

南の空を見る。

夜から紫色に変わっていく未明の色。そこには、今、幾つかの黒い影が見えていた。

「……下のピラー部分に張り付いていた中型以下の竜属が、何とか昇ってきたと、そういうことですか」

今、下では各派の戦士団が、残存の迎撃をしている。そこへの加勢となると、厄介だが、

「最後の仕上げと行きましょう、王賜剣」

スリーサーズが、王賜剣を振りかぶった。

刃には、白の流体光が溢れている。それは、砕けていく刃の隙間から漏れ、止めどなくなり、あたりに光を満たしながら、

「Save……、You……、From……」

言葉を思う間を作りながら、アーサー王がそれを振り抜いた。

「……Anything！」

●

ブリテン南。王賜剣が保管されている結界の森から、その刃は振り抜かれた。

全長にして約十七キロ。

極厚の光刃は、その厚みもだが、大気を切り裂く余波をもって、再飛翔した竜属達を打ち払った。

一撃は未明の空を走り、何もかもを照らす。

その下では、

「あれは――」

誰もが、初めて見るものでありながら、それを理解していた。

「……感謝する」

おお、と皆が頷いた。

「王賜剣がこの地を護っているわ！　総員、全力を尽くしなさい!!」

「Ｔｅｓ．！　――我が地はアーサー王の名の下、王賜剣と共に護られる！　アングロサクソンの竜属達よ！　そのことを思い、今からの行動を判断するがいい！」

「……どう判断したものですかね……」

●

空において、浅間は、ブリテン上の歓声と、先ほどの光を見ていた。

輸送艦の上だ。低速で上昇を掛けているのは名残惜しいというわけではなく、気流の変動を生めば爆炎やら何やらで雲の多い現状、存在がバレるかもしれないからだ。それに、

「何かいると勘違いされて、迎撃とかに巻き込まれたらたまらんさねえ」

「まあそう言っても、速度的に大丈夫ですの？」

『Ｊｕｄ．、今の時点でその空域を離脱出来ていれば、充分かと判断出来ます。戦闘空域を抜けてしまえば、加速は可能ですから』

とはいえ、ちょっと慌ただしい退出だ。

「スリーサーズ様にはメシをオゴって貰ったり宿を賄って貰ったりといろいろで、挨拶したかったですねえ」

「というか、各国の記録がこんな感じになってるんだとしたら、今回の経験とかもの凄く重要な訳で……、スリーサーズという、そんな存在が第一の相手で、幸運だったと私は思う」

そうですね、と応じるしかない。いろいろ訳があったとしても、彼女はこちらを大事に扱って、尊重してくれたのだ。しかし、

「さっきのＴＳ２Ｈ《点蔵様スキスキホームラン》みたいな一発、サっちゃんの一撃だよね？」

「こっちの位置を知らせてなかったから、下手すると直撃だったな……」

『英国間際で王賜剣による被害とか、やめーや』

「あ、でも私、ＴＳ２Ｈを外から見たの、初めてです……！」

「良かったで御座るなあ、メアリ殿」
　良いのだろうか。否、別に今のに限らず、メアリにとってはいろいろなことを思う英国の過去だったろう。そしてそれは、彼女だけではなく、

「……正直、御母様の見たことがない面が見られて、良かったです」

「キヨ殿が今後英国に関わる際、参考になることも多かったで御座りましょう」

「ともあれこれで、……普通のメシの生活になるので御座るなあ」
　という二代の台詞に、皆が闇を見た。ふと、甲板縁から遠ざかる英国を見ていた彼女は、全員の視線に気付き、

「別に真実であれば問題にしません……!!」
　今日の朝食は在庫を出して現代料理だけにしとこうと思いました。

「ん……。朝御飯は、皆が戻ってきてからか、な……」
　鈴は、武蔵野艦橋内で伸びを一つした。周囲の自動人形達も交代に入り、内部基板などの再入れ替えが進んでいく。そんな中、自分は、一つ気になることを問うてみた。

「この英国の模造って、持ち出せるのか、な？」

「Ｊｕｄ．、情報であるので、大丈夫かと判断出来ます。ひょっとするとフォーマットが書き換えられてこの時代のものとなるかも知れませんが、浅間様達の方で英国対応ライブラリは作られているので、何とか出来るかと判断します。
――以上」
　それは良いことを聞いた。とはいえ、

　……実は資料価値高い？
　英国の偉い人達に教えたらどうなるかなあ、

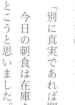

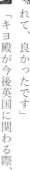

と思うが、そのあたりは正純の判断によるだろう。シロジロ君とハイディに任せたら駄目。そのくらいは解っている。だが、

「……あ」

今もスキャン書き換えが為されている英国南部。さっきの中世式ＴＳ２Ｈによって、実は南部側の地殻とかちょっと切断されてるけどまあ気にしないこととする。

今、戦闘はほぼ終結しているようだ。そして、

「英国が、……遠ざかってる？」

「Ｊｕｄ．、流石鈴様です。毎時三キロほどの速度ですが、英国が自ら動き、欧州本土との距離を空けています。恐らく、竜属の援軍など追加派兵に対する牽制でしょう。

遠ざかることで、英国で捕縛した竜属も戻ることが出来なくなり、捕虜として使えます。歴史再現として見た場合、英国側はここで終えて勝ち逃げ、もしくは有利な講和に持ち込むことが出来るのですから。――以上」

成程、と思っていると、ふと、動きを見た。

南部。西側の港にて、輸送艦が出港準備を始めたのだ。これは、

『――既に戦果の報告が各国に飛んでいるのだと思いますね。既成事実として、アーサー王の勝利を告げる訳です。そしてイベリア半島へと、早速の貿易を開始する。何しろこれまで戦闘準備状態だった英国は、物資が必要です。半島側との行き来は多くなり、恐らく、あちらからも船が出ていると思いますよ？』

次から次へ、と言う感覚だ。世界は昔から慌ただしい。そして、

「迎えに行けるの、何時かな？」

遠く北の方、輸送艦が来ている。そのことを理解して、己はちょっと勿体なく思いつつ、模造の縮尺比率を上げた。

朝日が昇る頃には、戦闘は終了していた。

まだ残存はいるものの、もはや支配を前提とした侵略が出来るものではない。それに英国が応じて本土から遠ざかることで、浮上島の周囲を回遊している竜属も、諦めを持った。

撤退するものはそのようにして、そうではないものは、捕虜としての優遇を求めた。

「……では、歴史再現として、我らがブリテンはアングロサクソン撃退を成立したと、正式書面として各国及び対竜戦線に報告します」
それが伝えられたのは午前七時二十二分。
英国南岸の大部分を損失し、拠点も大半が破壊。〝甚大《じんだい》な被害〟を出しつつも、英国にとって大きな歴史再現が、一つ終了したのだ。

●

ブリテン南の沿岸。朝日を浴び、既に動き出した輸送艦の行き来を見つつ、ワンサードはぼろぼろになった己の剣を投げ捨てた。周囲、誰も彼もが戦場の〝略奪〟として、廃品や捨てられた装備を回収していく。そんな動きと、未だ昇る焦げた煙の匂いに、彼女は笑い、

「……さて、これから忙しくなるが、少なくとも、姉がモードレッドを連れてくるまで、私はアーサーでいられる訳か」

「Tes．、ブリテンにおけるアングロサクソンの襲名権は、この戦いで勝利したこちらが得るものとなりましょう。――では、ここをアングリアと呼ぶのは何時にするか、これからはそのような議論を始めていかねばなりません」
随分と気が早い、とワンサードが苦笑した。

「アーサー王の歴史再現はまだまだ残っているのだがな。ベディヴィア、ケイ！
貴様らはいつ、聖杯を探しに行く？」

「アーサー王が辞めたときなの――！」

「ふふ、相当先になりそうです。ただそうであっても、その後でも、お仕えいたしますよ」

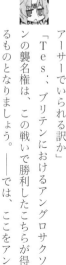

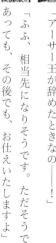

何故なら、

「聖杯探求は、死したり、重傷を負ったアーサー王を復活させるため、とする物語もあるのです。――その通りに、アーサー王が疲れたとか辞めたいとか何だかんだ言っても、復帰して頂かねばなりませんからね」

「思ったよりブラックだな！」

「まあいい。死ねとか復活しろとか、大変だ」

「――姉さんは聖剣折ってトンズラだし、何か私に全て押しつけてるだろ……！」

●

「――いろいろ押しつけて妹には苦労掛けますけど、多分、最善の流れになったのでしょうね。航路も、とりあえず安全な時間が得られたようですし、私達はイベリア方面から行きましょうか」

今頃妹は、こっちを探しているだろうかと、スリーサーズは思った。

残念。自分は既に、イベリア行きの臨時輸送艦に乗り込んでいる。

船は緩やかに港を出ており、周囲には青くなりつつある朝の色。そして、

「……さて、自分達の目的は？　まだ聖杯探しには早いのであるが……」

パーシバルだ。本当についてきた、とか、物好きな、とも思うが、信頼出来る人であるのは確かだ。ある意味、自分自身よりも信用出来る。

だからここは、隠し事無く、

「……私達の歴史再現は、ブリテンの共同体と、何よりもアングロサクソン側の竜属による最終調整があったことが大きいのです。つまり、望む望まずに限らず、世界や国の動きによって、もしも私達と同じような状況に遭っている方達がいるなら……」

望みは一つだ。

「――それを救いに行きましょう」

●

パーシバルは思った。随分と、スリーサーズ殿も変わられた、と。

「――救いに行く。これは見事な展望であるかと。自分も支持するであるよ。ただ……」

今更ながらに、ちょっと考える事がある。

「本当に、護衛役が自分で良いのであるかと……」

「パーシバル様？」

「何であろうか？」

Tes.、とスリーサーズが応じた。彼女は一度、ブリテンの方に視線を向け、手で示しもして、

「かつて私が貴方に対し、〝湖の精霊〟達のことを裏から支援して欲しいと、そう頼んだときがありましたね？　あれが、実はバレていて、そのとき、彼等とこんなことを話したのです」

●

「先日、パーシバルが訪ねてきたとき、こちらで匂っていたジャムの香りがついてましたの。仲間に聞いてみたら、屋台で酒の味付けにジャムが出ていたと言っていたので、それだろう、と」

「――貴女が、パーシバルにいろいろな情報をこちらに寄越すよう、諭してくれたんですのね」

「これからパーシバル様と会議するとき、一緒に食事をしては駄目ですね」

●

「お、おう……」

「さて、――ではこれから会議と行きましょうか、パーシバル様」

彼女が笑みをやめ、いつもの表情で言葉を作る。

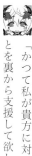

「下に行きましょうパーシバル様。艦内のキッチンは使えるようです。
　私の手ずからですが、母仕込みを御一緒に如何です？」

「カーッ！　ペッ！」

「ホ母様！　い、いきなりどうしましたの？」

「いや、何処かからそういうスメルが来たんですよね!?」

「その通りです浅間様。浅間様は正解したのでカッペポイントが3ポイントアップ。ネイメア様は不正解だったので真人間ポイントが5ポイントアップです。**ミョンミョンミョンミョンミョン**（座席移動音）」

「ええと、今ここ、悔しがるムーブが正解ですの!?」

「ネイメア！　悔しがってホ母様達の仲間になりましょう！　気持ちいいですよ！」

●

　子供達は元気で何より、と浅間は思った。
　既に輸送艦は武蔵の空域に入っている。武蔵はステルス防護障壁を上面開放した状態で、自分達は英国の〝外〟に移動する武蔵に合わせながら着港準備中だ。ステルス防護障壁の上縁に高度を合わせているため、遠くぎりぎりに英国の青黒い影が見えていた。

　……ともあれいろいろありましたね。

　こちらとしては勉強になることばかりだった。遺伝詞理論など、外に出て発表したらどういう反応をされるだろうか。ともあれ、

「戻ったら夕方から焼き肉行くかー。ちょっといつも通りのノリが欲しいだろ」

「いいですわね！　乗りますわ！」

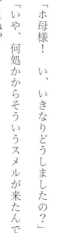

「何で御母様が一番に反応しますの？」

「というか夜は鈴の湯屋で感想戦ね。総長、本舗から何か作って持ってこれる？」

「ンンン、多分、氷室《ひむろ》の中の牛乳とかチーズ化してんじゃね？　逆に小麦粉とか使い切っちまった方がいいから——」

「いえ、多分それらは御義母《おかあ》さんが青雷亭無印で使ってると思います。補充されてるか、通神で確認しておきますね」

と表示枠を開くと、皆の視線を感じた。

「何か？」

「ぶっちゃけ人妻感が凄かった」

「いやいやいやいやいや」

「というか今みたいなの、ホライゾンが言い出したらどうですか皆様」

皆が顔を見合わせた。ややあってから、アデーレが全員の視線を受けて手を挙げ、

「——人格がおかしくなった？」

「おっとアデーレ様流石です！　キャラの解釈違いは避けたいですねえ」

ハイタッチしておく。すると、不意に周囲が白の色を帯びた。この、霧のような白は、

「私達が、こちらに来たときに通過した白の雲のようだな……」

『ええと、こっちの移動も、そろそろ外縁？　着港誘導するね？』

つまり帰還の時間と、位置に行きつつあると言うことだ。

「この世界の補強が成立し、私達を解放するということであろうよ」

「Ｊｕｄ．、……何処まで本当か物語か、それとも真実なのか。歴史として合っていたのかどうか全く解らないし、人には言えないような内容だが……」

「これはきっと、嘘ではないのだろうな」

「確かに、私達にとっては、〝あったこと〟ですからね」
　そうだ。夢でも幻でもない。一回限りの、〝あったこと〟だと、そんな風に思い、記録を厳重に確保しておく。すると、

「――我が王、ホライゾン！　智も喜美も、右舷の方、見て下さいまし……!?」
　右舷と言われて浅間は疑問した。そちらの空には、何もない筈だと。だが、

●

　……あ。

　違った。

　白い雲によって揺らぎ、霞《かす》む空間の向こうを、本土に向かっていく輸送艦が幾つかあったのだ。そして本土側からも、同じような輸送艦が幾隻も英国に向かっていく。

　本土と英国が、関係を改める。そんな未来を示すように、両者の輸送艦が向かう。

　ただ、英国から行く艦の一つの上に、己はある人影を見つけた。あれは――、

「――」

「――」
　望遠術式で一瞬見えた人影の群。その一つは、

「い、今、智がいましたわ？」

「というか、ミトもいましたよ!?」

「こりゃあ私もいそうねえ」
　どういうことなのか。ここで考えたところで解りはしない。
　右舷側、雲が濃くなる。何もかも、武蔵と自分達以外が白くなっていく。
　ただ向こうの空、行く船には何人もの人影が

あり、

「……誰なんでしょうね」

　疑問と同時に、表示枠が来た。無数に開くもののほとんどは、何時も通りの着港設定と、輸送艦を降りる皆の検疫や諸々設定関係のものだ。ハナミが自動で処理をしてくれているのに任せ、投げていると、

『正純様、通神です。但し――』

　但し、

『この情報世界の本土側から、IZUMOの共通通神帯で来ています。――以上』

●

　白の世界の中。既に武蔵が〝外〟へと移動を進めているだろう。

　そんな中で届いた本土側からの通神。これについて、己は応じた。

『繋いでくれ』

　Ｊｕｄ．、という〝武蔵〟の声に続いて、ノイズばかりのそれが来た。

『おお、通じたか！　――こちらガリアIZUMO特科。そちらブリタニアIZUMOか？』

　皆が息を詰める。

　今、自分達に言葉を投げて来た相手が誰か、名前だけで解るのだ。

「凄い！　神道側に来てます！　この時代の欧州でも、IZUMOがあり、神道インフラで何かしていたんですね……！」

　知らないこと。そればかりだな、と改めて思い知らされる。長くあの英国にいたようでいて、こういう事を解り得なかった。

　否、自分達の補正の想像力が、ここまで届かなかったのだ。

　だからという訳ではないが、この情報世界が正常化したとき、あるべきものが反応してきて、今、自分達は驚いている。

世界の真の姿とは、どのようなものなのか。
それに触れるつもりで、自分は言葉を返した。

『……ああ。こちらブリタニアIZUMOに雇われた、……その緊急補充部隊だ』

『おお、そうか！　傭兵《ようへい》みたいな現地部隊だな？　竜属撃退の報告、聞いている。まずはおめでとう。そちらは無事か？』

相手はこちらの正体に気付いていない。英国にもIZUMOがいたのか。それは何処に？　否、あの補正の状態の中、存在していたのか？　と、そんな疑問を頭に浮かべつつ、己は言葉を作る。
今はもう、自分達の方がこの世界にとって〝偽物〟なのだ。ならばその通りに行こうと思い、

『私達は無事だ。――そちらも健在そうで何よりだ』

いいか。

『我々は、現地にて幾つかの補正を行った』

もはやこの時代の英国に対し、不要となった自分達の、しかし為したことを自分は告げる。

『――浮上システム、運輸と土地管理、通神の整備、またそれらの補助など、だ』

いいか。
この本物の世界よ。聞いてくれ。

『我々は次の依頼に向け、これから行動を取るが、ブリテンについては、君達が引き継いで欲しい』

『了解した。――お疲れ様。否、これからも何処かに行くのか？　本土は今、竜害で大騒ぎだぞ』

『ああ、解っている。だが意味を感じた。することも解った。私達にしか出来ないことだ』

見ると、馬鹿がこっちに手を振っている。口の動きで何を言ってるのか解る。

「よかったじゃねえか」

何がだ。

「おれたちもだけど、おめえも、まだまだ、せかいがすてねえってよ」

馬鹿。そんなことは当たり前だ。ヴェスト

ファーレンで多くの事を決めたろうに。だが、

『――世界が君達を欲してると、そうなるといいな』
あ、と相手が声を上げた。

『そちら傭兵団……、という訳なのか？　とりあえずうちの仕事をしてくれて感謝する。有り難い事だ。――君達の所属は？　団として、あるのか？』
その問いに、両腕がどうぞどうぞとこちらを促す。ゆえに己は告げた。

『――**武蔵**』
言う。

『まだ、私達は、明らかになっていない存在だ。そして……』
白の色が周囲を覆う。通神にノイズが乗る。
告げる言葉は届いているだろうか。ただ何も構わず、己はこの時代に、自分達を定義した。

『私達、武蔵総員は、オクスフォードからの依頼、アーサー王の歴史再現を確立せり……！』

一瞬だった。
何もかもが変わったのを、しかし、アデーレは気付いていた。

「英国が……！」
ある。正面だ。かつて見失った巨大な浮上島が、今、正面の空にある。
それは青黒く、遠いものだが、

「望遠術式で見る限り、……今の形です！」

『ん……！　私達の知ってる英国だ、よ……！』
歓声が起きた。武蔵が全ステルスを解除する。
自分達は輸送艦で武蔵野艦首甲板に降下していく。
空は青い。午前が終わる色になっている。恐らく夜には、正しい星座の中に月が一つだけ浮かぶだろう。そして、

『――あ？　何だお前ら、何処行ってた!?　結構探したんだぞ!?』

『あー、スマンスマン。ちょっと長い用があってな。姉妹喧嘩《げんか》に参加したり、聖剣抜いたり打ち合ったりしてきた』

『また訳の解らないことを……』

　全く同意だ。だが、オマリのグラニュエールが長い軌跡を引きながらこちらの右外を回り出した。ゆっくりと見えるその動作には、やはり理由があり、

『だけど、チョイ残念だったな。妖精女王が、**“用済んだから帰れ”**って』

『またうちの妹は、身勝手な……』

『まあいつものことさ。でも、何か、――感謝するってさ。
　あと、――**また頼む**、って』

『前者はいいけど、後者は不要過ぎるだろ……!』

　皆、聞かなかったこととして、輸送艦から下りる流れが始まった。
　そしてグラニュエールが武蔵の外を大きく回っていく。帰りは英国だ。今の英国。自分達は、何か満足げなメアリの笑みを見つつ、

『これからどうします？』

『昼だけど、一旦帰って寝たいな！』

　どうでしょうねえ。

『ぶっちゃけ、一回皆で今回の事を話し合わないと、寝られないんじゃないですかねえ』

　既に焼き肉の準備も、鈴の湯屋での御泊まり会の準備も進んでいるだろう。ならば、これはきっと、こういうことなのだ。

『英国の歴史を正してきたとしても、――それすら、いつも通りですね、私達』

　心底そう思う。

最終章

『双方の届け人』

過去は同じ歌を繰り返す
歌い手は同じなのか
唄われる歌は変わらないのか
配点（対バン有りですか）

夜だ。

空の上、雲と同高度に存在する都市艦の上では、どこもかしこも灯りが点《とも》っていた。

戦勝祭ともいえる祭は〝解放祭〟と名付けられたものの、流石に情報世界からの脱出当日は無理とされ、三日後の予定になっていた。

だが遠くへと並ぶ居住区や自然区画には、灯りが止まない。皆が解放感を得ると同時に、村《むら》山《やま》と多摩《たま》の外交館は各国との連絡を取り始め、浅草《あさくさ》と品川《しながわ》は英国で仕入れた物品類がどのような状態になっているか、また、既存の品がどうであるかを全チェックに入っていた。

青梅《おうめ》も高尾《たかお》も、IZUMOや英国からの臨時便で仕入れた食材が検疫などのチェックを優先通過して市内に出回り、各所で縁日のような〝現代食〟の出店が出回っていた。

一方で〝ブリテンめし〟の看板も幾つか立つあたり、

「クッソ！　先を越されたよ！　というかあの店、〝ブリテンめし〟なのに南瓜《かぼちゃ》使ってるから訴えるよ！」

などと、テンションを上げる向きもあったのである。

その中で、比較的静かだったのは武蔵野と奥《おく》多摩《たま》だ。

学生達は英国への対応のため、現場組も武蔵組も昼夜を問わずに働いていたし、教導院は授業を行っていたものの、基本は各委員会や部活を連動するための事務所だった。

今朝方に大久保が現場管理の業務を解散。経理や獲得物などの情報処理と各国との折衝に移行してから、ここは市井の事務の場だ。

そんな教導院前、階段を降りていく姿が二つある。

夜尚灯りを消さず、しかし静かに仕事を進めていく教導院を背後に、やはり灯りの消えぬ自然区画と居住区へと向かうのは、

「……いろいろまとめていたら、随分と遅くなってしまいましたね。点蔵様、私の方、英国外交館に行ってから、というので余計に時間を掛けてしまったのですけど」

Ｊｕｄ．、と点蔵は応じた。
自分もメアリも、完全に現場組だ。メアリは通神文《メール》で外交館と遣り取りしていたが、武蔵に戻るのは一ヶ月強のブランクとなる。
こちらに戻ってから、オクスフォードよりメアリの安否を気遣う問い合わせが〝殺到〟したらしいが、その中で逐一、

「ああ、忍者については要らん」

と付け加えられていたのが凄いというか凄いで御座る。外交文章で御座るのになあ……。
ともあれ外交館の館員達も元気だったようで何よりだ。自分の方も久し振りに武蔵組だった第一特務麾下の面々と会ったら、

「あ、メアリ様は御元気ですか。そうなんですか。だったら良いです」
「あれ？　第一特務、こっちにいませんでしたっけ。気のせいでしたか」
とか言われて、後者はちょっと新しいで御座る、とか思った。
まあ、自分としては、

「――というか、武蔵の上は思ったより揺れてないので御座るなあ」

歩き、踏む表層部の床は、石畳ということを除いても確かだ。英国の土の地面や、野原がメインの大地がちょっと懐かしい。

「……あの時代の英国は、意外に不安定でしたね。土地も、歴史も、人も、と言うべきでしょうけれど」

そう言う彼女と共に、旧後悔通りを歩く。
焼き肉の現場が、今回は村山なのだ。
いつもは多摩だが、今夜はIZUMOからの欧州系外交艦などが多い。焼き肉会場は空から思い切り見えるので、武蔵勢ならともかく、人狼

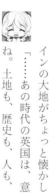

女王やクリスティーナがいるのは気まずいと、そんな判断だった。

　旧後悔通りが、不思議と懐かしい。見れば木々の枝が整理され、左右の自然区画の各所に“碑石アタック砲弾の碑《ひ》”などと、矛盾めいたものがあったり、ミトツダイラ達が戦闘でドカンやった跡が記念として残っている。

　何とも色々あったものだと、そう思っていると、ふとメアリがつぶやいた。

「いろいろありましたね」

　あ、これはちょっとメゲてるで御座るな、と、そう思ったので、フォロー一つ。

「いつも何か、いろいろあるで御座るよ？　うちの連中だと」

「有り難う御座います。私もその一人ですね」

「Ｊｕｄ．、メアリ殿もその一人で御座るが、奇人共の“普通”の中にいれば、チョイとついて行けぬのも当然。まあそんな感じでいるのが良いで御座るよ」

「私の“いろいろ”を否定して下さらないのが、点蔵様らしいですね」

「Ｊｕｄ．、――何事もメアリ殿のことは受けとめていくと決めて御座る」

●

「ホライゾン！　カッペは一日一回です！　用法を守っていかないと鮮度が落ちますよ！」

「何だこの止め方……」

「おおっと浅間様、流石はギャグに厳しい戦闘国家の守り神。これはもう少し、別のネタを考えた方が良さそうですね……！」

●

　林を左右に、月の空を上に、歩きながらメアリが言う。

「……いろいろあって、いろいろと為した気になっていましたけど、英国でのあれは全て、私

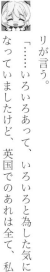

自身にしていたことですね」

「メアリ殿自身に？」

「Ｊｕｄ．、私が、本当に彼女達のことを思ってやっていたのか、それとも、かつての自分をどうにかしたくてやっていたのか……。
　偽善かどうかと問われると、解らない部分があります」

「……メアリ殿」
　己は、言葉を選んでメアリに言う。これは難しいで御座るなあ、と思いつつ、

「メアリ殿のいろいろは、――何かよく解らんまま聖剣引っこ抜いたり地殻破壊しそうになったり、相手の技を音楽にして説教したり、ことあるごとにキツいツッコミするより、遥かにいい事で御座るよ？」

「今回の件で、王賜剣の価値が私の中でかなり落ち着く位置に入った気がしますね……」
　まあそう思って貰えると幸いだ。

「つまり、――逆で御座ろう」

「逆？」

「Ｊｕｄ．、だから自分は言うで御座るよ。メアリ殿が為したことがあり、その結果があるならば、それをメアリ殿が偽善と思おうがどうであろうが――」
　こういうことだ。

「――その偽善を続け、全て、本当にしていけばいいので御座るよ」

「それは――」

「Ｊｕｄ．、偽善であろうと為したことは残るので御座る。だから数を重ねていけば、それは偽善ではなく、本当のことになっていくので御座るよ。
　自分はそれを支え、傍で見ていると、それが己にとって、既にそう決まった本当に御座る」

「点蔵様……」

「あー、チョイ、チョイ、貴女達」

「イチャイチャしてるのー！」

いきなり来た。

●

メアリは、突然の再訪者に息を詰めた。
心の中にあるのは、悪いものではない。寧ろ逆だ。

「貴女達は……」

「ええ……。やはり、あの変な女が言っていた通りなのね。今なら、私達が誰か、どうしてこうしているか、解るでしょう？」

「ええ、解ります……」

横の点蔵も首を下に振る。

あの英国が、あれからどうなったのか。クリスティーナの見立てだと、

「英国の記録は、今回の他にもおかしなところがある筈で、それは重要な歴史イベントごとに区切られていると、そう思うのであります。だから今回で言うと、私達の入った時期から、アングロサクソン襲撃までが、記録のおかしな時期の〝一期間〟でありましょう」

「だとすると、今後、今回の期間の前後に、また何か引き込まれる可能性があると、そういうことですかね――」

そうかも知れない。違うかも知れない。
だが今、目の前にいる二人は、あの期間を共に過ごし、やがて〝その後〟に向かった者達なのだ。ならばここで、己が問うべきは、

「聖杯は見つかりましたか？」

問うと、二人が顔を見合わせて小さく笑った。

「フ、……そのお話は、また今度ね。多くの物語の先よ。ただ――」

ただ、

「いつか会いたいわ。また、全ての果てで」

「頑張るの――――！」

　言って、二人が消えた。以前は、ふと消えて、今回は、別れの挨拶で手を挙げるように消えてしまった。

　自分の目にも彼女達の残滓は見えない。ひょっとすると、時間か何かが関係しているのかも知れないと、そう思うが、

「まあ何というか……、身勝手な」

「その感想は、少し同意します。でも――」

「私だって、身勝手で武蔵に来ているのですよ」

「あ、いや、それはまた別の身勝手で御座るよ？」

　有り難いことだ。

　身勝手は素敵だ。それが誰かを動かすものであるならば、やがて世界も動く。自分は王ならざる者ではあるが、そうやって、少しは世界を振り回せると、

　……そう思えたことが、今回の、私の余禄でしょうね……。

「――では点蔵様、今夜は身勝手に、皆さんのところに行きましょうか」

「……今夜は間違いなく、あの連中と夜通し騒ぐ事になるで御座るよ？」

「Ｊｕｄ．、そんな皆さんと点蔵様に私も英国も救われたのです」

　きっと、何度もそうなっていくだろう。

　遠く、まだ辿り着いてもいない村山の方から、何か騒ぎの音が聞こえてくる。

　いつものことだ。かつての時代を経ても、変わらぬ事。

「さあ、――遅めの夕食になりますね」

　武蔵式の夕食。頂きましょう。

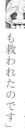

——いろいろありましたね。

あとがき

「さてＮＢ英国編、これにて終了です。皆様、どうも有り難う御座いました」

「……と、言いたい処なんですが、コレ、どう考えても派生ありますよね？」

「まあ他の時代の英国もありますし、アーサー王伝説自体がいろいろと広がりますものねえ」

「更に言うと、あの時代の記録が各国で損壊していくなら、それこそ対竜戦線の時代を攻略していくことになりそうですわねえ」

「あの時代、記録がろくに残ってないからこそ損壊しやすいのかもなあ……」

「ともあれ今回あまり活躍無かったので、次は思い切り出たいですの！」

「私達は出番あったけど、本気出すなら双姫出したいのよね……」

「〝見下し魔山〟、あるのかなあ……」

「いいね皆！　キャラ対談あとがきとしての完成度が高まっていくよ……！」

「アンタ俯瞰してるつもりだろうけど、キャラ対談の重力から全く抜け切れてないからね？」

「ともあれこの時代、何処まで本当なんです？」

「なかなか難しい問題ですが、実際、アーサー王については複数の人物の言行が統合され、脚色された存在、とされていますね。
　それがまず、数百年掛けて英国で言い伝えのような〝物語〟として語られるようになり、欧州で発展して逆輸入され、また長い年月を通したことで、いつの間にか〝正史〟のようになってしまった、と」

「昔はファクトチェックするだけの資料も手筈もないで御座るからなあ」

「Ｊｕｄ．、更にはいろいろ入り乱れて御座りますゆえ……」

「フフ、定まったものが無いという、そんな感じあるわね」

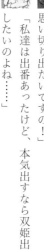

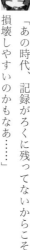

「確かにな。でも、その一方で英国は、ウェールズ、アイルランド、スコットランド、イングランドの各地域があるが、その中でもイングランドでは自分達のことを、〝イングランド人〟などと定めて自認する向きがあるんだ」

「〝関西人だけど極東人〟みたいなアレ？」

「〝関東人〟とか〝四国人〟とか、あまり言わないので、〝関西人〟は〝関西人〟という別の何かのような……」

「……そんな英国を結びつけている要素の一つが、アーサー王伝説なのですね」

「Ｊｕｄ．、英国は、諸派各民族が入り乱れ、流入や流出、移動を繰り返したため、他国が持つような明確かつ国定となる建国神話を持っていません。それゆえ、アーサー王伝説のような、歴史に食い込んだ伝説が大事に扱われたと、そう見ることも出来ますね」

「同じ島国でも、極東とは違うもんですねえ。——一方で、何か、〝武蔵勢〟とかと似た雰囲気はありますね」

「あの……」

「何ですの？」

「こういう話を、上巻ですべきだったのでは……」

「…………」

「ハイ！　そういう訳で今回の作業ＢＧＭはシグマハーモニクスで〝心奮わす「窮鼠《きゅうそ》の神楽《かぐら》」〟。とにかくピアノと弦楽推しの、完成度と統一感高いタイトルで、浪漫ありますよね」

「では今回は〝誰が一番アーサー王だったのか〟という問いで如何でしょうか。ともあれ次はどうなるでしょう。少々お待ち下さいな」

令和三年　まだ松の内の朝っぱら

川上《かわかみ》稔《みのる》

電撃の新文芸

GENESIS《ジェネシス》シリーズ

境界線上《きょうかいせんじょう》のホライゾン NEXT BOX《ネクストボックス》

HDDD《エイチディーディーディー》英国編《えいこくへん》〈下〉

著者／川上 稔《かわかみみのる》

イラスト／さとやす（TENKY）

2021年3月17日　初版発行

発行者／青柳昌行
発行／株式会社ＫＡＤＯＫＡＷＡ
〒102-8177　東京都千代田区富士見2-13-3
0570-002-301（ナビダイヤル）
印刷／図書印刷株式会社
製本／図書印刷株式会社

【初出】……………………………………………………………………………………………
小説投稿サイト「カクヨム」(https://kakuyomu.jp/)にて掲載されたものに加筆、訂正しています。

ISBN978-4-04-912744-7　C0093　Printed in Japan

ファンレターあて先

〒102-8177
東京都千代田区富士見2-13-3
電撃文庫編集部

「川上 稔先生」係
「さとやす（TENKY）先生」係